KB030845

온달전

박혁문 지음

늘봄

이 도서의 국립중앙도서관 출판예정도서목록(CIP)은 서지정보유통지원시스템 홈페이지
(http://seoji.nl.go.kr)와 국가자료공동목록시스템(http://www.nl.go.kr/kolisnet)에서
이용하실 수 있습니다.(CIP제어번호: **CIP2017014530**)

온달전

지은이 / 박혁문
펴낸이 / 조유현
편　집 / 이부섭
디자인 / 박민희
펴낸곳 / 늘봄

등록번호 / 제300-1996-106호 1996년 8월 8일
주소 / 서울시 종로구 동숭4길 9 (동숭동 19-2)
전화 / 02)743-7784
팩스 / 02)743-7078

초판 발행 / 2017년 7월 5일

ISBN 978-89-6555-055-6 03810

이 책의 저작권은 저자와 늘봄에 있습니다.
신 저작권법에 의해 보호를 받는 저작물이므로 무단 전재와 무단 복제를 금합니다.

※ 값은 표지에 있습니다.

온달전

박혁문 지음

차 례

변곡점

'何事無風動林野(하사무풍동임야)'

바람 한 점 없는데 어찌 숲과 들판이 흔들릴까? 이른 새벽 예불을 드리던 혜량선사는 근원을 알 수 없는 번뇌로 마음이 자꾸 흐트러졌다. 깊은 산속이라 철 따라 바뀌는 바람의 세기 외에는 변함없는 일상만 반복될 뿐인데 이상한 일이었다.

혜량선사는 예불을 마친 후 개운치 않은 마음으로 법당을 나섰다. 눈앞에 펼쳐진 정경이 어제와 완전히 다른 모습이었다. 밤새 서리가 내려 소백산 자락을 온통 하얗게 덮고 있었다. 그의 발걸음은 절로 텃밭으로 향했다. 어제까지만 해도 기세 좋던 무청들이 맥없이 땅으로 꼬꾸라져 있었다. 늦여름부터 시작된 정성이 단 하루의 서릿발에 물거품이 된 것이다.

"계절의 바뀜도 알지 못하면서 무슨 도(道)를 가르친다고…."

생기가 사라진 무와 배추를 바라보며 혜량(惠亮)*은 자책했다. 수행하는 사람은 자연의 변화와 천기의 흐름에 민감하다. 그것에 삼라만상의 이치가 있다고 생각하기 때문이다. 혜량은 예년과 달리 천기의 운행에 큰 관심을 두지 못했다. 속세에 관심을 끊고 수행에 정진해야 함에도 최근 혼란한 고국 고구려의 정세와 산속까지 들려오는 신라의 만만치 않은 기세가 마음속 한 구석에 불안감으로 자리 잡기 시작한 것이 이유라면 이유였다.

서리 맞아 바람 든 무를 뽑아 든 혜량은 생각에 잠겼다.

'변곡점이다. 100일의 정성보다 더 중요한 것은 첫서리 내리는 변곡점이다. 그것은 놓치지 말아야 한다.'

고구려 양원대왕 2년(신라 진흥왕 7년, 서기 546년), 소백산 품안에 살포시 안긴 조그만 암자의 불상 앞에서 고구려 법사 혜량이 마음속에 자리 잡은 번뇌를 지우기 위해 삼천 배를 올리고 있었다. 일천 번을 헤아리던 동자승이 지루함을 이기지 못하고 법당 밖으로 나간 후에도 혜량의 절 올림은 끊이지 않았다. 땀으로 흠뻑 젖은 잿빛 납의(衲衣) 사이로 하얀 김이 솟았다.

"스님, 손님이 찾아오셨어요."

법당 밖에서 강아지와 놀고 있던 동자의 맑은 목소리가 들렸다. 아직 삼천 배를 다 채우지 못한 혜량은 짐짓 무시하며 절 올림을 계속 이어가려 했으나 곧 멈추고 말았다. 초상(初霜)이 아침 소백산을 덮은 날 찾

---

* 고구려의 승려로 거칠부가 죽령을 넘어 적성 등을 공략할 때 자신을 구해준 혜량을 진흥왕에게 천거했고, 551년(진흥왕 12)에 망명해 신라 최초의 승통이 됐다. 고구려에서 귀화한 혜량이 승통이 됐다는 것은 그의 능력과는 별개로 신라 불교의 연륜이 짧았음을 반증하는 것이기도 하다.

아온 손님이 혹여 변곡점의 주인공은 아닐까 하는 궁금증에서였다.

"방장(方丈)으로 모셔라."

혜랑은 마른 수건으로 땀을 닦아 낸 후 방 안으로 들어섰다. 정갈하게 납의를 입은 젊은이가 정좌하고 있었다.

"사미(수도승)께서는 어디서 오셨소?"

"신라에서 왔습니다."

신라 사람들이 고구려에 들어왔으면 정체를 숨겨야 하는데 갓 스물을 헤아릴 방문객은 주저함이 없었다.

"신라라면 계림을 말하오?"

짐짓 속세에 둔감한 듯 말했다.

"그렇습니다. 40여 년 전에 국호를 계림에서 신라로 바꾸었습니다."

"그렇군요. 그런데 신라 사람이 고구려엔 왜?"

"저는 풍월도*에 몸담고 있다가 얼마 전에 불교를 접했습니다. 불교는 풍월도와는 달리 내세에 대한 심오함이 있는 것 같았습니다. 하지만 신라에 불교가 진래된 지 오래지 않아 제대로 배울만한 스승이 계시지 않았습니다. 때마침 스님께서 이곳에서 불법을 강설하신다기에 불원천리(不遠千里) 찾아 왔습니다."

천천히 찻물을 따른 후 혜랑은 젊은이의 관상을 살폈다.

'매의 눈, 제비부리 같은 턱…, 장수가 될 상이다. 이 사람이 숲과 들을 움직이던 바람이었을까?'

혜랑은 침착하려 애쓰며 차를 건넸다.

"그래 속명은 어찌되오?"

---

* 화랑. 우두머리를 풍월주라 불렀다. 화랑세기는 1대 위화랑부터 32대 신공까지 32명의 풍월주가 배출되었다고 기록하고 있다.

"거칠부*라합니다."

"성씨는?"

"김가입니다."

"김가라면…, 진골?"

"내물마립간의 5대손입니다."

상대적으로 문명의 발전이 늦었던 신라의 인재들이 고구려에 들어와 가르침을 받고 돌아가는 경우가 종종 있었다. 거칠부는 그런 인재들과 달리 기운이 심상찮았다. 혜량은 요 며칠 심사를 어지럽혔던 속세에 대한 상념들을 단순한 망상으로만 치부했었다. 140여 년 전 왜(倭)의 공격을 받아 나라가 위태로울 때 광개토대왕이 신라를 도와 왜를 물리친 후 신라는 사실상 고구려의 속국이었고, 그들은 지금까지 고구려를 공격한 적이 없었기 때문이었다. 그러나 고구려의 정세가 불안정하고, 신라의 기운이 심상찮은 이때 찾아온 거칠부…. 피안교를 건너온 인사를 내칠 수는 없는 터, 혜량은 이 젊은이가 '변곡의 극점'인지 지켜보기로 했다.

"열심히 배워서 신라에 돌아가 불도를 널리 가르쳤으면 좋겠네."

동자를 시켜 거칠부가 묵을 요사체로 안내하라 이른 혜량은 미처 마치지 못한 배례를 다 하기 위해 법당으로 향했다. 절 올림 중에도 거칠부의 관상이며, 진흥왕이 왕위를 이은 후의 신라 정세며, 예전보다 훨씬 힘이 빠진 듯 보이는 고구려의 정세 등을 떨쳐낼 수가 없었다.

---

* 신라 내물왕의 5대손이다. 승려가 되어 전국을 돌며 견문을 넓히던 중 한강유역의 고구려를 정탐했을 때는 혜량(惠亮)에게 불교를 배웠다. 551년 대각간 구진, 각간 비태, 잡찬 탐지 · 비서, 파진찬 노부 · 서력부, 대아찬 비차부, 아찬 미진부 등 8명의 장군과 더불어 고구려를 공격해 큰 공을 세웠다. 이때 야이차와 혜량 등에게 도움을 받았으며, 혜량을 진흥왕에게 승통으로 추천했다. 576년(진지왕 원년)에 상대등이 되었다.

"스님, 또 손님이 찾아오셨어요."

또다시 동자의 맑은 목소리가 들렸다.

일 년이 다가도록 신라와 접경 지역에 자리 잡은 산사를 찾는 손님은 거의 없었다. 첫서리 내린 날 찾아온 또 다른 손님, 이번에도 궁금증을 이길 수 없었다.

"방장으로 모셔라."

차가운 냇물에 땀범벅이 된 몸을 씻은 후 깨끗한 가사로 갈아입고 방장으로 들어섰다. 아까와는 달리 빛바랜 넝마 같은 잿빛 옷을 입고 아무렇게나 자란 머리카락으로 얼굴을 가린 젊은이가 앉아 있었다. 그것도 둘이었다. 혜량이 촛불을 켰다.

"젊은이들은 어디서 오셨소?"

손님 중 하나가 방문 너머에 눈길을 고정한 채 조심스럽게 얼굴을 가린 머리카락을 걷어 올렸다.

"저를 알아보시겠습니까?"

촛불 너머로 상대의 얼굴이 보였다. 찌든 때 속에 감춰진 얼굴을 읽으려 애썼다. 불거진 광대뼈, 매서운 눈초리.

"오~ 추연이 아닌가. 자네는…?"

"야이차*입니다."

"소식도 없고 불길한 소문이 돌기에 죽은 줄 알았네."

"죽을 뻔했습니다. 그래서 부탁을 드리러 왔습니다."

* 진흥왕순수비인 단양신라적성비(국보 제198호)에 등장하는 인물이다. 단양 지역은 진흥왕이 한강 진출의 교두보라 공략에 공을 들였던 곳이다. 이사부(伊史夫智: 異斯夫), 거칠부 등 여러 장군이 고구려 영토였던 적성을 공략해 빼앗을 때 그들을 도와 공을 세웠다. 적성공략에 성공한 진흥왕은 야이차와 그 주변 인물들을 포상했고, 야이차의 이름과 함께 적성지방민을 위무하는 내용을 순수비에 새겨 넣었다.

단양신라적성비. ⓒ 단양군청

추연이 고개를 숙이며 말했다.

"부탁?"

"저희를 불제자로 받아주십시오."

"불제자가 되겠다고?"

"저희는 패했고, 아버님도 전사하셨습니다. 지금도 추군들에게 쫓기는 신세입니다."

혜량은 모든 상황이 이해되었다. 이것이 요 며칠 동안 뇌리를 떠나지 않던 바람의 근원이었나 싶었고, 이 결정 하나가 평생 자신을 옭아맬지도 모른단 생각도 들었다.

혜량선사는 대답 없이 한동안 눈을 감고 생각에 잠겼다.

"받아 줄 수 없네!"

"스님마저 저희를 버리시면 저희는 이 고구려 땅에서 갈 곳이 없습니다."

이번에는 야이차가 애걸하듯 말했다.

"그렇게 간절하다면 조건이 있네."

한동안 대답이 없던 혜량선사는 조심스럽게 말했다.

"뭐든지 다 하겠습니다. 말씀만 해주십시오."

오랜 도망자 생활에 지친 듯 야이차가 매달렸다.

"간단하네. 철저한 불제자가 되겠다고 약속하면 받아주겠네."

"약속하겠습니다. 앞으로 남은 삶, 불자가 되어 살아가겠습니다."

야이차는 곧바로 약속했다.

"추연은?"

"저도 약속하겠습니다."

"속세의 일에는 관심을 끊게. 특히 정치 얘기는 꺼내지 말게. 그것을 지켜야 하네."

혜량은 이렇게 새로운 제자 셋을 한꺼번에 받게 된 것도 부처님 뜻이라 생각하며 몸을 일으켰다.

광덕으로 법명을 바꾼 추연은 약속대로 불도에만 정진했다. 새벽공양에 한 번도 빠지지 않았다. 소백산 칼바람이 휩쓸고 간 자리에 수없이 떨어지는 낙엽을 아침저녁으로 매일 쓸었다. 눈 덮인 산속을 뒤지며 땔감을 구해오고, 산사의 얼어붙은 방을 달구는 불목지기 일도 마다하지 않았다. 같은 날 출가했다는 인연으로 야이차는 물론 거칠부도 이 힘든 노역을 함께 수행했다.

혜량선사의 강법(講法)은 단순히 불경만을 가르치는 것이 아니었다.

불교가 고구려에 유입되었을 무렵에는 다 그랬듯 강법 속에는 무예수련도 있었다. 혜량선사는 고구려 남부족인 관나부 전통 검술을 가르쳤다. 광덕과 야이차는 이 수련에는 참여하지 않았지만 거칠부는 불경뿐 아니라 이 무예수련에도 열심이었다.

10여 명의 도반(道伴)* 중 거칠부는 단연 으뜸이었다. 아직 불도의 깊은 깨우침에 도달하지 못한 이들 젊은 수련생들은 검술이 월등할 뿐 아니라 사람을 사로잡는 묘한 매력을 가진 거칠부를 암묵적으로 자신들의 우두머리로 여기고 그를 따랐다. 야이차도 예외는 아니었다. 야이차는 생사고락을 함께 했던 광덕보다 거칠부에게 더 관심을 가지는 자신에 깜짝 놀라곤 했다.

매서운 소백산 칼바람을 이겨낸 생명체들이 언 땅을 뚫고 푸른 기운들을 쏟아내기 시작하자 동안거에 들었던 암자에도 돋아나는 봄기운에 활력이 넘치기 시작했다. 혜량은 암자에 들어와 세 번의 동안거를 거치며 제법 불제자다운 모습을 보이는 광덕과 거칠부, 야이차에게 산철(遊行期)**을 다녀오게 했다.

제법 봄기운이 느껴졌다. 모자를 벗어도 견딜 만했다. 목을 감싸던 목도리를 풀고 어깨를 폈다. 바랑을 맨 광덕은 거칠부, 야이차와 함께 겨우내 머물던 암자를 내려가고 있었다.

"어디로 갈 텐가?"

---

* 불도를 함께 닦는 벗.

* 하안거 결제(음력 4월 15일~7월 15일)와 동안거 결제(음력 10월 15일~1월 15일) 사이의 석 달씩을 해제(解制)철이라 부른다. 법정은 「무소유 25」에서 "난을 가꾸면서 산철(僧家의 遊行期)에도 나그네 길을 떠나지 못한 채 꼼짝을 못했다."라고 써 해제철을 산철로 썼다. 승려들은 해제철이 되면 사찰을 떠나 속세를 떠돌면서 또 다른 수행을 이어갔다.

"적성(단양), 내토성(제천), 국원성(충주)으로 가세."

광덕의 물음에 거칠부가 거침없이 말했다.

"자네가 말한 성들이 무엇을 의미하는지 알고 있는가?"

"백제의 공격을 막기 위한 고구려의 최전방 방어선 아닌가? 그 정도는 알고 있네."

순간 거칠부가 신라 사람임을 알고 있는 광덕의 마음에 경계심이 일었다.

"신라 사람이 고구려의 요충지에 관심을 갖는 것은 괜한 오해를 살 수가 있는 일이네. 의심받지 않으려거든 다른 곳으로 가세."

"걱정하지 말게. 자네 말대로 난 고구려의 속국인 신라 사람이네. 수많은 백제의 공격에도 한 번도 무너진 적이 없는 성들인데 백제보다도 힘이 약한 신라가 어떻게 고구려에 맞설 수 있겠는가?"

"독산성 싸움처럼 백제와 신라가 연합한다면 가능한 일이지."

작년에 고구려가 백제의 독산성(충주 인근)을 공격했을 때 뜻밖에도 백제는 신라에 도움을 청했다. 신라 진흥왕은 이에 응하여 주령*을 보내 고구려군을 물리친 일이 있었다. 고구려를 무서워하던 이전의 신라라면 있을 수 없는 일인지라 이 소식은 산속 암자에까지 전해졌었다.

"저 강의 끝에는 백제의 수도였던 한성이 있고, 또 바다가 있고 바다를 따라 끝없이 항해하면 남진(南陳)도 북제(北濟)도 있다고 들었네. 나는 산골에 갇혀 살면서 대륙 끝까지 가보고 싶은 꿈을 꾸고 살았네. 또 아름다운 한강을 따라 경치를 구경하고 사람들 사는 모습을 보면서 새로운 문명도 배우고 그들에게 불도를 전하고 싶을 뿐이네."

---

* 생몰년 미상의 신라 장수. 548년 독산성(獨山城) 전투 때 백제 성왕이 신라에 구원을 요청하자 병사 3,000명을 거느리고 참전했다.

거칠부는 약간은 불쾌한 듯 인상을 쓰며 말했다.

"자네를 신라 첩자라고 말하는 것은 아니지 않는가?"

야이차가 중간에 나서서 두 사람을 번갈아 보며 말했다. 순간 광덕은 야이차에게 서운한 마음이 들었다. 소백산 암자에 들어와 서로 도반이 된 후 무슨 이유인지 모르지만 그는 자신보다는 거칠부와 더 가까이 지냈다. 지금도 야이차는 거칠부 편을 들고 나섰다.

"그곳들은 고구려의 요충지요 병참선이라 우리도 함부로 갈 수 없다는 것을 말하려 했을 뿐이네. 자네가 그렇게 생각했다니 오히려 이상하네."

광덕이 짐짓 의심 가득 찬 목소리로 한쪽 눈초리를 올리며 말했다.

"고구려 사람인 자네들도 못 간다고?"

"그럴 사정이 있네."

광덕은 태도를 바꾸어 긴 한 숨을 내쉬며 말했다.

"사정이라니?"

"자네는 몰라도 되네."

"몰라도 된다고…."

거칠부는 몇 차례 고개를 갸웃거리며 의아스러운 표정을 지었다.

"그래서, 가겠다는 겐가 말겠다는 건가?"

잠깐 침묵을 지키며 생각에 잠겼던 거칠부가 다시 집착을 보였다.

"가야지. 사내라면 호연지기를 가져야지. 넓고 넓은 세계를 봐야 마음이 넓어지지 않겠는가?"

야이차가 두 사람의 대화에 끼어들며 거칠부를 지지했다.

"이 친구야! 우리는 호연지기를 버려야만 살 수 있는 사람들이네."

광덕은 야이차를 나무랐지만 두 사람의 기세를 꺾을 수 없었다.

소백산 자락을 내려온 세 사람은 을아단에서 배를 탔다. 을아단(단양군 영춘면)은 동강과 서강이 만나 남한강을 이루는 지점에 자리 잡았다. 태백산맥에서 소백산으로 갈라지는 기점에 위치해 신라와 고구려의 경계를 이루는 곳이기도 했다. 갈대밭과 솟아오른 절벽의 조화로운 아름다움을 감상하며 감탄하는 사이 어느덧 배는 적성에 도착했다.

"천혜의 요새일세."

적성 북쪽 나루에 내린 거칠부는 적성을 올려다보며 감탄하듯 말했다.

"허허, 불자가 웬 요새타령인가?"

웃음 띤 광덕의 말에 거칠부는 어색한 미소만 짓고 아무 말도 하지 않았다.

한강 상류에는 산간지방의 물산을 모아 배를 타고 한성까지 오가며 무역을 하던 성들이 많았는데 그 첫 출발점이 적성이었다. 이곳에는 을아단성뿐 아니라 소백산을 넘어온 신라 상인들까지 물건을 부리고 받아가던 곳이라 매우 번성한 곳이었다. 적성에 내린 세 사람은 시장통에 자리를 잡고 탁발을 펼쳤다. 오가는 사람들이 제법 많은 시주를 했고, 그들에게 간단한 설법을 펼치기도 하며 첫날을 보낸 후 인근 사찰에 들어 하룻밤 유숙했다. 다음날은 적성산성에 올랐다. 멀리 소백산 자락을 타고 신라로 이어지는 산길이 보였다. 오른쪽으로는 월악산까지 험준한 봉우리들이 늘어서 있었다. 아름다운 경치와 함께 적성산성이 얼마나 중요한 길목에 위치한 곳인지 눈으로 느껴 보았다.

적성에서 사흘을 머문 후 국원성으로 향하는 배를 탔다. 제비봉, 구담봉, 옥순봉의 그림 같은 경치에 한참 동안 넋을 잃은 후 한잠 자고 나니 국원성에 도착했다. 한강 상류에서 가장 큰 성답게 성 안으로 오가는 사람들은 많았고, 성 안은 매우 흥성거렸다. 국원성으로 향하는 동안 거칠부는 계속 질문을 던졌다. 인구가 얼마나 되는지, 무엇을 생계로 해 사는지, 사람들의 기질은 어떤지 등. 귀찮을 법도 하지만 야이차는 알고 있는 것들을 친절하게 일러주었다. 광덕은 이런 거칠부의 행동을 유심히 지켜보았다.

산철을 맞아 승복을 입고 성 나들이에 나선 그들을 파수꾼은 아무런 검색도 하지 않고 성 안으로 들여보냈다. 탁발을 펼치는 그들에게 성 안 사람들은 보시를 하며 복을 구할 뿐 성 안 구석구석, 성첩의 모습까지 세밀히 관찰하는 이들에게 관심을 두는 사람은 없었다. 저녁이 되어 인근 사찰에 들러 하룻밤 유숙을 청하자 주지는 이들에게 기꺼이 음식과 잠자리를 제공해주었다.

식사를 마친 후 거칠부는 촛불을 켜고 뭔가를 기록하였다. 산철을 시작한 이후 매일 있는 일이었다.

"자네 뭘 그렇게 열심히 적는가?"

광덕이 자리에 누운 채 넌지시 물었다.

"그날그날 깨우친 것, 보고 들은 것을 적어 놓네. 그래야 까먹지 않지."

거칠부는 대수롭지 않다는 듯 광덕의 물음에 개의치 않고 하던 일을 계속했다.

"지리도 자세히 그리던 것 같던데?"

"당연하지. 지형은 사람의 심성을 지배하는 것일세."

"내일도 많이 걸어야 하니 일찍 자세."

거칠부의 태연함에 광덕은 더 이상 할 말이 없었다.

"그런데, 자네 오늘 태도가 예전과 많이 달랐네."

이번에는 거칠부가 광덕에게 물었다.

"어떻게 달랐는가?"

"삿갓을 눌러쓰고 사람들과 마주치지 않으려 했어. 그 와중에도 성안 곳곳을 하나도 빠뜨리지 않고 살펴보더군."

"그랬던가?"

광덕은 대수롭지 않게 대답하고는 더 이상 대화를 나누지 않았다.

"광덕은 장차 국원성 성주가 될 사람이었네. 지금은 다 뺏기고 이렇게 스님이 되었지만."

잠든 줄 알았던 야이차가 대신 대답했다.

"저런, 왜 그렇게 되었나?"

이들은 혜량선사의 문하가 된 이후 서로의 신상에 대해서는 깊은 대화를 나누지 않았다. 말하고 싶지 않았는데 상대가 묻지를 않아서다. 광덕은 거칠부가 신라 사람이라는 것 정도만 알았지 그의 신분에 대해서는 알려고 하지 않았다. 마찬가지로 거칠부도 광덕과 야이차가 사연이 있다는 것 정도만 알았지 구체적인 것은 알려고도 하지 않았다. 상대방의 사정을 세세히 알기 위해서는 자신의 사정도 다 말해야 했기 때문이었다. 그래서 대하기가 편했고, 그런 이유로 지금까지 같은 방을 쓰고 또 산철도 함께 나선 것이다.

"자네, 추군과 세군의 내전*을 알고 있나?"

거칠부가 관심을 보이자 야이차가 자리에서 일어나 이야기를 꺼냈다.

"선왕인 안원왕은 부인이 세 명인데 첫째 부인은 아들이 없었고, 둘째와 셋째 부인에게는 아들이 있었는데, 둘째와 셋째 부인의 외가들이

---

* 이 싸움이 있은 후 추군 쪽이 추대한 양원대왕이 즉위했다. 이 내전으로 죽은 자가 2천여 명일 정도로 양측의 피해는 막심했다. 작가는 패배한 세군을 관나부(남부족)라 상정하고 글을 썼다. 이 사건이 있은 후 신라 진흥왕이 고구려 남쪽을 공격해 한강 유역과 옥저, 동예 땅을 빼앗았기 때문이다.

서로 자신들의 후사를 왕으로 세우기 위해 싸움을 벌였네. 4년 전 일이었지. 둘째 부인의 외가는 항상 왕비를 배출하던 연나부(서부족)로 이들은 평양성 천도와 함께 남하한 부족인데 추군이라 불렀네. 셋째 부인의 외가는 토착세력(관나부, 남부족)으로 세군이라 했네. 결론은 두 세력이 죽기 살기로 싸워 토착세력인 세군이 패했네. 이로 인해 옥저, 동예 등 남쪽에 있던 세군의 영지는 추군들이 다 차지하게 되었지."

"그렇다면 광덕과 자네는 패배한 세군이었다는 말이군."

"그렇지. 우리는 부모형제를 다 잃고 겨우 목숨만 건져 혜량선사께 피신했지."

"그랬군. 자네 영지는 어디였나?"

"나는 광덕처럼 큰 성이 아니네. 국원성 휘하의 조그만 성이었네."

야이차는 대수롭지 않다는 듯 말했다.

"미안하네. 난 그런 줄도 모르고 이곳으로 산철을 오자했으니…. 광덕의 마음이 이해되네."

"어차피 죽은 자식 불알 만지는 꼴이지 뭐."

야이차는 길게 한숨을 내쉬었다.

"자네들 대단하네. 그런 일을 겪고도 아무 말 없이 불도에만 정진을 하니."

"지금은 덜하지만 싸움이 끝난 후에도 추군들이 세군 잔당을 뿌리 뽑는다며 계속 추격병을 보냈네. 그러니 불도에만 정진할 수밖에."

"그런 아픈 사연이 있었구만! 만약에 말일세…."

거칠부는 목소리를 낮추고 조심스럽게 말을 꺼냈지만 주저하는 듯 다음 말을 쉽게 잇지는 못했다.

"말해보게. 괜찮네."

"만약에… 자네에게 다시 성을 찾을 기회가 생긴다면 어떻게 하겠는가?"

"정말로 찾을 수 있다면 환속해야지."

야이차는 주저 없이 말했다.

"자네의 속사정도 궁금하네만…."

자리에 누운 채 두 사람의 대화를 듣던 광덕이 불쑥 물었다.

"나는 신라의 왕족일세."

이번에도 거칠부는 거침없이 답했다.

"만약에 말일세… 우리가 신라에 귀순하면 자네가 도울 수 있는가?"

"물론이지."

야이차의 뜬금없는 물음에 거칠부가 주저하지 않고 말했다.

세 사람은 석 달 간의 산철을 마치고 다시 암자로 돌아왔다. 떠날 때는 겨울 때를 다 벗지 못해 수묵화처럼 검은 그림자가 짙었던 암자는 어느덧 연초록의 푸름으로 변해 있었다. 혜량선사는 이들을 환한 웃음으로 맞이했다.

"거칠부는 신라의 첩자입니다."

광덕은 산철에서 돌아온 후 조용히 혜량을 찾아 그간의 사정을 아뢰었다. 내란이 일어나기 전 국원성 성주였던 아버지와 혜량의 만남에 자주 동석했던 광덕은 불제자로서보단 고구려 법사 혜량의 혜안을 구한 것이었다.

"어떻게 했으면 좋겠는가?"

혜량은 의외로 차분했다.

"체포해서 적성 성주에게 넘겨야 합니다."

"넘기면 문제가 해결되는가?"

"예?"

"첩자 하나 체포한다고 새롭게 일어나는 신라의 기운을 막을 수 있을까 의심스러워서 묻는 말일세."

혜량선사의 목소리에 깊은 고뇌가 묻어 있었다.

'고구려, 나에겐 부모를 죽인 원수들이 다스리는 나라. 권력을 잡은 그들에 대한 분노가 아직 사그라지지 않았다. 그래도 여전히 내 나라는 고구려다. 하지만 지금 스승께서 어떤 의도로 이런 이야기를 하는지 종잡을 수가 없다.'

광덕은 한동안 혜량선사를 응시하며 생각했다.

"지난겨울 거센 눈보라를 생각해볼 때 저 산속의 나약한 매화가 꽃을 피울 거라는 걸 장담할 수 없었습니다. 하지만 매화는 거센 칼바람을 이겨내고 다시 피었습니다. 바람에 흔들린다고 매화의 속성이 변하는 것은 아닙니다. 신라가 아무리 칼바람처럼 몰아쳐도 고구려는 고구려입니다."

광덕은 흔들리지 않기 위해 자신의 소신을 밝혔다.

"……."

혜량은 말이 없었다. 광덕은 그의 고뇌를 읽었다. 권력을 잃고 몰락한 관나부의 귀족들은 누구나 이런 고뇌를 안고 살아간다. 비록 불가에 귀의했지만 혜량 또한 관나부의 지도자였다. 어느 누구도 이 고뇌에 대한 명쾌한 답을 내릴 수 없었다.

광덕은 자리에서 일어섰다. 이제 모든 것은 자신이 결단해야 하고, 그에 대한 책임 또한 자신이 져야 한다는 것을 혜량선사의 침묵이 말하고 있었기 때문이었다. 마당을 거니는 그의 마음은 무거웠다. 아니 두려웠다. 살아보지 않은 미래에 대해 책임을 져야 한다는 사실이. 하지만 결정을 내려야 한다. 그는 숨겨두었던 검을 꺼내 들었다.

봄 햇살이 따가웠다. 혜량은 오랜만에 암자를 나왔다. 산속을 거닐었다. 고구려가 화두였다. 삼한에 불교가 들어왔지만 삼한의 불교는 이전의 풍류도를 크게 벗어날 수 없었다. 삼한의 승려들은 여전히 살생을 금하는 불도보다는 호국에 대한 생각이 앞섰다. 혜량도 그 범주를 벗어날 수 없었다.

'고구려는 다시 일어설 수 있을까, 아니면 남쪽의 백제와 신라, 북쪽의 거란과 선비족의 공격으로 갈기갈기 찢길 것인가? 몰락한 관나부 출신인 나는 고구려에 충성할 수 있을까?'

문득 푸른 나뭇잎 사이로 어른거리는 잿빛 납의(衲衣)가 보였다. 거칠부였다.

"여기서 뭘 하는가?"

익숙한 목소리에 거칠부는 얼른 고개를 돌렸다. 온화한 미소의 혜량 선사가 서 있었다.

"봄볕이 만물을 다 소생시키더니 이제는 온갖 꽃으로 삼라만상을 변화시키고 있습니다. 그 경이로움을 느끼고자 산속을 좀 거닐고 있었습니다."

"이제 불제자 다 되었네 그려."

"과찬이십니다."

"여기서 자네를 만나다니, 자넨 하늘이 낸 사람인가 보이."

혜량의 온화한 미소가 걷힌 상태였다.

"무슨, 말씀이신지?"

"광덕을 만나기 전에 나를 먼저 만난 것이 천운이라는 말일세,"

"광덕이 저를 만나다니요?"

"광덕이 자넬 신라의 첩자라 확신하고 자넬 체포한다며 검을 들고 나섰네. 이 길로 여기를 떠나게. 암자로 돌어갔다간 바로 체포될 걸세.

"광덕이 검을?"

익숙하지 않은 모습이었다.

"광덕은 관나부 최고의 무예를 익힌 무사였네. 자네가 감당하기 쉽지 않을 걸세."

평소 광덕의 체취에서 매우 강한 인상을 받았지만 그의 무예가 출중한 줄은 알지 못했다. 그와 한 번 겨루고 싶었다. 하지만 여기는 고구려 땅, 욕심 부리기보다는 피하는 것이 상책이라 생각했다.

"고맙습니다. 그동안의 은혜는 꼭 갚겠습니다."

거칠부는 고개를 깊이 숙여 하직 인사를 올렸다.

"자네는 훌륭한 장수가 될 상이네. 만약 다음에 군사를 이끌고 이곳에 다시 온다면 나를 기억해주게."

"무슨 말씀이신지?"

"신라의 장수가 되어 이곳에 다시 돌아왔을 때 함부로 살생을 하지 말라는 말일세."

"명심하겠습니다."

거칠부는 혜량에게 다시 한 번 고개를 숙인 후 산을 내려갔다.

돌궐

"고추가 어른, 난리 났습니다."

"난리라니…, 세군들이 반란이라도 일으켰단 말인가?"

"돌궐족이 쳐들어왔습니다."

"돌궐족! 거란도 아니고 선비도 아닌 초원 너머 돌궐이 고구려를 왜 쳐들어와?"

연나부의 고추가 고흘(高紇)은 아들인 요동성주(遼東城, 요령성 요양시) 고정수가 보낸 전령의 보고에 깜짝 놀랐다. 선비족이 만리장성 너머 중원으로 떠난 자리에 남하한 거란족이 가끔씩 요동의 성들을 공격한 적은 있었지만 돌궐족의 등장은 낯설었다. 그들은 이미 오래 전에 요서지방을 떠났기 때문이다.

> 알타이에 있던 투먼이라는 자가 돌궐족들을 규합해 초원 너머의 땅을 장악했다는 말을 들었는데, 그 일부가 남하하고 있는 것 같습니다.

요하 너머를 감시하던 고정수가 아버지 고흘에게 변방의 상황을 자세히 적어 보냈다.

'아직 내란도 다 수습하지 못했는데…, 대왕에게 알려야겠다.'

고구려 양원대왕 6년(서기 551년), 아들의 보고서를 읽은 고흘은 수하들을 이끌고 늦가을 정취로 물든 대성산 자락을 밟으며 안악궁으로 향했다.

"조선*의 일원이었던 돌궐이 초원과 막북(漠北, 고비사막 북쪽) 너머로 거처를 옮긴 지가 언제인데, 왜 이곳으로 다시 돌아왔단 말이오. 저들이 살던 땅엔 선비족이 영역을 넓혔고, 또 선비족이 중국으로 건너가 중원 쟁탈전을 벌이는 동안 거란족이 들어와 잘 살고 있지 않소?"

고추가회의**를 개최한 양원대왕은 세군과의 전쟁에서 승리해 오늘의 자신이 있게 한 계루부와 연나부 욕살들 앞에서 돌궐족의 뜬금없는 등장을 이해할 수 없다며 말머리를 열었다.

"투먼이 초원을 통일했다고 들었는데 세력을 넓히기 위해 조상들의 땅으로 동진한 듯합니다."

고추가회의에 참석하기 위해 최전선인 요동성에서 달려온 고정수가 굳은 표정으로 상황을 설명했다.

"거란은?"

"요서 지역의 거란족과 접전이 있었다는 보고가 없는 것으로 보아 최종 정착지를 요동 지역으로 정한 것 같습니다."

---

* 고조선을 말함.
* 고구려는 황족인 계루부(중부)와 왕비족인 연나부(서부족), 그리고 순나부(동부족), 절나부(북부족), 관나부(남부족) 등 5부족 연맹국가인데 각 나부(부족)의 우두머리를 '대가'라 부른다. 그중 왕비족인 연나부와 황족인 계루부의 우두머리는 특별히 '고추가'라 칭한다. 일반적으로 '고추가회의'에는 연나부와 계루부의 귀족들이 참석했다. 이 귀족들은 대부분 큰 성의 성주였는데 이들을 '욕살'이라 부른다.

“그렇다면 요하 동쪽의 성들을 노리겠군.”

“정탐꾼들의 보고에 의하면 초원길을 따라 동진하던 저들은 방향을 바꿔 남쪽으로 내려오는 중이라 합니다. 상황을 종합해보면 신성을 거쳐 백암산성, 요동성, 안시성 쪽으로 이어지는 성들을 공략할 가능성이 큽니다.”

“저들의 병력은 어느 정도인가?”

“일만 명 정도 되는 것 같습니다.”

양원대왕의 질문에 요동성주 고정수는 차분하게 상황을 설명했다.

“자, 설명을 잘 들었으니 대책을 의논해봅시다.”

양원대왕의 말에 좌중의 시선은 고흘을 향했다. 연나부 중에서도 가장 세력이 강한 추군을 이끌고 있으며, 고구려 최고 권력자인 고추가 고흘은 이런 시선에 익숙한 듯 의식하지 않고 오랫동안 깊은 생각에 잠겼다. 그동안 좌중은 침묵을 지키고 있었다.

“저들은 먼저 신성을 공격할 것입니다. 신성이 강하게 방어를 하면 신성을 포기하고 남하해 백암산성 쪽을 공략하게 될 것입니다. 저들이 백암산성에서 공방전을 벌이는 동안에 중앙군을 파견해 배후를 친다면 승산이 있을 것이라 생각됩니다.”

“그것 참 좋은 생각이오.”

권력의 대부분을 고흘에게 내맡긴 양원대왕은 깊이 생각도 하지 않고 곧바로 그의 생각에 동조했다. 눈치를 살피던 좌중도 함박웃음과 함께 세차게 고개를 끄덕임으로 동의했다.

“중앙군을 누가 지휘하면 좋겠소?”

“제가 가겠습니다.”

고흘은 망설임 없이 나섰다. 지난 2년간 남쪽의 변경에서는 큰 변화가 있었다. 속국으로 알고 만만하게 여겼던 신라에게 패해 두 개의 성을 빼앗겼다. 이런 상황에서 북쪽에 등장한 돌궐족마저 제대로 막지 못한다면 고구려는 물론 권력을 쥐고 있는 고흘도 큰 위기에 처할 수 있었다. 더구나 돌궐족은 중국의 여러 왕조들도 제대로 막지 못해 조공을 주며 달랠 정도의 강한 세력이었기에 아무나 보낼 수도 없었다. 이런저런 정황을 살폈을 때 자신이 나서는 게 최선이라 판단했다.

"고추가께서 직접 나서준다니 정말 고맙소. 고추가 고흘을 도원수로 임명한다."

돌궐족의 침입에 불안한 기색을 보이던 양원대왕은 고흘이 침략자들을 막기 위해 직접 나서자 안도의 낯빛을 띠며 곧바로 군권을 넘겼다.

"신성 성주와 백암산성 성주는 지금 즉시 임지로 가서 적을 방어하라. 내가 도착할 때까지 절대 공격하지 말고 성을 잘 지켜야 한다. 그 다음은 내가 처리한다."

일만 명의 군사를 소집한 고흘은 평양성을 출발했다. 압록강 건너 오열홀에서 군사들을 재정비하고 식량과 물을 보충한 후 험준한 산을 넘기 시작했다. 열흘을 행군한 후에야 비로소 안시성에 도착할 수 있었다. 산악지대와 평원이 만나는 곳에 위치한 안시성은 삼면을 둘러싼 험한 산악지형을 그대로 이용했고, 서쪽에만 단단한 바윗돌을 쌓아올린 요새였다.

고흘은 지휘소가 있는 고장대에 올라 요동벌판을 바라보았다. 수확을 기다리는 수수밭이 끝없이 펼쳐져 있었고, 그 한 가운데를 요동의 젖줄 태자하가 유유히 흐르고 있었다. 지평선 너머에는 요동성이 있고 또 그 너머에는 고구려의 경계인 요하가 흐른다. 이 비옥한 땅을 뺏길 수 없었다. 시조 주몽대왕이 산골짜기 졸본에 나라를 세운 후 400년이 지난 후에야 광개토대왕이라는 걸출한 영웅이 나타나 비로소 고조선 땅이었던 이곳을 수복할 수 있었다. 그렇게 힘들게 되찾은 땅을 자신의 대에 이르러 빼길 수는 없었다.

돌궐족은 만만한 상대가 아니다. 초원에서의 전투는 저들을 당할 자가 없었다. 중국의 여러 왕조들도 저들을 제대로 이겨본 적이 없었다. 마음을 다잡은 고흘은 긴장된 마음을 다스리며 어떻게 싸울지 생각했다.

태자하를 따라 북상하면 백암산성이 나오고, 혼하를 따라가면 신성이 나온다. 고흘은 백암산성과 신성으로 척후를 보내 적진을 살피게 했다. 오래지 않아 전황이 전해졌다. 돌궐족은 신성을 공격했으나 신성 성주가 성을 굳건히 지키자 신성을 포기하고 남하해 지금은 백암산성을 포위하고 있다는 것이다. 예상대로였다.

휴식을 취한 고구려군은 다시 출발했다. 한 길 이상 자란 수수밭 속을 행군한 지 사흘이 지나자 태자하를 만났다. 핏빛이었다. 병사들은 누구랄 것 없이 발길을 멈추고 말없이 강물을 바라보았다.

"멈추지 말고 계속 진군하라!"

고흘은 전쟁의 참상을 접하고 충격에 빠진 군사들을 독려하며 조심스럽게 강을 거슬러 올라갔다. 드디어 태자하 강변의 언덕 위에 자리잡은 거대한 산성의 모습이 드러났다. 흰 돌을 쌓아 올린 백암산성은 햇빛에 반사되어 백금처럼 빛났고, 날카롭게 날을 세운 창검들은 눈부심을 더했다. 수수밭 속에 군대를 숨긴 고흘은 말에서 내려 조심스럽게 백암산성 쪽으로 나아가 찬찬히 적진을 살폈다. 태자하를 마주한 양쪽으로 수많은 시신이 널려 있었으며, 돌궐족 진지에서는 장기전을 준비하는 듯 많은 병사들이 토성을 쌓아 올리는 광경도 보였다. 막사 주변에는 무수히 많은 말들이 정연히 묶여 있어 언제라도 출격할 준비가 되어 있었다.

정탐을 끝낸 고흘은 돌궐족이 백암산성을 공격하는 때에 맞춰 저들의 배후를 기습하겠다는 작전을 병사들에게 전했다. 수수밭에 몸을 숨긴 채 한밤을 보냈다. 또 다른 아침 해가 떠오르고 마른 고기를 씹으며 밤새 주린 배를 채울 즈음 백암산성을 둘러싼 공방전이 벌어졌다. 토성에 몸을 기댄 돌궐의 궁수들은 성을 향해 화살을 쏘기 시작했고, 운제(雲梯)*를 끌고 있는 공성(攻城)병들은 흙으로 매운 태자하를 건너 백암산성으로 돌진했다.

백암산성은 높은 언덕 위에 건립된 산성으로 남쪽과 동쪽은 공략하기 힘들었다. 하지만 서문(西門)은 평지에 위치해 비교적 공격하기가 쉬웠다. 돌궐족은 그 서문을 노렸다. 언덕 위의 높은 곳에 위치한 남쪽 성루에서 고구려군은 돌궐병을 향해 쉼 없이 화살을 쐈다. 공성병들이 성을 공격하는 사이 태자하 맞은편에서는 돌궐 기병들이 성문이 열리길 기다리며 길게 정렬해 있었다.

한나절 동안 치열한 공방전을 벌였지만 돌궐병들은 아무런 성과를 거두지 못하고 많은 전사자만 남긴 채 태자하 너머로 군사를 물렸다. 전투과정을 주시하며 공격의 때를 기다리던 고흘은 드디어 효시를 쏘아 올렸다.

하늘을 울리는 '윙'소리와 함께 수수밭에 몸을 숨기고 있던 개마무사들이 말에 올랐다.

— 촬~ 촬~

말은 물론 전신을 찰갑으로 무장한 개마무사들이 대오를 정렬한 채

* 수레에 높은 사다리가 달린 형태의 공성무기.

백암산성 성벽 (2012년 여름, 만주 답사 때 저자 촬영)

움직이는 소리가 요동 늘판을 뒤덮기 시작했다. 뒤를 이어 사수들이 쏘는 화살비가 돌궐진영에 쏟아졌다. 개마무사 뒤에는 도부수들이 도끼날을 세우고 진군했다. 지금까지 고구려와 싸운 대부분의 적들은 천둥소리 같은 개마무사의 진군소리만 들어도 꼬리를 내리고 항복하기 일쑤였다. 돌궐병들도 처음에는 그랬다. 아무 성과 없이 지친 상태에서 맞이한 천둥소리 같은 소리에 그들은 당황하다가 화살비에 속수무책으로 당했다.

—둥 둥 둥 둥~

급박한 장단의 북소리가 울리기 시작했다. 장검과 활로 무장한 경기병들이 북소리와 함께 돌궐진영으로 쏟아져 들어가 무작정 내달리는 돌궐병들을 도륙하기 시작했다. 뒤를 이어 전장에 도착한 개마무사들은 무자비했다. 오와 열을 맞춰 진군하는 그들이 지나간 곳은 생명체라곤 풀싹 하나 없었다. 싸움은 쉽게 끝나는 듯했다.

그렇지만 돌궐도 만만치 않았다. 팔다리에 수많은 화살을 맞고, 동료들이 쓰러지는 가운데서도 그들은 포위망을 뚫기 위해 애썼다. 그중에서도 돋보이는 장수가 있었다. 혼란 속에서도 부하들을 독려해 오와 열을 갖춘 후 포위망을 뚫더니 고구려 경기병들보다 더 큰 원을 그리며 화살을 쏘기 시작했다. 공성작전과 평원에서의 기병전은 달랐다. 평원에서의 전투는 저들에게 익숙한 것이었다. 뒤를 이어 전열을 정비한 돌궐의 여러 부대도 포위망을 뚫은 후 큰 말을 이용해 빠른 속도로 외곽을 돌며 전세를 역전시키기 시작했다.

전황을 살피던 고흘은 이대로 계속 가다가는 불리해질 수도 있다는 생각이 들었다. 전법을 바꾸어야 했다. 북을 울려 고구려의 오랜 전술인 사신도의 전술을 펼치게 했다. 동서남북 네 방향의 가장 자리에 찰갑으로 무장한 개마무사를 배치해 방어벽을 설치한 후 그 안에서 사수들은 계속 화살을 쏘고, 경기병들을 수시로 출격시켜 외곽을 도는 돌궐 기병대의 흐름을 깨트렸다. 전투가 다시 백중세로 돌아섰다.

고흘은 전투를 끝낼 생각을 했다. 오랜 경험을 통해 볼 때 적장을 치면 대부분의 싸움은 금방 끝이 났다. 적의 움직임을 지켜보던 그는 선봉에 서서 사실상 전투를 지휘하는 장수를 찾아냈다. 직위 여부를 떠나서 전장에서 군사들이 믿고 따르는 장수가 따로 있게 마련이었다.

방어벽의 한쪽 문이 열렸다. 그 사이로 고흘이 이끄는 정예 경비병부대가 적진을 향해 내달렸다. 부딪쳐오는 검들을 수차례 피하자 드디어 목표로 삼았던 적장과 마주할 수 있었다. 눈앞의 적장은 하얀 피부와

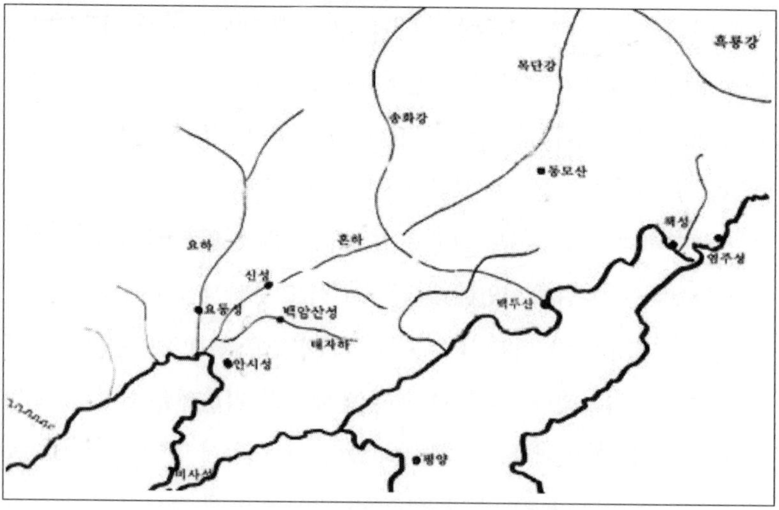

평원대왕 당시 고구려 주변 지도

우뚝한 코에 덩치도 엄청났다. 말로만 듣던 색목인(色目人)이었다. 약간 당황했지만 강하게 부딪쳐보았다. 검을 통해 전달되는 힘이 엄청났다. 오랜만에 호적수를 만났다는 생각이 들었다. 고흘은 적장을 상대로 수십 합을 겨뤘다. 승패는 쉽게 결정 나지 않았다. 어느새 주변의 병사들은 싸움을 멈추고 두 사람의 힘겨루기를 구경하고 있었다. 점점 지쳐갔다. 적장도 지친 기색이 분명했다. 싸움을 물리고 잠시 휴식을 취하고 싶은 생각이 들었다. 그러나 지금 싸움을 끝내지 못하면 기습전은 완전히 실패로 돌아가고 다음부터는 힘든 싸움이 될 수밖에 없었다.

고흘은 검을 내려칠 때마다 온 힘을 다했다. 묵중한 힘들이 부딪칠 때마다 말들은 거친 숨을 내쉬었다. 지금까지 수많은 전투를 치렀지만 자신을 상대로 이렇게 오래도록 버틴 자는 없었다. 전의가 더욱 불탔지만 몸은 반대였다. 더 이상은 힘들었다. 한 발 뒤로 물러섰다. 상대도 힘들었던 듯, 한 발 물러서 거친 숨을 내쉬고 있었다.

"얏!"

순식간에 일어난 일이었다. 적장이 오른쪽 어깨를 움켜쥐며 말에서 떨어졌다. 고정수였다. 그는 두 사람의 접전을 지켜보다가 적장이 잠깐 숨을 고르는 틈을 이용해 등 뒤에서 기습적으로 그의 목을 쳤다. 적장은 몸을 피했지만 완전히 피하지 못해 어깨를 베인 것이다.

"공격!"

적장이 어깨를 움켜쥐고 말에서 떨어지자 고흘은 그 틈을 놓치지 않았다. 순간적으로 기세가 오른 고구려 기마병들은 또다시 힘을 내어 미리 쳐놓은 방어벽 속에 적들을 가두기 시작했다. 지휘부를 잃은 돌궐 군사들은 어떻게 대처할지 모르고 고구려 군이 모는 대로 몰리다 결국 포위망 속에 갇히고 말았다. 무서운 살육이 이어졌다. 포위망을 벗어난 돌궐병은 뒤도 돌아보지 않고 서쪽으로 달렸고 포위망 속의 적들은 항복하기 시작했다.

기습 작전은 성공을 거뒀다. 승리한 고흘은 포로를 이끌고 백암산성으로 들어갔다. 포로들 속에는 부상을 입고 제대로 몸을 가누지도 못하는 적장의 모습도 보였다.

"전쟁에서는 이기는 것이 정의다. 잘했다!"

고흘은 아들 고정수를 칭찬했다.

백암산성에 입성한 고흘은 대왕에게 파발을 보내 승전 소식을 알리는 한편 아군의 피해와 전공을 조사하며 휴식을 취했다. 천 명 이상을 도륙했으며 적장을 포함해 포로로 잡은 숫자는 삼천을 헤아렸다.

신라

"고추가 어른, 이번에는 남쪽입니다."

"남쪽이라니?"

"고추가 어른께서 돌궐을 막는 사이 남쪽의 백제와 신라가 한꺼번에 공격을 해왔습니다."

"뭐라고, 백제와 신라가…, 이제는 신라마저 우리를 우습게 아는 구나."

승전고를 올리며 평양성으로 돌아오자마자 집사가 다급한 소식을 알려왔다.

> 백제는 광개토대왕 때 점령했던 한강 유역의 관모성을 공격했고, 신라는 남한강 유역의 죽령 북쪽 성들을 공격하기 시작했습니다.

신라와 국경 지대에 있는 적성 성주가 파발을 통해 보낸 내용이었다. 추군과의 싸움에서 패배한 세군의 영지는 남한강 유역과 옥저 지방이었다. 세군의 많은 귀족들은 추군에 의해 죽임을 당했다. 이로 인해 고구려의 남쪽은 약화될 대로 약화되었다. 이틈을 이용해 신라와 백제가 연합해 공격했다면 이는 가볍게 여길 일이 아니었다. 더구나 주목할 일은 신라의 태도였다. 한강 유역은 원래 백제의 발흥지였고, 저들의 오백년 도읍지였던 곳이니 백제의 공격은 이해가 되었지만 신라의 공격은 그렇지 않았다. 불과 백여 년 전까지만 해도 왜와 가야의 공격을 당해내지 못해 광개토대왕에게 도움을 청했던, 고구려의 속국이나 다름없는 나라였다. 신라가 배반을 한 것이 틀림없었다.

"대왕께 상황을 보고하고 고추가회의를 소집하라."

양원대왕은 이번에도 고추가 고흘의 눈치를 살폈다. 대왕뿐만이 아니었다. 회의에 참석한 좌중 모두 그가 무슨 말을 하느냐에 귀를 기울였다. 고흘은 생각에 잠겼다. 이제 막 큰 전쟁을 치르고 왔는데 또 군사를 동원할 수는 없었다. 분열되어 싸우고 있는 중국의 사정이 복잡해 북쪽에서 또 어떤 세력이 공격해올지 모르는 상황인데 연나부 정예병을 남쪽으로 이동시킬 수도 없었다. 더구나 남쪽은 자신의 영지도 아니었다. 요동 지역이라면 중앙군을 동원해서라도 지킬 의지가 있지만 남쪽은 관나부 영지였다.

"남한강 유역은 산악지형이 많아 적들이 산성을 공략하기가 쉽지 않을 것입니다. 일단은 각 성의 성주들에게 동원령을 내리게 해 지역의 군사로 방어하게 하면서 사태를 지켜보는 것이 좋을 것 같습니다."

고흘의 생각이 곧 고구려의 방책이었다. 그의 명령은 남쪽지역으로 급속히 전달되었다.

"스승님, 적성 성주가 동원령을 내렸습니다. 우리도 적성으로 가야

단양 적성 (2015년 2월, 단양 답사 때 저자 촬영)

할 것 같습니다."

"무슨 일이라 하더냐?"

"신라가 쳐들어왔다 합니다."

"신라가! … 신라가 고구려를 공격했단 말이지?"

광덕의 말에 혜량은 예상한 일이 일어난 듯 놀라면서도 당황스러운 표정은 아니었다.

"신라가 공격을 했으면 죽령산성에서 막아야 하는 것 아닌가?"

"저도 전령에게 같은 질문을 던졌는데 죽령은 이미 신라 손에 넘어갔다 합니다."

"죽령이 공략 당했다고! … 얼른 준비해서 가보자."

풍기, 영주의 넓은 곡창지대를 배경으로 살아가는 신라는 소백산을 고구려와의 경계로 삼았다. 가늘게 이어지는 죽령고개는 국경으로는 적격이었다. 오랫동안 신라는 이 고개를 넘을 생각을 하지 않았고, 고구려 또한 마찬가지였다. 그런데 신라가 고개를 넘었다. 일시적인 월경은 가끔씩 있었지만 소백산 너머의 남한강을 목표로 넘었다면 이는 중대사였다.

소백산을 타고 내려오는 바람은 차가웠다. 산속의 나무들은 겨울 준비에 들어간 듯 붉은색 나뭇잎들을 뱉어내기 시작했다. 적성을 향해 가는 혜랑은 산을 물들인 단풍을 보며 아름다움보다는 피의 기운을 느꼈다. 이상하게도 검을 든 거칠부의 잔영이 계속 떠돌았다.

굽이치는 남한강을 뒤로하고 정면으로는 소백산, 오른쪽으로는 월악산이 바라보이는 언덕 위에 쌓은 적성산성은 고구려의 관문이며 남한강 방어의 보루였다. 적성을 빼앗기면 남한강 상류를 내어주는 꼴이었다. 죽령산성을 점령한 신라가 적성을 공격한다면 이는 남한강을 통해 한강 하류로 진출해 중국과 직접 교류를 하겠다는 야욕을 드러내는 것이었다.

신라와는 국경을 접했지만 딱히 싸울 일이 없어 편하게 지내던 적성 성주는 신라가 공격한 작금의 상황이 매우 황당했다. 익숙하지 않은 상황이었지만 그는 차분히 중앙에서 내려온 지시를 이행했다. 제일 먼저 할 일은 동원령이었다. 일반적으로 고구려는 성을 쌓을 때 일상생활을 하는 평지성과 전시에 대비한 산성 등 두 개의 성을 동시에 쌓았다. 적성 성주는 적성 주변에 흩어져 논과 밭을 일구며 살고 있는 백성들에게 동원령을 내려 전시성인 적성산성에 모이게 했다. 지닐 수 있는 모든 곡식과 무기가 될 만한 것들은 다 챙기고 적에게 이로운 것들은 전부 다 불태우라 했다.

산성으로 오르는 가파른 길은, 어린 아이들을 걸리면서까지 소달구지에 먹을 것, 입을 것, 덮을 것 등을 잔뜩 실은 백성들로 장사진을 이루었다. 그들 사이로 죽령전투에서 부상당한 고구려 군사들도 섞여 있었다. 그들을 통해 낯선 전쟁의 모습을 떠올리는 백성들의 얼굴엔 긴장감과 두려움이 서려 있었다. 도반들을 이끌고 적성으로 오르는 혜량도 긴장한 듯 말없이 산길을 오르기만 했다. 광덕은 부상병들의 잘린 팔과 다리에도 별다른 감정의 변화 없이 무덤덤하게 산길을 걸었다. 5년 전 추군과의 사생결단의 싸움, 그 한복판에 섰던 경험이 그를 태연하게 만든 것인지도 몰랐다.

소백산을 넘어온 신라가 한강으로 나가기 위해서는 반드시 거쳐야 하는 길목에 축성된 적성산성은 북쪽으로는 한강과 천 길 낭떠러지로 접하여 있고 나머지 삼 면을 화강암으로 높이 쌓아올린 천혜의 요새였다. 서장대(西將臺)에서 내려다보면 죽령을 넘어오는 쥐새끼 한 마리의 움직임조차 감지할 정도로 사방이 탁 트였다. 성루에 서서 잠시 사방을 살피던 혜량도 성 안으로 들어갔다. 좁은 성 안은 아수라장이었다. 기존의 군사들과 부상병, 그리고 인근 마을의 사람들과 그들이 가지고 온 세간살이 등으로 제대로 길을 지나기가 힘들었다. 혜량은 도반들을 쉬게 한 후 지휘부가 있는 서장대에 올랐다. 죽령에서 쫓겨 온 장정들에게 싸움의 정황을 물으며 참모들과 대책을 세우던 적성 성주는 혜량의 등장에 반색했다.

"고구려의 관문인 죽령산성이 신라의 공격에 무너졌다니 믿기지 않습니다."

혜량은 적성 성주에게 안타까운 듯 말을 건넸다.

"기습을 당했습니다. 어떻게 알았는지 저들은 죽령산성의 암문(暗門)을 꿰뚫고 있었다고 합니다."

"암문을?"

"오래전부터 첩자를 풀어 이 지역을 정탐했던 것 같습니다."

"그렇다면 적성도 위험한 것 아닙니까?"

이곳으로 오는 동안 계속 머릿속을 가득 채웠던 거칠부의 모습을 떠올리며 혜량이 걱정스러운 표정으로 말했다.

"그래서 암문까지 군사들을 배치해 철통같이 지키고 있습니다."

"잘하셨습니다. 신라가 한강으로 진출하려면 반드시 적성을 공략해야 합니다. 만약 적성을 빼앗기게 된다면 남한강을 따라 쌓은 내토성(제천), 사열이성(제천), 을아단성(단양), 말을성, 탁장성, 낭비성, 낭자실 등 국원성(충주)으로 이어지는 열 개 이상의 성이 순식간에 무너질 것입니다. 따라서 이번 싸움에서 반드시 이겨야 합니다."

"당연히 이길 것입니다. 법사님은 걱정하지 않으셔도 됩니다."

"그러면 다행이지요."

"다행…, 이라뇨, 고구려가 신라를 이기기 힘들다는 것입니까?"

"한 번도 고구려를 공격한 적이 없던 신라가 작년에 백제와 우리가 싸우는 틈을 이용해 금현성(金峴, 세종시 전의)을 빼앗더니, 올 해 또다시 고구려의 남쪽 관문인 죽령을 공략했다하니 걱정이 되어서 하는 말일 뿐입니다."

혜량은 적성 성주의 말에 약간 당황스러워하며 변명하듯 말했다.

"하하하, 걱정하지 마십시오. 저들이 기습을 해 한두 번 이기긴 했지만 이번에는 순리대로 갈 것입니다. 어떻게 신라가 고구려를 이기겠습니까?"

"하지만 이제는 두 나라 사이가 이전과는 다른 것 같습니다."

혜량은 참지 못하고 자신의 생각을 말했다.

"이전과 다르다뇨?"

"신라가 이전처럼 고구려에게 고분고분 하는 나라가 아니라 우리와 힘을 겨룰 수 있는 위치가 된 것 같아서 하는 말입니다."

"하하하, 법사님 말씀이 너무 지나치십니다."

적성 성주는 혜량의 생각을 무시했다.

"그렇겠지요, 지나친 생각이겠지요?"

불안한 마음을 애써 설명할 필요가 없었다. 혜량은 찝찝한 속마음을 숨기고 적성 성주와 산성 방어에 대한 생각을 나누었다.

적성 성주는 백성들이 가지고 온 식량을 모두 걷어 군량으로 관리했다. 그리고 암문을 통해 식수를 길어와 식수통을 채웠다. 백성들에게는 거주지와 함께 그들이 방어해야 할 곳을 지정해주며 싸울 준비를 했다. 혜량선사에게는 비교적 수월한 서문의 방어를 맡겼다.

혜량은 광덕, 야이차와 함께 배정된 마을 장정들을 적절한 위치에 배치한 후 신라군을 기다렸다. 하지만 죽령에서 내려오는 좁은 길에 시선을 고정한 채 며칠을 기다렸지만 그들의 모습은 보이지 않았다. 그러나 신라가 한성까지 진출해 중국과 직접 교류할 큰 야욕을 품었다면 반드시 적성을 공격할 것이라 생각한 혜량은 경계를 늦출 수가 없었다. 척후병이 돌아왔다. 죽령산성에 입성한 신라군은 별다른 움직임 없이 며칠째 성 안에 머물고 있다고 했다.

"그러면 그렇지. 신라 놈들이 어떻게 감히 고구려를 공격해! 내년 봄에 날이 풀리면 죽령산성을 다시 탈환할 것이다."

척후병의 보고를 들은 적성 성주는 신라가 감히 적성을 공격하지는 못할 것이라며 경계를 늦추었다. 혜량은 그의 말에 동조하며 고개를 끄덕이는 자신의 모습을 보곤 깜짝 놀랐다. 마음으로는 원하는 바이지만 거칠부를 떠올려 본다면 인정할 수 없는 말이었다. 그는 더 이상 적성 성주에게 자신의 생각을 내세우지는 않았지만 광덕을 불러 적의 기습에 주의하길 당부했다.

밤바람이 몹시 찼다. 가을이라지만 멍석을 뚫고 올라오는 한기를 견디기 힘들었다. 광덕은 몸을 일으켰다. 누군가 꺼져가는 모닥불을 다시 피워주길 바라며 몸을 웅크리고 있기보다는 직접 불을 피우는 것이 낫다는 생각에서였다. 달빛에 기대어 땔감들을 줍고 있는 그의 눈에 움직이는 물체가 포착되었다. 광덕은 재빨리 엎드린 채 그것의 정체를 살폈다. 흑의를 입은 사내였다. 그는 성문 쪽으로 접근하고 있었다. 성문을 지키는 파수꾼들은 며칠 동안 이어지는 경계에 지쳐 잠들어 있었다. 그들 사이로 조심스럽게 접근한 흑의의 사내는 빗장을 소리 나지 않게 조금씩 풀고 있었다.

"적이다!"

광덕은 큰소리로 외친 후 곧바로 검을 들고 성문으로 뛰어 내려갔다. 놀란 사내는 급하게 빗장을 풀고는 성문 밖으로 내달렸다. 광덕이 바로 뒤쫓았다. 잠에서 깬 파수꾼들도 뒤를 따랐다. 흑의의 사내는 이곳 지리에 익숙한 듯 어둔 산속을 거침없이 내달렸다. 광덕의 무리도 지지 않았다. 그들 또한 이곳 지리에 익숙한지라 머뭇거림이 없었다. 오랫동안 추격전은 계속되었다. 마침내 광덕의 무리는 흑의의 사내를 따라 잡았다. 거친 숨을 내쉬는 흑의의 사내를 에워쌌다. 검은 두건을 쓴 흑의의 사내는 검을 빼어 들었다. 광덕이 무리들 앞으로 나서서 그를 상대했다. 달빛을 의지한 채 두 사람은 한참을 싸웠다. 하지만 힘에서 밀린 흑의는 마침내 검을 놓치고 자리에 풀썩 주저앉았다. 그러자 주변에서 구경하던 추격병들이 그를 덮쳐서 묶었다.

"야이차!"

두건을 벗기자 드러난 그의 정체에 광덕은 자신도 모르게 소리를 질렀다. 분노한 군사들의 발길질과 주먹질이 이어졌다. 광덕은 그들을 말리기에 급급했지만 쉽지 않았다.

"와아!"

그때였다. 고함소리가 산성 쪽에서 울리기 시작했다. 누구랄 것도 없이 모든 사람들의 시선은 산성으로 향했다. 불길이 거세게 일어나고 있었다.

"어떻게 된 거지?"

"도반들 중에 거칠부를 따르는 자들이 많아. 자네가 나를 쫓느라 군사를 끌고 달려왔으니 그들이 문을 열고 신라군들을 맞아들일 수밖에."

입가에 웃음이 떠오른 야이차는 비아냥거리듯 말했다. 성문 밖에 신라군이 매복해 있기에 성문을 열었을 것인데 그 점을 미처 생각지 못하고 야이차 추격에만 열을 올린 자신이 한심했다.

"이 자는 내가 처리할 테니 빨리 성 안으로 들어가라!"

광덕의 말에 적성의 군사들은 성 안으로 급히 달려갔다. 어둠 속에 광덕과 야이차 둘만 남았다.

"왜 그랬어?"

광덕은 차분히 물었다.

"몰라서 물어!"

야이차는 당당했다.

"최소한 관나부 땅에선 더 이상 고구려에 충성하는 사람들이 없을 거야. 평양성의 추군과 계루부(황족) 놈들은 우리를 저희들 종으로 생각하고 있어!"

그는 분노에 찬 목소리로 말했다.

"그렇다고 신라에 붙어?"

광덕은 그의 마음을 이해했다. 하지만 신라 편이 되는 것은 용서할 수 없었다.

"신라라고 언제까지고 고구려에 복속하고 살 것 같아? 거칠부를 봐라. 그는 고구려에 눌린 자신들의 처지에 대해 분노했어. 마치 추군에 억눌린 우리처럼."

야이차는 응어리진 분노를 계속 뱉어냈다. 광덕은 그의 말을 듣기만 했다. 사실 야이차의 마음이 자신의 솔직한 심정이기 때문이었다.

"거칠부가 적장인가?"

"그는 신라의 장수가 되어 돌아왔어. 자네도 우리를 죽이려 한 고구려에 더 이상 미련을 갖지 말고 나와 함께 신라로 넘어가자."

야이차는 목소리를 바꾸어 광덕을 설득하려 했다.

"거칠부가 뭐라고 했는가?"

"나와 자네의 아버지는 추군들에게 죽임을 당했어. 놈들은 우리를 죽이려 끝까지 추적했고, 이 변경까지 쫓겨 와서야 겨우 몸을 숨길 수 있었지. 거칠부는 이런 우리의 사정을 안타깝게 여기고 있네. 신라에 귀순을 한다면 큰 도움이 될 거라며 벼슬까지 주겠다고 약속했어."

"거칠부를 언제 만났지?"

"어젯밤에."

광덕은 야이차의 말에 아무 대답이 없었다. 아무리 견고한 성이라도 적과 내통한 사람이 있어 성문을 열었다면 그 싸움은 이미 끝난 것이나 다름없었다. 야이차를 체포하는 것 또한 아무 의미가 없었다. 그는 야이차의 포승줄을 풀었다.

"그래도 나는 고구려를 버리지 못해, 이후에 만나면 우린 적이다!"

광덕은 야이차를 숲속에 남겨두고 성 안으로 달려 들어갔다.

성 안은 아비규환이었다. 작심하고 기습한 신라군을 잠결에 맞이한 적성의 군사들은 제대로 저항을 하지 못했다. 오감이 제대로 깨지도 못한 상태에서 검에 찔리고, 화살에 맞고 불에 데어 죽어갔다. 성 안에 피비린내와 살가죽 타는 냄새가 진동했다. 광덕은 정신없이 검을 휘둘렀다. 하지만 언제 어디서 날아 왔는지도 모르는 화살에 맞아 피를 흘리며 쓰러지고 말았다.

서쪽 성문을 책임지고 있던 고구려 법사 혜량은 차가운 새벽 공기를 뚫고 울리는 고함 소리에 눈을 떴다. 검을 집어 들고 얼른 밖으로 나섰다. 성 안엔 언제 들어왔는지 신라군으로 가득 차 있었다. 솟아오르는 불길 사이로 영문을 모르고 뛰쳐나오던 고구려 군사들이 신라군이 휘두르는 창검에 속절없이 쓰러졌다. 문득 자신을 겨누는 살기를 느낀 혜량은 재빨리 몸을 숙여 검 날을 피하면서 검을 휘둘렀다. 동시에 자신의 얼굴로 피가 솟구쳤다.

"살생을 하다니!"

그는 자탄을 하며 지휘본부가 설치되어 있는 서장대를 향해 달렸다. 서장대 입구는 이미 신라군이 가득했다. 검을 잡은 혜량의 손에 절로 힘이 들어갔다.

"검을 내려놓으시지요."

서장대 안쪽에서 뜻밖에도 익숙한 목소리가 들렸다.

"자네는…."

혜량은 거칠부를 금방 알아보았다.

"잊으셨습니까? 저는 내물마립간의 5대손입니다. 고구려와 왜에 볼

모로 보내질 수밖에 없었던 소국 신라의 왕족 출신 거칠부입니다."

"소국 신라가 대국 고구려를 공격하는 것이 무모하다고 생각하지 않는가?"

혜량은 짐짓 대범한 척했다.

"이제부터 신라는 더 이상 소국이 아닙니다. 고구려 또한 더 이상 대국이 아닙니다."

"그게 무슨 말인가?"

"스승님께 불법을 배우는 동안 제가 이 지역을 몰래 정탐했다는 것은 알고 계실 것입니다."

"……."

"세군과 추군의 내란 때 세군에 참여했던 관나부 사람들은 싸움에서 패한 수많은 세군들이 죽임을 당한 것에 대해 앙심을 품고 있었습니다. 그들은 이미 고구려에 등을 돌린 상태였습니다. 우리가 죽령산성과 적성을 쉽게 공략할 수 있었던 것도 성 안 내부자의 도움이 있었기 때문이었습니다."

혜량은 주변을 둘러보았다. 신라군의 모습밖에 보이지 않았다.

"아직 사태를 파악하지 못한 잔당만 남았을 뿐 이미 싸움은 끝이 났습니다. 스승님도 검을 내려놓으시지요."

"적성 성주는?"

혜량은 여전히 검을 움켜쥔 채 물었다.

"여기 있습니다."

그는 적성 성주의 잘린 목을 들어 올렸다.

"우리는 고구려의 추군들처럼 항복한 자를 죽이지 않습니다. 스승님도 검을 내려놓으신다면 서라벌에 들어가서 신라 사람들의 존경을 받으면서 불법을 강설하실 수 있을 것입니다."

검을 움켜쥐고 있던 혜량의 손은 서서히 풀렸다.

머리에 손만 댔는데도 머리카락이 한 움큼씩 빠졌다. 세차게 머리를 흔들어도, 바람이 불어도 머리카락이 빠졌다. 광덕은 괴로움에 몸부림쳤다. 그 기세로 인해 눈을 떴다. 다행히 꿈이었다. 여기는 어디며, 왜 여기에 누워 있는지 의식을 깨우기 시작했다. 어깨에 극심한 통증이 밀려왔다. 팔다리도 온전치 않았다. 오래지 않아 왼쪽 어깨에 화살을 맞은 채 한참을 싸우던 일이 떠올랐다. 사방을 살폈다. 낯선 곳이었다.

"깨셨어요?"

낯선 어린 처자가 자신을 간병하고 있었다.

"너는 누구냐? …, 여긴 어디니?"

"잠깐 기다리세요."

소녀는 대답 대신 살짝 미소를 보이고는 방 밖으로 빠져나갔다.

"깨어났니?"

발걸음 소리와 함께 곧바로 익숙한 목소리가 들렸다. 혜량선사였다.

"어떻게 되었습니까, 누가 이겼습니까?"

광덕은 전황부터 물었다.

"이겼어. 우리가"

야이차가 혜량의 뒤를 따라 방 안으로 들어서며 말했다.

"네가 말한 우리는… 신라?"

야이차가 이곳에 있다는 것은 신라의 승리를 의미했다. 광덕은 불안한 시선으로 야이차와 혜량을 번갈아 보았다.

"신라는 이곳 적성을 점령한 후에 벌써 북쪽의 내토성 공략에 성공하고 국원성을 공격하고 있어."

광덕은 마치 자신의 일인 듯 의기양양하게 말하는 야이차의 태도에서 그동안 일어났던 일을 추측할 수 있었다.

"스승님도 저들에게 항복한 것입니까?"

"신라 서라벌로 가서 불법을 강설하기로 약속했네."

혜량은 남의 이야기하듯 담담하게 말했다.

"저 처자는 누굽니까?"

"적성 성주의 딸일세, 거칠부가 자네의 간병을 맡겼네."

"적성 성주의 딸…, 왜죠?"

"투항하라는 거지. 거칠부가 자네를 잘 본 모양일세. 아직 어리지만 절세미인인 성주의 딸을 자네에게 주려고 하는 것을 보면."

이번에도 혜량을 대신해 야이차가 약간 비아냥거리며 말했다.

"성주 딸이 노비냐, 나에게 주게!"

화부터 냈다.

"전쟁에서 포로로 잡히면 노비가 되는 거야. 자네도 마찬가지야. 투항하지 않는다면 저 애와 같은 처지가 되는 거지."

"뭐야. 이 자식이!"

화가 치밀어 소리를 지르긴 했지만 몸을 움직일 수가 없었다. 그러다 문득 적성 성주의 안위가 염려됐다.

"적성 성주는?"

"전사했어."

야이차는 아무런 감정 없이 말했다.

광덕은 어느새 방으로 돌아와 자신을 간병하고 있는 소녀를 바라보았다. 그녀의 눈에 눈물이 가득했다. 괜히 적성 성주의 안위를 물었나 싶어 후회가 될 즈음 그녀가 흐느껴 울기 시작했다.

"시끄러워!"

야이차가 소리 지르자 금방 겁먹은 목소리로 울음을 그쳤다. 눈물을 가득 머금은 채.

"자네는 이미 환속을 한 모양이군. 승복을 벗고 있는 것을 보니."

"난 더 이상 고구려 사람이 아니네. 신라의 군인이 되어 내 부모를 죽이고 우리 조상의 영지를 빼앗은 고구려에 복수할 걸세."

야이차는 두 주먹을 불끈 쥐며 결의에 찬 목소리로 말했다.

"스승님, 어떻게 된 것입니까?"

광덕은 시선을 혜량선사에게 돌렸다.

"역부족이었어. 적성 성주는 전사했고, 기습을 당한 고구려군은 제대로 싸워보지도 못하고 무너졌어. 나와 야이차, 그리고 많은 도반들은 신라에 투항했네. 거칠부 말이 야이차는 신라의 벼슬을 받을 것이라 하더군."

"그랬군요."

광덕은 실망한 듯 혜량선사의 시선을 외면한 채 돌아누웠다.

"자네도 투항하게. 거칠부는 자네를 큰 인물로 생각하고 있네. 투항만 한다면 자네에게도 벼슬을 내릴 걸세."

야이차가 광덕을 설득하기 위해 말했다.

"……."

"물론 저 아이도 자네에게 줄 수 있다고 했네."

광덕이 아무런 반응을 보이지 않자 야이차는 협상하듯 또 다른 제안을 했다.

"생각 좀 하게 나가주겠어?"

"그래 생각을 해봐야지. 자네 같은 지사가 쉽게 생각을 바꿀 순 없겠지."

"신라가 떠오르는 세력이라면 고구려는 이제 멸망할 날을 기다리는 처지일세."

혜량도 한 마디를 거들고는 밖으로 나갔다. 광덕은 아무 생각을 하지 않기로 했다. 몸도 마음도 지쳤기 때문이었다.

한 달이 지났다. 광덕은 의식을 회복했다. 몸의 통증도 점점 사라지고 있었다. 야이차와 혜량선사는 매일 광덕을 찾아 안부를 물었다. 그들은 집요하게 광덕이 투항할 것을 설득했다. 그러는 동안에도 적성 성주의 딸은 광덕의 곁에서 정성으로 간병했다. 가끔씩 미소를 보이기는 했지만 수심이 가득 찬 얼굴이었다. 그리고 수시로 울기도 했다. 오년 전 부모를 잃었던 자신의 처지를 생각해본다면 어린 나이에 졸지에 부모를 잃고 적에게 포로가 된 그녀의 입장이 충분히 이해가 되었다.

"광덕이 있는가?"

거칠부의 목소리였다. 투구는 벗었지만 갑옷을 입고 있었다. 늠름했다. 장수의 기개가 한 눈에 느껴졌다. 광덕은 몸을 일으켰다. 어린 처자는 겁먹은 표정으로 한 걸음 뒤로 물러섰다.

"고맙네. 옛정을 잊지 않고 잘 치료해줘서."

광덕은 머리를 숙이며 사례했다.

"아닐세. 그동안의 정리를 생각한다면 이 정도는 당연히 해야지."

거칠부는 손사래를 치며 말했다.

"북쪽으로 원정을 떠났다는 말을 들었는데?"

"국원성은 물론 멀리 고현(高峴, 강원도 철령 근처로 추정)까지 이제 신라 땅이 되었네."

거칠부는 약간 격앙된 목소리로 말했지만 광덕은 깜짝 놀라며 한동안 말을 잇지 못했다. 관나부의 북쪽에 위치한 옥저까지 거의 신라의 땅이 되었다는 것이다.

"신라가 어떻게…."

"고구려는 관나부 땅을 포기한 듯 힘 한 번 제대로 쓰지 못하고 무너졌네. 민심이 이미 고구려를 떠났어. 이제 신라는 험한 철령을 경계로 고구려와 맞서게 되었네. 머잖아 한강 하구로 진출할 것이네. 그렇게 된다면 드디어 우리는 남의 땅을 거치지 않고 곧바로 중국으로 갈 수 있을 것이네."

거칠부는 신라의 숙원을 자신의 손으로 이루어가는 것에 대해 큰 자부심을 느끼고 있는 듯했다.

"자네의 호연지기가 머잖아 실현되겠네 그려. 축하하네."

광덕은 거칠부와의 산철 때를 떠올리며 말했다.

"고맙네. 자네의 영지가 국원성이라고 했지?"

"그렇다네. 조상으로부터 물려받은 땅이지."

"고구려는 관나부 땅을 포기했어. 우리는 그곳을 차지했고. 앞으로 중요한 것은 그 땅을 지키는 것이지. 우리 신라의 방침은 원래 주인들에게 그곳을 다스리게 하자는 것일세. 어떤가 자네도 조상의 땅을 되찾아 다스리는 것이?"

"나에게 신라로 귀순하라는 말인가?"

"나는 신라의 왕족이고 얼마든지 그럴 능력이 있어. 우리 임금의 뜻도 그러하고."

"자네의 배려가 고마울 뿐일세. 하지만 나는 아직 상처가 다 아물지 않왔을 뿐 아니라 자네가 추천할 만큼 뛰어난 재주가 있는 사람도 아닐세."

"난 자네 같은 인재를 몰라보는 바보가 아닐세. 자네의 심지가 얼마나 깊은지도 알고 있네. 그리고 비록 패하긴 했지만 세군이 내세웠던 가장 뛰어난 장수가 자네였다는 것도 야이차에게 들어서 알고 있네."

"자네가 나를 그렇게까지 평가해준다니 고맙네. 하지만 난 그럴 만한 그릇이 못 되네. 다시 불자가 되어 산으로 들어가고 싶네."

"물론 그냥 주는 것은 아니네. 우리의 원대한 꿈을 이룰 수 있게 도와달라는 것이지."

"원대한 꿈?"

"자네가 우리를 도와준다면 삼한 통일의 초석을 깔 수 있을 것일세."

"삼한 통일?"

뜻밖의 말이었다. 거칠부의 포부가 삼한 통일이었다니, 자신은 한 번도 그런 꿈을 꾸어본 적이 없었다.

"자네 큰 뜻을 품었군."

"사내라면 그 정도의 꿈을 가져야 하는 것 아닌가?"

"스승님과 야이차는?"

광덕은 직답을 피했다.

"서라벌로 돌아간 후 우리 임금님께 스승님 이야기를 많이 했네. 우리 대왕께서 스승님을 만나길 원하셔서 나와 함께 서라벌로 갈 것이네. 야이차에게는 공적을 인정해 큰 벼슬을 내리셨고. 당분간 이곳을 안정시키는 데 힘을 보태겠지만, 머잖아 야이차는 적성 성주가 돼 이곳을 다스릴 것일세."

"다 자네 덕이네."

"자네의 답을 듣지 아직 듣지 못했네."

"자넬 돕겠네."

광덕은 뜻밖에도 머뭇거리지 않고 대답했다.

"실망인데. 내가 아는 광덕은 이렇게 쉽게 뜻을 바꿀 사람이 아닌데…, 어쨌든 고맙네. 이제 삼한은 격동의 시기를 맞이했네. 신라와 고구려, 신라와 백제의 관계도 이전과는 분명히 달라질 것이네. 당분간은 전쟁이 끊이지 않겠지만 결국은 신라가 승리할 것일세. 자네도 이제 힘을 보태겠다고 했으니 더욱 힘이 나네."

거칠부는 광덕이 손쉽게 허락을 하자 약간 놀리듯 말을 하면서도 진심으로 고마워했다.

"가진 것 이상으로 나를 인정해주니 고맙네."

"나는 서라벌로 돌아갔다가 해가 바뀌고 봄이 되면 다시 돌아올 것이네. 그때까지 몸을 잘 추슬러서 장수의 모습을 되찾아주길 바라네."

"염려 말게. 자넬 실망시키지 않을 테니."

광덕은 시원스럽게 대답했다.

"아참, 저 아이는 적성 성주의 딸이네."

거칠부는 어린 처자를 가리키면서 웃음을 한 번 지어보였다.

"자네에게 주겠네. 자네에 대한 나의 마음일세. 첩으로 삼든, 노비로 삼든 마음대로 하게."

"고마우이."

"자 이제 가야겠네. 내년 봄에 보세."

거칠부는 승전한 신라의 군사들과 함께 서라벌로 떠났다. 혜량도 그를 따라 신라 땅으로 들어갔다. 그들은 천여 명의 군사를 적성에 남겨 놓았고, 야이차는 그들 중 일부를 지휘하는 지휘관이 되었다.

어린 처자의 이름은 아이지였다. 나이는 열 셋. 그녀는 신라군이 득실거리는 집 밖으로 잘 나가지 않았다. 수급이 잘린 아버지와 목숨을 잃은 다른 가족들 생각이 나는지 그녀는 수시로 울었다. 광덕은 그런 그녀를 나무라지 않았다. 때로는 등을 토닥거려주며 위로하려 애쓸 뿐이었다. 상처가 아물어 걸을 수 있게 되자 광덕은 방 안에만 있는 그녀를 밖으로 데리고 나가 강변을 거닐기도 했다. 그녀는 조금씩 자신의 이야기를 하며 마음을 열었다.

"아저씨 절 어찌 하실 거예요?"

경계심이 풀려서인지 어느 날 조심스럽게 아이지가 광덕에게 물었다.

"어떻게 했으면 좋겠느냐?"

"말해도 돼요?"

"당연하지."

"……."

그녀는 쉽게 말하지 못했다.

"말하기 싫으면 하지 않아도 돼."

"효수되어 성문에 달려 있는 아버지의 목을 잘 묻어 주었으면 좋겠어요. 그리고 또…."

아이지는 망설이다가 자신의 생각을 밝히기 시작했다. 순간적으로 그녀의 아픔이 광덕의 마음속으로 밀려들어왔다.

"그리고 또 무엇이냐?"

"저를 평양성으로 데려다주면 좋겠어요."

"뭐라고! 넌 내가 신라에 투항한 사람인줄 모르느냐?"

광덕은 짐짓 화난 표정을 지었다.

"전 알아요."

"뭘?"

"아저씨가 쉽게 투항할 사람이 아니라는 걸요."

그녀는 광덕의 마음을 알고 있는 듯 광덕의 말에 아랑곳하지 않고 말했다.

"왜 그렇게 생각하니?"

"아저씨는 저를 딸처럼 보살펴주고 있어요. 다른 사람 같으면 벌써 저를 품었을 텐데."

"그래서 너를 평양성으로 데려달라고 아버지에게 떼쓰듯 말하는 것이냐?"

"예."

순간 광덕의 표정은 점점 일그러졌다.

"네가 모르는 것이 있는데 아저씨는 고구려에 큰 원한을 품은 사람이다. 그러니 앞으로는 그런 소리 함부로 하지 마라. 오늘은 용서하지만 다음에는 절대 용서 하지 않을 것이다."

"죄송해요. 다시는 그런 말 하지 않을게요."

아이지가 또 눈물을 흘렸다. 광덕은 그런 그녀의 모습을 가만히 지켜보기만 했다.

광덕은 점차 밖으로 나다니는 시간을 늘렸다. 주로 사냥에 나섰는데 그럴 때마다 빈손으로 돌아오는 일이 없었다. 그는 사냥한 것을 요리해 아이지와 함께 나눠 먹었다. 비쩍 말랐던 그녀의 몸도 점점 살이 올랐다.

이곳의 겨울은 너무나 혹독해 동물이고 사람이고 웬만하면 제 집 밖을 나서지 않았다. 따라서 적의 공격 또한 염려할 바가 아니었기 때문인지 적성 방어의 책임을 지고 있던 야이차도 날이 추워지면서 이전보다 자주 광덕을 찾아왔다. 눈발이 심하게 날리던 어느 날 그의 손에는 술병이 들려 있었다.

"자네 이제 완전히 파계한 모양일세."

"원래 우린 불자가 아니지 않은가? 잠시 몸을 숨기기 위해 암자로 찾아 갔을 뿐."

"하긴 원래 자넨 술을 잘 마셨지."

야이차는 이곳에서 꽤 여러 차례 술자리를 가진 듯 평양성에서의 어린 시절과 추군에게 패한 후 이곳으로 쫓겨 오던 어려웠던 상황을 떠올리며 술잔을 기울였다. 광덕은 몸이 완전하지 않다는 핑계로 그가 권하는 술을 마시지 않았다.

"앞으로 자넨 어떻게 되는가?"

광덕은 야이차가 신라에 투항한 의중을 알고 싶었다.

"아마도 신라가 한강 하류의 백제를 공격할 것 같은데 그때 참전해서 공을 세워야지."

"그 다음엔?"

"거칠부가 우리 조상의 영지를 찾아 준다고 약속했네."

"신라는 골품제가 매우 엄격하다던데 고구려 사람이 신라에서 버틸 수 있을까?"

"어차피 나는 서라벌에는 들어가지 않을 것이네. 잃어버린 조상의 땅을 찾아 그곳에 정착해서 살 것이네."

야이차는 앞에 놓인 빈 잔에 술을 채우고 들이켰다.

"그런데 자네 재하고는 어떤 사인가, 밤에는 품고 자겠지?"

술기운이 넘치자 취한 눈으로 아이지를 한 번 쭉 훑고 난 야이차는 히죽거리며 화제를 바꾸었다.

"난 더 이상 불자가 아닐세."

광덕은 이미 많이 자란 자신의 머리를 가리키며 말했다.

"하하하. 그렇지 새봄이 돌아오면 신라의 장수가 되어 세상을 호령할 분이시지."

야이차는 아이지를 힐끔 쳐다본 후에 껄껄거리며 웃었다.

"쓸데없는 소리 그만하고 나도 한 잔 주게."

"안 마신다며!"

"우리의 처지가 참 기구해서 한 잔 마셔야겠네."

"좋지. 자네가 이렇게 술친구가 되어준다면 신라에서의 삶도 외롭지는 않을 것일세. 하하하."

야이차는 광덕의 동조에 기분이 좋아진 듯 술을 연거푸 들이켰다. 광덕은 그에게 맞춰 한 잔씩 마셨다.

"자네 많이 취했네. 이제 돌아가게나. 장수가 진영을 비우면 안 되니."

광덕은 야이차가 혀가 풀린 듯하자 술자리를 파하려 했다.

"괜찮아…, 안 가도 돼."

"아니야. 가야 돼."

광덕은 자리에서 일어나 몸도 제대로 가누지 못하는 야이차의 웃옷을 챙겨 힘들게 입힌 후 억지로 부축해 집을 나섰다.

"자네가~ 곁에~ 있으니…, 정말 좋아."

야이차는 광덕에게 이끌리다시피 가면서도 기분이 좋은 듯 혀 꼬부라진 소리로 연신 떠벌렸다.

"나도 그래. 신라에 아는 사람이라고는 자네와 나 둘밖에 없으니 앞으로 서로 의지하면서 살아야지. 그래야 신라에서도 살아남겠지."

광덕은 야이차의 비위를 맞추며 밤길을 걸었다. 야이차는 자신의 숙소에 들어서자 한 잔 더 하자며 광덕을 붙잡았다. 광덕은 야이차와 더불어 밤새 마실 기세로 술을 마셨다. 불과 얼마 전까지 승복을 입었던 사람이라고는 상상할 수 없을 정도로. 마침내 야이차가 쓰러져 잠이 들었다. 그러자 광덕은 일어나 집으로 향했다.

아이지는 어지럽게 널려 있는 술상을 치우고 자리를 깔았다. 아랫목에 아저씨 자리, 윗목에는 자신의 자리. 그리고는 부뚜막으로 나가 아궁이에 나무를 가득 넣어 군불을 지폈다. 날씨가 더 추워지자 광덕의 상처부위가 신경 쓰였기 때문이었다.

시간이 한참 지났는데도 아저씨가 돌아오지 않았다. 더 이상 집 안에만 있을 수 없었다. 집 밖으로 나갔다. 움직이는 생명체라곤 자신의 그림자밖에 없었다. 소백산의 검은 바람은 점점 아이지를 얼어붙게 만들었다. 잠깐 멈추었던 눈이 다시 내리기 시작했다. 더 이상 기다리다가는 얼음 기둥이 될 것 같았다. 그녀는 발길을 돌렸다. 그때 어둠 속에서 더 어두운 그림자가 나타났다.

"추운데 왜 나와 있어?"

"사고 난 줄 알았어요."

어느새 아이지의 눈에서는 눈물이 흐르고 있었다. 광덕은 말없이 아이지를 꼭 껴안고는 방 안으로 들어갔다.

"눈물 닦아."

평소와 달리 광덕의 목소리는 차가웠다.

"너, 평양성에 데려다달라고 했지?"

"예?"

"평양성에는 연고가 있느냐?"

"외삼촌이 계십니다."

"찾아갈 수 있겠느냐?"

"평양성까지만 가면 찾을 수 있습니다."

"밖에 눈이 내리고 있어. 지금 떠나면 우리 발자국이 완전히 지워질 거야."

"아저씨는 신라에 투항하지…."

"적을 속이기 위해선 아군부터 속여야 하는 법이다."

놀란 눈으로 쳐다보는 아이지의 말을 재빠르게 끊었다.

"가끔씩 사냥을 나가서 잡은 짐승들로 육포를 준비해두었다. 썰매도 만들어놨다. 썰매를 타고 강을 따라 한성까지 간 다음에 육지 길을 택해 평양성으로 간다. 그리고 네 아버지 목은 지금 내가 묻어 주고 왔다. 땅이 얼어서 파기가 힘들어서 대충 묻었다. 나중에 다시 이곳을 수복하는 날 잘 장사 지내주거라."

"고맙습니다. 정말 고맙습니다."

또다시 아이지의 눈에 눈물이 고였다.

"짐을 챙겨라. 얼어 죽지 않게끔. 지금 출발한다."

평양성

위만조선의 수도였던 평양성을 함락한 한나라는 그곳에 한사군 중 하나인 낙랑군을 설치하고 태수를 파견해 다스렸다.(BC 108년~AD 313년) 조상의 땅을 되찾기 위해 노력하던 고구려는 미천왕 때 드디어 400년 만에 한사군을 몰아내고 잃어버린 고토를 되찾았다.(314년) 하지만 당시 고구려의 왕도는 멀리 압록강 상류에 있는 국내성(길림성 집안)이라 이곳을 효율적으로 통치하지 못했다.

그 틈을 이용해 한강 유역의 백제가 한강을 넘어 황해도를 점령하고 평안도 지역까지 영토를 넓혔다. 고국원왕은 이를 막기 위해 백제와 싸우다 전사했다. 힘겹게 되찾은 지역을 백제에게 넘겨줄 위기를 맞이했다. 다행히 광개토대왕과 장수왕이 나서서 이를 진압해 낙랑지역을 되찾았다. 특히 장수왕은 아예 고조선의 수도였던 평양성에 도읍을 옮김으로써 고조선의 적통을 계승한 나라는 고구려라는 것을 천명했다.

고구려는 영지 관리를 위해 보통 두 개의 성을 쌓았다. 평지성과 전시성인 산성이었다. 평지성은 농경과 목축 등 생산 활동을 벌이는 영지에 쌓는 성으로 일반적으로 흙으로 쌓았다. 전시성은 인근의 험한 산에 쌓는 것으로 전쟁이 발생하면 백성과 작물, 가축들을 모두 소개시켜 농성에 대비할 수 있는 튼튼한 돌로 쌓았다. 평양성으로 도읍을 옮긴 장수왕은 전통적인 방식에 따라 대성산에 산성을 쌓고 또 왕궁을 만들었다.

백성들은 대동강과 보통강을 자연 해자로 삼고 흙으로 쌓은 토성 안에서 자유롭게 살았다. 그러던 중 변화가 생겼다. 추군과 세군의 내란을 겪은 후 고구려의 힘은 급속도로 약해졌는데 그 틈을 이용해 남쪽과 북쪽에서 적들이 쳐들어왔다. 북쪽에서는 돌궐족이 고구려를 공격했고, 남쪽에서는 신라와 백제의 연합군이 공격했다. 고구려가 힘겹게 북쪽의 돌궐족을 몰아내는 동안 남쪽의 신라와 백제 연합군은 한강 하류 지역은 물론, 남한강 상류 지역의 10개 이상의 성들을 빼앗았다.

또다시 고구려는 위기에 처했다. 평양성도 안심할 수 없는 처지가 되었다. 양원대왕과 고추가 고흘은 평양성을 새롭게 쌓기로 결정했다. 이전과는 달리 진시성, 평시성의 개념을 없애고 외성과 내성, 그리고 왕성을 새롭게 구축하기로 했다. 백암산성에서 사로잡은 돌궐족 포로들을 투입하기로 했다.

그때 중국의 북쪽을 지배하는 북제(北齊)의 문선제가 사신을 보내 고구려를 침공하다 포로로 잡힌 사람들은 자신의 백성이라며 이들을 돌려보내길 요구했다. 그들의 주장이 억지인 것을 알았지만 고구려는 그들의 요구에 응하지 않을 수 없었다. 이제 남은 사람들은 서돌궐 출신의 포로들밖에 없었다. 농한기에는 백성들을 동원하고 있지만 농번기에는 이들만으로 성을 쌓아야 했다.

5월의 대동강 변, 줄지어 선 버드나무는 가지를 길게 늘어뜨려 편안한 휴식을 취했고, 아무렇게나 핀 봄꽃들 위로 벌과 나비들이 부지런히 오가며 봄날이 주는 은총을 마음껏 누리고 있었다. 그러나 평양성 신축에 동원된 포로들은 그렇지 않았다. 이른 더위에 웃통을 벗은 수많은 사내들이 쉴 틈 없이 일을 하고 있었다. 나무를 베는 사람, 큰 돌을 나르는 사람, 흙을 파는 사람…. 자세히 그들을 살펴보면 그들의 생김새가 예맥사람들과 여러모로 달랐다. 하얀 피부에 곱슬머리, 훤칠한 키에 우뚝한 코, 움푹 파인 눈에 쌍꺼풀이 인상적이었다.

포로가 된 맥철도 평양성 쌓는 일에 동원되었다. 어깨를 다쳐 오른팔 사용이 자유롭지 않은 그는 왼팔로 힘겹게 등짐을 지고 바위를 날랐다. 양고기와 염소우유를 시도 때도 없이 먹고 마시며 살던 그에게 하루 두 끼 수수밥은 배를 채우기에 턱없이 부족했다. 팔 척* 반의 훤칠한 키에 건장하던 몸이 매우 야위었다.

"우리 계속 이렇게 살아야 합니까?"

잠깐 쉬는 틈을 이용해서 파랑치가 물었다.

"고향으로 돌아가야지."

"언제 돌아갑니까? 다른 부족들은 다 돌아갔는데."

"글쎄, 우리를 이곳으로 보낸 투먼은 우리를 잊고 있는 것 같고…. 돌아갈 고향은 머나먼 힌두쿠시산 너머에 있으니…."

"그렇다고 이렇게 노예로만 살 수는 없지 않습니까?"

"돌아갈 준비가 되어야 떠나지."

"그때가 언젭니까?"

"나도 몰라."

---

* 한 척 22cm로 이는 진나라 측량법임.

파랑치는 답답한 듯 한숨만 쉬었다. 답답하기는 마찬가진지 맥철도 긴 한숨을 내쉬었다.

"작업 시작!"

짧은 휴식이 끝났다. 초원을 달리며 늑대를 쫓고 양과 염소를 이끌며 지평선 너머로 오가던 이들에게 하루 종일 웅크리고 앉아 돌을 쪼고, 땅을 파는 일은 고역이었다. 일도 서툴렀다. 감독관은 게으름을 피운다며 때로는 몽둥이질을 했고, 이뗜 때는 그나마 조금 주는 수수밥도 건너 뛸 때가 많았다.

"악!"

다급한 비명소리가 들렸다. 맥철은 하던 일을 멈추고 얼른 달려갔다. 성벽에서 돌쌓기를 하던 젊은 부족원이, 전쟁터에서는 정말 용감하던 전사가, 바윗돌에 깔려 쓰러져 있었다. 바윗돌의 무게를 이기지 못하고 바윗돌을 안고 쓰러진 것이다. 갈비뼈가 부러졌는지, 장기에 손상을 입었는지 그는 바윗돌을 치워도 움직이질 못했다.

"저리 비켜!"

사람들이 모여 들자 감독관들은 부상당한 노역자의 모습을 다른 노역자들에게 보여주기 않기 위해 얼른 사람들을 사고현장에서 몰아내었다. 그러나 그들은 물러서지 않았다. 매를 맞으면서도 동료 곁을 떠나려하지 않았다. 급기야 병사들이 몰려왔다. 창과 검을 겨누자 그때서야 그들은 겨우 한 발짝 뒤로 물러섰다. 그러나 맥철은 물러나지 않았다. 그는 부상당한 동료 곁에 앉아 애통해하며 그의 곁을 지켰다. 창끝을 겨누던 병사가 창대로 그를 힘껏 내리쳤다. 발길질도 이어졌다. 그러자 한 발 물러나 있던 파랑치가 달려들어 맥철을 구타하던 병사에게 주먹질을 해댔다. 감독하던 고구려 병사들은 깜짝 놀라 검과 창을 휘두르기 시작했다. 분노한 돌궐포로들은 창에 찔리고 검에 베이면서도 군인들에게 달려들었다. 그들은 병사들의 창과 검을 빼앗아 고구려 병사들을 공격하기 시작했다. 순식간에 작업장은 싸움터로 변했다. 그동안 억눌렸던 감정을 한꺼번에 쏟아내듯 돌궐인들은 죽기를 각오한 사람처럼 싸웠다. 곳곳에서 피를 흘리며 쓰러지는 고구려 병사들이 늘어났다.

"멈춰라!"

대갈성이 들리자 일시적으로 싸움이 멎었다. 언제 달려왔는지 말을 탄 장수가 수백 명의 무장한 병사들과 사수들을 이끌고 이들 앞에 서 있었다. 화살을 시위에 메긴 활은 돌궐포로들을 겨눈 상태였다.

"무기를 내려놓아라!"

돌궐인들은 맥철의 눈치를 살폈다. 맥철의 왼손에는 검이 들려 있었다,

"성벽 뒤로 몸을 숨겨라!"

그동안의 고생으로 몇 단 정도 높이의 성벽이 만들어져 있었다. 뜻밖의 명령에 돌궐인들의 입가에는 미소가 떠올랐다. 그들은 머뭇거림 없이 곧바로 성벽 뒤로 달렸다. 고구려 병사들과 뒤엉켜 있는 상태라 궁수들은 화살을 쉽게 쏘지 못했다. 대신 그들은 곧바로 돌궐인들을 공격하기 시작했다. 또다시 싸움이 시작되었다. 오랜 노역으로 고구려인들에 대한 분노가 쌓인 돌궐인들은 물러서지 않았다. 결국 기세에 놀란 고구려군이 한 발 물러섰다. 한동안 대치 상태가 계속되었다.

"무기를 챙겨라! 날이 어두워지면 이곳을 벗어난다. 그때까진 버텨야 한다."

맥철은 재빨리 부하들을 지휘하기 시작했다.

산속을 헤매던 광덕은 멀리 대동강이 보이자 잠시 걸음을 멈추었다.

"넌 여기서 잠깐만 기다려라."

광덕은 개울을 찾아 옷을 벗고 깨끗이 목욕을 했다. 그리고는 조그만 검을 꺼내 머리카락을 자른 후 바랑 속에서 납의를 꺼내 입었다.

"자, 이제 가자!"

"아저씨, 다시 스님이 되셨네요."

"이제부터 나는 스님이 되어 살아갈 것이다."

적성을 탈출한 후 썰매를 밤새달려 국원성을 통과한 후부터 낮에는 산속에서 잠을 자고 밤이면 강으로 나와 다시 썰매를 타고 북쪽으로 향했다. 두물머리에 이르러서는 북한강 쪽으로 방향을 잡았다. 날씨가 너무 추워 더 이상 걸을 수 없을 즈음 광덕은 미리 계획하고 있었던 듯 동굴을 찾아 그곳에서 겨울을 보냈다. 추격해오는 사람들은 없었다. 지나가는 사냥꾼 하나도 만나지 못했다. 양식이 떨어질 무렵부터 사냥을 하면서 배고픔을 이겼다. 날이 풀리자 광덕은 길을 재촉했다. 가끔씩 산도적도 만났지만 광덕의 뛰어난 활솜씨와 검술은 그들을 상대하기에 충분했다.

"자, 이제 강을 건너자!"

광덕은 나룻가로 가 평양성으로 향하는 나룻배를 탔다. 나루를 건너 평양성문에 다다르자 기찰군사가 앞을 막았다.

"스님은 어디로 가시는가요?"

"이 처자의 외삼촌댁에 가는 중이오."

"너 외삼촌이 누구니?"

광덕의 대답에 기찰군사의 질문은 아이지를 향했다.

"고추가요."

"고추가!"

기찰군사보다 광덕이 더 놀랐다.

"정신이 나간 아이구만!"

추한 몰골에 너덜너덜한 차림새를 본 기찰군사는 웃고 말았다.

"아마도 평양성은 고추가라는 분이 사는 곳이라고 들은 것 같아 한 말이니 이해하시오."

광덕은 얼른 사태를 수습하려 했다.

"평양성은 당신들 같은 사람이 들어갈 곳이 아니니 돌아가시오."

기찰군사는 상대가 스님인지라 화를 억누르며 점잖게 말했다.

"우리는 적성에서 겨우 살아온 사람들이오. 나는 적성 성주의 딸이오."

아이지의 태도가 달라졌다. 광덕과 둘이 있을 때와는 달리 당당했을 뿐 아니라 목소리도 위엄이 넘쳤다.

"적성이라면 신라에 빼앗긴 성…, 잠깐 기다리시오."

아이지의 기세가 비범치 않다고 생각한 기찰군사의 대하는 태도가 달라졌다.

"비상이다. 전원 집합!"

그때 성 안에서 낯선 군사 하나가 성 밖을 향해 큰소리로 외쳤다. 그 소리에 기찰하던 군사들은 하던 일을 그만두고 곧바로 토성 안으로 달려갔다. 덕분에 광덕은 손쉽게 평양성 안으로 들어갈 수 있게 되었다. 성 안으로 들어서자 놀라운 광경이 벌어지고 있었다. 무장을 한 군사들과 정과 망치를 든 노역자들이 대치하고 있었다. 쌍방 간에 사상자가 많아 곳곳에 시신이 널려 있었고 부상당한 자들의 신음소리가 끊이지 않았다. 광덕은 노역자들을 유심히 살폈다.

'돌궐족이다!'

돌궐족 속에는 칙륵, 기기시족, 소고드족 등 생김새와 피부색이 자신들과는 다른 종족이 있다는 것을 익히 들었다. 재작년인가 고구려가 돌궐의 침입을 막고 많은 포로를 잡았다는 소문을 들었는데 그들 중 하나일 것이라는 생각이 스쳤다.

성 안에는 이미 많은 사람들이 몰려들어 싸움 구경을 하고 있었다. 광덕도 그들 틈에 섞였다. 돌궐족들이 말을 잘 타고 힘이 세며 싸움을 잘한다는 소리를 들은 적이 있는데 과연 그런지 궁금했다. 고구려군은 계속 증원되었다. 드디어는 궁수들이 화살을 쏘기 시작했다. 돌궐인들은 허리춤 정도 쌓아올린 석성 뒤로 몸을 숨겼다. 뒤를 이어 창병들이 돌궐족들을 향해 공격을 했다. 성벽에 웅크리고 있던 돌궐족들도 밖으로 나와 이들을 상대했다. 싸움은 치열했다. 제대로 무장을 갖추지 못했지만 돌궐족은 밀리지 않았다. 오히려 기세를 이기지 못한 고구려군이 후퇴를 했다. 또다시 대치가 지속되었다.

고구려군은 구경꾼들을 해산시켰다. 어두워지기 전에 아이지의 외가를 찾아야 하는 광덕도 그곳을 떠나야 했다.

"너희 외삼촌댁을 찾을 수 있겠느냐?"

광덕은 다소 난감한 표정으로 물었다.

"어릴 때 기억밖에 없어 찾기 힘들지만 고추가 어른 댁을 물으면 찾을 수 있을 거예요."

"진짜로 너의 외가가 고추가 댁이란 말이냐?"

광덕은 아이지가 기찰병사에게 한 말이 농담인줄 알았다.

"예."

"고추가라면 고흘을 말하는가?"

"예."

아이지는 망설임 없이 말했다. 순간 광덕은 얼어붙은 듯 그 자리에 멈춰 섰다.

"왜 그러세요?"

광덕은 아이지의 말에 대답 없이 생각에 잠겼다. 적성 성주의 딸이라면 가능한 일이었다. 왜 거기에까지 생각이 미치지 못했는지 자책했다. 세군과의 내전에서 승리하고 권력을 잡은 추군은 세군의 영지였던 관나부에 직접 관리를 파견했다. 세군에 참여하지 않았던 관나부 귀족들에게는 추군 귀족들의 딸들을 시집보내 관나부 지역 귀족들의 환심을 샀다. 접경지역의 성주들에게는 더욱 신경을 썼는데 신라와의 관문인 적성 성주에게 고흘이 친여동생은 아니더라도 이복 여동생이 있다면 얼마든지 시집보낼 수 있는 일이었다. 만약 아이지가 고흘의 조카라는 것을 알았다면 이런 위험을 무릅쓰는 일은 하지 않았을 것이다. 그렇다고 이제 와서 모른 채 할 수도 없는 일이라 난감했다.

"고흘의 조카라는 것을 왜 나에게 말하지 않았느냐?"

"말하지 않는 것이 말하는 것보다 낫다는 생각이었어요."

"뭐라고!"

뒤통수를 맞은 기분이었다. 광덕은 이미 그녀의 총명함에 대해서는 알고 있었지만 이렇게 생각이 깊을 줄은 몰랐다.

"고흘의 집은 나도 알고 있다. 가보자."

광덕은 고흘이라는 말에 온갖 감정이 교차했다. 추군과의 내전 때 자신의 부모를 죽이고 가문을 파탄 낸 장본인이 고흘이었다. 소백산 자락까지 쫓겨가 머리를 깎을 수밖에 없었던 것도 고흘 때문이었다. 그가 다시 평양성을 찾은 것도 그에게 복수할 기회가 생기지 않을까하는 일말의 기대감 때문이었다. 그런데 일이 생각지도 않은 방향으로 흘러가고 있었다. 고흘만 죽일 수 있다면 죽어도 좋았다. 많이 살지는 않았지만 지금까지 살면서 자신의 뜻대로 된 것은 없었다. 헝클어진 삶에 대한 해답은 운명이었다. 운명이 자신의 삶을 주도하는 것이라 믿었다. 그 운명의 신이 드디어 자신의 소원을 들어줄지도 모른다는 생각에 가슴이 뛰었다.

"아저씨가 어떻게 아세요, 가보신 적이 있으세요?"

"가본 적이 있지…."

광덕은 고흘의 집을 알고 있었다. 어찌 고흘이 사는 곳을 잊을 수 있겠는가? 광덕은 그녀를 데리고 귀족들이 모여 사는 금수산 쪽으로 방향을 잡았다. 평양성 안은 칠 년 전과 많이 달라져 있었다. 이전에 비하면 활력이 없었다. 금수산 자락으로 들어선 뒤에는 자신이 살았던 곳의 흔적들을 찾아보았다. 영지에 머물다가 평양성에 올라올 때면 머물렀던 집터는 폐허로 방치되어 있었다. 씁쓸한 마음을 달래며 발길을 연나부 귀족들이 사는 곳으로 옮겼다. 기와집들이 즐비했다.

"저 집이 맞니?"

"맞는 것 같아요."

고흘의 집 앞에는 무장한 군인들이 지키고 있었다. 광덕은 삿갓을 썼다. 아이지는 그 뒤를 따랐다.

"멈추시오!"

광덕이 다가서자 무장한 문지기들이 막아섰다.

"어디를 가시오?"

"여기가 고추가 어른 댁이오?"

"그렇소만, 누구시오?"

"나는 적성에서 온 사람이오. 여기 이 처자는 적성 성주의 따님이고,

고추가 어른의 조카요."

광덕의 말에 문지기들은 광덕과 아이지를 계속 훑기만 했다. 너덜너덜한 옷에 제대로 씻지도 못한 몸에서는 냄새도 났다. 스님이라 말을 높이긴 했지만 그럴 필요도 없을 것 같았다.

"만약 거짓이면 살아남지 못할 것이다!"

마냥 무시만 할 수 없었던지 문지기는 강한 말투로 두 사람을 으른 후에 그중 한 사람이 안으로 들어가려 했다. 그때 안에서 먼저 문이 열렸다.

— 끼이잉

솟을대문이 열리고 그 사이로 무장한 군인들이 말을 이끌고 나타났다. 문지기들이 머리를 숙였다. 중간에는 화려한 갑옷을 입은 사람이 나왔다. 고흘이었다. 돌궐족이 반란을 일으켰다는 보고를 받고 군사를 이끌고 직접 현장으로 나서던 길이었다.

'고흘이다!'

삿갓으로 가려졌지만 광덕의 눈이 번뜩였다. 투구를 쓰지 않은 고흘의 모습을 단번에 알아볼 수 있었다. 광덕의 오른손은 절로 가슴에 품고 있는 단도 쪽으로 움직였다.

"외삼촌!"

광덕의 뒤에 지켜보던 아이지가 고흘에게 달려들었다. 광덕은 주춤거렸다.

"아~ 아이지?"

"예. 아이지예요."

"살아있었구나!"

고흘은 말에서 내려 격하게 아이지를 껴안았다. 광덕의 오른손은 다시 제자리로 돌아왔다. 순간적이었지만 많은 생각이 오갔다. 또다시 그녀에게 아픔을 줄 수 없다는 생각, 아이지가 고흘의 조카라는 것이 밝혀졌으니 기회는 언제든지 생길 것이라는 생각, 그리고 호위병들이 그를 밀착경호하고 있어 성공하지 못할 것이라는 생각까지. 그는 슬며시 자리를 피했다.

대동강 물이 붉게 물들기 시작했다. 몇 차례 고구려군의 공격을 잘 막아낸 맥철은 드디어 기다리던 때가 되었다고 판단해 파랑치를 불렀다.

"부하들에게 전해라. 어두워지면 공격한다. 포위망을 뚫은 사람은 보통강을 건너 북쪽으로 도망간다. 구성마을이 첫 번째 집결지다."

고향으로 돌아가는 것이 쉽지 않다는 것을 알고 있었지만 이곳에서 노예생활을 하다가 죽는 것보다 낫다는 생각을 했다. 날이 풀려서 추위 걱정은 할 필요도 없었다. 봄이 되면서 산에는 먹을 것이 풍부해졌고 사냥이라면 자신이 있었다. 평양성만 빠져나간다면 가능할 것도 같았다. 오랜만에 고향 생각을 하니 실레기까지 했다.

"저것 보십시오!"

동료들에게 맥철의 계획을 알리던 파랑치가 급히 달려와 성벽 너머를 가리켰다.

— 촬~ 촬~

쇠붙이가 부딪치는 요란한 소리와 함께 붉은 노을을 뒤집어 쓴 일단의 무리들이 성벽 쪽으로 접근해오고 있었다.

"개마무사다!"

주변에서 수군거리는 소리가 들리기 시작했다. 맥철은 백암성 전투가 떠올라 주변을 둘러보았다. 부하들의 얼굴에 공포가 어리고 있었다.

"겁먹지 마라! 어두워지면 저들은 우리를 찾지 못한다."

맥철은 부하들을 격려하려 애썼지만 용감무쌍하던 돌궐전사들의 얼굴에 서린 공포감은 쉽게 지워지지 않고 있었다.

개마무사가 일으킨 먼지는 하늘 높이 솟아올라 성벽 앞으로 장막을 쳐 한치 앞을 분간하기 힘들었다. 맥철도 고개를 숙인 채 먼지가 가라앉기만을 기다렸다. 드디어 천지를 흔들던 소음이 가라앉고 오래지 않아 시야도 다시 맑아졌다. 고개를 든 맥철의 눈에 불과 수십 보를 사이에 두고 천여 명의 개마무사들이 정렬해 있는 모습이 들어왔다. 검을 쥔 왼손에 절로 힘이 가해졌다.

"무기를 버리고 나와라. 그러면 살려준다. 그렇지 않으면 도륙하겠다."

앞에 선 장수가 큰 소리로 외쳤다. 돌궐전사들은 대장의 눈치를 살폈다.

"어떻게 하겠느냐? 싸우다 죽겠느냐, 항복해서 또다시 노예로 살아가겠느냐?"

맥철은 큰소리로 물었다.

"싸우다 죽자, 이래 죽으나 저래 죽으나 마찬가지다!"

오랜 침묵을 깨고 누군가가 외쳤다.

"싸우다 죽자!"

곳곳에서 동조하는 소리가 들렸다.

"좋다. 싸운다. 적이 성벽에 이르기 전까지는 움직이지 마라. 적 기마병이 성벽에 접근한 순간 덮친다. 말을 쟁취한 자는 보통강을 건너라. 살아남아 구성마을에서 만나자."

부하들의 기세에 용기백배한 맥철은 결단을 내렸다. 굶주리며 성을 쌓는 노역을 더 이상 하고 싶지 않았다.

개마무사를 이끌고 온 고흘은 성벽너머에서 아무런 응답이 없자 공격명령을 내렸다.

— 촬~ 촬~ 촬~

개마무사들은 창을 길게 늘어뜨린 후 진군하기 시작했다. 한 발자국 뗄 때마다 천지를 울리는 금속음이 요란하게 울렸다.

"공격!"

허리춤 정도의 성벽 너미에 숨어 있던 맥철도 진군해오는 개마무사의 얼굴이 한눈에 들어오자 공격명령을 내렸다. 돌궐전사들은 솟구쳐 올라 개마무사들을 덮쳤다. 장창을 들고 공격하던 개마무사들은 미처 검을 뽑지 못하고 돌궐전사들이 내리치는 망치에 피를 흘리며 나자빠지기 시작했다. 말과 함께 자란 돌궐전사들은 말을 빼앗은 후 포위망을 돌파하려 애썼다. 그러나 수적 열세를 극복할 수 없었다. 점점 쓰러지는 전사들이 늘어만 갔다. 더러 포위망을 뚫고 달려 나가는 전사들도 있었지만 그도 날아오는 화살에 맞아 말에서 굴러 떨어졌다.

겁을 주고 항복을 받아내려던 고흘은 죽기를 각오하고 싸우는 돌궐전사들의 모습에서 큰 충격을 받았다. 항복은 하지 않을 것 같았다. 이대로 내버려 두었다가는 돌궐인은 물론 아군의 피해도 엄청날 것 같았다. 모든 계획들이 다 수포로 돌아갈 수 있었다.

— 뿌우~

이제 막 승기를 잡은 개마무사들은 갑자기 후퇴명령이 내려지자 당황했다. 이해할 수 없는 명령이었지만 그들은 잘 훈련된 군대였다. 아쉬운 듯 뒤로 물러섰다. 그 틈을 이용해 돌궐인들도 성벽 안으로 몸을 숨겼다.

"맥철, 살아 있으면 앞으로 나서라!"

고흘이 군사들 사이를 헤집고 앞으로 나섰다. 성벽 안에서 사태를 지켜보던 맥철은 상대가 고흘임을 알아챘다. 분노가 솟구쳤다.

"오냐, 이번에는 제대로 한 번 겨뤄보자!"

피를 뒤집어 쓴 맥철이 왼손에 검을 들고 성벽 너머로 나섰다.

"그만하면 됐다. 나하고 이야기 좀 하자."

두 사람 사이가 가까워지자 고흘은 맥철을 향해 말했다.

"또 속으라고. 두 번은 속지 않는다. 내 비록 한 팔은 못쓰게 되었지만 너 정도는 한 팔로도 충분히 상대할 수 있다."

맥철은 분기를 누르지 않은 상태에서 말했다.

"미안하네. 장수를 이렇게 대접한 것이."

고흘의 말소리와 태도가 확 달라졌다. 맥철은 멈칫했다.

"어떡하면 내 말을 믿겠나? 난 무기도 없네."

난감했다. 무기를 가지지 않은 자를 다짜고짜 공격할 수도 없는 일이었다. 맥철은 순간적으로 자신들이 하루 종일 아무 것도 먹지 못한 상태라는 것을 기억해냈다.

"군사들을 물려라. 그리고 먹을 것과 물을 다오. 조밥 말고 고기를 주면 네 말을 믿겠다."

"좋다. 군사를 물리겠다. 배불리 먹고 난 뒤에 그때 다시 나와 만나서 이야기를 하자."

고흘은 맥철의 요구에 아무 조건도 붙이지 않은 채 약속을 하고 돌아갔다. 맥철은 의아했다. 분명 그의 말 속에는 계략이 숨어 있을 것인데 그게 뭔지 알 수가 없었다. 일단 지켜보기로 했다. 고구려 진영으로 돌아간 고흘은 곧바로 군사들을 멀찌감치 물렸다. 그러고는 오래지 않아 고기와 물을 전달했다. 맥철은 경계를 세우고 조심스럽게 고기를 구웠다. 초원에서 살 때는 매일 먹던 고기였지만 이곳에 와서는 한 번도 먹어 본적이 없었다.

부하들은 경계심을 잃고 정신없이 달려들었다. 맥철은 아차 싶었다. 아무리 부하들에게 진정하라고 외쳐도 소용이 없었다. 그런데 고구려 진영에서는 아무런 움직임을 보이지 않았다. 분명 이런 혼란을 노렸을 것 같았는데. 시간이 지나자 맥철도 적진을 살피면서 고기를 먹기 시작했다. 배가 부르자 이번에는 졸음이 밀려왔다. 자신도 모르게 깜박 졸았다. '이것이었구나.' 맥철은 세차게 고개를 흔들어 졸음을 쫓아낸 후 소리를 지르며 부하들이 잠들지 못하도록 독려하며 고구려의 공격에 대비했다.

이번에도 고흘은 아무런 반응이 없었다. 오히려 졸음은 아무리 쫓아도 때를 만난 모기떼처럼 몰려들었다. 밤이 점점 깊어지고, 고구려군은 여전히 움직임이 없었다. 이대로 가다가는 잠을 이기지 못해 싸워보지도 못하고 진압당할 것 같았다. 고흘에게 속았다는 생각이 들었다. 결단을 내려야 했다.

"전투준비! 포위망을 뚫고 나간다. 어둠 속에서 적과 아군을 구분하기 위해서 변발을 한다. 머리가 긴 놈은 고구려 놈들이다."

"와~"

맥철의 힘찬 소리에 부하들은 큰소리로 응답을 했다. 밥을 먹어서인지 함성소리는 대동강 변을 뒤흔들었다. 그때였다. 어둠 속에서 횃불 하나가 움직였다.

"맥철, 밥 다 먹었으면 이리 나오게."

고흘의 목소리였다. 싸울 준비를 마친 맥철은 순간적으로 멈칫했다. 고흘의 말을 믿어도 될지 몰라 머뭇거리다 일단 그를 만나기로 했다.

"배불리 먹었는가? 내 막사로 가서 이야기를 좀 하세."

맥철이 다가서자 고흘은 형이 동생에게 말하듯 다정한 목소리로 말했다.

"여기서 말해! 지난번에 당신은 비겁한 수를 썼어."

맥철은 고흘의 술수에 말리지 않으려 애썼다.

"자네 부하들은 지금쯤 잠을 이기지 못하고 있겠지. 이때 우리가 공격한다면 어떻게 될까?"

"함성소리를 듣지 못했소? 내 부하들은 며칠을 자지 않아도 끄떡없소."

맥철은 호기를 부렸지만 말투는 자신도 모르게 예사높임체로 바뀌었다.

"그런가?"

고흘은 맥철의 말에 한 번 웃어 보이고는 등을 돌려 앞장서서 걸었다. 맥철은 그런 그를 물끄러미 쳐다보았다. 또다시 결정을 내려야 했다. 고흘은 음식을 먹은 돌궐족들이 피곤을 이기지 못할 것까지 다 염두에 두고 있었다. 하지만 막상 싸움이 벌어지면 이는 충분히 극복할 수 있는 문제였다.

"따라 오시게."

고흘은 맥철의 속마음을 눈치 챘는지 걷다 말고 돌아서서 말했다. 그 말에 고민하던 맥철은 자신도 모르게 그의 뒤를 따랐다.

"자 한 잔 받게나."

막사에 들어선 고흘은 잔부터 권했다. 고기를 먹으면서 술 생각이 간절했던 맥철은 마음이 이끄는 대로 술잔을 들었다.

"오늘 충분히 자네들 힘을 보여주었다고 생각하네. 이 정도 선에서 그만 끝내게."

몇 잔의 술의 건넨 후 고흘은 조용히 말했다.

"끝내면…. 다시 종노릇하라고. 고기에 술도 한 잔 했으니 한 판 다시 붙어봅시다."

"무엇이 문제였나?"

고흘은 맥철의 말을 무시하고 자신의 의도대로 말했다.

"당신이 전쟁에 나섰다가 포로가 되었다고 생각해보시오. 제대로 먹지 못하고 입지 못한 채 심한 노역에 시달린다면 어떻게 하겠소?"

맥철은 자신도 모르게 고흘이 이끄는 대로 끌려가고 있었다.

"난 자결을 했을 것이네."

"당신을 바라보는 부하들이 있다면?"

"끝까지 책임을 져야겠지."

"어떻게 말이오?"

"부하들을 고향으로 데려다줘야지."

"그것이오. 나는 이제 부하들을 데리고 고향으로 갈 것이오."

"작년에 북제의 문선제가 사신을 보내 자신들의 유민을 돌려 달라할 때 자네들은 언급도 되지 않았어. 많은 유민들이 돌아갔지만 자네들을 찾은 사람들은 없었네. 자네들이 돌아갈 고향은 없어."

"무슨 소리요. 힌두쿠시산 아래 넓은 초원이 다 우리의 땅이오. 그곳에서 가족들이 우리를 기다리고 있소."

"그곳은 이미 또 다른 부족들이 점령하고 있네. 자네들의 여인들은 이미 그들의 가족이 되어 있을 것이네."

"……."

고흘은 맥철의 눈치를 잠깐 살피다가 빈 잔에 술을 따랐다.

"자 한 잔 더 하세나."

초원의 생리를 잘 알고 있는 맥철은 고흘의 말을 부정할 수 없어 단숨에 술잔을 들이켰다.

"미안하이. 자네 같은 맹장을 제대로 대접하지 못해서. 성을 쌓아야 하는데 쌓을 사람은 없고. 그러다 보니 이렇게 되었네. 내 사과함세."

"뭘 어쩌자는 것이오?"

"이곳에 정착하게. 가정을 꾸릴 수 있도록 돕겠네."

"원하는 것이 무엇이오?"

"우리는 자네들처럼 용감한 전사들을 원하네."

"……."

"고구려를 위해 싸워준다면 자유민이 되어 고구려 여자들과 결혼하고 고구려에 정착해 살 수 있도록 돕겠네."

"부하들과 의논해보겠소."

"그렇다고 성 쌓는 일을 면제하는 것은 아니네. 백제와 신라의 공격이 예사롭지가 않아. 지금 고구려에서 가장 중요한 일은 평양성을 쌓는 것일세. 물론 이전과는 다를 것이네. 일반 백성들과 고구려군도 함께 일할 것이네. 감독도 자네들 스스로 정하게. 고기와 술, 그리고 가정을 꾸릴 집도 제공하겠네. 휴식도 줄 것이고 또 유사시를 대비해 군사들을 훈련할 시간도 가질 수 있을 것이네."

온달

졸본, 사방이 산으로 둘러싸인 넓은 분지였으며 고구려의 첫 도읍지였다. 산에서 흘러내린 실개천들은 비류수가 되어 들판을 넉넉히 적셔 땅들은 매우 비옥했다. 나라를 세운 주몽은 졸본보다 더 넓은 북쪽의 비류지역을 통합하면서 고구려는 예맥조선* 중에서 부여 다음으로 넓고 비옥한 땅을 가진 큰 나라가 되었다. 북쪽 비류지역에는 소자하가 흐르는데 이 강을 따라 가면 한사군 중 하나인 현도군(요령성 심양)에 다다른다. 고구려는 이 강을 따라 현도군과 무역을 하며 중국의 선진 문물을 받아들였다.

이로 인해 예맥조선의 다른 나라들보다 풍요로웠고 또 개방적이었다. 하지만 이 무역로는 침입로가 되어 외침을 받기도 했다. 그래서 유

* 고조선 땅은 크게 세 부분으로 나뉘는데, 그중 오늘날 한반도 북부와 만주의 산악지대를 예맥조선이라 한다. 고조선이 한나라에 멸망한 뒤에도 예맥조선은 한나라에 점령당하지 않아 72개의 독립된 부족국가 형태가 지속되었다.

리왕은 압록강 중류의 첩첩 산중에 있던 국내성으로 도읍을 옮겼다. 두어 번 선비족의 공격을 받긴 했지만 깊은 산속에 위치한 국내성은 방어 진지로서는 적격이었다. 하지만 다른 지역과의 교류가 끊겨 고립되었고 경제적으로도 궁핍했다. 농지가 넉넉지 못해 사냥을 하며 부족한 양식을 채워야 했다. 다른 이유도 있었지만 이런 이유로 장수왕은 대동강 변의 넓은 평야를 배후로 한 평양으로 천도했다. 고구려의 세 번째 도읍지였다.

왕성을 남쪽으로 옮긴 후 가장 좋은 점은 쌀밥을 먹을 수 있게 된 것이다. 여러 종류의 과일도 먹을 수 있었다. 물산이 풍부해 백성들의 삶은 풍요로웠다. 다만 남쪽으로 도읍을 옮긴 후 백제의 공격이 만만치 않아 걱정이었다, 그래서 산성인 대성산성과 평지성인 청암동토성을 대신해 둘을 합친 새로운 개념의 평양성(장안성)을 쌓기 시작했다. 이로 인해 백성들의 삶은 팍팍해지고 평양성의 민심은 점점 각박해졌다.

토성 안에는 닷새에 한 번씩 장이 섰다. 장이 서는 날은 대동강과 보통강 건너의 마을에서 많은 사람들이 수확한 농산물을 들고 성 안으로 들어와 팔기도 하고 물물교환도 했다. 이로 인해 장날은 매우 흥성거렸다. 특히 아이들은 신났다. 평소에 볼 수 없었던 것들을 볼 수 있었고, 먹을 수 있었다. 장날이 되면 엄마 손을 잡고 장터로 나서 장날 분위기를 한껏 즐겼다. 물론 평소 먹을 것을 쉽게 구하지 못하는 아이들도 섞여 있었다.

큰 됫박에 인심 좋게 수북이 쌀을 담아 파는 싸전 앞에는 사람들이 늘 붐볐다. 이런 어수선한 가운데 한 아이가 사람들 사이를 비집고 들어와 쌀가마니 옆에 쪼그려 앉더니 땅바닥에 흩어진 쌀을 흙과 함께 쪽박에 주워 담았다. 봉두난발에 제대로 씻지도 않아 쉰내가 푹푹 풍기는 아이였다.

"이 바보가 또 왔어. 바빠 죽겠는데, 저리가!"

주인은 이런 상황에 익숙한 듯 발길질을 하며 그를 내쫓으려 했다. 하지만 아이는 꿈쩍하지 않고 낱알 줍는 일에 열중했다. 연이은 발길질에도 버티던 아이는 어느 정도 쪽박이 찬 후에야 일어서더니 주인을 향해 히죽 웃으며 인사한 후 비실비실 물러섰다. 아이는 다른 아이들과 생김새가 달랐다. 씻지 못해 얼굴은 시꺼먼 상태였지만 오뚝한 콧날과 움푹 파인 눈, 곱슬곱슬한 머리카락에 제비턱 모양의 강한 인상이었다. 제법 찬바람이 불기 시작했지만 아직도 걸치고 있는 베잠방이 아래로 쑥 삐져나온 다리는 하얬다. 싸전에서 나온 그는 남의 눈치를 보지 않았다. 이집에서 쫓겨나면 저 집으로 가고, 그곳에서도 쫓겨나면 그 다음 집으로 발길을 옮겼다. 이것저것 가리지도 않았다. 그의 쪽박 속에는 쌀, 보리, 조, 수수 등 온갖 것이 흙과 함께 뒤섞여 있었다.

"바보온달*, 이리 와!"

이번에는 열 살 언저리로 보이는 또래 아이들이 그를 불렀다. 비단

* 이 글에서는 온달을 백인으로 설정했다. 그 근거는 삼국사기 열전 '온달조'이다. 원문에는 '容貌龍鐘可笑(용모용종가소)'라 했는데, '생긴 모습이 용종하여 매우 웃겼다.'로 해석할 수 있다. 이때 용종의 해석이 쉽지 않다. 이병도는 이를 '파리하다.'라고 해석했다. 즉, '생긴 모습이 파리해 매우 웃겼다.'로 해석이 되는데 '파리하다.'라고 한 이유가 생김새가 우리와 달리 얼굴이 하얗기 때문이라는 것이다. 즉, 온달은 백인이었기 때문에 아이들에게 놀림을 당했을 것이라 추측할 수 있다. 이를 뒷받침할 역사적인 사건은 551년의 돌궐족 침입이다. 돌궐족은 중국 북쪽과 천산산맥 너머에 사는 종족으로 넓게 돌궐족이라 부르지만 그 속에는 키르키스족(기기시족)과 같은 백인들이 많다. 특히 당나라 이후에는 동돌궐, 서돌궐로 나눠지는데, 오늘날 중국의 신강웨이하얼 자치구가 중국 공산당에 강제합병(1948년) 되기 전에 일시적으로 '동투르크'라는 나라로 독립한 적이 있는데 이들 지역의 사람들은 백인이다. 그래서 이 글에서는 온달이 돌궐족 중 백인계통의 소수민족일 가능성을 두고 글을 쓰기 시작했다.

옷을 입은 그들은 태학*을 갔다 오는 길인지 하인들 등에는 책보가 메어 있었다. 온달은 구면인 듯 슬금슬금 피하려 했다.

"어디가, 이리오지 못해!"

대장 아이가 소리치자 나머지 아이들이 뒷걸음치던 온달을 에워쌌다. 온달은 어쩔 수 없이 대장 아이 앞으로 불려갔다.

"너 이것 가져가서 떡 좀 사와."

"떠그… 사… 오라고. 알았어."

어눌한 말투의 온달은 잠깐 생각하더니 엽전을 받아 쥐고 시장 안으로 사라졌다가 오래지 않아 떡을 사들고 나타났다.

"너도 먹고 싶어?"

아이들은 떡을 나눠 먹다가 구경하고 있는 온달에게 물었다.

"응."

온달은 고개를 끄덕였다.

"너 바지 내려 봐. 그러면 줄게."

"바… 지?"

"이 바보야, 고추 좀 보자고!"

한 아이가 답답한 듯 소리를 지르고는 온달의 바지춤을 벗겼다. 처음이 아닌 듯 아이들은 자기들보다 유달리 큰 온달의 고추를 만지면서 깔깔댔다. 온달은 부끄러운 듯 바지를 올리려 애썼지만 여러 아이들의 완력에 밀려 한 참이 지난 뒤에야 바지를 올릴 수 있었다.

"떡 줘!"

바지를 끌어 올린 온달은 쪽박을 내밀었다.

"여기 엎드려. 형님 말씀 잘 들으면 한 입 줄 테니."

---

* 고구려 상류층 자제들의 교육기관. 평민들은 경당에서 교육을 받았다.

"엎드리라고?"

온달은 무슨 의민지 잘 모르는 듯 머뭇거렸다. 그러자 또 한 아이가 답답한 듯 다가와 그를 땅에 강제로 엎드리게 했다. 그러자 대장 아이가 그 위에 걸터앉아 온달의 엉덩이를 때리며 말놀이를 시작했다.

"이랴! 이 자식아, 기어야지 뭐해!"

온달이 기기 시작했다.

"워, 워!"

마치 고삐를 잡고 있는 듯 이번에는 머리채를 잡아당겼다.

"잘했다. 자 이제 이거 먹어라."

아이는 먹다 만 떡을 바닥에 던졌다. 온달은 얼른 그것을 주어 쪽박에 담았다.

"이리 와!"

온달이 떠나려 하자 아이들의 우두머리가 또 불렀다.

"왜?"

"너 생긴 게 기분 나빠. 그러니 다음부터는 얼굴에 흙칠을 하고 다녀. 알았어!"

"왜?"

"기분 나쁘다고 하시잖아. 도련님이."

곁에 있던 하인 하나가 온달에게 발길질을 하며 화를 냈다.

"너 내 말 잘 들어. 바보라서 알아들을지 모르지만 이분은 너 같은 놈이 함부로 대할 분이 아니시다. 장차 이 나라를 이끌어갈 분이셔. 다음에 만날 때는 어르신이라 부르고 아버지에게 말씀하듯 꼭꼭 높임말을 사용해. 알았어."

"응."

"웅이 아니라, 예!"

"예."

"그리고 우리 도련님이 말씀하신 대로 다음부터는 장터에 나올 때 얼굴에 흙칠을 하고 나와. 얼굴이 하얀 게 기분 나쁘니까. 알았어!"

"웅."

"이 바보새끼가 좀 전에 뭐라 대답하라 했어."

또 한 번의 발길질이 이어졌다.

"예!"

시장에서 온갖 수모를 다 당하며 쪽박 가득 먹을 것을 구해온 온달은 저녁 무렵 빈민들이 모여 사는 대성산 자락 오두막으로 돌아왔다. 쪽박 안은 흙 묻은 곡식과 함께 먹을 것들 뒤범벅이었다. 온달은 그것들을 물로 깨끗이 씻고 조리질을 해 곡식만 따로 모아 밥을 지었다.

"온달이 왔니?"

어머니가 방문을 열고 나섰다. 온달은 얼른 달려가 어머니를 부축한 후에 마당 한편에 놓인 돌 위에 앉혔다.

"밥 냄새가 좋구나. 힘들었지? 아버지만 살아계셨어도…, 못된 놈들. 사람을 그렇게 부려먹고는 죽으니까 내모른다고 하니…."

온달의 어머니는 회한에 젖은 듯 더 이상 말을 잇지 못했다. 온달은 그런 어머니를 위로하며 곧 밥상을 차려냈다.

"내 눈만 성했어도 너를 이렇게 고생시키지 않을 텐데…."

"어머니, 전 괜찮아요. 제가 조금만 더 크면 어머니를 잘 모실 수 있을 거예요. 그리고 꼭 아버지 고향으로 모시고 갈게요."

바보스럽고 어눌하던 온달은 온데간데없었다. 그저 어머니 잘 봉양하는 듬직한 아들이었다. 오히려 깊게 파인 눈에 총기가 흘렀다. 혹여 누군가 그 눈빛을 보았다면 무언가 목적하는 바를 숨기고 있음을 짐작케 할 뿐이었다.

신라의 기세가 자못 날카로웠다. 거침없이 한강 하류를 점령하더니 철령을 넘어 마식령 근처까지 공략해 비열홀을 설치했다. 더구나 신라는 백제마저 제압해 고구려의 골칫거리가 되었다. 백제 근초고왕이 평양성까지 접근해 고국원왕이 전사한 아픈 경험이 있는 고구려는 평양성을 새롭게 축성하는 한편 신라에 대한 반격을 시작했다. 고구려의 관습 상 지방의 분쟁은 지방군이 해결해야 했지만 관나부는 이미 기반이 무너졌기 때문에 중앙군이 주축이 되어 신라를 공격할 수밖에 없었다. 사령관이 된 고흘은 부족한 병력을 보충하기 위해 평양성을 쌓고 있던 돌궐족을 동원했다. 하지만 돌궐족의 분투에도 공격은 실패로 끝났다. 많은 전사자만 남기고 철수해야만 했다. 신라 원정이 실패로 끝나자 사태의 심각성을 느낀 양원대왕은 고추가회의를 열었다.

"중국의 북조에 큰 변화가 일어났소. 선비족인 우문씨가 세운 북주가 북제를 공격하기 시작했소이다. 우문옹이라는 영웅이 나타나 그동안 열세이던 전력을 뒤집으며 북제를 맹공하고 있다고 하는데 만약 그들이 북제를 멸망시키고 북조를 통일한다면 우리를 공격할 수도 있으니 심히 염려되오이다. 그런데 경들도 알다시피 남쪽에서는 신라의 공세가 심해 관나부 지역의 대부분을 잃었을 뿐 아니라 그 땅을 수복하려던 전투에서도 패했소. 이제 우리는 남북으로 강한 적들과 대치하게 되었으니 대책을 세워야 할 것이오."

양원대왕이 염려스러운 표정으로 소집 이유를 밝혔다. 하지만 어느 누구도 쉽사리 말을 꺼내지 못했다. 평양성을 굳게 쌓아 신라와 백제의 공격에 대비해야 한다는 말뿐 특별한 대책이 없었다. 그들의 시선은 자연스럽게 고추가 고흘에게 향했다.

"중국에 대해서는 북조의 북제와 남조의 남진과 선린관계를 유지하며 전쟁을 미연에 방지해왔습니다. 이제 북조에서 북제와 더불어 북주가 강력한 세력으로 등장했다 하니 저들의 움직임을 세밀히 관찰해 여차하면 북주에도 사신을 파견해 북제처럼 외교협약을 맺어 미리 침입을 대비해야 할 것입니다. 하지만 이는 지금 당장의 일은 아닙니다. 중요한 것은 신라인 것 같습니다."

좌중들은 최고 권력자인 고흘의 말을 한 마디라도 놓치지 않기 위해 귀를 기울였다.

"그동안 우리는 반란을 일으켰던 세군의 뿌리를 뽑는 정책을 펼치다 결국은 관나부 전체가 흔들리는 결과를 초래했고 그 결과 신라의 공격에 속수무책으로 당했습니다."

고흘은 사세(事勢)를 분석하며 자신의 정책이 실패했음을 시인했다. 좌중들은 당황한 듯 주변 사람들의 표정을 살폈다. 권력자가 아닌 이상 속으로만 생각하지 함부로 뱉을 수 없는 말이었기 때문이었다.

"그래서 구체적인 대안을 세워보자는 것 아니오."

고흘의 말에 대응할 사람은 대왕밖에 없었다. 다른 사람들은 두 사람의 눈치를 살필 뿐이었다.

"관나부 재건에 힘써야 할 것 같습니다. 그러지 않고는 신라의 공격을 막을 수 없습니다."

"관나부 재건?"

"그렇습니다. 지금 관나부 지역의 사람들은 고구려에 대한 충성도가 거의 없습니다. 신라가 고구려의 영토를 빼앗아도 무관심합니다. 그래서 관나부를 재건해 잃어버린 민심과 고구려에 대한 충성심을 다시 갖게 해야 합니다."

"맞는 말씀이긴 하지만 방법이 없지 않소?"

"관나부 출신의 처자를 태자비로 맞아들인 후 태자비께서 관나부 사람들을 위무한다면 그들의 고구려에 대한 애정과 충성심을 되찾을 수 있지 않나 생각합니다."

연나부(서부족)에서 대대로 황후를 배출해 권력을 장악하는 것에 불만을 가진 관나부 출신의 세군들이 반란을 일으켰었다. 그들을 제압하고 연나부 출신의 추군을 중심으로 공고한 권력을 구축한 주인공이 고흘이었다.

"그건 안 됩니다. 이제 비로소 대왕폐하와 각 나부와의 관계가 정립되어 나라가 안정이 되었는데 관나부 출신을 태자비로 맞아들인다면 다시 권력 분쟁이 생기고, 국론과 국력은 흩어질 것입니다."

침묵을 지키던 많은 사람들이 자신의 권력과 이권문제가 개입되자 강하게 반발했다.

"……."

고흘은 그들의 항의에 침묵으로 답했다. 그러자 불만의 소리는 점점 잦아들었다.

"적임자가 있소이까?"

양원대왕이 고흘에게 물었다.

"전사한 적성 성주의 딸 아이지가 있습니다."

고흘은 태자 양성의 부인으로 자신의 조카이자 관나부 출신인 적성 성주의 딸 아이지를 추천했다. 고흘의 조카라면 연나부출신이나 다름이 없었다. 잠시 술렁이던 좌중들은 고흘의 뜻이 무엇인지 알아챘다.

태자 고양성이 연나부가 아닌 관나부 출신의 여인과 결혼한다는 소식은 삽시간에 평양성으로 퍼졌다. 앞으로 신라, 백제의 공격을 좌시하지 않을 것이며 동시에 잃어버린 영토를 수복하겠다는 강력한 의지를 비친 것으로 백성들은 이해를 했다. 여론은 나쁘지 않았다. 양원대왕은 길일을 택해 태자 양성의 결혼식을 성대하게 치렀다. 몇 남아 있지 않은 관나부 출신의 귀족들도 초대해 잘 대접했다. 물론 결혼식은 고추가 고흘의 주도로 진행되었다.

태자 양성은 아이지를 좋아했다. 무엇보다도 미색이 마음에 들었다. 고구려는 권력을 유지하기 위해서 집안사람들끼리 결혼을 하다 보니 열성인 유전자로 인해 못생긴 여자가 많았다. 덧니가 많든지, 주걱턱이나 언청이 등. 그런데 지방의 성에서 자란 아이지는 건강미가 넘치는 보기 드문 미녀였다. 더구나 이 어린 각시는 나이답지 않게 백성들의 고단한 삶을 잘 알고 있어, 백성들을 위무할 줄 알았다. 또 말솜씨가 뛰어나 그녀가 전해주는 백성들 살아가는 이야기들은 마치 현장에서 보고 있는 듯했다.

다른 무엇보다도 관나부의 처지에 대해 설명해주는 것이 좋았다. 북쪽에서 내려온 고구려 귀족들은 남쪽 지역 사람들을 무시했다. 특히 세군과의 내란을 겪은 후론 그들을 노골적으로 배척했다. 그 결과 관나부 사람들은 고구려에 대한 애정이 약해져 백제와 신라의 공격에도 적극적으로 막을 생각을 하지 않았다. 오히려 저들의 회유정책에 넘어가 협조하거나 저들의 신하가 되는 경우가 속출했다. 이런 문제에 대해 고민했던 태자는 아이지의 이야기에 귀를 기울였다. 관나부 지역의 민심이 얼마나 신라로 넘어갔는지, 아직도 고구려에 대한 믿음으로 버티는 백성은 어느 정도나 되는지. 앞으로 고구려의 왕이 되어 정책을 펼쳐나갈 양성에게 꼭 필요한 정보들이었다. 그녀와의 잠자리는 행복했다. 둘 사이에서 예쁜 딸도 얻었다. 평강이라 이름 지었다.

광덕의 도움으로 평양성에 올라온 아이지는 외삼촌 고흘의 집에 머물렀다. 그러면서도 마음은 항상 적성에 닿아 있었다. 아버지와 어머니를 제대로 장사지내고 싶은 마음 때문이었다. 또 복수도 하고 싶었다. 이제 아버지의 영지를 되찾는 것은 그녀의 목표가 되었다. 그렇지만 자신이 처한 처지를 생각할 때 가당키나 한 일인가 반문하며 이내 울상이 되곤 했다.

시간이 얼마나 흘렀을까, 외삼촌 고흘에게서 곧 태자비가 될 터이니 혼례 준비를 하라는 통보를 받았다. 아이지는 태자비가 되면 여러 기회가 생길 것 같아 뛸 듯이 기뻤다. 결혼 후에는 자신이 겪었던 일을 태자에게 이야기하며 그의 관심을 관나부 쪽으로 돌리려 애썼다. 그럴 때마다 눈물이 났다. 태자는 자신의 아픔을 이해한다며 왕이 되면 꼭 관나부 영토를 수복하겠다며 아이지를 위로했다. 이상하게도 남편이 위로를 하면 더 서러움에 북받쳐 울음이 그치질 않았다. 자신이 울면 어린 평강도 영문을 모른 채 따라 울었다. 깜짝 놀라 눈물을 닦고 달래보지만 딸은 울음을 그칠 줄 몰랐다.

태자 양성은 아이지의 이야기를 들으면서 백성들이 삶이 궁금해져 평양성 잠행을 자주했다. 장날이면 장터에서 국수와 떡을 사먹으며 돌아다니는 것은 궁궐에서는 맛볼 수 없는 재미였다. 그러다 어느 날 이상한 아이를 보았다. 쪽박을 하나 들고 이집 저집을 기웃거리고, 길바닥에 떨어진 곡식 낱알을 주우며 시장 바닥을 돌아다니는 아이였다. 남들이 욕을 하든 말든, 때리든 말든 웃으면서 그냥 자기 할일만 했다. 가만히 지켜보니 생긴 것이 맥족과는 달랐다. 곱슬머리에 우뚝한 코, 움푹 파인 눈…. 불쌍하다며 아주머니들이 떡이라도 건넬 양이면 고개를 배꼽까지 숙이며 고맙다고 인사했다.

"비켜!"

지나가던 행인이 가는 길을 방해한다며 발길질을 했다. 비명소리와 함께 아이가 나자빠졌다. 들고 있던 쪽박이 깨지면서 속에 있는 것들이 길바닥에 흩어졌다. 아이는 분노가 가득 찬 눈으로 행인을 쳐다보았다.

"이 자식이 어딜 봐!"

다시 한 번 발길질이 이어졌다.

"워~"

아이는 저항하지 못했다. 울음인지 비명인지 알 수 없는 소리를 지르고는 흩어진 곡식과 먹거리들을 쓸어 모았다. 그리고는 웃옷을 벗어 흙과 함께 퍼 담았다. 어느 틈엔가 아이들이 와서 깔깔거리며 웃었다. 어떤 아이는 손바닥으로 뒤통수를 내리치면서 바보라고 놀렸다. 바닥에 흩어진 떡 조각을 멀리 차버리며 조롱하기도 했다.

뭇사람과 또래들의 조롱과 천대에도 별다른 반응이 없는 그 아이는 포로로 잡혔다 돌아가지 못한 돌궐인의 후손으로 보였다.

소외되고 천시 받는 이방인! 문득 태자 양성은 그 아이에게서 소외된 사람들의 아픔이 어떤 것인지 느껴졌다. 저 아이는 이 땅에 정착하지 못하고 의지할 곳 없이 철저히 이방인으로 살아가고 있다는 사실을 깨달았다. 고구려에는 수많은 이방인들이 있다. 옥저, 동예, 부여, 말갈,

거란…. 그들이 과연 고구려라는 나라에 대해 소속감을 가지고 있을까? 저들도 다 고구려의 백성인데 제대로 대접을 받고 살고 있을까? 태자 양성은 고구려가 강해지기 위해서는 많은 다른 종족들을 끌어안아야 한다는 것을 새삼 느꼈다. 조롱받고 있는 저 아이에게도 고구려인이라는 소속감과 자긍심을 갖게 해주고, 고구려의 온정을 느끼게 해주고 싶었다.

"아이야, 그건 먹을 수 없으니 버려라. 아저씨가 다시 사줄 테니."

태자 양성이 아이에게 다가가 일렀다. 아이는 한 번 힐끔 쳐다보고는 다시 줍는 일에만 열중했다. 아이의 손에 은화를 쥐어주었다. 그제야 아이는 동작을 멈추고는 양성을 쳐다보았다. 이런 사람 처음 본다는 의아한 눈치였다. 그 이면엔 분노와 증오도 살짝 보이는가 싶었지만 이내 초점 잃는 눈빛을 했다.

"이름이 뭐니?"

"온~다리."

약간 이눌한 말투였다. 그러나 이내 거둬들였던 분노와 증오의 눈빛이 살아났다. 양성은 이 아이에게 응어리진 분노의 마음을 푸는 것이 장차 그가 왕이 되었을 때 해야 할 일 중에 하나라고 생각했다.

"아버지는 없니?"

"주것디오."

"죽었다고, 어쩌다가?"

"전쟁터에서…."

문득 귀화했던 돌궐인들이 신라와의 전쟁에 참전했던 일이 떠올랐다. 양성은 저들도 고구려를 위해 죽었는데 그들의 아이들이 거지로 전락해 장터를 전전하고 있다는 사실에 뜨끔했다. 마치 자신의 잘못인 양

괴로웠다.

"어머니는 계시니?"

"……."

온달은 더 이상 대답을 하지 않았다. 귀찮다는 듯이 은전 한 닢을 손에 쥐고는 장터 속으로 사라졌다. 양성은 물끄러미 그의 뒷모습을 바라보며 아이지를 떠올렸다. 그녀의 울음이 무엇을 의미하는지, 그녀와 같은 울음을 지닌 자가 고구려에 얼마나 많은지를 새삼 느낄 수 있었다.

잠행에서 돌아온 양성은 아이지를 만나 온달 이야기를 들려주었다. 돌궐족의 후손으로 멸시와 천대를 받고 있는 온달에게서 몰락한 관나부의 여인으로 고난의 삶을 살아온 아이지의 모습이 겹쳐보였기 때문이었다. 아울러 자신이 왕위에 오르면 꼭 차별받는 백성이 없는 고구려를 만들겠다는 다짐도 했다. 더하여 위축된 왕권을 강화시키겠단 목표도 세웠다.

태자는 아이지가 자신에게 어떤 존재인지 잘 알고 있었다. 보통의 경우 태자비는 연나부 출신이었다. 고추가의 딸이거나, 그에게 딸이 없으면 그 집안사람의 딸을 시집보냈다. 그런데 연나부 고추가 고흘은 연나부 출신이 아닌 몰락한 관나부 출신의 여인을 자신에게 시집보냈다. 관나부를 재건하겠다는 명분을 내세웠지만 그 속뜻은 왕권의 약화였다. 다섯 부족의 연맹체로 출발한 고구려는 몇몇 예외가 있긴 했지만, 전통적으로 왕권이 약했다. 그래서 힘이 센 부족의 여인과 결혼해 왕권을 유지할 수 있었다. 추군과 세군의 권력다툼이 있은 후로는 왕권이 더욱 약화되었다. 승리한 추군 세력들이 황실의 혼사에 관여함으로써 왕권은 더 약화되어 그들 마음대로 권력을 재편했다.

자신의 배필이 된 아이지는 관나부 출신이었지만 실은 고추가 고흘에게 의탁하며 지내온 그의 조카였다. 사실상 연나부 출신으로 명분과 실리를 챙긴 것이다. 태자는 그런 고흘의 의도를 알고 있었다. 다만 왕권이 약화되어 많은 부분을 연나부, 그중에서도 추군들에게 의존하고 있었기에 아무런 불평을 할 수 없었다. 하지만 마음속으로는 언젠가는 추군 세력을 몰아내고 왕권을 강화해야겠다는 생각을 품고 있었다. 그런 측면에서 본다면 아이지가 관나부 출신인 것이 다행이라는 생각마저 들었다. 더구나 그녀의 마음은 고구려의 주류가 아닌 비주류, 특히 약한 부족과 사람들에게 마음이 가 있었으므로 이들을 연합할 수만 있다면 좋은 기회를 가질 수 있을 것이라는 막연한 생각도 갖고 있었다.

"오늘 장에서 재밌는 아이를 만났소."

"누가 그렇게 재밌었어요?"

"온달이라는 아인데 사람들이 바보라고 놀리는 아이요."

"왜 그런데요?"

"생긴 게 우리완 많이 다르고, 또 말이 약간 어눌한데다가 아버지가 없는 것도 놀림감이 되는 거 같구려. 알고 보니 돌궐족 아버지를 두었었는데 신라와의 싸움에 참전했다가 전사했다는구려."

"아버지가 없다고 놀린다구요!"

아이지는 동질감을 느껴서인지 발끈했다.

"그 아이는 바보라는 놀림을 받으면서도 장터를 배회하며 먹을 것을 구하고 있었소. 일부러 바보짓을 하는 것 같기도 하고…."

"나쁜 놈들!"

아이지는 자기 일인 듯 불끈 화를 냈다.

"근데 나는 그 아이의 눈빛을 지울 수가 없소. 분노와 원망에 가득 찬 그 눈망울. 결국 그 분노는 고구려를 향한 것일 텐데…."

"그런 아이를 잘 돌봐줘야 해요. 나라를 위해 목숨을 바친 사람의 자손들이 고통을 당하며 살게 해서는 안 돼요."

"당연히 그렇게 해야지. 쉽지는 않겠지만…."

태자 양성은 안타까운 듯 탄식했고, 온달 이야기를 전해 듣고 감정이 동화된 아이지는 눈물을 보였다. 아버지를 잃고 적성에서 숨죽여 지내던 일이 떠올랐는지 오늘따라 더 서럽게 울었다. 이미 여러 차례 있어왔던 일이지만 곁에 있던 어린 평강도 어머니를 따라 울기 시작했다. 오히려 어머니보다 더 서럽게 울었다. 이내 울음을 그친 아이지가 평강을 달래려 애썼지만, 평강은 울음을 그치지 않았다.

이렇게 모녀가 함께 울 때면 곤란한 건 태자였다. 어미의 울음엔 아이의 울음이 특효약이었지만, 아이의 울음엔 백약이 무효였다.

"뚝, 너 계속 울면 바보온달한테 시집보낸다!"

슬슬 짜증이 올라오던 태자가 무심코 던진 말이었다.

"아이에게 무슨 그런 말씀을 하세요!"

아이를 달래던 아이지가 정색을 하고 따졌다.

"그러니까 당신도 그만 울어. 얘기만 하면 우니까 무슨 말을 할 수가 있겠어? 평강이도 자꾸 당신 따라 우니까 더 짜증이 나잖아."

평소와 달리 태자의 목소리가 거칠어졌다.

아버지와 어머니가 자신의 울음으로 인해 목소리를 높이는 것을 본 어린 평강은 불안감을 느껴서인지 그 순간 울음을 멈췄다. 이후 태자 양성은 평강에게 '너 자꾸 울면 바보온달에게 시집보낸다.'는 말을 수시로 하게 되었다.

광덕선사

가을이 되어서야 금수산은 이름값을 했다. 붉게 물든 단풍은 비단을 수놓은 듯 아름다웠다. 비단숲길 사이를 흐르는 계곡물과 그 위에 울리는 새 소리들은 과연 선경이라 할만 했다. 평양성 동쪽에 자리한 금수산에는 왕사(王寺)가 많았다. 왕시가 아니더라도 전망이 좋은 곳에 자리한 사찰이 많았다. 하지만 황후를 태운 마차는 이를 외면하고 금수산에서 북쪽으로 한참을 더 지나야 만날 수 있는 구룡산 자락으로 들어서고 있었다.

"마마께서는 좋은 사찰 다 놔두고 하필이면 이렇게 먼 곳까지 가시는지요?"

"……."

아름다운 경치를 보고도 울적해 있던 황후는 구룡산에 가까워지자 시녀들의 물음에 대답대신 훌쩍거리기 시작했다. 황후가 된 딸의 모습을 가장 즐거워하고 기뻐해줄 부모님이 계시지 않다는 사실이 그녀를 슬픔에 빠지게 한다는 것을 알 리 없는 시녀들은 황후를 달래보려 애썼지만 달리 방법이 없었다.

"다 왔습니다."

호위 군사들의 말에 황후는 상념을 거두고 눈물 자국을 닦았다. 암자가 있는 곳까지는 마차가 갈 수 없었다. 산길을 꽤 걸어야만 했다. 하늘은 맑았다. 바람도 선선했다. 인적이 없어 호젓했다. 한 굽이를 지날 때마다 새로운 바람이 그녀를 맞이했다. 멀리 암자가 보였다. 그녀의 발걸음이 빨라지기 시작했다.

"스님, 저 왔어요."

나무로 얽은 두 칸짜리 암자의 방문이 열렸다. 중년의 환한 얼굴이 그녀를 반겼다. 황후는 뜰에 내려선 스님에게 깊이 고개를 숙여 합장하며 인사를 했다.

"기일도 아닌데 어떻게 이 먼 곳까지 오셨습니까?"

스님은 합장을 했다.

"스님은 제게 아버지 같은 분이신데 당연히 찾아뵈어야지요. 그동안 잘 지내셨어요?"

"마음속에 차오르는 번뇌와 싸우느라 세월이 어떻게 가는 줄도 모르고 지냅니다."

"언제까지 그러실 겁니까? 이제 그만 불자가 되시지요."

"불자보고 불자가 되라니, 농담이 지나치십니다. 하하하~. 황후마마가 되신 걸 축하드립니다."

서기 559년(신라 진흥왕 20년) 고구려 24대 양원대왕이 갑자기 승하하자 장남인 태자 양성이 왕위에 올랐다. 고구려 25대 평원대왕이다. 아이지는 황후가 되었다. 즉위식을 비롯한 여러 행사가 벌어졌다. 바쁜 날들이 이어졌다. 아이지는 그럴수록 광덕선사 생각이 났다. 드디어 짬이 나자 광덕선사를 찾아 나선 것이다.

아이지를 고흘에게 데려다준 후 광덕은 평양성 주변을 맴돌았다. 평양성을 배회하던 그의 마지막 발걸음은 항상 금수산 자락이었다. 원수 고흘이 사는 곳, 그에 대한 복수, 그것이 그가 고구려로 다시 돌아온 이유였다. 하지만 쉽지 않았다. 고흘에 대한 경계가 철저했을 뿐 아니라, 만약 성공하더라도 자신으로 인해 아이지에게 피해가 가지 않을까 하는 염려도 생겼다. 어린 그녀에게 또 다른 고통을 주고 싶지 않았다.

그렇게 시간을 보내던 광덕은 자신이 고구려로 돌아온 이유가 복수만이 아니라는 것을 깨달았다. 잘 대우해주겠다던 신라를 뿌리치고 부모를 죽인 원수가 다스리는 고구려로 돌아온 이유, 그것은 어릴 적 선비*가 되어 광활한 요동과 요서 벌판, 높고 깊은 예맥의 땅과 물을 내달리며 익힌 고구려에 대한 사랑이었다. 조상들이 살아왔던 땅에 대한 사랑, 그들의 도전적이며 진취적인 기상, 그 어떤 세력과도 맞설 수 있다는 자신감, 그 정신에 대한 공감이며 그리움이었다. 그것은 신라는 가질 수 없는 것이었다.

'불자(佛子)!'

이것이 현실이었다. 복수도, 고구려에 대한 애정도 가질 수 없는 나약한 불자. 그는 평양성을 떠났다. 다시 조의선인 선비가 되어 고구려를 느껴보아야겠다는 생각에서였다. 무기력하고 나약한 생각을 이겨내고 싶었다. 고구려 귀족들은 자기 자식들을, 귀족을 견제하기 위해 왕

---

* 신라의 화랑과 같은 고구려의 종교 무사집단인 조의선인 수련생.

이 끌어들인 불교보다는, 전통종교인 조의선인 무리에 넣어 고구려의 역사와 정신을 배우고 고구려의 산천을 느끼며 무술도 익히게 했다. 아버지를 따라 추군과의 싸움에 나서기 전까지 광덕은 관나부에서 가장 촉망받는 선비였었다.

광덕은 동쪽 바다를 향해 떠났다. 칠보산 자락에서 동해 바다를 바라보았다. 새로운 기운이 솟았다. 두만강을 건너 말갈족이 사는 광활한 대지도 달려 보았다. 백두산에도 올랐다. 예맥조선의 높고 깊은 산악을 넘었다. 요서의 넓은 광야에 도착해서는 새삼 고구려의 넓고 큰 영토와 함께 고구려의 기상을 느꼈다. 비로소 답을 찾았다. 그가 고구려로 돌아온 까닭, 그것은 고구려의 일원으로 당당하게 살아가던 조상의 땅 관나부 회복이었다. 조상의 뼈와 살이 묻혀있고 조상의 희로애락이 남아있는 곳을 다시 고구려의 영토로 되찾는 것, 그것이 그가 오랜 여행에서 깨달은 소명이었다. 물론 복수는 잊지 않기로 했다.

"스님, 광덕스님이 아니십니까?"

몇 년인지도 모를 만큼의 오랜 유랑을 끝내고 평양성으로 되돌아온 광덕이 구룡산에 암자를 짓고 평양성 나들이를 하던 어느 날 비단 가게 앞에서 아이지를 다시 만났다. 태자비의 행차라기에 마차가 지나갈 수 있게 한쪽으로 비켜서는 순간 마차 안에서 반가운 목소리가 들렸다.

"제가 얼마나 찾았는지 아십니까?"

마차에서 내린 아이지는 덥석 광덕의 손을 잡고는 눈물을 흘렸다. 그 이후로 그녀는 광덕이 있는 암자를 자주 찾았다. 언젠가는 재(齋)를 지내달라며 부모님의 위패를 가지고 왔다. 아무리 바빠도 부모의 제삿날과 명절을 앞 둔 날에는 광덕의 암자를 꼭 찾았다.

"오늘은 어쩐 일로 오셨습니까?"

"황후가 되었으니 아버지, 어머니께 인사를 드려야 할 것 같아서 찾아왔습니다. 물론 스님도 뵙고 싶었고요."

미소와 함께 아이지는 시녀를 통해 준비한 제물을 내놓았다. 아이지와 광덕은 불당으로 들어섰다. 방 중앙에는 조그만 불상이 놓여 있었다. 그 아래에 위패를 모신 후 제상(祭床)을 차렸다. 준비한 고기와 과일이 제상을 가득 채웠다. 황후는 위패를 아버지 어머니인 양 꼭 껴안고 울기 시작했다. 한 참을 운 뒤에야 광덕과 아이지는 위패를 향해 절을 올린 후 목탁을 두드리고 염불을 외며 재를 올렸다.

제상에 차린 음식들로 황후를 수행한 사람들은 푸짐한 점심 식사를 했다. 하지만 광덕은 기름진 식사 대신 자신이 늘 먹던 밥을 먹겠다고 했다. 이유를 묻는 아이지의 말에 광덕은 웃기만 했다. 순간 아이지의 머릿속에는 신라를 탈출하던 어린 시절의 고통스러웠던 순간들이 떠올랐다. 그때의 마음을 가지고 위민을 해달라는 광덕의 마음이 전달되었다.

"이제 황후가 되셨으니 두 분의 위패를 왕사(王寺)로 모시시지요."

식사를 마치자 광덕은 조심스럽게 말했다. 사실 태자비일 때도 그녀가 이 구석진 암자를 찾는 것이 부담스러웠다. 혼자 조용히 수도하는 곳에 권력의 핵심이 찾게 되면 주목을 받게 되고 경계의 눈초리 또한 이어지게 마련이었다. 더구나 사찰을 찾는 것은 주로 아녀자들이니 황후가 찾는 불사는 뭇사람들, 특히 귀족부녀자들의 초미의 관심사가 되는 것은 당연한 것이었다.

"아니에요. 나의 아픔을 아는 사람은 스님밖에 없어요. 스님만이 제 아픔을 이해해주고 또 위로해줄 수 있어요. 이렇게 스님을 만나고 가야지만 제 속에 있는 응어리가 풀리고 한동안 편안히 지낼 수 있어요."

"그 마음은 이해합니다만 그로 인해 입장이 곤란해질 수 있지 않을까 해서 드리는 말씀입니다."

"부모의 원수를 갚고 또 가매장한 아버지의 시신을 양지바른 곳에 모시면 그때는 양위를 왕사에 모시겠습니다."

"다행입니다. 원수를 잊지 않아서."

"어떻게 제가 잊겠습니까? 지금도 성루에 효수됐던 아버지를 떠올리면 치가 떨리는데…."

"제가 왜 신라에 귀순하지 않고 평양성으로 온지 아십니까?"

광덕은 그녀의 표정 하나하나를 한참이나 살핀 후 조심스럽게 말을 꺼냈다. 순간 아이지는 당혹스러웠다. 그러고 보니 광덕에 대해 알고 있는 것이 없었다. 문든 광덕의 사연이 궁금해졌다.

"여쭤 봐도 되겠습니까?"

아이지는 뒤늦게 광덕선사에 대해 묻는 것이 죄스러웠다.

"전 패배한 세군의 생존자입니다."

"예!"

그녀는 깜짝 놀라 말을 잇지 못했다. 수많은 것이 연관되었다. 세군이라면 관나부의 주축세력이었고 현재 고구려 최고 권력자인 외삼촌 고흘과는 목숨을 건 싸움을 벌였던 사람들이었다. 광덕의 마음을 헤아려 보았다. 분노, 복수, 좌절…, 그리고 지금은?

"복수였습니까?"

"처음은 그랬습니다."

"외삼촌을 대신해 사죄드립니다."

그의 분노의 마음부터 헤아려야 될 것 같았다.

"우리 세군들도 욕심은 같았습니다. 욕심의 대상이 왕권이었으니 패하면 죽음이라는 것은 양쪽 다 각오를 한 것이니까요. 승패가 뒤바뀌었으면 삶과 죽음도 뒤집어졌겠지요."

"……."

"나를 기억하고 있는 사람들이 있는 평양에 들어온 이유는…, 복수였지요. 하지만 그것이 전부가 아니었다는 것을 오래지 않아 깨달았지요. 조상들의 땅, 고구려인으로 살았던 조상들의 땅을 되찾기 위해서 평양성으로 다시 돌아왔습니다."

아이지는 말없이 광덕의 말을 경청했다. 그가 오랫동안 고뇌했던 복잡한 마음의 결론을 쉽게 판단할 수 없었기 때문이었다.

"황후께서도 관나부를 재건해야 한다는 간절한 마음이 있으십니까?"

"물론입니다. 아직도 적성에는 제 아버지와 어머니의 시신이 아무렇게나 널려 있는데 어떻게 제가 잊을 수 있겠습니까?"

조심스럽게 말을 꺼낸 광덕과 달리 아이지는 기다렸다는 듯 고민 없이 얼른 대답했다.

"혹시 대왕께서도 황후마마의 생각에 동조를 하십니까?"

"예. 대왕께서도 큰 관심을 가지고 있으십니다."

"그렇다면 다행입니다. 이제는 권력의 맨 꼭대기에 앉으셨으니 신라에 빼앗긴 관나부의 수복을 위해 노력하셔야 합니다."

"그런데 그게 쉽지가 않습니다. 신라 장수 거칠부의 기세가 대단하여 연이은 공격에서도 그를 이기지 못하고 있습니다."

"거칠부를 이길 인재가 없습니까?"

"오늘 제가 스님을 찾은 이유 중 하나가 바로 이 문제 때문이었습니다. 스님이라면 거칠부에 맞설 수 있을 것 같다는…."

아이지는 조심스럽게 광덕의 눈치를 살피며 말했다.

"저도 그러고 싶습니다만 저는 몰락한 세군출신이라 전면에 나설 수 없습니다."

"그렇겠지요."

아이지는 아쉬운 듯 탄식했다.

"대신 뒤에서 조력자가 되어 많은 인재를 발굴하여 추천하겠습니다."

"그래 주시겠습니까? 스님께서 추천하는 인물이라면 신분과 출신에 관계없이 대왕께 천거하겠습니다."

"고맙습니다."

"아닙니다. 오늘 이곳을 방문한 목적도 이것이었는데 스님께서 먼저 말씀해주시니 제가 오히려 고맙습니다. 그리고 여기 패물을 좀 가지고 왔습니다. 일을 도모하려면 자금이 필요할 거 같아서요. 원하는 곳에 마음껏 쓰시고 부족하면 또 말씀해주세요."

아이지가 다녀간 이후로 광덕은 암자를 비우는 날이 잦았다. 때론 멀리 북쪽의 부여 땅까지 다녀오기도 했다. 세상 돌아가는 소식을 듣기 위해 가끔씩 평양성 장터에 나오기도 했다.

"나무 사세요!"

열네댓 살쯤 돼 보이는 아이 하나가 사람들 사이에서 호객행위를 하며 열심히 나무를 팔았다. 이목구비가 남다른 아이였다. 특히 부리부리한 눈 속에 감춰진 매서운 눈매와 함께 제비턱 관상에서 거칠부를 떠올리며 범상치 않은 기운마저 느꼈다. 흥미로웠다. 광덕은 멀찍이서 그의 행동을 주시했다.

아이는 적극적이었다. 사람들 사이를 거침없이 오가며 나무를 팔았다. 단골인 듯한, 어느 대갓집 하인이 다가 서더니 곧바로 거래가 성사

되었다. 아이는 지게에 나무를 싣기 시작했다. 장작더미를 수북이 쌓아 올렸다. 어른 키보다 훨씬 높이 쌓아 올린 후에야 아이는 장작 쌓기를 멈췄다. 저걸 짊어 질 수 있을까, 내심 걱정도 되었다. 왼손으로 잡은 지겟작대기를 버팀목으로 삼은 후 아이는 두 발에 힘을 주고는 '끙' 소리와 함께 일어섰다. 그리고는 대갓집 하인을 뒤따라서 걷기 시작했다. 광덕의 두 눈이 번쩍였다.

아이가 사라질 때까지 바라보던 광덕은 요기를 해야겠다는 생각에 시장 안으로 들어갔다. 김이 모락모락 나는 먹음직스러운 국수를 시켜서 좌판 한 구석에 앉아서 먹고 있었다. 그때 요상한 일이 벌어졌다. 스물도 돼 보이지 않은 일단의 무리가 나타나 주인에게서 돈을 받아갔다. 무심히 돈을 건넨 주인의 표정은 썩 좋아 보이지 않았다.

"저들은 누구요?"

"고흘의 종놈들이오."

"왜 돈을 주오?"

"저놈들한테 돈을 주고 나면 귀찮은 일이 없으니까?"

"안 주면 어떻게 되오?"

"제 놈들이 주인인 것처럼 행동하오. 사람들 다 내쫓고."

"고약한 놈들이로군요."

광덕이 참견할 일이 아니었다. 다시 시장 안으로 들어가 구경을 하고 사람들이 무슨 말들을 하는지 귀를 기울이며 한 바퀴 돌았다. 새겨들을 만한 말들이 없었다. 발걸음은 저절로 나무꾼 아이 있는 곳으로 향했다. 그 사이 아이는 배달을 끝내고 다시 돌아와 나무를 팔고 있었다. 광덕이 천천히 아이에게 다가가는 중에 그보다 먼저 다가선 사람들이 있었다. 좀 전에 국수가게에서 봤던 건달들이었다.

"얘야, 넌 언제부터 여기서 장사했지?"

"두어 달 됐어요."

"넌 온달이 아니냐?"

구면인 듯 사내들은 뒤늦게 아이의 정체를 알아냈다.

"예. 맞아요."

"너 요즘 시장바닥에서 안 보인다 했더니 여기서 장사하는구나."

"예."

"이 자식이!"

가까이 다가선 그들은 상대가 온달인 것을 알고는 다짜고짜 주먹질부터 해댔다.

"너 임마, 그 하얀 얼굴 꼴 보기 싫다고 얼굴에 흙칠하고 다니랬는데 왜 안 했어?"

"죄…, 죄송해요."

온달은 당황한 듯 두 손으로 얼굴을 가리며 매질을 피하려 애쓰며 말했다.

"그리고 누가 너 더러 여기서 장사하랬어?"

또 한 차례 매질이 이어졌다.

"여기서 장사하면 안 돼요?"

잠시 매질이 중단되자 아이가 물었다.

"땅에는 다 임자가 있는 거야. 허락을 맡고 해야지."

"이 땅 임자는 누구예요?"

"누구긴 인마. 내가 임자지."

"그럼 저 허가 맡을게요. 이제 됐어요?"

"어이쿠, 이 바보새끼!"

또다시 몇 차례 주먹질이 이어졌다.

"너 이 나무는 어디서 했어?"

"금수산에서…."

아이는 눈치를 보며 조심스럽게 말했다.

"누구 허락받고?"

"그거도 허락을 맡아야 되요?"

"어이쿠, 이 바보야 산에도 다 임자가 있는 거야. 그러니 바보 소리 듣지."

또 한 번 주먹이 아이를 향했다.

"너 오늘 얼마 벌었어. 번 것 다 내놔봐."

"왜요?"

"남의 산에서 몰래 나무해서 남의 땅에서 주인 허락 없이 장사했으니 당연히 번 돈은 주인한테 돌려줘야지."

"싫어요!"

아이는 어디에 그런 용기가 숨어 있었는지 전대를 움켜쥐며 주저 없이 말했다.

"이놈이 매를 버는 짓만 하는군."

또다시 거세게 주먹질이 이어졌다. 아이는 몸을 숙이며 매를 맞으면서도 전대를 꽉 움켜쥐었다.

"더 맞기 싫으면 오늘 번 거 다 내놔, 어서!"

"안 돼요. 이거 주면 우리엄마가 굶어요."

아이는 완강히 버텼다. 그러자 네 명의 무리는 한꺼번에 달려들어 전대를 뺏으려 했다.

"비켜요!"

갑자기 아이가 크게 소리를 지르더니 네 명의 건달들을 밀쳐냈다.

"이 자식이…."

생각지도 못한 반격을 당한 장정들은 어이가 없다는 듯 지금까지와는 다른 태도로 온달을 대했다. 주먹이 허공을 가르고 발길질이 이어졌다. 아이는 고개를 숙이고 매를 맞았다. 광덕은 더 이상 구경만 할 수 없어 이들을 말리기 위해 접근했다. 그때였다. 맞고만 있던 아이가 이들을 떨쳐내는가 싶더니 지게작대기를 집어 들고 휘두르기 시작했다. 그 위력이 얼마나 대단했던지 상대방 장정들은 한 대씩 맞고는 그대로 쓰러졌다.

"이 자식들이 내가 맞고만 사니까 날 바보로 알아. 오늘은 너희들 그냥 안 보낸다. 이왕 이렇게 된 것 너 죽고 나 죽자."

얼굴이 피투성이가 된 아이는 씩씩거리면서 한 마디 퍼붓고는 곧장 쓰러진 건달들을 향해 막대기를 휘두르기 시작했다. 그들은 비명을 지르면서 몸을 움츠릴 뿐 저항할 힘을 잃고 일어서지를 못했다. 어느새 주변에 구경꾼들이 몰려들기 시작했다.

"아이야, 그만 해. 그러다가 사람 다치겠다."

광덕이 나서서 말렸다.

"비키세요. 오늘 저놈들 다 죽이고 나도 죽을래요. 더 이상 이렇게 살 수는 없어요."

아이는 어디서 그런 힘이 나오는지 광덕이 꽉 움켜쥐었는데도 그를 뿌리쳤다. 그리고는 다시 막대기를 휘둘렀다. 다시 광덕이 재차 말렸다. 그때서야 아이는 멈추고 숨을 헐떡거렸다.

"어서 피하자!"

광덕은 화를 멈추지 못하는 아이의 손을 이끌고 몰려든 구경꾼을 헤치고 그 자리를 빠져 나왔다. 뒤늦게 사태를 파악한 아이도 지게를 집어 들고는 광덕을 따라 달리기 시작했다. 아이는 지치지도 않고 잘 따라왔다.

"네 이름이 뭐냐?"

광덕이 한참을 달린 후 걸음을 멈추고 숨을 고르면서 물었다.

"온달이요."

"네가 온달이구나."

온 장안에 바보로 알려진 온달이라는 이름은 광덕도 익히 들은 적이 있었다.

"집은 어디냐?"

"대성산 쪽에 있어요."

"집에는 누가 있어?"

"어머니요."

"얼른 집에 가자. 그리고 당분간은 위험하니 어머니 모시고 나와 함께 우리 암자에서 지내자꾸나."

"예?"

온달은 걸음을 멈추고는 광덕을 오랫동안 쳐다보았다. 광덕도 걸음을 멈추었다.

"지금 절 도와주시려는 거예요?"

"왜 도와주면 안 돼?"

"고구려 사람이 저를 도와주는 것이 이상해서요."

"난 스님이다."

"스님?"

"불쌍한 사람들 도와주는 일을 하는 사람이지."

"그렇군요."

온달은 별다른 거부감을 드러내지 않았다. 온달의 집은 나무를 얼기설기 엮어 위에 가마니를 둘러씌운 움막이었다. 온달의 어머니는 앞을 잘 보지 못했다.

"어머니 우리 이사를 가야겠어요?"

"갑자기 웬 이사냐?"

"여기 계시는 스님이 당분간 암자에서 지내라고 합니다."

"너 무슨 일이 있구나?"

"저 그것이…"

"알았다."

어머니는 머뭇거리는 아들의 태도에서 사세를 금방 알아챘다. 그리고는 말없이 이삿짐을 쌌다. 이삿짐이라 해야 특별한 것이 없었다. 옷가지 몇 개와 이불 한 채뿐이었다.

온달은 지게에 살림살이를 묶은 후 그 위에 어머니를 태우고는 무작정 광덕을 따라 나섰다. 지금은 스님을 믿어보는 것 외에는 다른 방법이 없었다.

"얍!"

"세게만 하려 하지 말고 어깨 힘을 빼고 부드럽게."

광덕은 온달에게 무술을 가르쳤다. 타고난 무골이었다. 습득 속도가 매우 빨랐다. 장에 나가 먹을 것을 충분히 구해주었다. 고민 끝에 사냥하는 방법도 가르쳤다. 성장기 때라서인지 하루가 다르게 쑥쑥 자랐다. 오래지 않아 힘으로는 그를 이길 수 없었다. 감나무에 홍시가 세 번 열렸을 때 쯤 광덕의 입에서 미소가 흘렀다. 그 사이 광덕은 온달에게 한

문도 가르치고 고구려에 대해서도 가르쳤다. 주몽으로부터 시작되는 고구려의 역사와 평양성 천도, 그리고 권력을 둘러싼 오부족의 갈등, 세군과 추군의 다툼으로 인해 맞이한 고구려의 위기까지. 평양성에 나가 필요한 책들을 구입하여 사기와 한비자, 손자병법과 같은 중국역사도 함께 통독했다.

평강

568년(고구려 평원대왕 10년, 신라 진흥왕 29년). 평원대왕은 빼앗긴 관나부 지역의 고구려 땅을 되찾기 위해 연이어 신라를 공격했다. 하지만 상황이 녹록치 않았다. 오히려 신라에 속수무책으로 당해 황초령(함흥 지역)까지 빼앗겼다. 신라 진흥왕은 직접 황초령을 순방한 뒤 순수비를 세웠다. 그리고 한강 이북에 북한산주(北漢山州)를 새롭게 만들고, 비열홀(함경도 안변 지역)을 달홀주로 이름을 바꾸며 본격적으로 신라 식으로 경영을 시작했다. 잇따른 신라 공격에서 패배를 맛본 평원대왕은 더 이상 신라를 공격할 엄두를 내지 못했다. 아내에게 체면이 서지 않아서인지, 아니면 새롭게 얻은 중부인과의 사랑이 깊어져서인지 아이지를 찾는 일이 드물어졌다.

아이지는 딸 평강과 지내는 시간이 늘어났다. 엄마가 울 때 막연히 따라 울던 평강공주는 이제 그 울음이 무엇을 의미하는지 아는 나이가 되었다. 평강은 아직도 이따금 눈물을 보이는 아이지를 위로할 만큼 성장했다. 그리고 어머니의 아픔이 잃어버린 관나부 땅을 되찾아야만 해소된다는 것도 알 만큼 고구려 정세를 읽는 눈도 생겼다. 또한 그런 어머니를 위로할 수 있는 사람이 누구인지도, 왜 외조부모의 위패를 왕사가 아닌 변두리의 조그만 암자에 모시는지도 잘 알고 있었다. 어머니가 외조부모님 기일에 구룡산에 있는 암자를 찾아갈 때면 기꺼이 함께 따라나서기도 했다.

차가운 계곡물이 붉은 단풍잎을 싣고 큰 바윗돌 사이를 빠른 속도로 흘러내릴 무렵 평강공주는 어머니와 함께 광덕스님의 암자를 찾았다. 스님은 합장을 하며 모녀를 맞았다. 그리고는 아이지가 준비한 음식으로 제상을 차린 후 불당으로 안내했다. 좁은 불당은 세 사람이 들어서자 꽉 찼다.

이전과 달리 위패를 향한 아이지의 재배(再拜)는 오래고 깊었다. 평강도 어머니의 그 마음을 가슴속 깊이 새겼다. 여느 때처럼 제상으로 차린 음식은 아랫사람들에게 주고 산나물로 점심식사를 했다. 식사가 끝나자 광덕은 차를 내왔다.

"여러 차례 신라를 공격했다가 패했다는 소문을 들었습니다."

"쓸만한 인재는 찾았습니까?"

신라와의 싸움에서 잇따른 패배를 당한 뒤라 속이 상했던 듯 아이지는 한동안 말이 없다가 조심스럽게 물었다.

"한 명 찾았습니다."

"그게 누굽니까?"

잇따라 신라에 패배하면서 다시는 고향에 갈 수 없을지도 모른다는 절망감으로 우울했던 아이지는 평소 신중한 광덕의 말에 반색했다.

"아직은 어린아이에 불과합니다."

"그래요. 어느 집 자제입니까?"

황후의 기대감은 곧 실망감으로 바뀌었다.

"혹시 온달이라고 들어보셨는지요?"

"픽 온~달!"

아이지와 평강의 입에서 동시에 외마디 소리와 웃음이 나왔다. 어릴 적 아버지에게서 숱하게 들었던 소리, 도깨비가 연상되었던 그의 이름이 광덕의 입에서 불린 것이다.

"세상 사람들은 피부색과 생긴 것이 자신들과 다르다고 바보라 부르지요. 아버지를 잃고 눈먼 어머니를 봉양하기 위해 힘겹게 살아가느라 입지도 씻지도 못한 그를 바보라 놀리지요. 하지만 그가 매우 영리하다는 것과 보통사람보다 훨씬 힘이 센 것은 알지 못합니다. 더구나 그는 세상에서 가장 사납다는 돌궐족 출신입니다. 돌궐기병대 출신의 그들은 이 땅에서 천대받고 무시당하며 살고 있는 온달 같은 아이들이 어른이 되기만을 기다리고 있다는 것을 알지 못합니다."

"그 아이는 지금 어디에 있습니까?"

광덕의 차분한 설명에 두 모녀는 관심을 가지기 시작했다.

"몇 년 동안 이곳에서 저와 함께 공부하고 또 무술도 익힌 후에 떠났습니다. 물론 지금도 종종 들르긴 합니다."

"그런데 왜 저는 못 봤지요."

"마마께서 오시는 날은 일부러 나무하러 내보냈습니다."

"그러면 만나 볼 수는 없나요?"

"아직 인사드리기에는 좀 부족합니다. 이제 막 다시 세상에 내보냈습니다. 문과 무를 겸비한 그가 세상에서 어떻게 사는지 좀 더 관찰한 후에 기대만큼 성장하면 그때 소개해드리겠습니다."

"네, 때가 되면 만나게 해주세요. 제가 대왕께 추천하겠습니다."

황후는 아쉬운 듯 말했다.

"운이 좋으면 얼굴을 한 번 볼 수 있을지 모르겠습니다. 그 아이가 나무를 해다 장에 내다 팔며 생계를 유지하는데 날이 추워진 요즘에는 며칠에 한 번씩 땔감을 해다주곤 하니까요."

"그렇게 말씀하시니 한 번 봤으면 좋겠네요."

아이지는 기대감을 드러냈다.

"허, 그놈! 호랑이도 제 말하면 온다더니. 마침 저기 오는 군요."

산굽이 너머를 바라보던 광덕이 약간 흥분된 목소리로 말했다. 모녀는 광덕선사의 시선을 따라 고개를 돌렸다. 풀어헤친 곱슬곱슬한 머리카락을 구룡산의 가을바람에 흩날리며 한 청년이 지게를 지고 암자로 들어섰다. 보통 어른들보다 훨씬 큰 키였지만 약간은 앳돼 보이는 얼굴에서 열일곱, 여덟의 나이를 추측할 수 있었다. 인상적인 것은 눈과 코였다. 움푹 들어간 갈색 눈동자에 코는 우뚝 솟아 있었다. 누더기를 걸치고 있었지만 하얀 피부색 때문인지 형색은 그리 초라해 보이지 않았다. 다만 큰 키에 비해 흰 팔다리가 훤히 다 드러나 보이는 작은 옷은 웃음을 자아내게 했다.

"스님! 그동안 평안하셨습니까?"

온달은 암자에 들어서자 지게를 내려놓고 인사부터 올렸다.

"날이 추워졌는데 그 짧은 옷은 뭐냐? 따뜻하게 입어야지."

"작년에는 맞았는데 올해는 짧아졌습니다. 오늘은 손님이 오셔서 바쁘신 것 같으니 나뭇단만 내려놓고 가겠습니다."

온달은 광덕선사가 귀부인과 함께 있고, 마당에 많은 낯선 사람들이 북적이는 것을 보고는 나뭇단을 내려놓고는 가볍게 인사를 올린 후 돌아섰다.

황후와 평강은 그런 온달을 유심히 바라보았다. 골격이 컸다. 힘도 세 보였다. 남들은 바보라고 하는데 멋있어 보였다. 특히 눈매가 매력적이었다. 평강과 눈이 마주치자 가볍게 미소를 띠기도 했다. 그 모습도 멋졌다. 밝고 티 없는 웃음에서 그가 선한 사람이란 인상을 받았다. 그럼에도 두툼하고 널찍하게 생긴 제비 모양의 턱 선에서 풍기는 전체적 용모는 강한 무인의 기상이 흘렀다. 평강은 온달이 고개를 넘어 보이지 않을 때까지 지켜보았다.

"생긴 모습만 가지고 판단할 수 없지만 인상이 어떻습니까?"

광덕은 조심스럽게 물었다.

"선한 인상이네요. 그래도 아주 강인한 모습도 보이는군요."

"다행입니다."

"좋은 인재로 잘 키워주세요."

온달을 만난 후 평강의 마음에 바람이 불기 시작했다. 걷잡을 수 없는 설렘이 온 마음을 가득 채웠다. 철부지 시절 귀에 딱지가 앉도록 들으며 상상했던 '바보온달'의 모습이 아니었다. 뚜렷한 이목구비와 장부다운 품세가 모두 인상적이었다. 매서운 눈초리에서 느껴지는 강한 남자의 기운도 지워지지 않았다.

'누군가에 홀린다는 것이 이런 것이구나.'

평강은 세차게 고개를 흔들며 온달을 마음속에서 지우려 애썼다.

대동강 물에 비친 수양버들은 여유 있고 아름다웠다. 꾀꼬리는 교태로운 몸짓으로 수컷을 찾아 나무 사이를 부지런히 오갔다. 온달은 수양

버들 아래를 걸었다. 버드나무 그림자를 안고 흐르는 대동강이 아름답다는 것을 처음 알았다. 하늘이 이렇게 맑고 높은 것도 이전에는 느껴보지 못했다.

'평양성이 이렇게 아름다운 곳이었구나!'

땅만 보고 살아야 했던 시절에 보는 하늘과 땅이 아니었다. 터벅터벅 목적 없이 걷는 것 같던 그의 발걸음은 어느 한 곳에 이르러 멈췄다. 평양성 건축 현장이었다. 많은 사람들이 일을 하고 있었다. 돌을 쪼는 사람, 흙을 개는 사람, 돌을 나르는 사람…. 고개를 숙이고 허리를 접고 사는 사람들. 대동강 변의 아름다움은 저 멀리 저승에서나 맛볼 사람들이었다.

오랫동안 서서 누군가를 찾던 온달은 나이가 지긋한 한 사람을 발견하곤 그에게 다가갔다. 오뚝한 콧날과 움푹한 눈을 가진 사십대 중반의 사내에게서 알 수 없는 친근감을 느꼈기 때문이었다. 하지만 열심히 돌을 쪼고 있던 중년의 사내는 자신 앞에 멈춰선 긴 그림자에 무심했다.

"혹시, 제가 누군지 아저씨는 아십니까?"

"자네가 누군지 내가 어떻게 알아…."

외면하며 돌만 쪼던 그는 무슨 생각이 들었는지 갑자기 고개를 들어 시야를 가리고 있는 그림자의 정체를 유심히 바라보았다.

"이름이 뭐지?"

"온다리."

온달은 조심스럽게 자신의 정체를 밝혔다. 순간 무표정하던 그의 얼굴의 핏줄이 꿈틀거리는 것을 느낄 수 있었다. 온달은 용기를 얻었다.

"제가 누구인지, 아저씨는 누구인지, 그리고 제가 무엇을 해야 하는지 말씀해주실 수 있습니까?"

광덕선사에게서 학문과 무예를 익혔지만 온달이 달리 할 수 있는 것은 없었다. 암자를 떠난 후 온달은 대성산 자락에 움막을 짓고 어머니와 함께 살았다. 근처에 땅도 일구어 채소도 심었다. 사냥을 해서 그럭저럭 생계를 유지할 수 있었다. 하지만 곡식을 구하기 위해서는 돈이 필요했다. 장이 서는 날 나뭇단을 지고 장에 나갔다. 예전의 그 모리배들을 다시 만날까 걱정스러웠지만 다행히 아무 일이 없었다. 나무 판 돈으로 콩과 수수를 바꿔올 수 있었다.

형편이 좀 나아지자 그는 자신의 정체성을 생각하게 되었다. 이제 힘이 붙어 무슨 일이든지 할 수 있다는 자신감이 생기면서 어떻게 살아야 하는지 고민하게 되었다. 광덕선사는 고구려사를 가르쳤지만 자신과는 상관없는 일로 여겼다. 자신은 천한 신분이라 무술도 학문도 써먹을 수 없었다. 더구나 그는 생김새가 예맥족과 다른 이방인이었다. 그는 자신이 누구인지 먼저 찾기로 했다. 어머니는 아버지에 대해서 별 말을 하지 않았다. 물어도 잘 모른다는 대답이 돌아올 뿐이었다. 새로운 봄이 되자 매일 나무만 하고 있을 수 없다는 생각이 견딜 수 없을 만큼 강하게 솟구쳤다. 대동강 변에서 새로운 성을 쌓는 일을 하는 사람들이 자신과 비슷하게 생겼다는 것을 얼핏 들은 것 같았다. 그래서 그는 짬을 내어 이곳을 찾은 것이다.

"지금은 일을 해야 하니 해진 후에 다시 보세나."

무뚝뚝하게 말했지만 자신이 누군지 그가 알고 있는 것 같았다.

"좋습니다. 어디서 볼까요?"

"남포로 가는 나루터를 아는가?"

"찾을 수 있습니다."

"그곳에서 보세."

집으로 돌아온 온달은 약속 장소로 가기 위해 일찌감치 저녁밥상을 차렸다.

"무슨 일이 있니?"

온달의 평소와 다른 행동을 어머니는 금방 눈치 챘다.

"저녁 때 누굴 만나기로 했어요."

"누구?"

"오늘 낮에 대동강 변으로 갔었어요. 그곳에 저와 비슷하게 생긴 사람들이 많다는 소문을 들어서요."

"그들을 만나서 뭐하게? 다 지난 일인데…. 하기야 너도 알 것은 알아야지."

아들의 말에 깜짝 놀란 어머니는 한동안 생각에 잠겼다. 그러나 굳이 아들의 행동을 막지는 않았다.

"다녀오겠습니다."

문단속을 평소보다 더 꼼꼼히 한 후 집을 나섰다. 온달의 발걸음은 가벼웠다. 산굽이를 몇 번 돌아선 후에 평양성을 지나서 보통강과 만나는 지점에 있는 남포까진 꽤 먼 길이었지만 전혀 힘들지 않았다.

온달이 몇 차례 산굽이를 막 돌아섰을 무렵이었다.

"멈춰라!"

온달 앞을 복면인들이 가로막고 나섰다.

"누구냐?"

"있는 것 다 내어놓아라!"

약속시간이 다 되어 가는데 큰 낭패였다. 말다툼할 시간도 없었다. 겁을 주고 얼른 빠져나가야겠다는 생각으로 온달은 검을 빼어 들었다.

온달은 집을 나서면서 검을 지녔다. 밤길이라 혹시 산짐승을 만나게 될지도 모른다는 생각에서였다. 무술을 배우는 동안 광덕선사가 구해준 검이었다. 답은 기습이었다. 상대는 세 명, 온달은 상대가 검을 뽑을 틈을 주지 않고 달려들었다. 복면인들도 만만치 않았다. 언제 검을 뽑아 들었는지 온달의 날카로운 공격을 막아냈다. 온달은 기회를 주지 않았다. 수레바퀴가 구르듯 빠른 공세를 펼쳤다. 재빠른 기습에 복면인들은 수비에 급급했다. 그럼에도 온달의 매서운 공격을 잘 막아내며 여전히 앞길을 가로막고 있었다.

재빨리 포위망을 뚫고나가려 했던 온달은 시간이 지체되자 초조해졌다. 그의 공격이 더 거칠어졌다. 그렇게 몇 차례의 공격이 끝나자 상황이 달라졌다. 초반에 수비에만 치중하던 복면인들이 공세를 펼치기 시작했다. 공격할 틈을 주지 않았다. 모두 검술이 만만치 않았다. 점점 수비하기도 버거웠다. 이제는 약속 시간이 문제가 아니라 잘못하다간 해를 입을 것 같았다. 그럴 수는 없었다. 온달은 다시 힘을 내었다.

'맹호은림세.' 온달은 광덕선사에게 최근에 배운 검법을 시전했다. 수비를 하던 그는 잔뜩 움츠린 호랑이가 힘을 모아 강한 앞발을 내듯 온 힘을 실어 한 합, 한 합 휘둘렀다. 그의 힘은 복면인들을 상대하기에 충분했다. 힘이 실린 검을 받아내던 상대방이 검을 놓치기 시작했다. 한 명, 한 명, 그리고 마지막 한 명도 힘에 부친 듯 검을 놓치고 말았다.

"이만하면 됐다!"

복면인이 싸움을 멈추며 말했다. 낯익은 목소리였다. 복면을 벗자 그의 정체가 드러났다. 달빛에 드러난 그는 나루터에서 만나기로 한 아저씨였다.

"이게 어찌된 일입니까?"

"잠깐 너를 시험했다. 아버지처럼 강한 독수리가 되었는지, 아니면 나약하여 절벽 아래로 떨어뜨려야 할 존재인지 말이다."

"아버지! 제 아버지는 누구며 아저씨는 또 누굽니까?"

"어머니에게 듣지 못하였느냐?"

"아버지는 제가 태어나던 해 신라와의 전투에서 돌아가셨다는 말만 들었습니다."

"네 아버지는 맥철 칸, 기기시족의 족장이셨다. 나는 그분의 부장이었던 파랑치고."

"기기시 족장?"

"우리는 천산산맥 너머의 넓은 초원에서 왔다."

자신의 정체를 알게 된 온달은 가슴이 뛰기 시작했다. 계속 이어지는 파랑치의 말은 그를 더욱 흥분시켰다.

"우리는 초원으로 돌아가야 한다. 맥철 칸이 돌아가셨기 때문에 이제 온달 네가 우리의 칸이 되어 그 일을 해야 한다. 우리는 네가 강한 모습으로 우리 앞에 나타나길 기다리고 있었다."

"제가 칸이라고요?"

"그렇다. 애들아, 복면을 벗고 인사해라. 너희들의 친구이자 기다리던 새로운 칸이다."

복면을 벗고 드러난 그들의 모습은 자신과 비슷했다. 이런 친구들을 그동안 평양성에서 한 번도 보지 못했다는 것이 이상했다.

"마라치, 으라차. 이 아이들은 너를 도와줄 너의 친구들이자 동료다."

파랑치는 복면인들을 소개한 후 온달을 대동강 변에 있는 움막으로 안내했다. 그곳에는 이미 여러 명의 사람들이 기다리고 있었다. 그들은 한 사람 한 사람 온달의 뺨에 입을 맞추고 반갑게 껴안았다. 그들에게서 밤새 기기시족의 역사와 아버지에 얽혀 있는 이야기를 들었다. 돌궐족이 크게 일어나 천산산맥 너머의 초원을 통일하면서 힌두쿠시산 근처에 살던 기기시족도 돌궐의 일부가 되어 저들의 정복전쟁에 참여했다고 했다.

아버지 맥철 칸은 그들을 따라 이곳까지 왔다가 고구려군의 포로가 되어 새로운 평양성 쌓기에 동원되었다고 했다. 그들은 이에 반발해 저항을 했고 이들의 노동력과 전투력을 필요로 한 실력자 고흘은 이들을 고구려 여자들과 결혼시키며 고구려에 정착하게 했다. 기기시족들은 전쟁이 벌어지면 전쟁에 동원되었고, 전쟁이 없을 때는 평양성 신축에 동원되어 살아왔다고 했다.

아버지 맥철은 국내성 출신의 여자와 결혼했다고 했다. 아버지는 어머니와 결혼한 후에도 이곳에 살며 성 쌓는 일을 했는데, 고흘의 명에 의해 부족원들과 함께 신라와의 전쟁에 나섰다가 전사했다고 했다. 아버지가 돌아가시자 삯바느질로 연명하던 어머니는 부족원들에게 부담을 주기 싫다며 어린 온달을 데리고 이곳을 떠났다고 했다. 아버지를 잃은 충격으로 점점 시력을 잃은 어머니가 걱정되었지만 말릴 수 없었다는 것이 이들의 말이었다.

"너는 그동안 어떻게 살았느냐?"

온달은 바보 소리를 들으면서 구걸하고 살아왔던 지난 이야기들을 했다.

"고생이 많았구나."

노인들은 온달의 이야기를 들으며 눈물을 흘렸다.

기기시족 족장 맥철이 죽은 후 20년 가까이 흐르는 동안 이들은 고구려의 하층민으로 전락했다. 이런 상황에 대해 이제 오십 줄에 들어선 노인들은 크게 각성하고 다시 고향으로 돌아가기 위해 2세들을 교육시키기 시작했다. 힘든 노역 생활 틈틈이 아이들에게 무술과 기기시족의 풍습을 가르쳤다. 하지만 구심점이 없었다. 풍습에 따르면 맥철의 아들이 칸이 되어 자신들을 이끌어야 했다. 더구나 칸의 아들이라 생각되는 온달이 바보라는 소문이 들렸다. 절망적이었다. 하지만 2세대들은 고구려에서 종처럼 살게 할 수 없다며 새로운 돌파구를 찾으려 애썼다. 그때 온달이 나타난 것이다. 든든하고 믿음직한 모습으로.

"이제 온달이 네가 새로운 칸이 되어서 우리들을 고향으로 데려가야 한다."

노인들은 맥철을 떠올리며 기대감을 드러냈다.

"알겠습니다. 꼭 어르신들을 고향으로 모셔갈 것입니다."

"우리가 고향을 떠나올 때는 이천 명을 헤아렸지만 공사 중에 죽고, 전쟁터에 끌려가 죽고 이제 남은 식구들이 삼백 명도 채 되지 않는다. 우리가 고구려에 정착하면서 거의 비슷한 시기에 결혼했기에 2세대들 중 제일 연장자가 온달이 네 또래의 아이들이다. 아직 배워야 할 것들이 많고 경험도 부족하다. 일단은 친구들과 어울리면서 힘을 기르는데 전념해야 할 게다."

얼어붙은 땅속에서 몸부림치다 따뜻한 햇볕에 힘입어 대지를 박차고 나가 밝은 태양과 푸른 하늘을 맛보는 느낌이었다. 자신과 같은 처지의, 같은 고향을 가진, 같은 조상을 섬기는 똑같이 생긴 사람들이 자신의 곁에 있다는 것에 새로운 힘이 솟았다. 혼자가 아니라는 것만 해도 가슴 뛰는 일인데 해야 할 일이 생겼고 또 그 일을 함께 할 동료들이 있다는 것에 온달의 가슴엔 말로 표현할 수 없는 벅찬 감정들이 밀려들어 왔다.

날밤을 꼬박 세우고 집으로 돌아온 온달은 장에 내다 팔 나무를 챙겼다. 어젯밤 가슴 벅찬 만남이 있었지만 모든 것은 마음 한 구석에 고이 간직해놓기로 했다. 아직은 기기시족 2세들의 나이가 어려 더 성장할 때까지 기다려야 하기 때문이었다. 그때까지는 체력도 기르고 고향으로 돌아갈 여비도 모아야 하는 등 몇 년 동안은 초원으로 떠날 준비를 하는 기간으로 정했다. 그래서 그는 다시 나무 파는 일상으로 돌아오기로 한 것이다. 온달은 아무 일도 없었다는 듯 평소처럼 어머니에게 아침밥을 해드린 후 집을 나서려 했다.

"어젯밤에 누굴 만났니?"

평소와 달리 어머니의 목소리에 힘이 실려 있었다.

"파랑치라는 분을 만났습니다."

"그래서 어떡하기로 했니?"

"이곳에선 제가 할 일이 없어요. 초원으로 돌아갈 겁니다. 어머니 모시고."

"아서라. 돌아갈 수 있었으면 아버지도 돌아갔겠지. 이 타국에서 목숨을 버리지 않고…."

어머니는 예상했다는 듯 온달의 뜻을 막았다.

"고구려에서 이렇게 천대받으며 평생을 살 수는 없어요. 고향으로 돌아가서 동족들과 차별 없이 살 수 있다면 가다가 죽는 한이 있더라도 가겠어요."

온달의 목소리에 한과 분노가 묻어났다. 온달은 장터에서 수모를 당해도 집에 와서는 아무 일도 없었다며 덤덤했다. 그런데 지금 그의 태도는 분명 이전과 달랐다. 평소에는 온순했지만 자기가 옳다고 생각한 일에는 절대 고집을 꺾지 않았다. 지금도 아무 말이 들리지 않을 것이다. 온달의 어머니는 잠시 생각에 빠지더니 길게 한 숨을 내쉬었다. 그러고는 옷장으로 사용하는 버들궤짝을 뒤져서 뭔가를 꺼냈다. 보자기에 싼 기다란 물체였다.

"아버지 유품이다."

온달은 보자기를 풀었다. 반달처럼 휘어진 반월도였다.

"결국 이런 날이 오는 구나. 아버지가 남긴 유일한 것이다. 이제 네가 주인이니 잘 간수하여라."

반월도를 보는 순간 마치 아버지를 대하는 것 같았다. 아버지에 대한 기억은 없었지만 검에서 초원을 달리는 아버지의 강하고 야성적인 모습을 느낄 수 있었다.

온달은 반월도를 다시 버들궤짝 속에 잘 넣어둔 후 질 수 있는 한 많은 나무를 짊어지고 장터로 향했다.

온달은 장에 들어가 좌판을 벌일 수 없는 할머니들이 쪼그려 앉아 채소며 산과일을 펼쳐 놓은 옆에 나뭇단을 내려놓고 장사를 시작했다. 오랜만에 나온 것이라 생각만큼 장사가 잘 되지 않았다. 여름이 지나자 아침나절엔 제법 찬바람이 불었다. 할머니들이 몸을 움츠리고 떨자 온달은 잔가지들을 추려 모닥불을 놓았다. 할머니들이 모여들어 곁불을 쬐며 세상 돌아가는 이야기를 나눴다. 고추가 고흘의 기세가 대단하여 시장은 이미 그의 지배 아래에 있다는 것이 주된 이야깃거리였다.

"나무 얼마지?"

그때 고관대작의 머슴으로 보이는 사람 하나가 고압적인 태도로 물었다.

"한 단에 한 냥씩입니다."

"전부 다 열 냥에 팔아."

"그러세요."

열너댓 단이 넘었지만 온달은 흔쾌히 응했다. 곡식을 사기에 충분한 돈이었기 때문이었다.

"배달도 해주나?"

"당연하지요."

온달은 나뭇단을 지게 위에 차곡차곡 쌓아 올렸다.

"끙!"

지켜보는 사람이 위태함을 느낄 정도의 높이까지 나뭇단을 쌓아올린 후 지게작대기에 힘을 주고 일어섰다. 한참을 걸었다. 귀족들이 산다는 금수산 자락의 솟을대문 앞에 이르러서야 발걸음을 멈추었다. 문 안의 사람들과 수인사를 나누자 대문이 열렸다. 하지만 지게 단이 너무 높아 들어갈 수가 없었다. 힘겹게 지게를 내려놓고 짐을 푼 후에 두 번에 나눠서야 겨우 집 안으로 들어갈 수 있었다. 부엌 근처의 창고에 나무를 내려놓았다. 겨울을 준비하려면 미리부터 창고 속을 채워야 했다. 온달은 빈 곳간에 나뭇단을 차곡차곡 쌓았다.

— 딱!

마지막 나뭇단을 지고 창고에 들어서는 순간 갑자기 커다란 몽둥이가 온달의 장딴지를 내리쳤다. 둔탁한 소리와 함께 중심을 잃은 온달이 나뭇단과 함께 쓰러졌다.

"네놈이 우리한테 해코지를 하고도 살아남을 것 같아!"

조금 전까지 자신을 인도해온 종의 손에 막대기가 들려 있었고, 이미 계획하고 있었던 듯 여러 명의 장정들이 쓰러진 온달의 주변을 둘러쌌다. 그리고는 나뭇단에 깔려 있는 온달 위로 몸을 날려 짓눌렀다. 온달은 미동도 없었다. 걱정이 됐는지 장정들은 서로를 쳐다보며 잠깐 동안 눈치를 살피다가 나뭇단을 하나씩 걷어냈다. 어깨에 지게를 진 채 온달은 얼굴을 땅에 박고 엎드려 있었다. 한 명이 나서서 힘겹게 온달의 몸을 돌려보았다. 얼굴이 피투성이였다. 고구려 법에 살인자는 사형에 처했다. 아무리 천한 사람이라도 사람을 함부로 죽이면 큰 벌을 받아야 했다. 그는 온달의 코에 손에 대며 숨을 쉬는지 확인했다. 숨이 멈췄다. 그의 얼굴이 사색이 되었다. 그때였다. 갑자기 숨죽이고 있던 온달이 그를 집어 던졌다. 그리고는 자리에서 벌떡 일어나서 지게를 풀었다.

"저 바보자식이…."

온달은 찬찬히 그들을 살폈다. 몇 해 전 온달에게 당했던 부랑자들이었다. 그들은 당당한 장정이 된 온달의 모습에 약간은 긴장한 듯했다. 우두머리쯤 되는 자가 나섰다.

"네놈이 우리한테 해코지를 하고 멀리 도망가면 다시는 못 볼 줄 알았어?"

서서히 다가오더니 다짜고짜 주먹을 날렸다. 온달은 살짝 피하고는 쥐고 있던 지게작대기를 휘둘렀다. 상대는 그대로 쓰러졌다. 그러자 둘러섰던 장정들이 동시에 달려들었다. 이번에도 나가떨어진 쪽은 그들이었다. 온달은 정확하게 그들의 정수리를 차례대로 내리쳤다. 그들은 쉽게 일어서지 못했다.

"돈은 누구한테 받지?"

온달의 목소리는 차분했다.

"……."

"설마 돈도 없이 나무를 산 것은 아니겠지?"

온달은 우두머리를 일으켜 세워 목을 조르며 말했다.

"여…, 여기"

그는 가쁜 숨을 내쉬며 힘들게 돈주머니를 꺼냈다. 온달은 그의 목을 풀어준 후 주머니에서 열 냥을 꺼내고는 지게를 짊어지고 뒤돌아섰다.

"웬 놈인데 남의 집에서 이렇게 시끄럽게 굴어?"

대문을 채 빠져나오기도 전에 또다시 일단의 무리와 마주쳤다.

"너는 온달이 아니냐!"

고문, 아버지를 잃고 시장에서 비렁뱅이 생활할 때 수모를 준 놈. 고구려 최고의 권력자 고추가 고흘의 맏손자. 온달은 그를 잊지 않았다. 고문 또한 오랜 세월이 흘렀지만 외모가 남다른 온달을 쉽게 알아보았다.

"나오셨습니까? 나리!"

온달에게 혼이 난 장정들이 얼른 달려와 고문에게 고개를 숙였다. 하기야 이 정도의 권력가를 배경으로 했으니 놈들이 시장을 돌며 삥을 뜯을 수 있었을 것이다.

"어떻게 된 일이냐?"

"이놈이 저 혼자 넘어지고는 우리를 마구 때렸습니다."

"바보에게 얻어맞아! 이 바보 같은 놈들! 이러고도 니들이 고추가 집안의 식솔들이라 할 수 있겠느냐?"

고문은 들고 있던 몽둥이로 그들을 마구 때렸다. 그리고는 온달을 노려보았다.

"너는 내 집에서 행패를 부렸으니 그냥 못 나간다. 이놈을 잡아서 창고에 가둬라."

"나는 행패를 부린 적도 없고, 나무를 팔고 돈을 받아갈 뿐이오."

온달은 무시하고 대문을 향해 걸었다.

"저놈이!"

종놈들이 한꺼번에 달려들었다. 예닐곱 명을 헤아릴 숫자였다. 온달은 몸을 돌려 지게작대기를 휘둘렀다. 맨주먹으로 달려들던 이들은 순식간에 다 나자빠졌다.

"물러서!"

고문은 그가 막대기를 함부로 휘두르지 않는다는 것을 알았다.

"목검을 가져와라!"

기합소리와 함께 고문이 검을 내리쳤다. 온달이 지게작대기로 막았다.

'만만치 않다.'

고문은 목검 너머로 전해지는 온달의 힘을 느낄 수 있었다. 잠깐의 힘겨루기를 한 다음 고문은 계속 공격했다. 온달은 지게작대기로 잘도 막았다. 마구잡이로 막는 것이 아니었다. 검법에 바탕을 둔 방어였다. 온달을 혼내주기 위해 목검을 들었는데 잘못하다가는 망신을 당할 수도 있다는 생각마저 들었다. 고문은 자신이 알고 있는 격검법을 하나하나 시연했다. 그때마다 온달은 전혀 흔들림 없이 잘도 막아냈다. 고문의 심호흡이 점점 빨라졌다. 하지만 온달은 흐트러짐이 없었다. 지켜보는 사람들은 놀랄 뿐이었다. 고문이라면 또래의 귀족들 중 최고의 검법을 지녔다고 알려져 있었다. 온달이 바보로 소문난 것 또한 잘 알려진 사실이었다.

"그만하면 됐다!"

고추가 고흘이었다. 퇴청 길에 요란한 소리를 따라 발걸음을 옮기던 고흘은 두 사람의 대결을 흥미진진하게 지켜보았다. 할아버지의 말에 고문은 공격을 멈췄다. 조심스럽게 할아버지의 표정을 살폈다. 왠지 자신을 꾸짖고 있는 것 같아 창피했다. 하지만 이 시점에서 끝내게 해준 것이 내심 고맙기도 했다. 온달도 치켜세웠던 지게작대기를 내려놓았다.

"넌 어디서 무술을 배웠느냐?"

"아버지!"

온달은 왠지 광덕스님을 감추고 싶었다. 하여 얼굴도 기억나지 않는 아버지를 내세웠다.

"아버지가 누구냐?"

"온맥철!"

바보로만 불리던 온달은 아버지가 칸이었다는 사실에 자부심을 갖게 되었다. 그래서 나는 바보가 아니라 칸의 아들이라는 것을 남들에게 말하고 싶었다.

"아~!"

짧은 탄식이 나왔다. 온달은 짧은 순간에 그의 태도 변화를 감지했다. 저 자가 아버지를 알고 있음이 분명했다.

"너 이름은 뭐냐?"

"온다립니다."

"우리 집에는 뭐 하러 왔느냐?"

"나무 팔러 왔습니다."

"앞으로는 시장에서 나무를 팔지 말고 우리 집에 와서 팔아라. 나무값을 두 배로 쳐주겠다."

"예!"

아버지와 고구려 고추가 사이에 말할 수 없는 사연이 있음에 틀림없었다.

"그리고 너희들은 지금 내가 한 말을 명심해라. 만약 이를 어기면 용서하지 않을 것이다. 이 아이에게도 더 이상 해코지를 하면 그 또한 용서치 않을 것이다."

고흘은 온달에게 다정하게 말한 것과 달리 하인들에게는 엄한 목소리로 명령했다.

왜 고흘이 호의를 베푸는지 이유는 몰랐다. 다만 온달의 삶은 이전보다 편해졌다. 나무를 지고 장에 갈 일 없이 곧바로 고흘의 집을 찾아가서 나무를 풀면 되었다. 나무 값도 그날그날 두 배로 받았을 뿐 아니라 주인의 권력을 믿고 횡포를 부리던 하인들도 이날 이후로는 시비를 걸지 않아 너무 좋았다.

온달은 고흘의 집에 안정적으로 나무를 공급할 수 있었기에 예전보다 시간이 많이 났다. 그는 틈이 날 때마다 새로 얻은 친구들과 어울리기 위해 대동강 변을 찾았다. 이들의 삶도 온달이 그랬던 것처럼 만만치 않았다. 포로가 되어 고구려에 정착한 기기시족은 고구려를 위해 전쟁터에 나가면서 자유민이 되었다. 그러나 삶의 기반이 따로 있는 것은 아니었다. 농사지을 땅이 있는 것도, 고향에서처럼 유목생활을 할 가축이 있는 것도 아니었다. 결국은 평양성 신축 공사장으로 되돌아왔다. 그곳에서 하루 종일 일하고 겨우 연명할 양식을 얻어 살아갔다. 더구나 가장이 전쟁터에서 죽기라도 하면 이마저도 할 수 없어 나머지 가족은 온달처럼 비렁뱅이로 전락하거나 남의 집에서 종살이를 하며 연명할 수밖에 없었다. 온달은 기기시족의 이런 삶의 굴레를 끊고 싶었다. 하지만 당장 그가 할 수 있는 일은 없었다. 때가 찰 때까지는 열심히 나무하는 것밖에 없었다.

해가 바뀌고 온 산이 녹음으로 가득 찬 어느 날 온달은 나무하기에 열중했다. 일반적으로 여름철에는 수요가 많지 않았지만 딸린 식구가 많은 대갓집에는 끼니때마다 많은 나무가 필요했다. 웃통을 벗어 재끼고 도끼를 내려치길 수차례, 큰 나무 하나가 쓰러졌다. 잠깐 물 한 모금 마신 후 그는 다시 쓰러진 나무에 도끼질을 해대며 나무를 잘게 잘랐다. 오늘 저녁에 이 나무를 대갓집에 가져다줄 생각이라 쉴 틈이 없었다. 도끼질이 끝나자 그는 잘게 잘려진 나무들을 지게에 실었다. 두 길 높이로 쌓인 지게를 짊어진 온달은 천천히 산을 내려왔다. 아침밥을 먹고 집을 나선 후 아직 아무 것도 먹지 못했지만 저녁때까지는 참아야 했다. 하루에 두 끼 밥을 거르지 않고 먹을 수 있게 된 것만 해도 정말 고마운 일이었다.

배고픔을 참으며 힘들게 한 발 한 발 숲속을 내려와 좁은 산길에 접어들었다. 이제는 평탄한 길이라 한결 수월했다. 휴식을 취하기 위해 잠깐 지게를 내려놓고 물을 마셨다. 배고픔과 갈증이 한꺼번에 해결되는 듯했다. 얼굴을 뒤덮은 땀을 수건으로 닦았다. 하늘을 한 번 쳐다보았다. 길섶은 나뭇가지 사이로 보이는 하늘은 파랬다. 맑은 하늘에서 아버지가 내려다보는 듯했다. 아버지의 얼굴을 모르는 그가 아버지를 그릴 때마다 떠오르는 모습은 광덕선사였다.

'아버지, 어머니 잘 모실 테니 너무 걱정하지 마세요. 그리고 언젠가는 흩어진 부족원들을 모아서 아버지 고향으로 돌아가겠습니다. 조금만 기다리세요.'

요즘 들어 일이 잘 풀리는 것 같아 기분이 좋았다. 아버지가 하늘에서 지켜주는 것이라 생각했다.

휴식을 취한 그가 다시 지게를 짊어지려 할 때였다. 인기척이 들렸다. 어디에 숨어 있었는지 일단의 장정들이 앞을 가로막았다. 다섯 명. 두건으로 얼굴을 가린 그들의 손에는 검이 들려 있었다. 온달은 겁먹은 표정 대신 그들 앞에 딱 버티고 섰다.

"산도적이면 그냥 가라! 난 가진 게 아무 것도 없다."

대답이 없었다. 오히려 검을 뽑아 들고 거리를 좁혀왔다. 온달은 잠시 그들을 노려본 후에 지게 속에서 뭔가를 꺼냈다. '반월도', 아버지가 그에게 물려준 유일한 유품. 그는 나무를 하는 틈틈이 이 반월도를 들고 그동안 광덕에게 익힌 검법으로 수련을 해왔다. 온달이 반월도를 들고 나서자 그들은 놀란 듯, 한 발 뒤로 물러섰다.

"나는 아무것도 가진 것도 없고 평생 남에게 해를 끼친 일 없이 무시만 당하고 살았는데, 너희들이 오늘 나를 죽이려고 하니 참 이상하다. 다시 한 번 생각해봐라. 너희들이 죽이려고 한 사람이 내가 맞는지."

"……."

"말이 없는 것을 보니 내가 맞는 모양이구나. 무슨 이유인지 모르지만 너희들이 나를 죽이려고 나선 모양인데 난 할 일이 많은 사람이라 죽을 수 없어. 그러니 내가 살려면 너희들을 죽여야 해. 그래서 마지막으로 한 번 더 묻는다. 너희들이 죽이려는 사람이 내가 맞나?"

"……."

상대는 대답대신 검자루를 더욱 움켜쥐고 조심스럽게 온달을 포위해왔다.

"참 곤란하구만. 난 사람을 죽여본 적이 없는데…."

온달은 말을 끝맺지도 않은 채 곧바로 기습적으로 공격했다.

"억!"

온달의 기습을 예상하지 못했던 그들은 재빠른 온달의 공격에 미처 방어를 하지 못하고 한 명이 가슴을 움켜쥐고 쓰러졌다.

"차마 내가 너희들 목을 치지는 못했다. 그러나 다음번에는 너희들 목을 칠 것이다. 다시 말한다. 그냥 물러가라!"

동료가 쓰러지자 나머지 사람들은 쓰러진 동료를 부축하며 어쩔 줄 몰라 했다.

"물러서라!"

뒤에서 지켜보고 있던 우두머리 같은 자가 한 발 앞으로 나섰다. 얼굴을 가리고 있어 누군지는 알 수 없었지만 검을 쥔 기세가 매서웠다. 온달은 숨을 고르며 그를 노려봤다. 상대가 먼저 공격해 들어왔다. 온달은 힘들이지 않고 그의 공세를 막았다. 온달의 입에서 가벼운 웃음이 나왔다.

"이번에는 내 차례다."

온달은 무섭게 공격해 들어갔다. 상대가 온달의 검을 막았다. 그러나 온달의 힘에 밀려 계속 뒤로만 물러설 뿐 반격을 가하지 못했다. 온달은 계속 몰아쳤다. 큰 소나무 뒤로 밀린 상대는 강한 힘이 실린 온달의 반격을 막아내다가 끝내는 검을 떨어뜨리고 말았다.

"이 반월도는 목 베기 딱 좋은 검이지."

온달은 검 끝을 상대의 목에 겨누었다.

"사~, 살려줘!"

목숨을 애걸했다. 복면을 벗겼다. 익숙한 얼굴이었다.

"당신이 왜? 당신이 뭐가 부족해서 날 죽이려 해, 말 해!"

온달은 나머지 사람들은 개의치 않고 다시 검 끝을 우두머리에게 겨누며 물었다.

"넌 나에게 모욕을 줬어."

"후후, 대갓집 도련님이 나 같은 바보 놈과 검술을 겨룬 것이 부끄러웠다고?"

"……."

우두머리는 대답대신 가쁜 숨만 내쉬었다.

"잘 들어라. 네가 검술을 겨룬 사람은…, 돌궐 기기시족 칸의 아들이다. 그러니 억울해 하거나 수치스러워하지 마라. 제대로 겨뤄본 것이다. 대신 이 이후로 나에게 해코지를 가하면 그때는 용서하지 않을 것이다. 저 바보들을 데리고 얼른 돌아가라. 서두르지 않으면 난 바보가 아니라 살인자가 될지도 모르니."

온달은 검을 거두었다. 그리고는 검 끝에 서린 핏자국을 우두머리의 옷에 깨끗이 딱은 후 반월도를 나뭇짐 속에 넣었다.

"네 검술 실력이 얼마나 늘었는지 알고 싶으면 조용히 찾아와라. 도전은 언제든 받아 줄 터이니. 이렇게 무리지어 오지 말고. 오합지졸들은 몇백 명이 오든 소용없으니."

온달은 상대를 책망한 뒤 아무 일 없었다는 듯 두 길 높이의 나뭇단을 지고는 산을 내려갔다. 하지만 그들 앞에서 호기 있게 자신이 기기시족 칸이라고 내뱉은 것에 대해서는 자신도 놀랐다. 왜 그런 말을 했는지 지금도 이해할 수 없었다. 다만 자랑스러웠던 아버지의 아들이라는 것을 떳떳하게 말하고 싶었던 욕망이 있었던 것을 기억했다.

몇 굽이를 돌아서 큰 길에 내려서자마자 일단의 사람들을 만났다. 화려한 마차와 함께. 온달은 몇십 개의 날카로운 눈초리를 의식한 채 조심스럽게 한쪽으로 물러난 후 그 자리를 빠져나왔다.

평원대왕이 오랜만에 황후와 평강이 거처하는 곳을 찾았다. 둘째 부인을 맞이한 후 평원대왕은 한동안 아이지를 찾지 않았다.

"이 더운 날 어떻게 행차하셨습니까?"

아이지는 평원대왕의 등장을 약간은 낯설어 했다.

"남편이 부인을 찾는데 날씨가 무슨 상관이 있으며 시간이 무슨 의미가 있겠소."

평원대왕은 약간은 머쓱한 태도를 지으며 아무렇지도 않게 대답했다.

"어인 일이십니까?"

아이지는 대왕이 이유 없이 찾을 리가 없다고 생각했다.

"이제 평강도 나이가 찼으니 시집을 보내야겠소."

"예, 벌써!"

자신의 곁을 지키던 평강이 시집가야 한다니, 심중에 없던 일이라 당혹스러웠다. 하지만 왕가의 결혼은 정략적인 것이라 개인의 사소한 감정에 매달릴 수 없는 법, 아이지는 마음을 안정시키려 애썼다.

"누구, 염두에 둔 사람이 있습니까?"

"고추가 고흘의 만손자 고문을 생각하고 있소. 고추가와는 어느 정도 이야기를 나눴소."

"고문이라면 평강과는 이종으로 육촌이 되는데 괜찮습니까?"

"왕가에서는 흔히 있는 일이오. 힘센 고추가 집안과 튼튼한 혼맥을 맺어놔야 다른 귀족들이 우리 왕가를 함부로 할 수가 없는 법이오."

"평강에게 말해보겠습니다."

자신도 그런 이유로 황후가 될 수 있었기에 아이지는 곧 수긍했다.

평강이 아버지와 어머니 앞으로 불려왔다. 황후가 평강에게 대왕의 뜻을 전했다.

"아바마마께선 저를 온달에게 시집보낸다고 하지 않으셨습니까?"

평강은 뜻밖의 말을 했다.

"뭐! 하하하. 그거야 어릴 때 네가 하도 울어서 너를 어른다고 한 소리지. 그 말을 아직도 염두에 두고 있었느냐?"

"임금의 명은 함부로 거역할 수 없는 것이라 배운 저는 당연히 온달이 제 남편이 되는 줄 알았습니다."

"그래. 그러면 온달에게 시집가거라. 하하하."

평원대왕은 농담을 하면서 기분 좋게 웃었다.

아버지 평원대왕은 평강의 어린 시절을 떠 올리며 오랜만에 많은 시간을 머물렀다. 평강이 태어난 후 너무 울어서 잠을 잘 수가 없었다는 이야기부터, 총명한 머리로 부모를 기쁘게 했던 일, 온갖 재롱으로 아버지의 시름을 달래주었던 일 등.

"가을에 길일을 잡아서 결혼식을 올리기로 했으니 잘 준비하세요."

평원대왕은 혼사를 황후에게 맡기며 돌아갔다.

혼처가 정해지자 아이지는 평강을 데리고 광덕의 암자를 찾았다. 평강이 무사히 결혼을 올릴 수 있도록 기원제를 올리기 위해서였다. 광덕선사는 평강이 결혼하게 된 것을 기뻐했다. 기원제를 무사히 마치고 광덕선사와 덕담을 나눈 아이지는 기분 좋게 하산 길에 올랐다. 몇 굽이를 돌아 내려오는데 거친 쇳소리가 들렸다. 숲속에 몸을 숨긴 후 상황을 살폈다. 호위병들은 만반의 준비를 하고 명령을 기다렸다.

온달이었다. 온달이 다섯 명의 복면인들에게 공격을 받고 있었다. 평강은 나서려는 호위병들을 제지시킨 후 사태를 지켜봤다. 반월도는 처음 보는 것이었다. 신기했다. 온달의 검술은 전광석화 같았다. 순식간에 복면인들을 제압했다. 복면인 우두머리의 검술도 뛰어났다. 하지만 온달의 공격은 더 무서웠다. 우두머리는 그의 공격을 막기에 급급했다. 평강은 자기도 모르는 새 온달을 응원하고 있었다. 넋 나간 사람처럼 그의 검술을 구경했다. 드디어 복면인이 검을 떨어뜨리고 굴복했다. 복면인이 정체가 드러났다.

"고문!"

하마터면 소리를 지를 뻔했다. 육촌 오빠인 고문이었다. 복면인의 정체가 드러나자 호위병들이 나서려고 했다. 그러나 평강은 여전히 그들과 어머니를 말렸다.

"나는 기기시족 칸의 아들이다."

평강의 가슴에 온달의 말이 깊이 박혔다. 평강 일행은 온달이 산을 내려갈 때까지 몸을 숨기고 있었다.

평강의 마음이 요동쳤다. 다른 사람에게는 차마 말할 수 없었지만 지난번에 온달을 봤을 때 평강은 마음을 홀딱 빼앗겼다. 그때는 그의 외모에서 풍기는 남성다움이 마음을 사로잡았다면, 오늘은 남성다운 풍모를 풍겨낸 그의 실체였다. 무슨 운명인지 모르지만 아버지가 짝지어 주려는 육촌오빠 고문의 실체도 보게 되었다.

암자에 다녀온 후 평강은 더욱 심란해졌다. 온달, 그는 자신의 운명 같았다. 머릿속으로는 그를 지워야 하는데 가슴은 그를 원하고 있었다. 평강은 그 걱정을 이기지 못해 어머니를 찾았다.

"저 온달한테 시집갈래요."

"뭐라고, 미쳤어!"

아이지는 강하게 반대했다. 여자의 일생은 남편이 누구냐에 따라 달라진다며 자신의 경험을 이야기했다. 광덕스님과의 인연을 말하면서 그때 광덕스님이 자기를 취했으면 자신은 황후가 되지도 못했을 뿐 아니라 신라 사람이 되어 아버지의 원수도 갚지 못하고 평생 한을 지니고 살았을 것이라고 했다.

"전 어마마마의 한을 알고 있어요. 내가 여자라서 그 한을 풀어드리지는 못하지만, 남편이 그것을 대신하길 바라고 있어요. 그렇게 생각하면 고문보다는 온달이 더 적임자예요. 잘 먹고, 좋은 말을 타고, 좋은 군사를 거느린다면 얼마든지 좋은 장수가 될 수 있을 거예요."

"네가 내 한을 풀어주겠다니 고맙구나. 하지만 공주가 천민과 결혼할 수는 없단다. 좋은 장수가 될 가능성은 좋은 집안에서 태어난 고문이 훨씬 더 높지 않겠니?"

"온달은 천민이 아니라 자유민이에요. 그리고 돌궐족 칸의 아들이고요. 근본은 고문과 별 차이가 없어요. 더구나 고문과 온달의 실체를 어마마마도 보셨잖아요?"

"훌륭한 지휘관은 좋은 장수들을 전략적으로 적재적소에 얼마나 잘 배치하느냐에 달렸지 꼭 무예가 뛰어날 필요는 없는 것이다."

"온달도 그럴 수 있어요."

"고문은 좋은 집안에서 태어나 체계적인 교육을 받은 사람이야. 온달과는 비교 대상이 아니야."

아이지는 자신의 한을 풀어줄 사위도 중요하지만 딸이 불행하게 사는 것이 싫다며 강하게 반대했다.

"신라에 빼앗긴 관나부의 땅을 다시 찾는 것, 그건 제가 태어난 순간부터 수없이 어마마마께 들어왔어요. 근데 고문은 관나부 땅에 대한 관심이 하나도 없잖아요. 온달은 고향을 빼앗긴 사람이라 한을 가슴에 품은 사람이니 어마마마의 뜻을 쉽게 헤아릴 거예요."

"왜 갑자기 온달 타령이냐, 두어 번 마주친 인연밖에 없는데. 아무튼 공주가 근본도 없는 사람과 결혼할 수는 없다. 나중에 결혼해서 애를 낳아보면 알 것이다. 지금은 그냥 내 말 들어."

평소에 딸을 대하던 모습이 아니었다. 평강은 어머니를 더 이상 설득하지 않았다. 그리고는 아버지를 찾아갔다.

"대왕의 말은 함부로 바꾸는 것이 아니라고 들었습니다. 저는 어릴 때부터 온달을 제 남편으로 생각하고 살아왔습니다. 육촌오빠 고문에게는 시집가지 않겠습니다."

"너 정말로 온달에게 시집갈 생각을 했단 말이냐?"

대왕은 어이가 없는지 웃고 말았다.

"온달에게 시집가겠습니다."

"지금 제 정신이니?"

"얼마 전에도 온달에게 시집가라고 하지 않으셨습니까?"

"그건 농담이지. 농담과 진담도 구분 못해!"

평원대왕은 화를 냈다.

"전 진담으로 받아 들였습니다."

"가을에 길일을 택할 테니 헛소리 그만하고 고문에게 시집갈 준비나 잘 해."

"전 온달에게 시집갈 겁니다."

"넌 하나밖에 없는 내 딸이야. 임금의 사위는 국정을 책임지고, 나라에 위기가 닥치면 그것을 해결할 수 있는 능력이 있어야 해. 어떻게 장안에 소문난 바보 놈을 부마로 맞을 수 있겠어?"

아버지의 훈계는 계속 이어졌다. 평강은 가만히 그 소리를 다 들은 후에야 물러날 수 있었다.

바보평강과 온달

평강은 깊은 고민에 빠졌다. 부모님 말씀을 따르는 것이 순리다. 그렇다 해도 마음이 가지 않는 것을 어쩌란 말인가? 집안 간에 여러 차례 왕래가 많았던 터라 육촌오빠 고문에 대해서 잘 알고 있었다. 잘난 척하고 허세가 심했다. 뼛속부터 귀족이요, 연나부 사람인 그 인성이 싫었다. 오랜 기간 근친결혼을 한 집안의 자식들처럼 주걱턱에 뻐드렁니의 외모도 마음에 들지 않았다. 아랫사람을 함부로 대하는 것도 그렇고, 고구려를 걱정하는 마음이 있는지도 의심스러웠다. 그저 자신의 영달만 추구하는 사람처럼 보였다. 무엇보다 관나부를 위해 나서줄지도 의문이었다. 연나부에 영지가 있는데 굳이 아내를 위해, 아니 고구려를 위해 신라와 싸울 것 같지도 않았다.

반면 온달은 어떤가? 장부의 기개가 넘치는 인상에 고문의 기습 때도 당황치 않고 여럿을 단숨에 제압하는 그 출중한 무예, 지금은 하층민으로 살아가고 있지만 기기시족 칸의 아들로서 부끄럽지 않은 출생 신분, 여인으로서 평강이 품었던 사내에 대한 조건들을 충족시키고 있었다. 거기에 더해 그녀를 설레게 한 온달의 훤칠하고 출중한 외모는 또 어떤가? 평강은 온달 생각만으로도 얼굴이 달아오르고, 가슴이 뛰었다.

온달에게 점점 깊이 빠져들던 평강은 더는 지체할 수 없었다. 우선 온달에 대해 자세히 알아보기로 했다. 사는 곳은 어디고, 성정은 어떤지 알아보기 위해 시녀를 궁궐 밖으로 내보냈다. 대성산 자락에서 움막을 짓고 어머니와 단 둘이 사는데 어머니에 대한 효성이 지극하다는 정보를 얻었다.

평강은 결심을 굳히고 아이지를 다시 찾았다.

“어마마마, 아무래도 저는 고문 오빠와는 결혼할 수 없을 것 같아요. 저는 온달의 그 강한 눈매를 잊을 수 없어요. 온달이라면 어마마마와 관나부의 한을 풀어 줄 수 있을 것 같아요. 전 온달에게 시집가겠어요.”

“평강아 권력이 없으면 꿈을 이룰 수 없단다. 나도 온달을 향한 네 마음을 이해한다. 하지만 온달은 아무것도 가진 게 없어. 권력도, 경제적 기반도, 그를 지지할 백성도….”

“제가 그렇게 만들 수 있어요. 아바마마께 잘 말씀드려주세요.”

평강의 거듭된 설득에 아이지의 마음도 흔들렸다. 그녀의 마음속에도 온달에 대한 호감과 기대감이 어느 정도 자리 잡고 있었기 때문이었다. 운명에 맡기기로 했다. 내심 육촌끼리 결혼하는 것이 내키지 않았을 뿐 아니라 고문이 관나부 재건을 염두에 두지도 않을 것 같았다. 어쩌면 딸의 선택이 자신과 관나부를 위하여, 나아가 고구려를 위하여 생각지 못한 묘수가 될지도 모른다는 기대도 가졌다.

“몸 조심해라. 가끔씩 연락하고….”

아이지는 평강의 마음을 돌이킬 수 없음을 알고 그 앞길을 축복하기로 했다.

평강은 쌀과 옷감 등으로 바꿀 수 있는 패물과 간단한 옷가지를 챙긴 후 이른 새벽에 궁궐을 나섰다. 설렘과 두려운 마음을 안고 온달의 집이 있다는 대성산 북쪽 자락을 향해 걸었다. 대성산 남쪽은 궁궐이 있었지만 북쪽의 응달에는 빈민들이 많이 모여 살았다. 그곳 어디쯤에 온달의 집이 있을 것이라는 생각으로 나섰지만 그의 집은 쉽게 찾을 수는 없었다. 겨우 촌로에게서 온달이 산다는 곳을 알아냈다. 외진 산속에 동떨어져 있어 찾기는 쉬울 것이라 했다. 온달이 자신을 받아 줄지도 염려되었다. 처음 받았던 강렬한 인상을 머릿속에 그리며 힘들게 산길을 걸었다. 벌써 해가 중천에 떴다. 한참을 헤맨 끝에 개울가에 자리 잡은 온달의 집이라는 오두막을 발견했다. 조심스럽게 다가갔다. 나무를 잘라 기둥을 만들고 흙으로 벽을 쌓아 올린 후 갈대를 엮어 겨우 비를 피할 수 있게 지붕을 얹은 토굴 같은 집이었다.

"계세요?"

"……."

"누구 없어요?"

"누구세요?"

노파가 나왔다. 흰머리가 많고 피부가 거칠었지만 뜯어보면 그렇게 늙어 보이지는 않았다. 지팡이를 짚고 있었는데 눈으로 보기보다는 냄새를 맡으려 애썼다.

"뉘시오? 고운 분내가 나는 것 보니 귀하신 분 같은데…."

"혹시 여기가 온달님 집인가요?"

"그렇습니다만 뉘신지?"

“저는 온달님에게 시집오려는 사람입니다. 절 받으세요.”

“무슨 소리…. 혹시 여시거든 썩 물러가거라!”

온달의 어머니는 갑자기 목소리를 바꾸며 경계했다.

“그렇게 가리지 않으셔도 되요. 전 진작부터 온달님에게 마음을 두고 있다가 오늘 큰 결심을 하고 여기로 왔어요.”

평강은 큰절을 올렸다. 그러나 상대는 상황을 감지하지 못하고 허공에다 손을 저으며 평강의 손을 잡으려 했다. 그때서야 평강은 온달의 어머니가 눈이 먼 사실을 깨달았다. 험난한 인생이 될 것이라는 생각이 들었다. 온달의 어머니는 겨우 평강의 손을 잡았다. 그리고는 전신을 순간적으로 훑었다.

“피부도 곱고 향기로운 냄새가 나는 것을 보니 우리를 속이려는 것이 분명한데 미안하지만 우린 가진 것이 아무 것도 없다오. 그러니 그냥 돌아가시오.”

이번에는 애걸하는 말투였다.

“온달님은 어디로 가셨어요?”

“나무하러 갔다오.”

“그럼 기다리겠습니다.”

평강은 눈이 보이지 않는 어머니와는 더 이상 말이 통하지 않을 것 같아 조그만 돌 위에 주저앉아 온달을 기다리기로 했다.

여름 햇살이 유난히 뜨거웠다. 땀이 주르르 흘렀다. 평강은 하루 종일 아무 것도 먹지 않은 채 그 자리에 앉아 흐르는 땀을 닦으며 온달이 나타나기를 기다렸다. 해가 저물 무렵 지게를 짊어진 사내가 나타났다. 평강은 자리에서 벌떡 일어섰다.

“뉘시오?”

온달은 움막집 앞을 가로막고 서 있는 처자가 낯설었다.

"평강이라고 합니다. 우린 이미 구면이지요."

"글쎄요. 전 잘 기억이 안 납니다만."

"광덕선사님 계신 암자에서 본 적이 있습니다."

"광덕선사…. 그렇다면 공주님이시란 말입니까?"

"이제야 기억하시는군요."

"그때는 잘 차려 입었지만 지금은 그렇지 않아 몰라 뵌 것 같습니다."

평강은 자신의 얼굴을 기억하지 못하는 온달이 약간 섭섭했다.

"그런데 공주님이 여긴 어인 일이십니까?"

"지게가 무거워 보이니 일단 지게부터 내려놓으시지요."

평강은 이야기가 길어질 것 같아 호흡을 길게 한 번 했다.

"제가 여기를 찾아온 이유는 온달님에게 시집오기 위해서입니다. 저를 받아주세요."

평강은 온달이 지게를 내려놓자 조심스럽게 말했다.

"허, 그 무슨 말씀입니까? 제가 천하다고 함부로 놀리시는 겁니까?"

온달은 벌컥 화를 냈다.

"어렸을 때 아바마마께서 절 온달님께 시집보내겠다고 여러 차례 말씀하셨답니다. 전 그때마다 온달님은 어떤 분일까를 상상했고요. 광덕선사님이 계신 암자에서 한 번 뵌 이후에는 온달님을 오랫동안 지켜봤습니다. 제가 지켜본 온달님은 고구려 일등신랑감입니다. 그러니 공주인 제가 온달님에게 시집오겠다는 것은 이상하지 않습니다."

"놀리지 마시고 그만 돌아가십시오!"

온달은 어이없다는 표정을 짓고는 움막 안으로 들어가서는 문을 잠가버렸다.

朝鮮史話集(삼국시대편, 李殷相, 서울 동광사, 1931, 늘봄 소장)에 들어 있는 靑田 李象範 화백의 삽화 '山路에서 만난 公主와 溫達'

"제 말은 농담이 아닙니다. 저는 궁궐을 나왔습니다. 이곳이 이제 제 집이니 돌아갈 수 없습니다."

평강은 자신의 진심을 몰라주는 온달이 야속한 듯 애절하게 말했다.

"얼른 돌아가시오."

"이미 어두워졌는데 어떻게 돌아간단 말입니까?"

"……."

더 이상 대답이 없었다. 날은 점점 어두워 갔다. 산속에 홀로 나 앉게 되자 더럭 겁이 났다. 호기 있게 궁궐을 떠나왔지만 잘못 나왔나 후회하는 마음이 들었다. 하지만 다시 돌아갈 수는 없었다. 여기서 물러서지 않으리라 마음을 굳게 먹었다. 멀리서 정체를 알 수 없는 짐승들의 울음소리도 들렸다. 평강은 나무 밑에 자리를 잡았다. 잠긴 문은 열릴 줄 몰랐다. 온종일 먹지를 못해 주린 배는 그녀를 잠들지 못하게 했고, 바람에 실려 오는 짐승들의 거친 숨소리들은 그녀의 살갗을 곤추세웠다. 몸이 떨렸다. 이렇게 춥고 무서운 밤을 지센 기억이 없는 그녀는 어떻게 해야 할지 몰랐다. 해가 뜨길 기다리는 것 외에는 할 수 있는 것이 아무 것도 없었다. 하늘에 총총한 별들만이 그녀를 상대할 뿐이었다. 또다시 궁궐을 나온 것에 대한 후회가 밀려들었다. 하지만 처음 떠나올 때 이 정도의 고통은 감수해야 한다고 생각했었다.

"색시, 아직도 안 가고 여기 있었어요?"

새벽잠을 깬 온달의 어머니가 평강의 인기척을 눈치 챘다.

"온달아! 얼른 이리 나와 봐라."

어머니의 외침에 깜짝 놀란 온달이 뛰쳐나왔다. 몸을 잔뜩 움츠린 채 떨고 있는 그녀를 온달은 놀란 눈으로 바라보았다.

"뭘 하고 있어. 어서 안으로 모시지 않고!"

그때서야 온달은 그녀를 안으로 이끌었다.

"누추하지만 이곳에 누워요."

온달은 평강에게 아랫목을 내주었다. 그녀는 원망에 찬 눈으로 온달을 쳐다본 후 아무 말도 하지 않고 자리에 누웠다. 이불을 푹 둘러썼다. 그리고는 오래지 않아 잠이 들었다.

뜨거운 햇살이 평강을 깨웠다. 매캐한 냄새가 코를 찔렀다. 그녀는 잠깐 동안 자신이 있는 곳이 어디인지 탐색하다가 벌떡 몸을 일으켰다. 그녀의 앞에는 밥상이 차려져 있었다. 그리고 그 옆에는 온달과 어머니가 그녀를 지켜보고 있었다.

"잘 잤어요? 배고플 텐데 식사부터 하세요."

수수밥과 나물들, 그리고 고기반찬이 놓여 있었다.

"고맙습니다."

일단 식사부터 하는 것이 여러모로 유리할 것 같아서 평강은 밥을 먹었다.

"이건 무슨 고기예요?"

"노루고깁니다."

"못 먹어본 고긴데 맛있네요."

"맛있는 고기는 아닙니다. 배고파서 그럴 거예요."

온달모자는 그녀가 밥을 다 먹도록 신기한 듯 쳐다보고 있었다. 순식간에 밥 한 그릇을 다 비웠다.

"더 드세요."

"네. 더 주세요."

이렇게 밥이 맛있었던 적은 없었다. 오늘 무슨 일이 벌어질지 모르는 일, 일단은 배부터 든든히 채워야 한다는 생각에 평강은 먹을 수 있는 만큼 먹었다.

"어제는 미안했습니다. 밖에서 주무시게 해서…. 이제 날이 밝았고, 또 식사도 하셨으니 돌아가세요."

식사가 끝나기를 기다렸다가 온달이 조용히 말했다.

"이제 이곳이 제 집이에요. 전 안 돌아가요. 아니 이제 갈 곳이 없어요."

평강은 버텼다.

"내 자식은 지극히 가난하여 귀인의 배필이 될 수 없고, 내 집은 매우 누추하여 귀인이 거처할 곳이 못됩니다."

온달의 어머니가 조용히 말했다.

"옛 사람의 말에, 한 말 곡식이라도 찧어서 같이 먹을 수 있고, 한 자의 베라도 바느질하여 옷을 지을 수 있다했습니다. 마음을 함께 한다면 어찌 부귀를 이룰 수 없겠습니까?"

공주도 차분하게 자신의 결심을 말했다.

"도대체 왜 그러십니까? 저하고 혼인한다는 게 말이 된다고 생각하세요?"

온달은 참다 못해 소리를 질렀다.

"전 온달님과 혼인하기 위해서 왔습니다. 제 진심입니다. 그리고 이것을 보십시오."

평강은 품속에서 보자기에 싼 것을 꺼냈다. 온달도 잘은 몰랐지만 귀한 보물이라는 것을 알았다.

"이것이면 대궐 같진 않아도 그럴듯한 집도 장만할 수 있답니다. 저와 혼인하면 온달님은 더 이상 가난뱅이도, 누추한 사람도 아니에요. 저는 고구려의 공주입니다. 가난과 누추함 따위는 순식간에 바꿀 수 있어요. 그러나 타고난 능력은 아무리 공주라 해도 바꿀 수 없답니다."

"허허~ 참. 절 좀 그만 괴롭히세요. 저는 정말로 아무 능력도 없는 가난한 사람입니다."

"괴롭히다니요. 제 진심입니다. 온달님이야 말로 제 진심을 받아주세요."

"이유나 들어봅시다. 왜 하필 수많은 명문 대갓집 자제들을 놔두고 바보라고 놀림 받는 날 찾았는지."

온달은 태도를 바꾸어 진지하게 물었다.

"저는 바보가 아닙니다. 평양성 안에 온달님만 한 인재가 없습니다. 힘세고 무술에 능하고 또…."

"또 뭡니까?"

"잘 생겼어요."

약간은 홍조 띤 얼굴이었다.

"허허, 어떤 사람은 내 생긴 것을 보고 바보라고 하는데 공주님은 잘 생겼다고 말하니…."

온달의 얼굴에서 미소가 떠올랐다.

"공주님이 잘 생겼다하니 기분은 좋습니다."

"정말이에요. 잘 생겼어요. 조금만 가꾸면 정말 멋있을 겁니다."

"아무튼 고맙습니다. 그런데 그것만으로 나를 배필로 생각하지는 않았을 것이고, 또 다른 이유가 있을 것 같습니다."

"물론 있지요. 하지만 그것은 지금 말씀 드릴 수 없습니다. 그것을 알고 싶으시면 저를 받아들여야 합니다."

"지금 말하지 않으면 저는 받아들일 수 없습니다."

온달도 버텼다.

"하나만 말씀드리면 온달님은 평양성의 다른 귀족들과 달리 가슴속에 한을 지니고 있기 때문입니다."

"한이라고요?"

"그래요. 한."

"그럼 공주님도 한이 있단 말입니까?"

"당연하지요. 저의 한을 이해해줄 사람은 온달님밖에 없어요. 고향을 잃어버린 온달님."

"고향을 잃어버린?"

온달은 이해할 수 없었다. 하지만 그녀의 말이 진심임을 알아 챌 수 있었다.

"하지만 나는 공주님을 모실 집도 없습니다. 이런 오두막에서 눈먼 어머니와 함께 살아야 합니다."

"저도 각오하고 왔습니다."

내칠 수가 없었다. 막상 평강을 받아들였지만 온달은 난감했다. 당장 거처할 곳이 마땅치 않았다. 공주는 괜찮다고 했지만 화려한 혼례는커녕 무너질 것 같은 오두막에서 살게 할 수는 없었다. 당장 새로운 집을 지어야 했다. 온달은 마라치와, 으라차에게 사연을 말하고 도움을 청했다.

그 즈음 온달은 마라치, 으라차와 함께 지냈다. 무작정 시간을 보낼 수 없었던 파랑치는 그들을 공사장에서 떼어 놓아 온달과 함께 지내게 한 것이다. 사냥을 해서 고향으로 돌아갈 경비를 모으라는 명분이었지만 실제로는 활쏘기와 무술을 익히며 서로에게 부족한 부분을 채우게 하려는 목적이었다. 온달은 광덕선사에게서 배운 고구려의 무술과 군사전략이면서 사냥몰이법인 사신도 전술을 친구들에게 가르쳤고, 그들에게서 기기시족의 전술과 무술을 익혔다. 사냥물이 모이면 가죽을 벗겨서 시장에 내다 팔았고, 고기는 말렸다가 부족원들에게 나눠주었다. 틈틈이 나무를 해 고홀의 집에 파는 것도 잊지 않았다. 꿈이 생겨서인지 그들과 함께 하는 삶은 하루하루 의욕이 넘쳤다. 이제야 아버지의 유지를 받드는 것 같아 스스로가 자랑스러웠다. 그런 와중에 평강이 나타나 그의 삶을 다시 오리무중에 빠뜨린 것이다. 마라치와 으라차는 평강의 방문에 놀라는 동시에 마뜩찮은 표정을 지었지만 온달의 요청에 응했다.

온달은 사냥하는 일을 잠시 접고 집 짓는 일에 몰두했다. 세 명의 장정이 나서니 큰 어려움이 없었다. 나무를 베고 진흙을 이겼다. 틈틈이 사냥을 하면서 부족한 식량을 채웠다. 평강의 얼굴에는 행복한 웃음이 번졌다.

"든든한 벗님들이 믿음직스럽습니다."

친구들이 사냥하러 간 사이 평강은 온달의 곁에 든든한 친구들이 버티고 있는 것에 만족감을 표했다.

"고맙소."

무뚝뚝하게 말했지만 평강과 함께 진흙을 이겨 벽을 쌓아 올리는 온달의 얼굴에서 웃음이 끊이지 않았다. 얼굴에 묻은 진흙은 서로의 얼굴에 또 다른 웃음을 주었다. 웃음을 이기지 못한 눈 맞춤은 또 다른 큰 웃음으로 이어지고 드디어는 입맞춤으로 번졌다. 젊음의 욕구는 어디로 번질지 아무도 몰랐다. 더구나 산속이었다.

"어흠!"

갑작스런 인기척에 두 사람은 황급히 떨어졌다.

"이제 그만 돌아가시죠."

숲속에서 여럿의 장정들이 다가섰다.

"뉘시오?"

상대의 말투에 온달은 긴장했다.

"공주님, 폐하께서 기다리십니다. 그만 돌아가시죠."

장정들의 호위를 받는 비단 옷의 중년이 앞으로 나서며 공손히 말했다.

"전 안 돌아갑니다. 여기가 내 집이에요. 그리고 이쪽은 제 남편이고요."

평강공주는 안면이 있는 듯 상대의 정체도 묻지 않고 말했다.

"강제로라도 모셔오라는 어명이십니다."

고흘의 손자 고문과 혼담이 오가던 중 평강이 사라졌다는 소식은 충격이었다. 평원대왕은 자신이 무심코 내뱉은 말로 인해 이런 결과가 나타난 것에 대해 자책했다. 자신이 한 말이 있기 때문에 궁궐을 떠나 온달을 찾아간 평강을 다시 데려오기도 쉽지 않았다. 그렇다고 이런 엄청난 일을 저지른 평강을 그냥 내버려둘 수는 없었다. 고흘이 알기 전에 그녀를 찾아서 다시 한 번 설득하거나 아니면 혼례 때까지 감금을 시키는 수밖에 없었다. 딸 아이 하나 단속하지 못한 황후가 못마땅했다. 당장 평강을 찾아오라며 소리쳤다. 하지만 그녀도 평강의 편이었다. 공주는 똑똑하고 사려 깊은 아이니 한 번 믿어보자는 말만 되풀이 했다. 답답했다. 사람을 푸는 수밖에 없었다.

"난 안가요!"

평강은 얼른 온달의 뒤로 숨었다. 온달은 이것이 무엇을 의미하는 것인지 알아챘다.

"돌아들 가시오!"

온달이 평강을 보호하며 말했다.

"자네는 빠져! 이는 대왕폐하의 일이야."

중년은 온달을 무시하고 오로지 평강만 상대하려 했다.

"이 여인은 내 여자요. 나를 통하지 않고는 어느 누구도 데려갈 수 없소."

"물러서지 않으면 다친다."

온달은 물러설 기세가 아니었다. 중년의 사내는 주위의 장정들에게 턱짓을 했다. 그러자 그들은 온달에게 다가서며 그를 압박했다. 그러나 그들이 손을 뻗는 순간 온달은 그들을 밀쳤다. 두 명이 뒤로 나자빠졌다. 그것을 본 나머지 두 명이 사납게 온달을 밀쳤다. 그러나 오른발을 한 발 뒤로 뺐을 뿐 온달은 그 자리에 버티고 섰다.

"허, 이놈 봐라!"

가벼운 놀람과 함께 곧바로 주먹이 날아왔다. 온달도 물러서지 않았다. 그는 맞으면서도 주먹을 뻗었다. 상대가 거칠게 나가 떨어졌다. 그리고는 일어서지 못했다. 발길질도 이어졌다. 하지만 온달도 지지 않았다. 맞받아 주먹을 휘둘렀다. 온달의 주먹을 맞은 상대는 또다시 쓰러졌다.

"네, 이놈. 감히 대왕폐하의 명령을 어길 것이냐?"

온달은 등 뒤의 평강을 쳐다보았다. 그녀는 고개를 내저었다.

"내가 죽기 전에는 절대 공주님을 내주지 않는다."

온달은 평강의 태도를 확인한 후 결기를 보였다.

"그렇다면 네놈을 죽이고 모셔갈 수밖에."

화가 난 중년은 검을 뽑아들었다. 온달의 주먹에 나자빠졌던 장정들도 뒤늦게 자리에서 일어나 허리춤에 차고 있던 검을 빼들었다.

"난 검이 없다. 고구려 무사들이 비겁하게 검도 없는 사람을 공격하진 않겠지?"

"쳐라!"

온달의 말은 무시되었다. 상대가 다가오자 평강은 온달의 등 뒤에 바짝 붙어 저들이 쉽게 공격할 수 없게 했다. 온달에게 혼이 난 장정들은 쉽게 공격하지 못하고 온달을 에워싼 채 머뭇거리기만 했다.

"공주님, 잠깐만 물러나주시겠어요."

온달은 공주의 도움이 오히려 방해가 될 것 같았다. 이미 온달의 실력을 알고 있는 평강은 잠깐 생각하더니 한쪽으로 비켜섰다.

"온달 검을 받아!"

잔뜩 긴장한 채 경계태세를 취하고 있던 차에 갑자기 낯익은 목소리와 함께 검이 그에게 던져졌다. 때마침 귀가하던 마라치와 으라차였다. 온달은 반월도를 손에 쥐자 곧바로 공격했다. 나머지 친구들도 낯선 장정들을 공격하기 시작했다. 혼전이 벌어졌다.

중년인은 산골짝에서 기껏해야 사냥이나 하고 살 촌닭들이 임금을 호위하는 젊은 무사들을 상대로 압도적인 공세를 취하는 것에 깜짝 놀랐다.

'이들은 도대체 누구란 말이냐, 평양성에 이런 낯선 고수들이 있다니!'

전세는 바뀌지 않았다. 젊은 무사들이 계속 수세에 몰렸다. 온달 일행의 힘이 대단했다. 시간이 지날수록 불리해지는 것은 뻔했다. 잘못하다가는 목숨을 잃을 것도 같았다.

"멈춰라!"

중년의 사내는 싸움을 중지시켰다.

"공주님께서 환궁하는 것을 완강히 거절하셨다고 보고 드리겠습니다."

중년인은 평강에게 깊이 인사를 한 후에 부하들을 거느리고 순순히 물러섰다.

바보로 알려졌던 온달이 이렇게 뛰어난 무술실력을 갖춘 것도 의아했지만, 그의 곁에 비슷하게 생긴 여럿의 청년이 있다는 것도 의문이었다. 만약 이들이 공주와 연결되지만 않았다면 무슨 수를 써서라도 이들을 체포해 정체를 알아냈을 것이다. 하지만 이들이 공주와 연결되었다면 공주의 선택에는 자신이 모르는 이유가 있을 거라 생각했다. 그것은 참으로 흥미로운 일이었다. 앞으로 온달로 인해 고구려에 큰 변화가 일어날 수도 있다는 것을 예측하며, 그 변화가 자신에게 유리하게 작용하기를 기대하며, 중년인은 자신만이 아는 큰 비밀을 간직한 사람처럼 들떠서 궁궐로 돌아왔다.

"공주께서 환궁하길 완강히 거부했사옵니다. 그리고 온달은 저희가 알고 있는 바보가 아니었습니다."

"온달이 바보가 아니라니?"

평원대왕은 저잣거리에서 만났던 초췌하고 원망에 가득 찬 눈망울을 지녔던 온달을 떠올리며 물었다.

"그는 무술의 고수였고, 그를 따르는 청년들도 있었습니다. 비슷하게 생긴."

임무를 받고 떠났던 호위대장은 있었던 일을 빠뜨림 없이 보고했다.

"폐하께서 원하신다면 지금이라도 다시 가서 강제로라도 데려 올 수 있습니다만, 그의 존재가 세상에 드러나지 않는 것이 좋을 것 같아 그냥 돌아왔사옵니다."

"왜지?"

"결정적 순간에 온달이 폐하께 도움이 될지도 모르겠단 생각을 했사옵니다."

"음…, 부하들 입단속 잘 시키게."

"이미 그렇게 했사옵니다. 또한 자기들도 힘깨나 쓰는 사람이라 자부들 하고 살았는데 창피를 당했으니 쉽게 떠벌리지는 못할 것이옵니다."

호위대장은 황실에 충성을 바치는 사람이었다. 그도 제법 인재를 알아보는 눈이 있었다. 그가 온달을 높이 평가했다면 그것은 옳은 판단일 것이다. 더구나 똑똑한 평강이 선택했다면 더욱 확실했다. 하지만 평강이 궁궐을 나가 온달에게 갔다는 것은 보통 문제가 아니었다. 이미 평강을 고흘의 손자 고문에게 시집보내기로 약속을 했기 때문이었다. 고흘은 고구려 최고의 실력자다. 그와 사돈, 겹사돈을 맺는 것은 유사시에 고구려 황족을 지키기 위함이고 또 외침이 있을 시엔 많은 군사를 동원할 수 있기 때문이었다. 그런데 약속을 어긴다면 서로간의 신뢰에 금이 갈 터였다. 이는 자연스럽게 왕권 약화로 이어질 수 있었다.

아직 사람들은 평강이 궁궐을 나간 것을 몰랐고, 평원대왕은 몰래 평강을 데려오려 했다. 하지만 평강이 완강하게 버티니 문제였다. 사실 평강이 돌아온다 하더라도 문제였다. 그녀가 궁궐을 나가 온달에게 간 것이 언젠가 알려진다면 이는 더욱 불만을 살 일이었다. 그냥 솔직하게 말하는 것이 나을 것 같았다. 사적으로 본다면 평강은 고흘의 손녀뻘이니 이해해 줄지도 모를 일이었다. 그는 직접 고흘의 집을 방문해 사정하는 것이 그나마 그의 마음을 푸는 방법이라 생각했다.

"폐하께서 어떻게 이렇게 누추한 곳을 직접 행차하시었습니까?"

자신을 궁으로 부르지 않고 대왕이 직접 사저로 행차한 것에서 고흘은 예사롭지 않은 일이 벌어지고 있음을 눈치 챘다.

"긴히 의논할 일이 있습니다."

자리를 잡고서도 대왕은 쉽게 말을 꺼내지 못했다.

"임금이 신하에게 무슨 말을 못하겠습니까? 소신은 무슨 명이든 받아들일 준비가 되어 있습니다."

"평강이 궁궐을 나갔습니다."

대왕은 단도직입적으로 말했다.

"그게 무슨 말씀이십니까?"

고흘도 충격을 받은 듯했다.

"고문과 결혼하기 힘들어졌다는 말입니다."

"그럼 공주님께서 연애라도 하셨단 말입니까?"

"아마도 그런 것 같습니다."

"상대가 누구입니까?"

"온달이라고 합니다."

"온달!"

황실의 혼례란 무릇 매우 정략적이었다. 평강공주가 어느 나부의 공자와 혼인하느냐는 나라의 권력을 예측할 수 있는 매우 중요한 잣대였다. 고흘이 알고 있는 평강은 똑똑한 아이였다. 그런 그녀가 온달을 선택한 것을 어떻게 이해해야 할까? 단순한 연애, 그 이상은 계산이 되지 않았다.

"허허, 정말로 온달과 연애를 하신 것입니까?"

"공주가 어릴 때 하도 자주 울어서 그때마다 온달에게 시집보낸다는 말을 했는데 아마도 그것을 마음에 새겼나 봅니다."

"공주님은 현명하신 분인데…."

"이미 합방을 한 모양입니다. 고추가 가문에 시집을 보내야 황실 위신이 설 텐데…."

임금은 곤혹스러운 표정을 지으며 고흘의 눈치를 살폈다.

"……."

고흘은 생각에 잠겼다. 평강이 시집오는 것이 최선이다. 그런데 온달에게 갔다니 웃음이 절로 났다. 왕이 계획했을 리도 없는 일이었다. 평강이 온달이 아닌 다른 나부의 대갓집 자제와 결혼을 했다면 이는 분노할 일이었다. 하지만 이것은 아무리 생각해도 자신에게 불리한 것은 없었다. 왕권이 오히려 더 약화되는 일이었다. 따라서 왕은 더욱 자신에게 의존할 수밖에 없을 터였다.

"대왕폐하께서 마음이 편치 않으시겠지만 이제 돌이킬 수 없는 것 같습니다."

고흘은 마음을 정했다.

"이해해주시니 고맙습니다."

평원대왕은 진심을 담아 고마움을 표했다.

"말씀드리고 싶은 것이 있는데…, 온달은 만만한 아이가 아니라는 점입니다."

고흘이 뜻밖의 말을 했다.

"고추가께서는 온달에 대해 아십니까?"

평원대왕은 자신이 모르는 온달에 대해서 고흘이 알고 있는 것에 깜짝 놀랐다. 평양성의 사소한 것까지 다 알고 있는 고흘이 무섭게 느껴졌다.

"돌궐족 출신의 부족장 맥철의 아들입니다. 맥철과는 백암성 전투에서 겨룬 적이 있습니다. 맥철의 아들이라면 훌륭한 장수가 될 수도 있을 것입니다. 평강공주는 대왕폐하의 따님이기도 하지만 저에게도 손녀뻘이 되니 이 혼사로 인해 집안에 좋은 젊은이를 하나 더 얻는 셈이기도 합니다."

고흘은 온달이 훌륭한 장수로 성장할 수도 있다고 생각했다. 하지만 온달은 지지기반이 없기 때문에 결국 정계에 진출하기 위해서는 자신에게 의존할 수밖에 없다고 생각했다. 그렇게 된다면 자신은 훌륭한 선봉장을 하나 얻게 되는 일이니 손해는 아닌 일이었다.

"그렇게 생각해주신다니 고맙습니다. 그렇지만 섭섭하고 아쉬운 마음이 드는 것은 지울 수가 없습니다."

"저도 섭섭하지만 좋게 생각하겠습니다. 낭중지추(囊中之錐), 다만 온달이 주머니를 비집고 나오는 송곳이 되는지는 지켜봐야 할 것 같습니다."

온달은 친구들의 도움으로 평강과 함께 지낼 새집을 지었다. 귀족들이 사는 금수산 자락이 아니라 빈민들이 사는 대성산 북쪽 자락이었다. 평강은 패물들을 팔아서 필요한 세간살이를 하나씩 구입했다. 소나무향이 진하게 베어 나오는 새집에 어머니와 함께 입주한 온달은 이전에 맛볼 수 없는 기분을 맛보았다. 행복이라는 말이 이런 감정을 말할 때 쓰는 것이라는 것을 새삼 깨달았다. 고구려에 태어난 이래 이런 기분은 처음이었다. 그러는 사이 온달은 기기시족 일을 잊고 지냈다. 이런 그의 모습을 지켜보는 마라치와 으라차는 불만이었다.

"자네 결혼하더니만 고향으로 돌아가겠다는 생각은 잊고 지내는 것 같네."

"잊지 않았네. 다만 지금은 할 일이 없지 않은가?"

온달은 문제될 것이 없다며 친구들의 충고를 무시했다. 그러고는 자신에게 찾아온 행운을 좇는 데 열중했다. 친구들과는 소원한 관계가 지속되었다. 이를 지켜보던 평강이 나섰다.

"이것으로 말을 사세요."

어느 날 평강은 온달과 친구들을 불렀다. 그리고는 장농 속에 싸두었던 패물을 꺼내며 말했다.

"말을…, 사라고?"

"계속 이렇게 살 수는 없어요. 언젠가는 우리의 아이들도 생길 것인데 이렇게 나무를 하고 사냥을 하면서 가난하게 살 수는 없는 일이지요. 더구나 당신은 기기시족 칸입니다. 미래의 우리 아이들과 당신의 부족들을 위해 뭔가를 해야 합니다."

"그래서 말을 사라는 것이오, 그것으로 무엇을 하게?"

"당신들은 원래 유목민입니다. 말과 함께 자란 부족이지요. 나이든 사람들 중에는 말에 대해 잘 아는 사람들이 있을 겁니다. 부족하지만 이 돈으로 말을 사고파는 마상단일부터 시작해 돈을 모으세요."

평강의 말에 마라치와 으라차의 굳어 있던 얼굴이 펴졌다.

"어느 정도 돈이 모이면 우리는 초원으로 떠날 것이오."

온달의 미온적인 태도에 불만을 가진 마라치가 분명히 자신들의 뜻을 밝혔다.

"고구려에 정착할 수도 있습니다."

평강공주는 상대의 마음이 상하지 않게 웃으면서 말했다.

"우리의 뜻은 쉽게 변하지 않습니다."

으라차도 마라치의 말을 거들고 나서며 자신들의 생각을 분명히 밝혔다.

"당신들 아버지 고향은 어딘지 잘 모르는 머나먼 곳에 있다는 초원이 맞습니다. 하지만 당신들의 고향은 고구려입니다. 고구려에서 나고 자랐으며 고구려의 풍습에 더 익숙합니다. 다만 고구려에서 억압받고 하층민으로 살아가는 것에 대한 반발로 조상의 고향을 생각하는 것일 수도 있습니다. 그러나 그곳의 삶이 이곳보다 낫다고 아무도 장담 못합니다. 그것보다는 고구려에서의 삶을 새롭게 개척하는 것이 더 나을 수도 있습니다."

평강공주는 눈웃음을 지으며 천천히 말했다.

평양의 마시장, 닷새 만에 열리는 장터는 아침부터 활기가 넘쳤다. 인근의 목장에서 많은 말을 끌고 나왔다. 길게 늘어선 장터에는 온갖 종류의 말들이 말뚝에 묶여 새로운 주인을 기다리고 있었다. 중간상인들, 목장의 관리인들, 아들에게 말을 사주기 위해 나선 아버지 등 각기 다른 목적을 가진 많은 이들로 북적였다. 이들 사이에 비단옷을 입은 온달도 있었다. 몇 달 사이에 살이 올라 몸집도 이전보다 두 배 이상 커 보였다. 곁에는 파랑치가 있었다. 언뜻 보기에 주인과 시종 같았다.

부를 축적하는 것이 원래 그들의 일차적 목적이었기에 온달과 친구들은 일단 평강공주의 말에 따르기로 했다. 이들로부터 평강공주의 제안을 들은 파랑치도 좋은 기회라며 온달을 돕기 위해 따라 나섰다. 말에 관한 한 아직은 자신이 있었기 때문이었다.

"어떤 말을 찾으시오? 이 말은 돌궐 말이오. 크지는 않지만 아주 오래 달릴 수 있어요. 구경해보시오."

"이 말 한 번 보시오. 솔빈 말이오. 크기는 작지만 산을 잘 타서 우리나라 같은 산악지대에서는 최고지요."

상인들은 저마다 자신들이 내어놓은 말들을 자랑하며 호객행위를 했다. 모든 말들이 토실토실해 온달은 아무리 봐도 어떤 말이 좋은지 알 수 없었다. 반면 파랑치는 유심히 말들을 살폈다. 입을 벌려 치아를 보기도 하고 말발굽을 들어보기도 했다.

"이 말은 어디서 온 것이오?"

파랑치가 마음에 드는 말을 발견했는지 마상 앞에 멈춰 서서 물었다.

"그건 순나부의 말갈족들이 기르던 말이오."

"뭘 먹였소?"

"뭘 먹이긴 풀을 먹였지."

"콩은?"

"사람도 먹기 힘든 콩을 어떻게 먹여!"

상인은 상대가 얕잡아 보였는지 퉁명스럽게 말했다.

"아주 튼튼해 보이는군요."

지켜보던 온달이 두 사람 사이에 오가는 말이 거칠어지자 불편한 듯 끼어들었다.

"너 온달이지?"

유심히 보던 상인이 온달을 알아봤다.

"맞소."

"이 자식이 비단 옷을…, 네가 말을 사겠다고?"

상인은 의아한 듯 온달의 아래위를 훑어보다가 거칠게 물었다.

"그렇소."

"너한테는 안 팔아. 아침부터 재수 없으니까, 어서 썩 꺼져!"

상인은 얼른 외면했다. 온달은 그런 그들을 씁쓸한 표정으로 쳐다볼 뿐 아무 대꾸도 하지 않고 자리를 떴다.

"이 말들 한 번 보세요. 지금은 병이 들어서 파리하지만 원래는 정말 좋은 말입니다."

"이건 어디서 온 말이오?"

"이건 국마(國馬)요."

"국마!"

온달은 집을 나서기기 전 평강이 당부한 말을 떠올렸다.

'말을 살 때는 상인들 말을 사지 말고 병들어 보이는 파리한 국마를 사세요. 그러면 싸게 살 수 있을 뿐 아니라 잘 먹이기만 하면 금방 살찔 것입니다.'

"이렇게 병든 말을 팔면 어떻게 하오?"

파랑치는 좀 더 싸게 말을 사기 위해 짐짓 모른 체하며 화를 냈다.

"언제 난리가 날지 알 수 없으니 나라에서야 항상 좋은 말을 대기시켜 놓아야 할 것 아니오. 이렇게 병든 말은 팔아서 좋은 말을 구해…."

상인은 말을 하다말고 파랑치를 쳐다보았다. 햇볕에 그을렸지만 숨길 수 없는 흰 피부에 우뚝한 코, 움푹 파인 눈. 생긴 것이 자신과 비슷한 것을 발견한 것이다.

"어디서 오신 분이신지?"

"난 기기시족 출신이오."

"존함은 어떻게 되시오?"

"파랑치라 하오만."

"그렇군요. 저 마치입니다. 저 모르겠어요?"

상인은 두건을 벗으며 최대한 자신의 모습을 돋보이려 애썼다.

"마치라고? 살아 있었구만."

두 사람은 격하게 끌어안았다.

"어떻게 된 것인가? 사연을 들어보세."

20여 년 전 돌궐족의 고구려 침공 때 포로가 된 마치는 평양성 인근의 국마장으로 끌려가 지금까지 그곳에서 일을 하고 있다고 했다. 지금은 고참이라 이렇게 병든 국마를 팔고 새로운 말을 사서 공급하는 일을 하고 있다고 했다.

"맥철 칸은 어떻게 되셨어요?"

"돌아가셨네."

"돌아가셨다고요. 어떻게요?"

마치는 금방이라도 울 듯한 표정이 되었다.

"신라와의 싸움에 나섰다가 전사하셨네."

"그랬군요. 포로가 된 우리의 운명이란…."

"여기 이 친구는 맥철 칸의 아드님일세. 온달이라고 부르네."

파랑치는 온달을 소개했다. 마치는 마치 맥철 칸을 보듯 온달을 껴안으며 서럽게 울었다. 그러다가 문득 온달의 옷차림새를 보고는 의아한 표정을 지었다.

"차림새가 예사롭지 않은데…."

파랑치와 온달을 번갈아 보며 마치가 물었다. 파랑치는 그간의 사정을 대충 말한 뒤 군마를 사겠다는 의사를 보였다.

"가능하다면 많이 사려하네. 앞으로도 계속 말을 사려고 하니 자네가 국마를 팔러 나올 때마다 연락 주게."

뜻밖에 동족인 옛 전우를 만나 일이 쉽게 잘 풀렸다. 인생만사 새옹지마라더니 이십 년의 포로생활 동안 겪었던 고통과 헤어짐이 새로운 일을 계획하는 이때 오히려 도움이 되었다. 말 네 필을 사서 집으로 돌아온 온달과 파랑치는 이 말을 잘 키워서 비싸게 팔고 더 많은 말을 사들였다. 마치의 도움이 컸다. 이런 방법으로 온달의 재산은 점점 늘어났다.

국중대회

평강이 온달에게 시집갔다는 소식은 점점 평양성 안으로 퍼져나갔다. 아이지는 이로 인해 생겨난 수많은 소문들에 대해 감내하고 있었다. 고문과의 혼사문제가 깨진 것에 대한 책임도 져야 했으며, 공주가 어떤 집안의 영식(令息)과 결혼하는가에 관심을 갖고 지켜보던 귀족들의 따가운 시선도 의식해야 했다. 한편으로는 대왕의 맏딸이 최고 권력자인 고추가 고흘의 집안과 결혼하지 않은 것에 대한 다른 귀족들의 안도감도 감지했다.

시간이 지나면서 그 누구의 편도 아닌 필부에게 시집을 간 공주의 일을 사람들은 서서히 망각했다. 그럴 무렵 아이지는 광덕선사를 찾았다. 광덕은 아이지를 통해 평강이 온달에게 시집갔다는 이야기를 들었다. 처음에는 놀랐지만 관나부의 수복을 생각하는 아이지와 평강의 의지에 경의를 표했다. 관나부 수복보다는 고흘에 대한 복수의 때가 찾아오기를 더 기다리던 자신이 부끄러웠다. 이제는 정말 자신도 관나부 수복을 위해 뭔가를 해야겠다는 반성과 다짐을 하는 계기도 되었다. 그리고는 가끔씩 암자를 찾는 온달을 관찰했다. 점점 듬직한 모습으로 바뀌는 것을 느꼈다.

"온달을 추천할 때가 된 것 같습니다."

광덕선사는 이제 온달이 나랏일을 감당할 수 있다고 판단했다.

"고맙습니다. 그런데 단순히 대왕께 추천하는 것보다는 그의 진면목을 드러낼 수 있는 계기를 마련했으면 좋겠는데 무슨 방법이 없을까요?"

아이지도 어떤 방법으로 온달을 대왕에게 추천할지 고민하던 차였다.

"예전에 국조 주몽대왕께서 부여의 왕자인 대소와 갈등을 빚자 금와왕은 사냥대회를 열어 그들을 겨루게 했습니다. 지금 신라의 공격으로 힘이 약해진 고구려가 새로운 인재를 등용할 수 있는 좋은 방법이 바로 그런 것을 부활시키는 것이 아닌가 싶습니다."

광덕선사는 오랫동안 생각하고 있었던 듯 막힘없이 말했다.

고구려는 여러 부족이 연합해 세운 연합국가다. 예족, 맥족, 부여족, 말갈족 등이 대표적인 부족이다. 처음에는 이들을 동부, 서부, 남부, 북부, 중부 등으로 나누었는데 이를 고구려 말로 순나부, 연나부, 관나부, 절나부, 계루부라 했다. 나중에 고구려의 영토가 넓어지면서 이것이 행정구역을 이르는 말로 확장되었는데 주로 권력은 황족인 계루부, 그리고 왕비족으로 정착한 서부의 연나부가 장악했다. 초기에는 왕비를 순나부에서 배출했는데 연나부와의 힘겨루기에서 패해 결국 왕비족은 연나부 차지가 되었다. 통상 나부의 우두머리를 대가라 부르는데 계루부와 연나부의 대가는 고추가라 불러 다른 나부와 구별했고, 이들이 고구려를 통치했다. 이로 인해 고구려를 다스리는 인재들은 대부분 고추가의 추천에 의해 발탁되었다. 절나부, 순나부, 관나부의 경우는 대형(大兄) 이상의 벼슬은 힘들었다. 특히 관나부의 경우는 자신들의 영역인 평양성으로 왕도가 천도된 후 지배세력인 연나부의 추군에게 도전했다가 패배한 뒤 거의 몰락한 상태였다. 이를 다시 재건하고자 황후와 광덕선사가 드디어 출사표를 던지는 순간이었다.

황후 아이지가 어느 날 대왕을 찾았다. 평강이 아버지의 허락을 받지도 않고 온달에게 시집을 간 이후 두 사람 사이가 예전보다 소원했다.

"어쩐 일이시오?"

"폐하께 건의할 일이 있어 왔습니다."

"말해보시오."

"지금 우리 고구려는 큰 위기입니다. 남으로는 신라의 공격에 속수무책으로 당해 건국 이래 가장 많은 영토를 빼겨 관나부는 회복불능의 상태가 되었습니다. 북쪽에서는 북주의 우문옹이라는 영웅이 나타나 분열된 중국을 통일하고 있습니다. 이런 때 우리가 대비를 하지 않으면 주몽대왕 이후 쌓아 올린 우리 고구려의 위용은 무너지고 말 것입니다."

"그것은 나도 염려하는 바요. 그래서 남쪽을 안정시키기 위해 신라를 공격했지만 패하고 말았으니…, 뾰족한 대책은 없고."

"인재를 등용해야 합니다. 지금 고구려 인재들 중 연나부나 계루부 출신이 아니면 설 곳이 없습니다."

"권력이라는 것은 절대 양보 대상이 아니오. 죽어가는 순간에도 나누지 않는 것이 권력이오."

"귀족들에게 눌리고 있는 왕권 강화를 위해서도 인재 등용은 필요합니다."

"필요성은 알고 있지만 마땅한 방법이 없소."

대왕은 한숨 섞인 목소리로 말했다.

"사냥대회를 다시 여시지요. 옛날 부여에서는 국중대회 마지막 날 사냥대회를 열어 인재를 등용했습니다. 주몽대왕께서 대소를 누르고 곧바로 권력자로 떠오른 것도 사냥대회를 통해서입니다."

"사냥대회를 개최해 인재를 등용하란 말이오?"

대왕의 굳었던 인상이 점점 펴지고 있었다.

"그렇게 하면 빛을 보지 못하고 있던 수많은 인재들이 나타날 것이고, 그들에게 적절한 벼슬을 내리고 선물을 안긴다면 폐하께 충성하는 많은 인재들을 얻을 수 있을 것입니다."

평원대왕은 연신 고개를 끄덕였다.

"또한 그들을 곁에 둔다면 지방에 많은 군사들을 거느리고 있는 귀족들을 견제할 수 있을 것입니다."

"좋은 생각이오. 내 적절한 날을 잡아 시행하겠소."

평원대왕은 희색이 가득한 채 말했다.

계절이 바뀌어 연분홍과 노랑으로 새 단장한 대성산 자락에 한 줄기 연기가 하늘로 솟아올랐다. 저녁노을을 물들이는 하얀 연기는 평화롭고 여유가 배어 있었다. 부뚜막에서 봄나물을 무치는 평강의 입가엔 웃음이 멈추질 않았다. 배가 도톰하게 솟아올라 걸음걸이가 약간은 불편하게 보일 뿐 그녀의 행동에 거침이 없어 이제는 여느 아낙들처럼 집안일에 익숙한 듯 보였다.

"어머니, 저녁 준비가 다 되었어요. 밥이 따듯하니 좋은데 먼저 드시겠어요?"

"아범 오면 같이 먹을란다."

"그러세요."

가마솥에는 하얀 김이 모락모락 피어오르는 쌀밥이 가득했다. 평강은 놋그릇에 밥을 펐다. 그녀는 밥그릇을 보자기로 잘 싸서 아랫목 이불 아래 넣어 두었다. 그리고는 마당 밖을 응시하며 온달이 돌아오기를 기다렸다.

— 다그닥, 다그닥

힘찬 말굽소리가 들렸다. 평강은 얼른 섬돌 아래로 내려섰다. 사립문을 열고 온달이 들어섰다. 으라차, 마라치와 함께였다.

"어서 오세요."

"잘 있었소? 보고 싶었소."

온달은 무뚝뚝한 목소리와 함께 평강을 격하게 끌어안고는 주위의 시선을 의식하지 않고 입을 맞추었다. 부끄러운 듯 평강은 온달을 살짝 밀쳤다.

"밥 다 되었어요. 씻고 식사하세요."

평강은 흙투성이가 된 온달을 쳐다보며 말했다.

"더 어두워지기 전에 이것부터 손질해야 하오."

온달은 며칠 동안 사냥한 것들을 말에서 끌어내렸다.

"이번에는 뭘 잡았어요?"

"멧돼지와 노루 한 마리 잡았소."

"와! 대단들 하세요."

"뭘 이런 걸 가지고 장정이 셋인데…."

온달은 대수롭지 않게 말하고는 친구들과 함께 고기와 가죽을 분리하기 시작했다. 그 모습을 평강은 유심히 쳐다보았다.

식사를 마친 후 친구들은 아래채로 내려갔다. 며칠 동안 보지 못한 아내에 대한 설레는 마음으로 방에 들어온 온달은 잠깐 쉰다는 생각으로 피곤한 몸을 침상에 뉘었다. 설거지를 마치고 방으로 들어온 평강은 어느새 코를 골고 있는 온달을 깨웠다.

"며칠 만에 아내를 보면서 금방 그렇게 잠이 들면 어떡해요!"

평강은 웃음 띤 얼굴로 말했다. 온달은 머쓱한 듯 자리에서 몸을 일으켰다.

"나도 모르게 깜빡 잠이 들었소. 미안하오."

온달은 세차게 머리를 흔들며 잠을 깨려 애썼다.

"농담입니다. 하지만 지금부터 제가 하는 말을 잘 들어보세요."

평강의 진지한 모습을 본 온달은 정신을 차리기 위해 머리를 치고 눈을 비비며 혼미한 정신을 붙잡으려 애썼다.

"머잖아 나라에서 사냥대회를 열거예요. 이 대회는 단순한 대회가 아니랍니다. 나라의 인재를 구하기 위해 계획한 큰 행사입지요. 낭군님께서는 여기에 참가하셔서 좋은 성적을 거둬야 합니다."

"사냥대회?"

"평양성으로 천도한 후에는 열리지 않았지만 졸본성과 국내성 시절까지만 해도 자주 열렸던 행사예요. 이번에 특별히 낭군님처럼 숨어 있는 인재들을 발탁하기 위해 열리는 것이니, 낭군님께서는 준비를 잘해서 귀족 사회와 황실에 존재감을 알려야 합니다. 그래야 제가 낭군님을 선택한 것이 부끄럽지 않을 거고요. 또한 낭군님도 부마로서 떳떳한 대우를 받게 될 거고요."

"부마?"

"공주의 남편을 부마라고 부른답니다. 부마가 되셨으니 말과 행동이 부마다우셔야 하지요. 나라를 위하는 마음도 보여주시고요."

"바보온달이 어떻게 나라를 위해 일을 할 수 있겠소?"

온달의 말에는 조소가 배어 있었다.

"고구려는 지금 큰 위기에 몰렸답니다. 서북쪽 중원에서는 북주가 많은 지역을 굴복시키며 중원을 통일시키고 있습니다. 저들이 통일된다면 고구려는 큰 위기에 빠져듭니다. 남쪽에서는 관나부 땅인 옥저, 동예 지역을 신라에 빼앗긴 지 오래고, 지금은 신라와 백제의 공격에 속수무책으로 당하고 있습니다. 왕도마저 위태로워 새로운 평양성을 쌓고 있지만 이 위기가 언제까지 지속될지 알 수 없는 상황이지요."

"이해가 잘 안 되는군요."

"지난번에 온달님은 저에게 고구려의 공주가 왜 바보인 나에게 시집오려하는지 물으신 적이 있습니다. 공주는 아무하고나 결혼하지 않습니다. 공주가 결혼할 때는 이유가 있습니다."

"그것이 무엇이오?"

온달의 태도가 자못 진지해졌다.

"왕권 강화와 관나부의 부흥!"

평강은 고구려의 귀족사회의 권력이 얼마나 강한지에 대해 설명했다. 언젠가 광덕선사에게 들은 적이 있는 것 같았다. 그때는 자신과는 아무 관련이 없는 이야기라 흘려들었던 기억이 있었다. 물론 이번에도 자신과 별 상관없는 일이라 잘 이해가 되지 않았다. 그러나 몰락한 관나부의 대한 이야기는 달랐다. 자신의 심정과 맞아서 인지 쉽게 인식이 되었다.

"그래서 고향을 잃어버린 한을 이야기 한 것이군요!"

온달은 평강과 장모인 황후의 아픔을 이해하기 시작했다.

"황후마마의 눈물이 그곳에서 비롯되었고, 그 눈물이의 씨앗이 당신이었군요. 이제는 그 씨앗을 나에게 옮겨 심으려 하고."

온달은 자신에게 전해지는 무거운 말들을 하나씩 가슴속으로 받아들였다.

"당신께 미리 말하지 못했던 것은 죄송합니다. 하지만 당신도 제 뜻을 받아들였으면 좋겠어요."

평강공주가 모든 것을 내려놓고 아무것도 없는 자신에게 온 이유 중 하나가 이것이라면 이는 감당해야 한다고 생각했다. 아니 그 이상이었다. 나도 모르는 나의 가치를 인정하고 과감하게 화려한 궁궐을 떠난 그녀를 위해서라면 자신도 공주가 그랬던 것처럼 모든 것을 바쳐야 한다는 생각이 어느 순간부터 그의 마음속에 자리 잡고 있었다.

"내 당신과 황후마마의 한을 풀어 드리기 위해 노력하겠소."

"제 생각을 받아주시니 고맙습니다."

"그런데 당신도 나의 고민을 이해해주었으면 좋겠소. 나는 당신의 남편이기도 하지만 기기시족 칸이오. 나는 고구려에서 하층민으로 살아가는 그들을 책임질 의무가 있소. 그들의 희망은 기기시족의 땅으로 돌아가는 것이오."

"지금 남북으로 갈라진 중국에는 북주의 황제인 우문옹이 나타나 통일 전쟁을 벌이고 있습니다. 만약 중국이 통일된다면 예맥족만으로는 이 광대한 고구려를 지킬 수 없습니다. 옥저와 동예의 예족이 고구려에 등을 돌리자 곧바로 신라가 이 지역을 차지했듯이 두만강 너머의 말갈족, 요서지역의 거란족 등이 고구려를 배반하면 고구려는 무너집니다. 앞으로의 고구려는 고구려를 고국으로 알고 살아가는 수많은 종족들과 어울려 살아야 합니다. 돌궐족도 마찬가집니다. 떠날 생각을 하지 마시고 고구려에 정착할 생각을 하십시오."

평강은 차분하게 자신의 생각을 밝혔다.

"하지만 내 부족원들은 정착할 땅도 없어 천민으로 살아야 하오. 초원에는 우리의 땅도 있고 가축도 있고 또 자유롭게 살 수도 있소."

"고향에 돌아가도 이미 다른 사람들의 땅이 되어 있을 것입니다. 땅은 만들면 되는 것입니다. 당신과 내가 노력하면 얼마든지 가능한 일입니다. 그러면 당신 부족원들은 고구려의 천민이 아니라 고구려를 이끄는 주체세력이 될 수도 있습니다."

평강은 온달을 설득하려 애썼다. 온달은 그녀의 생각이 말처럼 쉽게 실현될 것이라고 생각지 않았다. 하지만 반박하고 싶지 않았다. 대신 자신의 생각은 일단 가슴속에 묻어 두기로 했다.

"공주의 말을 깊이 새기겠소. 그리고 공주의 뜻대로 사냥대회에 나가겠소."

평원대왕은 7월에 사냥대회를 개최한다는 방을 평양성과 각 나부의 성도(都城) 곳곳에 붙였다. 소식을 들은 각 나부의 대가들도 자신의 영지에 숨어 있는 인재들을 발굴할 수 있는 좋은 기회라 여기고 휘하의 성주들에게 적극 알렸다.

마라치와 으라차는 사냥대회에 나가자는 온달의 말에 거부감을 보이지 않았다. 아마도 예전에 평강이 이들에게 던진 고구려에 정착할 생각도 해보라는 말이 어느 정도는 심적인 변화를 일으켰던 것 같았다. 7월이면 세 달 정도 시간이 남았다. 함께 모여 기마술과 활쏘기, 검술, 창술 등을 익히며 대회를 기다렸다. 으라차는 기마술과 창검에 능했고, 마라치는 기마술과 궁술에 뛰어난 능력을 보였다.

571년 7월, 고구려 평원대왕 13년(신라 진흥왕 32년). 평원대왕은 패하원에 전렵(田獵)* 장소를 마련하고 국중대회를 열었다. 검술대회, 창술대회, 활쏘기 등으로 분위기를 띄운 다음 사냥대회를 하는 순서였다.

고추가 고흘은 이번 대회가 고구려를 위해서나 연나부를 위해서도 좋은 일이라고 생각했다. 그는 자신의 영지에서 사냥대회가 열리는 것을 알린 후, 뛰어난 젊은 인재들이 이 대회에 많이 참석하기를 독려했다. 그 덕분에 요동성, 신성, 백암산성, 봉황성 등 자신이 통치하는 큰 성에서 많은 인재들을 보내와 대회를 앞두고 집 안이 매우 북적거렸다. 대회 전날 고흘은 이들을 데리고 패하원으로 떠났다. 고흘에게는 두 아들이 있었는데 첫째아들 고정수는 연나부에서 가장 큰 성인 요동성 욕살(큰 성의 성주)로 나가 있었다. 보통의 경우 성주는 그 아들에 의해 세습되었는데 그의 둘째 아들인 고량은 아버지인 고정수를 도우며 요동성에서 경영수업을 받고 있었다. 고흘이 죽으면 아들 고정수는 연나부의 고추가가 되어 평양성으로 진출할 것이고, 고량은 요동성주가 될 것이다. 맏손자인 고문은 좀 더 평양성에서 고흘에게 정치를 배운 후 아버지 고정수를 돕다가 언젠가는 아버지의 뒤를 이어 고추가의 자리를 이을 것이다. 고흘의 둘째 아들 고덕수는 안시성 욕살이 되어 변방을 지키고 있었다. 그에게는 고철이라는 아들이 하나 있었다. 고흘은 이런 손자들을 다 데리고 이번 국중대회에 출정했다. 이 기회에 손자들이 얼마나 성장했는지도 알고 싶었기 때문이었다. 모든 손자들이 제 역할을 해주어야만 집안이 유지가 되고 연나부도 강해지고 고구려도 강할 수 있었기에 손자들에 대한 기대가 컸다.

고흘만 이런 생각을 한 것이 아니었다. 연나부의 또 다른 실력자로서

---

* 활 등의 도구 따위로 산이나 들의 짐승을 잡는 일.

해군기지인 비사성과 그 부속 성을 다스리고 있는 강의식 또한 이번을 기회로 늘 연나부의 2인자로 각인되어 있는 것을 바꾸고 싶었다. 그도 자기 영지의 젊은 인재들을 모아 사냥터로 향했다. 국내성을 기반으로 하는 절나부와 책성의 순나부도 이 기회에 자신들의 힘을 왕도에 보이고 싶어서 많은 인재들을 모아 비장한 각오로 패하원으로 향했다.

대동강 변의 패하원에 수많은 색깔의 깃발이 나부꼈다. 각 나부와 성을 상징하는 깃발 아래에는 수많은 천막이 들어섰다. 강가에는 젊은이들이 더위를 식히기 위해 몸을 씻으며 다른 사람들의 몸매를 힐끔힐끔 쳐다보았다. 한껏 가슴을 펴면서 기싸움을 벌였다. 온달과 마라치, 으라차도 이들 속에 섞여 있었다.

마침내 대회 시작을 알리는 북이 울렸다. 본격적인 사냥대회에 나서기 전 씨름대회와 검술, 창술, 활쏘기 대회가 먼저 열렸다. 첫날은 씨름대회였다. 각 지역의 장사들이 나서서 힘자랑을 했다. 검술이나 창술, 활쏘기 등은 귀족들이 익힐 수 있는 것이었지만 씨름은 달랐다. 누구나 힘만 있으면 나설 수 있는 종목이었다. 힘깨나 쓴다는 사람들은 다 출전을 했다. 때로는 오금걸이, 되치기, 호미걸이 등 다양한 기술을 가진 사람도 있었지만 대부분 배지기를 기본으로 하는 힘자랑 대회였다. 결승까지 오른 사람들은 연나부와 계루부였다. 많은 사람들을 출전시켰기에 이들 사이에서 우승자가 나오는 것은 당연했다. 온달은 씨름대회에 출전하지 않았다. 씨름이 익숙하지 않았기 때문이었다.

며칠 동안의 씨름대회가 끝나자 마상 창술대회가 뒤를 이었다. 창술대회에 출전한 사람은 씨름대회에 비해서는 적었다. 마상 창술은 기마술이 뛰어나야만 했다. 마상술에 자신이 있는 으라차도 대회에 참가했다. 온달보다도 덩치가 더 큰 그는 창대 끝 양면으로 칼날이 달린 화극을 주로 사용했는데 그 무게가 대단했다. 하지만 이번 시합에서는 화극을 사용하는 대신 단단한 박달나무로 실력을 겨루어야 했다. 힘이 장사인 으라차는 박달나무를 자유자재로 움직이며 상대를 공격했다. 승승장구였다. 준결승까지 쉽게 올랐다. 준결승 상대는 연나부의 고문이었다.

이번 대회에는 광덕선사와 파랑치도 함께 왔다. 젊은 나이의 자신들을 상황에 맞게 제어해주고 중요한 결단을 해줄 연륜 있는 사람이 필요할 듯해 온달이 청한 것이다. 파랑치는 내켜하지 않았지만 그의 도움이 중요한 상황이었다. 사냥대회는 네 명이 한 조가 되어야 하기 때문이기도 했지만, 무엇보다도 파랑치는 말 관리에 뛰어났기 때문이었다.

"괜히 고문을 이겨서 연나부의 앙심을 사는 것은 좋지 않다. 우리는 이 대회의 대미를 장식할 사냥대회에서 우승하는 것이 목표다. 그 외에는 적당한 선에서 물러서자."

온달 일행은 아쉬웠지만 광덕의 말에 수긍했다.

준결승 상대가 들어보지도 못한 존재임을 안 고문은 자만했다. 그런데 상대가 온달과 비슷하게 생겼다. 할아버지에게 자신의 실력을 보여주고 싶다는 생각을 하고 있던 고문은 으라차를 보자 분노심이 일었다. 말에 오르자마자 그는 박달나무 창을 휘두르기 시작했다. 네댓 번의 공격으로 시합을 끝낼 생각이었다. 예상대로 상대는 힘겹게 공격을 막았다. 이번에 끝장을 내겠다는 생각으로 한 번 숨을 크게 들이 쉰 그는 막대를 높이 쳐들고 말을 달렸다.

"얏!"

뜻밖에 상대가 먼저 공격을 했다. 당황한 고문은 힘들게 공격을 막았다. 상대의 힘이 얼마나 강했던지 하마터면 창을 놓칠 뻔했다. 손바닥이 찢어지는 고통도 전해졌다.

'이놈은 온달보다도 힘이 더 세다. 정신을 바짝 차려야겠다.'

아픈 내색을 하지 않고 고문은 다시 공격을 시작했다. 이전과 달리 상대는 쉽게 막아내더니 다시 한 번 공격을 가해왔다. 이번에도 겨우 막았다. 팔이 떨어져 나가는 듯한 충격이었다. 이런 공격을 몇 번 받으면 버텨낼 수 없을 것 같았다. 얼굴에서 식은땀이 흘렀다.

"얏!"

정상적으로는 힘들 것 같았다. 빨리 끝내야 했다. 고문은 기습적으로 창을 휘두르다 한 순간 말의 눈을 때렸다. 말이 요동치기 시작했다. 그 순간을 놓치지 않고 공격을 가했다. 상대는 창대를 놓치고는 말에서 떨어졌다.

"제가 졌습니다."

먼지를 털고 일어난 상대는 반칙을 주장하지 않고 패배를 인정했다. 승리를 거두긴 했지만 찝찝했다.

'도대체 저놈은 누군가? 일부러 진 것 같은데 생긴 것도 꼭 온달처럼 생긴 놈이….'

마상창술대회의 우승자는 고문이었다. 그는 상품으로 받은 소 한 마리를 끌고 거만하게 자신의 진영으로 돌아갔다.

평원대왕은 맏아들인 태자 원(후에 영양왕이 됨)과 함께 대회를 관람했다. 큰 기대를 하고 보았으나 새로운 인물은 보이지 않았다. 젊은이들의 뛰어난 실력에 감탄을 하곤 했지만 이미 장안에 이름이 알려진 귀족 가문 자제들이었다. 기대했던 특별한 인물들은 없었다. 특히 황후가 말한 온달의 모습이 보이지 않아 실망은 더욱 컸다.

"태자도 한 번 출정해보지 않겠느냐?"

"저는 사냥대회에 나가겠습니다."

"그래. 어쨌든 출정을 해서 장차 너와 함께 나라를 이끌만한 동량들을 잘 발굴해야 할 것이다."

"명심하겠습니다."

검술대회에서는 고흘의 둘째 손자인 고량이 시작 전부터 주목을 받았다. 대가나 고추가 정도의 집안에서는 대대로 내려오는 비기가 있었다. 주로 동물의 공격을 본뜬 것인데 이들 집안 자제들은 어려서부터 이를 익혔다. 아무리 손놀림이 빨라도 이런 고도의 검술을 체계적으로 익힌 사람을 이기기는 쉽지 않았다. 고량은 고추가 집안의 고유한 무술을 익힌 데다 변방에서 실전 경험을 쌓았기 때문에 노련했다. 이번 대회 우승 또한 당연히 고량이 차지할 것으로 기대되고 있었다.

대회가 열리자 많은 사람들은 고량의 비무를 보기 위해 그의 경기장을 둘러쌌다. 비무는 넓은 평원의 곳곳에서 심판관이 보는 앞에서 펼쳐졌는데 온달도 관나부 대표가 되어 한쪽 귀퉁이에서 시합을 벌였다.

출전자가 많아서 사흘째가 되어서야 대회의 판도가 결정이 되었다. 광덕선사에게 관나부 고유의 검술을 익힌 온달도 결승에 진출했다. 결승 상대는 예상대로 고량이었다. 또다시 고흘의 손자들과 맞붙게 되자 광덕선사는 이번에도 시합을 포기하려 했다.

"마상창술과 마찬가지다. 벌써부터 주목 받을 필요는 없다. 마지막에 이기기만 하면 된다."

온달도 그의 의견을 따르려 했다. 비록 공주와 결혼해 더 이상 신분에 대한 열등의식은 가질 필요가 없게 되었지만 귀족들과의 경쟁은 불편했다.

"지금부터 검술대회 결승전을 개최하겠습니다. 청룡군은 연나부의 고량, 백호군은 관나부의 맥철입니다."

이번 대회에는 각 나부의 이름으로 출전할 수가 있어 온달은 광덕선사의 권유로 관나부 출신으로 등록했다. 출전자 이름도 온달 대신 아버지의 이름을 빌렸다. 괜한 오해를 받기 싫어서였다.

사람들의 환호 속에 결승전이 시작되었다. 고량의 검법은 화려했다. 움츠렸다가 순식간에 달려드는 표범 같은 검법으로 온달의 혼을 뺐다. 꼭 이길 마음이 없었던 온달은 최근 들어 파랑치에게 배운 기기시족 검법을 시험하고 싶었다. 기기시족의 검법은 독수리가 하늘을 배회하다 먹잇감을 발견하면 순식간에 낙하해 숨겨둔 발톱으로 먹이를 잡아채는 모습을 본뜬 것이다. 고량의 날카로운 공격을 온달은 계속 방어만 했다. 공격할 엄두를 내지 못할 정도로 빠르고 빈틈이 보이지 않는다. 단 한 번, 틈이 보였다. 아버지를 닮아 양손을 다 잘 쓰는 온달은 평소에 반월도와 함께 한 자루의 작은 검을 품속에 품고 다녔다. 상대에게 틈이 보이면 왼손으로 품속의 검을 뽑아 공격했다. 지금이 바로 그 순간이었다. 하지만 지금은 이를 쓸 수 없었다. 대신 그는 방어만 하면서 상대가 지치길 기다렸다. 백 합을 겨루도록 승부가 나지 않았다.

관중들은 키 크고 건장한 체격의 젊은이가 자신들이 알고 있던 온달일 것이라고는 상상도 하지 못했다. 고구려 변방에는 코가 크고 눈이 움푹 들어간 색목인들이 흔했기에 고량과 겨루는 장정 또한 당연히 그런 류의 실력자일 것이라고 생각했다.

고량은 무수히 많은 검법을 펼치며 상대를 공격했는데 이름도 들어보지 못한 놈이 계속 막아내니 자존심이 상했다. 많은 사람이 지켜보는 가운데 멋지게 상대를 압도하고 싶은 생각이 간절했다. 하지만 상대는 빈틈을 보이지 않았고 자신은 점점 지쳐갔다. 그때였다.

"멈춰라!"

고추가 고흘이었다. 검술에서는 자신의 손자가 당연히 우승할 것이라 생각하고 시합에 대해서 별 관심을 갖지 않았다. 평양성뿐 아니라 고구려 안에서는 고량을 이길 사람은 없었기 때문이었다. 그런데 '맥철'이라는 이름이 불리자 그는 관심을 갖고 두 사람의 비무를 지켜보았다. 맥철의 정체를 금방 알 수 있었다. 온달이었다. 백 합이 넘도록 온달은 공격을 하지 않았다. 이상하게 여긴 고흘이 경기를 중단시켰다.

"온달, 너는 왜 공격을 하지 않느냐?"

고흘의 입에서 온달이라는 이름이 불리자 관중들이 웅성거리기 시작했다.

"온달? 우리가 알고 있는 온달을 말하는 건가?"

수군거림은 끊이지 않았다. 그 수군거림 속에는 그가 임금의 사위라는 말도 간혹 들렸다.

"제가 공격을 해도 되겠습니까?"

온달은 정중하게 물었다.

"당연하지."

평원대왕이었다. 사람들은 대왕이 이 시합을 지켜보고 있었던 것을 새삼 느끼며 환호성을 질렀다.

'대왕께서 나를 지켜보고 있다.'

온달은 긴장한 표정으로 대왕을 쳐다보았다. 무표정했다. 가볍게 목례를 올렸다. 그리고는 시선을 돌려 광덕선사를 바라보았다. 그가 고개를 끄덕였다.

"그러면 제가 공격을 해보겠습니다."

온달은 자신 있게 말했지만 쉽게 공격하지 못했다. 임금과 할아버지가 지켜보고 있다는 것을 자각한 고량이 수레를 몰 듯 거침없이 무서운 기세로 공격을 가했기 때문이었다. 온달은 수비하기에 급급했다. 하지만 이도 오래가지 않았다. 공격에 힘썼던 고량이 숨을 고르기 위해 잠깐 뒤로 물러선 틈을 온달이 놓치지 않았기 때문이었다.

"얏!"

온달의 공격은 매서웠다. 목검을 머리 위로 들어 올린 후 힘껏 내리쳤다. 힘을 실은 온달의 공격을 막아 선 고량의 몸은 휘청거렸다. 고량은 점점 뒤로 물러섰다. 온달이 또다시 온 힘을 실어 목검을 내리쳤다. 이번에도 고량은 힘겹게 팔을 들어 온달의 공격을 막았다.

"윽!"

마침내 고량이 쓰러졌다. 온달이 목검을 내리침과 동시에 왼발로 그의 옆구리를 가격했는데 이를 피하지 못하고 쓰러진 것이다.

"반칙이다!"

사람들이 소리 지르기 시작했다. 동시에 고량의 부하들로 보이는 일단의 무리들이 나타나 온달을 에워쌌다. 위기를 느낀 으라차와 마라치도 뛰어들어 온달의 앞을 막아섰다. 온달은 고흘을 바라보며 씩 가벼운 웃음을 보였다. 순간 고흘은 전율했다.

'온달이 잊지 않고 있다. 아버지 맥철이 어떻게 사로잡혔는지.'

"물러서라!"

판정관이 나서서 이들을 말렸다. 두 진영은 서로를 노려보다가 한 발씩 물러섰다. 판정관 서넛이 모여서 잠깐 의논을 하더니 결정을 내렸다.

"관나부 맥철에게 반칙패를 선언한다."

사람들 사이에서 박수가 터져 나왔다. 대부분 귀족 자제들인 그들에게 온달은 여전히 바보로 남아 있었다. 그런 그가 자신들의 권위에 도전하는 것을 용납할 수 없었던 것이다. 온달은 환호성을 사이를 뚫고 뒤로 물러서다 문득 임금의 태도가 궁금하여 고개를 돌렸다. 단 위에 앉아 있는 대왕은 군중 속에 갇힌 그를 계속 바라보고 있었다. 온달은 고개를 숙여 인사를 했다. 그리고는 군중 사이를 헤집고 숙소로 향해 걸었다.

—뿌우~ 뿌우~

마침내 사냥대회 날이 밝았다. 힘찬 고각소리와 함께 수많은 기치를 앞세운 사람들이 대회장 앞으로 모여들었다.

"오늘 우리는 천도 이후 처음으로 국중대회를 열게 되었다. 국내성 시절 사냥대회를 통해 많은 인재들을 발굴했고, 이들은 나라의 어려움을 극복하는 데 크게 기여해왔다. 이 사냥대회를 개최하지 못하는 동안 고구려의 기상은 움츠러들었고 나라는 큰 어려움을 당했다. 이제 다시 사냥대회를 개최해 인재를 발굴하고 나라의 동량으로 삼으려 하니, 여러분들은 최선을 다해주기 바란다."

평원대왕은 대회에 참석한 장정들을 향해 일장연설을 했다.

"앞으로 닷새 동안 사냥대회를 실시한다. 고구려의 전사들이여 사냥터를 향해 출발하라!"

—둥~ 둥~ 둥~

북소리와 함께 수많은 참가자들은 사냥터를 향해 힘차게 달렸다. 그 중에는 온달도 있었다. 검술대회의 파장 탓에 온달일행은 사냥대회가 열리기 전까지 밖으로 나가지 않고 타탕* 속에서만 지냈다. 마라치는 활쏘기 시합에 나서는 것도 포기했다.

---

* 유목민의 이동식 숙소.

사냥대회는 네 명이 한 조가 되어 진행되었다. 고구려의 사냥대회는 부여의 전통을 그대로 계승한 것이었다. 사출도로 불리는 부여의 행정제도도 실은 사냥전술에서 출발했다. 동, 서, 남쪽에서 사냥몰이를 하면 북쪽에서 매복해 있던 사람들이 사냥을 하는 방식이었다. 이것이 고구려에 그대로 계승되었고, 사출도는 사신도로 발전했다. 우청룡, 좌백호, 남주작, 북현무는 각 진영의 수호신들이다. 사신도 전술은 이후 말갈족(조선시대의 여진족)이 세운 금나라와 청나라 군제에도 적용되어 그들이 대륙을 지배하는 밑바탕이 되었다. 광덕선사에게 사신도 전술을 배운 온달은 자신이 사냥꾼으로 나서고 으라차와 마라치, 그리고 파랑치에게 몰이꾼 역할을 맡겼다.

온달은 향로봉 쪽으로 향했다. 깊은 산으로 들어가야 큰 사냥감이 있을 것이라는 생각 때문이었다. 다른 참가자들도 같은 생각을 했는지 향로봉에 수많은 이들이 몰려 들었다. 참가자들은 먹을 것이라고는 물 한 방울도 준비하지 못했다. 닷새 동안의 대회기간 동안 먹을 것, 마실 것, 그리고 잠잘 곳을 스스로 해결해야 했다. 먹을 것을 구하지 못할 경우 굶든지 아니면 대회를 포기해야 했다. 많은 사람들이 갑자기 산으로 들로 달려가자 짐승들은 자취를 감추었다.

사람들은 더 깊은 산으로 들어갔다. 온달도 마찬가지였다. 개울가에 본거지를 정한 후에 사방으로 흩어져 사냥물을 찾았지만 첫날의 성과는 없었다. 개울물로 주린 배를 채워야 했다. 평소 사냥을 업으로 하며 살아왔지만 많은 사람들이 한꺼번에 산속에 들어왔는지라 사냥감을 쉽게 발견할 수 없었다. 더 깊은 산으로 들어갔지만 나흘 동안 겨우 몇 마리의 꿩만을 사냥했을 뿐이었다. 장원은커녕 굶주림으로 사냥대회를 포기해야 할 지경이었다. 막바지에 이르자 그동안 제대로 사냥을 하지 못해 굶주린 많은 참가자들이 하산하기 시작했다. 온달 일행도 서로의 눈치를 살피며 어떡해야 할지 망설였다.

"우리도 이쯤에서 포기하는 것이 어떤가? 설사 우리가 장원을 한다 해도 우리에게 돌아올 것은 없을 것인데."

덩치가 큰 으라차가 지친 표정으로 말했다.

"그래. 우리에게 사냥대회는 아무 의미가 없어."

마라치도 동조했다. 파랑치는 가볍게 고개를 끄덕이는 것으로 동의를 표했다. 하지만 온달은 쉽게 대답할 수 없었다. 실망한 평강의 모습이 떠올랐기 때문이었다.

"여기까지 왔는데 조금만 더 기다려보자."

"며칠 동안 사냥감을 찾아 헤맸는데도 멧돼지 한 마리 안 보이는데 기다린다고 뾰족한 수가 생기는 것도 아니잖아?"

마라치는 생각을 꺾지 않았다.

"야간 사냥을 해보자."

온달이 새로운 제안을 했다.

"야간 사냥?"

"장원을 하려면 큰 맹수를 잡아야 하는데 맹수는 주로 밤에 나다니잖아? 더군다나 사람들이 많이 하산하였기에 이제는 그동안 숨어 지내며 굶주렸던 맹수들이 나타날 거고."

온달은 오랫동안 설득했다.

자정 무렵이 되자 온달 일행은 타탕 밖으로 나섰다. 어스름 달빛만이 사물을 분간할 수 있는 유일한 빛이었다. 온달은 산꼭대기로 올라가고 으라차와 마라치, 파랑치가 세 방향으로 흩어져 북소리를 내며 사냥몰이에 나섰다. 산꼭대기에 매복해 있던 온달의 눈에 짐승들의 움직임이 보였다. 온달이 바빠졌다. 많은 수확을 얻었지만 결정적인 사냥물은 없었다. 더 큰 사냥감을 기다려야 했다. 조금의 휴식을 취한 후 다시 한 번 사냥몰이에 나섰다.

새벽 무렵, 요란한 북소리가 온 산을 울렸다. 온달은 희미한 달빛에 의지해 미세한 움직임이라도 놓치지 않으려 두 눈을 부릅떴다. 문득 커다란 움직임이 보였다.

'대물이다.'

온달은 움직임을 쫓아 달렸다. 나뭇가지에 살갗이 찢기는 아픔쯤은 문제가 되지 않았다. 땀이 비 오듯 쏟아졌지만 개의치 않았다. 마침내 대물에 접근했다. 대호였다. 북소리에 당황한 듯 호랑이는 이곳저곳을 마구 헤집었다. 온달은 놓치지 않고 활을 쏘기 시작했다. 분명 여러 대의 화살이 호랑이를 맞혔다. 하지만 호랑이는 계속 달렸다. 온달도 뒤쫓았다. 호랑이의 속도가 느려지기 시작했다. 마침내 호랑이가 주저앉았다.

대부분의 경우 호랑이는 죽은 척 하다가 마지막 힘을 내어 상대를 공격하는 습성이 있었다. 오랜 경험으로 이를 알고 있는 온달은 창을 겨눈 채 조심스럽게 접근했다. 호랑이는 꿈쩍도 하지 않았다. 그러다가 온달이 몇 발자국 이내로 접근하자 갑자기 포효소리와 함께 온달을 덮쳤다. 이를 예상하고 있던 온달도 창을 던졌다. 호랑이는 비명소리와 함께 쓰러졌다. 더 이상은 미동이 없었다. 요란한 비명 소리에 파랑치, 마라치, 으라차도 도착했다. 이들도 자신의 경험을 떠올려 한 번씩 창을 던져 호랑이의 숨통을 완전히 끊었다.

이 정도면 장원이라는 생각에 모두의 얼굴에 흡족한 미소가 떠올랐다. 온 밤을 지새우며 산을 달린 일행은 물을 마시면서 달콤한 휴식을 취했다. 이제는 호랑이를 옮기는 일만 남았다.

"수고들 했어!"

낯설지 않은 목소리였다.

"당신은!"

달빛에 비친 모습이 분명 고문이었다. 그는 동생인 고량과 또 다른 무리들을 이끌고 나타났다. 한 조가 네 명인데 이들은 여러 조를 합친 듯 수십 명은 되어 보였다.

"그 호랑이는 우리 것이다."

"그게 무슨 말이오?"

"너희들이 수고롭게 호랑이의 숨통을 끊긴 했지만 사냥몰이는 우리가 했어. 그러니 호랑이는 우리 것이 당연하지. 너희들이 비겁하게 가로채기를 했고."

"우리 사냥물을 빼어가겠다는 것이오?"

"뺏는 게 아니라 우리 것을 찾아가겠다는 것이야."

더 이상의 말다툼은 필요가 없다는 것을 알았다. 저들의 행동은 의도적이고 계획적인 것이었다. 그냥 빼앗기지 않으면 되는 문제였다. 온달은 자리에서 일어섰다.

"그 애비에 그 아들이구만."

파랑치였다. 그가 온달보다 먼저 나섰다.

"이십 년 전 네놈의 아비가 얼마나 비겁했는지 모를 것이다. 너의 할아버지 고흘은 여기 있는 온달의 아버지 맥철 칸과의 싸움에서 위기에 몰렸다. 그때 너의 아버지 고정수가 비겁하게 뒤에서 맥철 칸을 공격했지, 지금의 너처럼 말이다."

사십 줄에 접어든 파랑치는 어디에 그런 기개가 숨어 있었는지 옛날 일을 떠올리며 고량을 질책했다.

"고구려의 무사답지 않은 그런 수치스러운 짓은 더 이상 하지 않는 게 좋을 것이다. 그냥 물러가라."

마지막은 타이르듯 말했다.

"저런 미친놈을 봤나. 이 산속에서 네놈들 몇 명 사라져도 아무도 찾지 않아."

고량은 더 이상 언쟁하기 싫다는 듯 한 마디 쏘아 붙이고는 요동성에서 데려온 부하들을 향해 손짓을 했다. 말에서 내린 무리들은 온달 일행을 에워싸기 시작했다.

"시끄럽게 굴지 말고 나하고 둘이서 겨루자. 나를 이기면 미련 없이 물러서마."

많은 무리가 부담된 온달이 새로운 제안을 했다.

"좋다. 제대로 한 번 겨뤄보자. 진검으로."

지난번의 수치를 기억하고 있는 고량은 온달의 제의를 승낙했다. 진검이라면 좋은 검을 가진 자신이 유리할 것이라는 판단에서다.

"누구 한 사람 죽더라도 절대 책임을 묻지 않기다. 여기 있는 사람들이 다 증인이다."

온달은 주변을 둘러보며 말했다.

"내가 증인이오."

희미한 어둠 속에서 낯선 목소리가 들렸다. 태자였다. 궁중 무사들의 호위를 받으며 어둠 속에서 태자 원이 걸어 나왔다. 일반적으로 밤에는 사냥을 하지 않았다. 그런데 한밤중에 사냥몰이를 하는 요란한 북소리가 울리자 근처에서 한둔을 하던 사람들은 당연히 잠을 잘 수 없었다. 가끔씩 꽥꽥 거리는 비명소리도 들리자 누가 이 밤중에 사냥을 하는지, 성과는 있는지 궁금증을 억누를 수 없는 사람들은 현장으로 나설 수밖에 없었다.

"내가 증인이 될 터이니 두 사람은 맘껏 싸워보시오."

온달은 목례를 올렸다. 그리고는 반월도를 빼들었다.

"그 칼은…, 원래 왼손잡이였나?"

"지난번에는 내가 수비를 했으니 이제는 공격을 하마."

온달은 고량의 물음에 대꾸를 하지 않았다. 그리고는 반월도를 높이 쳐들고 곧바로 힘껏 내리쳤다. 고량은 온달의 공격에 휘청거렸다. 그는 얼른 몸을 똑바로 세우고는 온달이 다시 공격하기 전에 재빨리 공격을 시작했다. 반월도가 큰 칼이라 행동이 느릴 것이라 예측한 것이다. 그 때 놀라운 일이 벌어졌다. 어느새 뽑았는지 온달은 오른손에 패검을 쥐고는 그의 공격을 다 막았다. 그리고는 다시 한 번 왼손으로 그를 내리쳤다. 이번에도 고량은 온달의 공격을 막았다. 하지만 그는 온달의 힘을 견디지 못하고 그만 검을 놓치고 말았다. 그 순간 온달의 오른손은 고량의 배를 갈랐다. 고량은 배를 감싼 채 쓰러졌다. 온달의 반월도는 어느새 그의 목을 겨누었다.

"사, 살려줘!"

고량은 애걸했다.

"나의 아버지는 너의 아버지 고정수의 비겁한 공격에 팔이 잘렸어도 살려달라는 말을 하지 않았다."

"사, 살려줘!"

고량은 살려달라는 말만 했다.

"데려가라!"

온달은 겨누었던 검을 내려놓았다. 그러자 지켜보던 고량의 부하들이 온달을 한 번 씩 노려보고는 고량을 부축한 후에 급히 산을 내려가기 시작했다.

"내 누님의 선택이 틀리지 않았군요."

태자는 온달에게 가볍게 목례를 한 후에 궁중 무사들을 이끌고 사라졌다. 온달은 그 모습을 물끄러미 바라보았다.

밤새 사냥한 수확물을 다 수거한 온달은 밀렸던 잠을 잔 후에 사냥물을 싣고 대회본부로 향했다. 신시를 알리는 북소리와 함께 사냥대회가 끝이 났다. 각자 사냥한 것들을 대회본부에 제출했다.

"사냥대회 장원은 관나부의 온달이오!"

심판관이 사냥대회 결과를 발표했다. 여기저기서 웅성거리는 소리가 들렸다.

"관나부 출신의 온달이라면 지난번 검술 대회의 그 온달이 아닌가? 설마 우리가 알고 있는 그 바보온달은 아니겠지?"

많은 사람들은 온달이라는 이름을 들으면서도 자신들이 알고 있는 온달이 지금의 온달이 아닐 거라고 생각했다. 씻지도 못한 코흘리개 온달의 모습만 기억할 뿐 장정으로 자라난 온달의 모습을 그들은 잘 알지 못했다.

"관나부 온달은 앞으로 나오시오."

심판관의 외침에 깃털을 머리띠에 꽂고 사냥복을 입은 온달이 앞으로 나서서 대왕이 앉아 있는 단상 위로 올라섰다.

"온달이 키가 크네."

"생긴 것도 잘 생겼구만. 아니, 아무래도 익숙한데…."

웅성거림을 뒤로하고 온달은 대왕 앞에 섰다.

"오늘 장원을 한 온달에게 소형(小兄) 벼슬을 내리노라."

대왕은 온달에게 벼슬을 내리고는 그의 머리에 조우관을 씌웠다.

"고맙습니다."

온달은 고개를 숙였다.

"오늘 짐이 공표할 것이 하나 더 있노라."

대왕의 말에 군중들은 조용히 귀를 기울였다.

"온달은 내 사위다. 내 맏딸 평강의 남편이다. 앞으로 신료들은 물론 온 백성이 온달을 부마로 예우하기를 바란다."

"소문이 사실이었구나! 평강공주가 온달에게 시집갔다더니 우리가 모르고 있었던 온달이 따로 있었구나. 하기야 관나부 출신이라 하니 우리가 알 수가 없었겠지."

사람들은 당연히 평강공주가 시집간 온달은 바보온달이 아닌 동명이인의 온달이라 여겼다.

임금의 공표에 온달은 그 자리에 털썩 주저앉아 큰절을 올렸다.

'대왕께서 나를 사위로 인정했다. 대왕께서….'

온달은 쉽게 일어나지 못했다. 평원대왕은 단 위에서 내려와 온달의 손을 잡아 일으켰다. 그리고는 주변에 들리지 않게 조용히 말했다.

"이제부터는 네가 태자를 도와 고구려 황실을 지켜야 한다."

영 지

사냥대회가 끝난 뒤 온달에 대한 소문이 온 장안에 순식간에 퍼졌다. 임금의 맏딸인 평강공주가 누구와 혼인하느냐는 온 평양성 사람들의 관심사였다. 당연히 연나부의 고추가 집안으로 시집 갈 것이라 생각은 하고 있었지만 결혼 적령기에 이르도록 평강공주의 혼사이야기가 들리지 않자 호사가들의 입에 여러 사람들이 오르내리는 중이었다.

국중대회 이후엔 평강공주가 온달에게 시집갔다는 더 구체적인 소식이 평양성에 퍼졌다. 처음 퍼진 소문은 임금의 사위 온달은 자신들이 아는 온달이 아닌 관나부 귀족의 자제라는 것이었다. 그러나 시간이 지나면서 자신들이 아는 바로 그 바보온달이 평강공주의 남편이라는 것이 밝혀졌다. 부러움과 질투가 뒤섞인 여러 추측들이 난무하고 부풀려져 온달은 어느새 도깨비가 되어 있었다. 그럼에도 그들은 온달이 사냥대회에서 장원을 했다는 소식에 대해서는 애써 무관심하려 했다. 자신들에게 온달은 바보 그 이상이 아니었던 것이다.

사냥대회가 끝난 뒤 온달은 꿈에 부풀었다. 국중대회가 천하의 인재를 얻기 위한 목적이라는 것을 들었기 때문이었다. 더구나 임금은 자신에게 소형 벼슬을 내리며 태자를 도와달라는 부탁까지 했다. 이제 머잖아 자신에게 구체적인 일이 주어질 것이라 생각했다. 고향으로 돌아가야 한다는 생각이 마음속에 여전히 자리 잡고 있었지만 꼭 지금이 아니어도 된다고 생각했다. 관직에 대한 기대감에 마음이 설렜다. 그런데 시간이 지나도 자신의 신상엔 아무런 변화도 없었다.

"장원만 하면 나의 앞길이 열리는 줄 알았는데 아무 일도 없으니 참 실망이오."

온달은 평강에게 슬며시 불만을 털어놓았다.

"아무 일도 없을 것입니다. 오히려 많은 사람들의 견제와 질시, 음해가 난무할 것입니다."

"폐하께서 소형 벼슬을 내리지 않았소."

"고구려 사회에 아무 기반이 없는 사람은 벼슬을 받아도 특별히 할 일이 없습니다. 그렇다고 임금의 부마가 궁궐이나 지키는 하급 장교가 될 수는 없지 않습니까?"

고구려 벼슬은 중앙직과 지방직으로 나뉘는데 지방직은 큰 성의 성주인 욕살, 중간급 성주인 처려근지, 작은 성의 성주인 루초 등으로 나뉜다. 중앙직은 12관직이 있는데 소형은 여덟 번째에 해당하는 벼슬로 지방직의 루초급에 해당한다. 그런데 지방직은 각 나부의 우두머리인 대가들이 임명했다. 다섯 나부의 연맹체인 고구려에서 각 나부의 우두머리인 대가는 동, 서, 남, 북의 큰 땅을 기반으로 하는 호족들로 그 자리는 세습되었다. 그들은 각 지역에서는 왕이나 다름없었기에 그들과

연관성이 없는 사람은 아무런 벼슬도 할 수 없었다. 따라서 소형 벼슬을 받은 온달이 받을 수 있는 직급은 중앙직인데 소형 벼슬은 하급 장교에 불과했다.

"허허, 참 난감하군요. 평양성에 나가면 사람들이 다 날 쳐다보는 것 같아 처신하기도 곤란하고."

"아무리 어려워도 제가 온달님하고 혼인한 것만큼 어렵겠습니까?"

"예!"

온달은 평강의 말에 비로소 그녀가 얼마나 어려운 결단을 했는가가 이해되기 시작했다.

"날이 조금 선선해지면 마라치, 으라차, 파랑치 등과 함께 구룡산에 광덕선사님을 한 번 뵈러가요."

더위가 한 풀 꺾이고 가을이 성큼 다가왔다. 온달과 평강 일행은 구룡산을 오르는 동안 가을 산의 아름다운 변화를 마음껏 즐기며 천천히 걸었다.

"축하하네."

광덕선사는 환한 웃음으로 온달 일행을 반겼다.

"축하할 일은 아닌 것 같습니다. 장원을 했더니 오히려 저의 입지가 좁아졌습니다."

온달은 자신의 감정을 속이지 않고 말했다.

"고구려는 원래 그런 사회일세. 너무 급하게 서두르지 말게."

"급하게 서두르지는 않습니다만 이번 일을 통해서 제가 할 일이 무엇인지 명확히 깨달았습니다."

온달은 곁에 있는 파랑치와 마라치, 으라차를 번갈아 쳐다보며 말했다.

"그게 뭔가?"

"초원으로 돌아가는 것입니다."

"공주님은?"

"설득해야죠."

온달은 평강을 바라보며 말했다.

"나는 불자가 되기 전 관나부 최고의 검술을 익혔네. 그런데 자네 외에는 아무에게도 무술을 가르치지 않았어. 이유가 뭐라고 생각하는가?"

광덕은 웃음을 머금은 얼굴로 물었다.

"그러게 말입니다. 왜 그러셨습니까?"

온달은 한 번도 이 문제에 대해 의문을 갖지 않았었다.

"기대하는 바가 있었지. 나의 한을 대신해줄 누군가를 찾고 있었다는 말이네."

"그게 저라는 말씀입니까?"

"그렇네."

"무엇입니까, 제게 기대하는 것이?"

"첫째는 관나부의 수복이고, 둘째는 고구려 지배계급의 개혁."

"공주께서도 그런 이야기를 했습니다. 공주와 선사님, 그리고 황후마마까지…, 그렇다면 이 모든 것이 누군가의 의도에 의한 것이었습니까?"

"자네와 공주마마의 혼인은 의도된 것이 아니었네. 오직 공주님의 선택이었을 뿐이네."

광덕의 입가에서 미소는 서서히 걷히고 있었다. 동시에 온달과 파랑치, 으라차, 마라치는 긴장한 얼굴로 서로를 쳐다보았다.

"오늘 여기에 우리가 온 것도 선사님과 공주, 그리고 황후마마께서 계획하신 것입니까?"

"그렇다네."

"먼저 묻겠습니다. 고구려에 수많은 귀족과 또 그 자녀들이 있는데 저를 택한 이유는 무엇입니까?"

"첫째 자네는 부족원들이 있어. 세력이 있다는 말이지. 나는 관나부 수복에 대한 강한 의지가 있지만 믿고 따라줄 세력이 없네. 다음으로 중요한 것은 자넨 다른 귀족 자제들에겐 없는 백성의 아픔을 알고 있다는 사실이지. 피지배층 백성으로 굶주리고 억압받는 백성들의 한, 거기에 더해 고향을 잃은 한을 지니고 있지."

"지지할 세력이 있다는 것은 알겠는데, 한은 왜 필요합니까?"

"그래야 개혁의지가 생기는 것이고, 또 우리가 원하는 관나부 수복에 앞장 설 수 있기 때문이네."

"우리는 그 한 때문에 우리의 고향인 초원으로 돌아가려 하는 것이오."

파랑치가 나서며 광덕선사의 말을 막았다.

"그 이야기도 맞습니다. 하지만 우리가 계획한 이야기를 들어보고 그것을 실행에 옮겨도 늦지는 않을 겁니다. 그것보단 이제는 온달이 나서야 할 때가 되었습니다."

광덕이 오늘 모임을 갖는 이유를 말하기 시작했다.

"당신들이 고향 땅에 돌아가려면 고구려 땅을 지나야 하고, 또 북주와 북제의 국경도 통과해야 하오. 그리고 설사 그 모든 역경을 다 이긴 후에 고향 땅에 돌아가면 더 큰 문제가 기다리고 있소. 당신들 부족은 돌궐의 주류가 아니오. 이미 당신네 부족의 여인들은 돌궐족 전사의 아내가 되어 있을 것이고, 조상들의 땅은 다른 돌궐족의 땅이 되어 있을 것이오. 불과 몇백의 군사로 그들을 상대할 수는 없소."

"여기 있어도 마찬가지지요. 우리 후손들은 고구려 땅에서 구박과 천대를 받으며 살아갈 것이오. 그러는 것보다는 차라리 고향땅에 돌아가서 죽는 것이 더 낫소."

파랑치도 물러서지 않고 말했다. 이제는 온달 대신 광덕선사와 파랑치의 논쟁이 시작되었다.

"고구려에는 맥족뿐만 아니라 수많은 종족이 있소. 그들은 다 고구려의 백성이 되어 살고 있소. 말갈족은 순나부의 일부로, 거란족은 연나부의 일부로, 곰족은 절나부, 예족은 관나부이 일부가 되어 아무 문제 없이 살고 있소. 당신들도 그들처럼 고구려 사람으로 정착해서 살 수 있는 것 아니오?"

"하지만 말갈이나, 거란, 예족은 다 자기 조상들의 땅에서 살고 있습니다."

광덕의 말은 평강공주와 일맥상통하는 것이었다. 온달은 평강공주에게는 차마 하지 못했던 말을 주저 없이 말했다.

"너희들의 땅을 만들면 되지 않는가?"

"이미 모든 땅에 임자가 있고 그들은 귀족이 되어 많은 군사를 거느리며 지키고 있는데 어떻게 고향을 만듭니까?"

파랑치가 거들고 나섰다.

"만약 당신들이 정착할 땅이 있다면 고향으로 돌아간다는 말을 거둘 수 있겠소?"

"예?"

파랑치의 반격이 멈췄다. 동시에 으라차, 마라치, 그리고 온달의 표정을 살폈다. 그들의 가슴에 반향이 일고 있음이 분명했다.

"정착할 우리의 땅이 있다면 생각해볼 여지야 있지요."

파랑치의 기세가 약간 누그러졌다.

"좋소. 그러면 땅을 주겠소. 황후마마께서 땅을 내주시겠다고 약속하셨소. 부족하면 내 땅도 떼어주겠소."

"허허, 그 무슨 말씀이오?"

파랑치는 반색했다.

"나의 아버지는 관나부를 대표하는 귀족이었소. 그런데 추군과의 싸움에서 패해 죽음을 당하셨고, 그 땅은 고구려의 분열을 노린 신라가 차지하고 있소. 황후마마의 아버지도 적성의 성주셨소. 적성은 황후마마의 땅이오. 물론 지금은 신라의 땅이 되었지만."

"그렇다면 신라에 빼앗긴 땅을 되찾아 고향으로 삼으라는 말씀 아니십니까?"

듣고 있던 온달이 어이가 없다는 듯 둘 사이를 가로막고 나섰다.

"자네만이 할 수 있네. 평강공주께서 자네에게 시집 간 이유도 이것이고."

광덕은 이제 파랑치 대신 온달을 바라보며 담담한 표정으로 말했다.

"저만 할 수 있다고요?"

"각 나부의 귀족들은 자신의 영지를 지키는 데 온 힘을 쏟을 뿐 다른 나부의 영역을 회복하는 데 자신들의 군사를 움직이지 않아. 특히 가장 강한 연나부 세력은 서쪽의 중국을 견제하는 데 온 힘을 쏟을 뿐, 대왕께서 요구해도 자신들의 군사를 빼서 남쪽의 신라를 공격하지는 않아. 그래서 절실한 사람만이 할 수 있네. 자네처럼."

"고구려 대왕의 명령인데도 듣지 않는단 말입니까?"

"광개토대왕 같은 힘이 지금의 대왕께는 없네. 추군이 권력을 틀어쥔 후로는 더욱 그렇지. 심지어 대왕께서도 그들의 눈치를 살핀다네."

갑자기 온달의 두 주먹에 힘이 들어갔다. 대왕이라면 자신의 장인인데, 세상에서 가장 힘이 센 사람인줄 알고 있는 대왕이 귀족들의 눈치를 보다니 안 될 일이었다.

"그래서 무너진 관나부를 다시 일으켜 세울 사람으로 황후마마와 스님께서 절 택했다는 말씀이시군요."

"저도 당신을 택했습니다. 대장부로서, 임금의 부마로서 이런 정도의 꿈은 꿔야 된다고 생각합니다."

평강도 광덕선사의 말을 거들었다.

"사내로서 가질 만한 목표라고 생각합니다. 하지만 저희 부족원들과 의논을 해봐야겠습니다."

온달이 파랑치의 눈치를 살피며 말을 끊었다. 그의 표정은 굳어 있었다. 하지만 마라치와 으라차는 상기된 표정이었다.

"온달님은 해야 할 일이 많습니다. 고추가 고흘의 집안에 의해 무너진 왕권도 다시 세우는 데 일조해야 합니다."

"그것도 내 몫이라고요?"

"그뿐 아닙니다. 지금 중국은 통일의 기운이 싹트고 있어요. 북주가 무서운 기세로 세력을 키우고 있어요. 고구려가 통일된 중국을 상대로 힘겨루기를 한 적은 한 번도 없었어요. 통일된 중국인 한나라와 싸우다 결국 멸망한 고조선의 역사를 알고 있을 뿐입니다. 우리는 저들과 힘겨루기를 해야 할 상황이 올지도 모릅니다."

"그것도 내가 할 일이라고요?"

"또 있습니다. 당신의 처남인 태자 원이 고구려의 대왕이 되었을 때 누가 그를 도와줄 것입니까? 황족들 중 당신밖에는 도와줄 사람이 없습니다."

"……."

평강의 말에 온달은 아무 말도 하지 못했다.

"또 장차 태어날 우리 아이들이 살아갈 터전도 마련해야 한다고 생각합니다."

평강을 배를 만지면서 말했다.

"우리 아이…."

여느 때와 다름없이 말을 매매하기 위해 마시장으로 나온 파랑치는 정해진 구역에 나가 말을 묶어 놓고 손님을 기다리고 있었다.

"이 마방 주인이 누구요?"

불쑥 낯설지 않은 사내가 나타났다. 마시장이 열릴 때마다 나타나 그 날의 자릿세를 받아가는 규찰 청년이었다.

"날 따라 오시오."

파랑치가 나서자 그는 다짜고짜 윽박지르듯이 말했다.

"무슨 일이오?"

"가보면 알 거요."

웬만한 사람의 두 배쯤 되는 덩치에 배가 불룩하게 나온 그는 파랑치를 밀치며 앞장서게 했다. 판자로 잘 지은 건물 안으로 들어갔다. 그곳에는 신마리가 앉아 있었고 그의 주변에는 우락부락한 청년 네다섯이 몽둥이를 들고 서 있었다.

평양성의 마시장에 말을 내다파는 마방(馬房)들은 조직이 있었다. 그들 중 우두머리를 신마리라 불렀는데 그들은 신마리를 중심으로 규칙을 정해 마시장을 운영했다. 말 가격도 신마리가 정했고 매매되는 말의 수도 신마리가 조절했다. 그는 이곳에서 절대적 권력을 가지고 있었다.

전쟁이 벌어질 때는 나라에서 이들에게 말 조달을 요청할 만큼 나라에서도 인정하는 조직이었다. 따라서 마시장에서 말을 매매할 때는 이 마방에 등록을 하고 일정량의 돈을 지불한 후에 배정된 장소에서 장사를 할 수 있었다. 파랑치도 이들에게 돈을 지불한 후에야 마방을 운영할 수 있었다. 일종의 가입비였다.

"당신 정체가 뭐지?"

신마리는 보자마자 반말 투로 윽박지르듯이 말했다.

"말장사입니다만…."

"솔직하게 말해. 이상하게 생긴 놈들이 돈이 어디서 나서 매번 말을 엄청나게 사들이냐 말이야?"

"그야 저의 주인께서…."

파랑치는 말을 하려다 말았다.

"이름 있는 귀족이 아닌 다음에야 그렇게 많은 말을 팔고 살 수가 없어. 너의 주인이 누구야?"

"……."

파랑치는 말을 해야 할지 말아야 할지 몰라 머뭇거렸다.

"말을 하지 않으면 수상한 사람으로 신고할 것이다."

"……."

그 말에 파랑치는 더욱 대답할 수가 없었다. 자신의 말이 어떤 결과를 초래할지 몰랐기 때문이었다. 대답을 기다리던 신마리는 파랑치의 태도에서 수상한 점을 발견했는지 곁에 있는 청년들에게 턱짓을 했다. 그러자 청년들은 사정없이 들고 있던 몽둥이를 내리쳤다. 파랑치가 비명소리와 함께 쓰러졌다.

"너희 주인은 누구냐, 누가 돈을 대냔 말이다."

신마리가 다시 한 번 추궁했다.

"온달입니다."

"온달, 바보온달. 허 그 자식이 임금 사위가 되더니만 마음대로 시장 질서를 어지럽혀…. 알았으니까 돌아가!"

파랑치는 풀려났다. 하지만 매를 맞은 후유증으로 며칠을 앓아 누웠다. 보고를 받은 온달은 온갖 생각이 다 떠올랐지만 일의 전말이 밝혀지기 전까지는 참기로 했다.

다음 마시장이 서는 날, 아직 상처가 채 아물지 않은 파랑치는 혹시 있을지도 모르는 난감한 일을 대비하기 위해 마라치, 으라차와 함께 십여 마리의 말을 끌고 마시장에 들어섰다. 하지만 그들이 짐을 풀 공간이 없었다. 그들에게 배당이 된 초막은 이미 다른 마방이 차지하고 있었다.

"이곳은 우리 마방 터인데 당신들은 누구시오?"

"오늘부터 우리가 장사를 하게 되었소. 궁금하면 신마리에게 물어보시오."

평양성의 마방들은 대부분 귀족들과 관계를 맺고 있었다. 군대를 보유한 귀족들이 말을 관리하기 위해서는 이들의 도움이 필요했기 때문이었다. 그래서인지 마방 주인들은 웬만한 일에는 눈도 꿈쩍하지 않을 만큼 거만했다. 이들도 파랑치 일행은 안중에도 두지 않았다. 이미 돈을 지불하고 장사 터를 확보한 파랑치는 어이가 없었다.

"당신들은 오늘부터 이곳에서 장사할 수 없으니 돌아가시오."

등 뒤에서 제법 익숙한 목소리가 들렸다. 이전의 규찰 청년이었다.

"이미 돈을 다 지불했는데 왜 장사를 못하지?"

마라치와 으라차를 데리고 온 파랑치는 쉽게 물러서지 않았다.

"신마리가 결정했으니까 시키는 대로 해!"

규찰 청년은 이전과는 달리 명령하듯 말했다.

"이유가 뭐냐고?"

젊은 시절 전장을 누비고 다녔던 파랑치도 물러서지 않고 무섭게 노려보며 위압적으로 물었다.

"뭐!"

겁을 주면 뒤로 물러설 줄 알았던 규찰 청년은 파랑치의 기세에 깜짝 놀랐다. 그는 본능적으로 주변을 살폈다. 무지막지하게 생긴 두 사람이 반월도를 들고 그의 곁에 다가와 있었다. 위기의식을 느낀 그는 슬금슬금 뒷걸음쳤다.

청년이 사라지자 파랑치는 무단으로 자신들의 자리를 차지하고 있는 사람들에게 다가섰다.

"여기는 우리가 돈 주고 산 장사 터이니 자리를 비우시오."

"우리도 돈을 주고 샀으니 쉽게 비킬 수 없소."

위압적인 파랑치의 말투에도 상대는 전혀 물러설 기세가 아니었다.

둘 사이에 한동안 실랑이가 벌어졌다. 그 사이에 검을 든 십수 명의 청년들이 다가섰다. 그들의 앞에는 규찰 청년과 신마리가 서 있었다.

"왜냐고 물었어?"

신마리는 그렇게 당하고도 다시 나타난 파랑치를 보며 비아냥거리는 말투로 물었다.

"그렇소. 왜 우리가 장사를 할 수 없는지 물었소."

파랑치는 신마리의 기세에 기죽지 않고 도전적으로 말했다.

"대답은 저승에 가서 들어!"

신마리의 말이 신호였는지 청년들은 그의 말이 끝나자마자 곧바로 검을 휘두르며 달려들었다. 으라차와 마라치는 재빨리 말에 올라 이들을 막아섰다. 파랑치 역시 이 틈을 타서 말에 오른 후 앞을 가로막는 자들을 향해 가차 없이 반월도를 내리쳤다. 전쟁터에서의 돌궐기병대 모습 그대로였다. 어떤 사람은 팔이 날아가고 어떤 사람은 가슴 한 가운데가 도려졌다. 기세 좋게 나왔던 신마리의 부하들은 순식간에 꼬리를 내리고 사방으로 도망갔다. 으라차는 그들 속에서 신마리를 발견하고는 한손으로 그의 목을 낚아채 번쩍 들었다. 으라차의 엄청난 힘에 신마리는 발버둥 치다가 땅바닥에 나뒹굴었다. 어느새 마라치의 검이 그의 목을 겨누었다.

"이유가 뭐냐?"

"저는 시키는 대로 했을 뿐입니다."

신마리는 이전의 기세 좋던 모습은 간 곳 없이 태도가 공손했다.

"누가?"

"그게…."

"데려가자!"

파랑치의 말에 으라차는 그를 번쩍 들어 올려 말에 태운 후 목장으로 말을 달렸다.

믿는 구석이 있는지 말을 달리는 동안에도 별로 당황하는 기색이 없던 신마리는 넓은 목장을 보고서는 놀라는 기색이 역력했다.

구룡산에서 광덕선사를 만난 후 온달과 파랑치는 동족들이 있는 곳으로 돌아가 그들의 의견을 청취했다. 향수에 빠진 원로들은 고향에 돌아가고 싶어 했지만 젊은이들은 대체로 고구려에서 영지를 개척하자는 쪽으로 의견이 모아졌다. 여러 날을 고민하던 온달은 신라를 공격해 자신의 영지를 마련하겠다는 결심을 밝히고 부족들의 도움을 청했다. 이에 부족원들은 온달에게 힘을 실어주기로 했다. 하지만 이에 따르는 많은 문제를 해결해야 했다. 신라를 공격하려면 군사도 있어야 하고, 또 그들을 먹일 식량도 필요했다. 그동안 국마를 살찌워 되파는 것으로 제법 돈을 벌었으나 이는 집안 살림에 도움이 되는 정도였다.

황실의 땅을 빌리는 수밖에 없었다. 평강은 아이지를 찾아가 사정을 이야기했다. 황후 아이지는 격려하며 구룡산 자락에 넓은 땅을 구해주었다. 온달은 이곳에 목장을 만들고 마방을 차렸다. 파리해진 국마를 싸게 사서 잘 기른 후 비싸게 파는 방법으로 재산을 늘려 나갔다. 이 일은 주로 말을 잘 아는 파랑치가 도맡았다. 재산이 늘어나자 평양성 축성에 동원되어 중도동을 하며 생계를 이어가던 기기시족 청년들을 목장으로 데려와 무장을 하고 훈련을 시켰다. 고구려인들과는 다른 얼굴 모습으로 구박 받고 기죽어 지내던 이들은 오래지 않아 그들 아버지와 같은 돌궐전사의 모습을 갖추기 시작했다. 파랑치는 일부러 이곳으로 신마리를 데려와 자신들이 만만한 존재가 아님을 보였다.

"우리의 마방 터를 빼앗은 이유를 말해라."

파랑치는 그를 취조하기 시작했다.

"말이 움직이는 곳에는 군사가 있기 마련이오. 반란의 시작도 이곳에서부터 감지가 되는 것이오. 따라서 수상한 기운이 감지되면 윗선에 보고를 해야 하는 것이 내가 할 일이오. 더구나 마방을 장악하는 것은 곧 평양성의 경제를 장악하는 것이기에 권력자들은 항상 이곳을 민감하게 지켜보고 있소. 소규모의 장사꾼들이 서너 마리의 말을 사고파는 것은 이상할 것도, 경계할 것도 없지만 낯선 무리들이 대규모의 말을 거래하는 것은 당연히 경계 대상이 될 수밖에 없소. 내가 마방의 권력을 쥔 것처럼 보이겠지만 내 마음대로 결정할 수 있는 일은 별로 없소이다."

신마리는 주저하는 기색 없이 순순히 모든 것을 다 말했다. 말은 곧 권력이었다. 그가 이렇게 위급한 상황에서도 당당할 수 있는 이유도 그의 뒤에 숨어 있는 권력자를 믿고 있기 때문일 것이다.

"당신이 말하는 윗선은 누구냐?"

"당연히 최고 권력자가 아니겠소?"

신마리는 약간 비아냥거리는 말투로 얼굴에 웃음기를 보였다.

"최고 권력자면 대왕폐하를 말하는가?"

"평양성, 아니 고구려의 실질적인 최고의 권력자는 고추가 고흘이지요. 대왕은 통치자 일뿐이고."

신마리는 주저하지 않고 말했다. 온달을 믿고 일을 저지른 파랑치의 어리석음을 꾸짖는 듯.

"그러면 우리를 내쫓은 것은 고추가 고흘의 명령이란 말이냐?"

"물론 고추가 어른은 이제 한 발 물러나셨지요. 그분이 이런 명령까지 내리진 않지요."

"그럼 누구냐?"

"장성한 손자분이 이 마방을 장악하고 있소."

"손자라면 고문…?"

신마리는 고개를 끄덕였다. 감출 것도 없었다. 언젠가는 이들도 알아야 할 일이었다. 있는 그대로 말하는 것이 사건을 빨리 끝내는 방법이었다. 이 정도 말했으면 평양성의 모든 사람은 순순히 꼬리를 내려야 했다.

"고맙다. 하지만 우리는 이 일을 멈추지 않을 것이다. 만약 우리가 눈에 거슬린다면 고문이 직접 나서라고 전해라."

"예!"

온달이 부마가 되었다는 소식은 들었다. 하지만 그는 힘없는 부마다. 고추가 고흘의 집안을 상대할 정도는 아니다. 신마리는 이들이 아직 세상을 너무 모른다고 생각했다.

"또 하나. 신마리 자리를 우리에게 넘겨라. 대가는 치르겠다."

파랑치는 신마리 자리를 차지하면 더 빨리, 더 쉽게 목적을 이룰 수 있다고 생각했다. 그래서 넌지시 협상을 시도해보았다.

"당신들은 신마리를 할 수가 없소."

신마리는 위축될 법도 했지만 단호하게 말했다.

"왜 할 수 없나?"

"신마리 자리는 힘으로 뺏을 수 있는 자리가 아니오. 수많은 마방들이 수많은 권력자들과 얽혀 있는 곳이 마시장이요. 그 속에서 벌어지는 일을 사고 없이 조정할 수 있는 사람은 이곳에서 수십 년 잔뼈가 굵은 사람만이 할 수 있는 것이오. 이 세계를 우습게 보지 마시오."

"알겠다. 대신 우리 일에 방해가 없길 바란다."

파랑치는 협박을 해도 그가 생각을 바꾸지 않을 것이라고 판단했다.

"우리 아이들이 다치고 죽고 한 것에 대해서는 책임을 져야 할 것이오."

40대 중반의 신마리는 마지막까지 당당했다.

"책임지지 못할 일을 벌이지는 않았다."

파랑치는 그와는 더 이상 타협의 여지가 없다는 것을 깨달았다. 그는 신마리를 돌려보냈다. 대신 그의 뒤에 있는 세력가들과는 쉽지 않은 싸움이 될 것이라는 것을 예측했다.

파랑치는 다시 마방을 열었다. 언젠가는 큰 파도가 밀려올 것이라는 것을 예상하며 많은 기기시족 청년들을 데리고 나섰다. 이상하게도 아무런 일도 벌어지지 않았다. 배상도 요구하지 않았다. 파랑치는 점점 많은 말을 사들였고 이들을 군마로 조련시켰고 많은 기기시족 청년들이 말과 함께 무장을 갖추었다.

일은 예상하지 못한 곳에서 벌어졌다. 일단의 무장한 군인들이 목장으로 들이닥쳤다. 이들은 목장 구석구석을 다 뒤진 후 파랑치를 체포했다.

"무슨 이유로 날 체포하는 것이오?"

"살인죄, 반란죄!"

어딘지 모르는 곳으로 끌려간 파랑치에게 몽둥이질부터 시작되었다. 아무것도 묻지 않았다. 파랑치가 거의 의식을 잃을 무렵 심문이 시작됐다.

"무슨 목적으로 말들을 사들이는 것이냐?"

"온달은 왜 너희 돌궐족 놈들을 모으고 있는지 말하라."

물음만 던지고는 대답도 듣지 않고 또다시 몽둥이질을 시작했다.

"사, 살려주시오."

"반란을 준비하고 있는 것이 맞아, 안 맞아."

"당신들 말이 맞소."

매를 이기지 못한 파랑치는 그들이 말하는 것을 시인했다.

파랑치가 잡혀갔다는 소식은 평강에게도 전해졌다. 신마리의 배후에 고흘이 있다는 말을 들었던 그녀는 군인들이 목장을 수색했다는 말에 뭔가 심상치 않은 일이 벌어지고 있다는 것을 직감할 수 있었다. 온달이 임금의 사위인 것은 이제 평양성 사람들은 다 알고 있었다. 그런데도 온달의 목장을 뒤지고 사람을 잡아 갔다는 것을 어떻게 이해해야 하는가? 평강은 어머니를 만나봐야겠다는 생각이 들었다. 그러나 그 전에

객관적으로 사태를 파악할 수 있는 광덕선사의 의견을 들어보는 것이 좋을 것 같았다. 평강은 온달과 함께 구룡산을 찾았다.

"왕권과 신권의 싸움이 시작된 것입니다. 대왕은 고구려의 통치자로 군림은 하지만 실제로 고구려를 움직이는 사람들은 부족장들입니다. 그들은 임금의 움직임을 세밀하게 관찰하고 있습니다. 더구나 평양성의 경제권을 쥐고 있는 사람들이라면 임금의 사위가 마시장에 등장해 점점 규모를 키우는 것을 좌시할 수 없겠지요. 아마도 공주의 사람을 체포해갈 정도의 사람은 평양성 안에 고흘밖에 없을 것입니다."

"고흘은 이미 모든 것을 다 갖고 있는데 아무런 기반도 없는 우리를 무슨 목적으로 공격하는 것일까요?"

"고흘은 이미 구세대입니다. 고흘은 황족과 결혼관계를 맺으면서 권력기반을 튼튼히 다졌지요. 하지만 그의 아들들은 다릅니다. 공주님께서 그들 집안으로 시집을 갔다면 큰 문제가 없었겠지만 그렇지 않은 이상 그들은 자신들의 권력에 도전하는 낌새가 보이면 민감하게 반응할 것입니다. 아버지 세대에는 문제가 없었던 권력 장악에 균열이 생긴다면 그 시작은 공주님일 것입니다. 더구나 온달은 몇 차례 그들을 제압했습니다. 저들은 공주님을 예의주시하며 언젠가는 벌어질 공주님과의 대결을 준비하고 있는 것입니다. 때마침 좋은 명분이 생겼지요. 공주님의 사람이 마시장의 질서를 해쳤을 뿐 아니라 목장을 차리고 군사를 육성하고 있다는 정보가 들어온 것입니다. 저들은 평양성 방어의 책임을 지고 있으니 정말 좋은 기회를 잡은 것이지요. 이 기회를 쉽게 놓지 않을 것입니다."

"만만치가 않겠군요."

고문의 비열함을 몇 번이나 경험한 온달은 한숨을 내쉬었다.

“어떤 방법이 있을까요?”

평강은 온달과 달리 차분했다.

“협상을 해야지요.”

“협상?”

평강은 오랜만에 입궁해 아이지를 만났다.

“온달이 사냥대회에서 수많은 장정들을 다 물리치고 장원을 했다고 하더구나.”

황후는 사냥대회 소식을 들은 후 매우 흥분되어 있었다. 딸 걱정으로 얼굴의 주름이 펴질 날이 없어 안타까웠던 평강은 오랜만에 어머니의 밝은 표정을 보면서 안도했다.

“앞으로 더 큰일을 할 것입니다. 어마마마의 숙원도 풀어드릴 것입니다.”

“고맙구나.”

아이지와 평강은 사냥대회 이야기를 하며 오랜만에 회포를 풀었다.

“그래 무슨 일로 이렇게 갑자기 찾아왔느냐?”

평강은 찾아온 이유를 설명했다. 이야기를 다 들은 어머니는 태자를 불렀다. 아이지는 평원대왕과의 사이에 평강공주와 원 왕자를 낳았다. 원 왕자는 장남으로 태자가 되었다.

“매형은 정말 대단했습니다.”

오랜만에 누나를 본 태자는 마치 자신의 일인 듯 사냥대회에서의 상황을 자세히 설명했다.

“좋게 봐줘서 고맙소, 태자.”

평강도 동생의 칭찬에 웃음으로 대답했다.

"그런데 무슨 일로 저를 불렀습니까?"

황후는 태자에게 평강이 찾아온 이유를 설명했다. 태자의 얼굴이 점점 일그러졌다.

"앞으로 태자를 도와줄 사람은 태자의 매형 되는 온달인 건 아시겠지요. 지금 고구려를 장악하고 있는 고씨 집안은 개인적으로는 태자의 처가가 되고 또 외가가 되지만 궁극적으로는 임금의 정적인 것도 아실 테고요. 지금 고추가 고흘이 노쇠해 그의 아들 고정수가 고추가 역할을 대신하고 있는데 그는 아직 보여준 것이 없기 때문에 뭔가 일을 저지를 가능성이 높아요. 더구나 고흘은 아버지의 신하지만 고정수와 그의 아들 고문, 고량은 태자의 신하가 될 것입니다. 그런데 그들은 장차 왕위에 오를 태자를 견제하기 위해 벌써부터 일을 꾸미고 있어요. 그 증거가 온달이 부마인 것을 뻔히 알면서도 온달의 목장을 급습하고 그의 사람을 체포해간 일이지요."

아이지는 태자에게 상황을 설명하며 그의 경계심을 불러 일으켰다.

"이번 일은 태자가 직접 나서보세요. 잘 해결해서 온달을 태자 사람으로 만들어야 합니다. 거듭 말하지만 앞으로 태자가 위험에 빠졌을 때 도와줄 사람은 온달밖에 없어요. 동시에 평양성의 권력자들에게도 온달이 황실의 사람임을 확실히 알려 그를 함부로 대하지 못하게 해야 합니다. 지금이 태자께서 정치력을 발휘할 수 있는 좋은 기회인 거지요."

황후는 단호한 어투로 태자에게 말했다.

"무슨 말씀인지 알겠습니다. 제가 최선을 다해보겠습니다만…."

태자는 눈치가 빠른 사람이라 황후의 말이 무엇을 의미하는지 금방 깨달았다. 하지만 그도 특별한 대안이 없어 난감한 듯 다음 말을 잇지 못했다.

"태자, 그럴 줄 알고 내가 타협안을 가져왔어요."

평강은 광덕선사에게서 들은 타협안을 제시했다. 태자는 고개를 끄덕이며 자리에서 일어섰다.

다음날, 태자는 평양성을 방어하는 중앙군 사령부를 찾았다. 태자를 맞이한 것은 태대형 고정수였다. 요동성주로 있던 그는 아버지 고흘을 대신해 연나부 고추가의 직위를 계승하기 위해 평양성으로 들어와 있었다.

"전하께서 어쩐 일이십니까?"

"온달 소형의 사람을 붙잡고 있다고 들었습니다."

온달의 일에 태자가 직접 찾아오리라는 것은 전혀 예상하지 못한 일이었다. 고정수는 당황했다. 그는 파랑치를 잡아올 때 다급해진 온달이 자신을 찾게 될 것이고 그렇게 된다면 특별히 할 일이 없는 그를 잘 설득해 적당한 일자리를 준 후에 자신의 사람으로 만들려는 계획을 세우고 있었다.

"이깟 일에 전하께서 직접 찾아오시다니요?"

고정수는 불안한 마음을 진정하려 애쓰며 말했다.

"온달은 이제 황실 사람입니다."

"제가 붙잡아 온 사람은 온달이 아니라 시장 질서를 어지럽히고 횡포를 부려 여러 사람에게 상해를 입힌 범법자입니다."

"조사를 해보셨다면 아시겠지만 그들은 억울한 피해자입니다."

"온달은 기기시족 사람을 모아 무장시키고 있었습니다. 이는 매우 위험한 행동입니다."

"평양성의 귀족들은 다 무장을 하고 있고, 사병을 거느리고 있습니다."

태자는 물러서지 않았다.

"무엇을 말씀하고 싶은 것입니까?"

고정수는 더 이상 논쟁을 벌여 보았자 의미 없다는 것을 깨닫고 찾아온 의도를 단도직입적으로 물었다.

"온달이 평양성을 떠나면 되겠습니까?"

"예!"

뜻밖의 제안에 고정수는 깜짝 놀랐다. 온달이라는 변수가 자신들의 권력에 균열을 일으키고 있기에 그 변수를 자기편으로 만들거나 아니면 제거하려는 것이 이번 일을 꾸민 의도였다. 그런데 그 변수가 평양을 떠난다면, 중앙정치에서 물러나 준다면 그것보다 좋은 방법은 없었다.

"그렇게만 해주신다면…."

고정수는 자신의 감정을 숨기지 않고 곧바로 말했다.

"다만 평양성을 떠나기 위해서는 최소한의 자금은 필요합니다. 마방을 운영하는 것은 그것을 마련하기 위함이고, 그래봤자 태대형 어른의 경제력에 비한다면 구멍가게입니다. 그것마저 빼앗겠다면 그는 반발할 것입니다."

"알겠습니다. 허락하겠습니다. 대신 평양성을 떠난다는 약속은 꼭 지키셔야 합니다."

"약속 지키겠습니다. 태대형 어른께서도 약속을 지키시기 바랍니다."

태자는 일어섰다. 그의 모습을 바라보며 고정수는 앞으로 자신의 정치적 상대가 될 태자가 만만한 사람이 아님을 직감할 수 있었다.

태자의 도움으로 파랑치가 돌아오자 온달은 비로소 자신이 황족의 일원으로 대접받는다는 것을 느꼈다. 그리고 이번 일을 통해 자신이 무엇을 해야 할지를 분명히 느꼈다. 그 첫째가 자신의 영지를 가져야 한다는 것이었다. 영지가 없으면 비록 황족이라 해도 고구려 땅에서는 비빌 곳이 없다는 것을 뼈저리게 느꼈기 때문이었다. 그는 파랑치와 마라치, 으라차 등을 불러 자신의 뜻을 분명히 밝히고 영지를 만드는 일에 착수하기로 했다. 마방은 계속 운영했다. 더 이상의 제재는 없었다. 좋은 말들을 사들였고 기기시족 젊은이들을 계속 불러들여 파랑치가 군사훈련을 시켰다. 비록 삼백여 명을 겨우 넘긴 숫자지만 그들은 점점 초원을 휩쓸던 돌궐기병대의 모습을 띠기 시작했다. 온달은 광덕선사를 초빙해 고구려의 사신도 전술도 익히게 했다.

"고구려가 신라에 빼앗긴 옥저 땅을 공격해 우리의 영지로 삼는다!"

전술 훈련에 익숙해질 무렵 온달은 기기시족 전사들을 불러 신라 공격을 천명했다. 그동안 무의미하게 품을 팔고 살아가던 이들은 삶의 목표가 생기자 환호했다. 그들의 마음속에 전의가 불타오르기 시작했다.

"목표는 어사내(於斯內) 일대다.* 이곳은 유진, 후평, 사창 등의 성이 있는 곳으로 쌀과 콩 수수 등이 많이 나는 곡창지대다. 누에치기도 활발해 옷감도 쉽게 구할 수 있다. 전시성(戰時城)은 성황당산성, 청룡산성(靑龍山城), 고소산성이 있다. 신라인들이 산성에 들어가기 전에 기습해 이 일대를 장악한다. 그리고는 우리의 모든 근거지를 그쪽으로 옮긴다."

온달은 공격 목표를 분명히 했다. 이는 이 지역을 정탐하고 온 광덕선사의 조언에 따른 것이다. 광덕선사는 공격지점과 시기 등에 대해서 자세히 설명하고 출발날짜까지 정했다.

비, 억수같은 비다. 사람도 날짐승도 들짐승도 비를 피해 몸을 숨기는 밤이었다. 도롱이를 둘러 쓴 수많은 물상들이 어둠 속을 달리고 있

---

* 오늘날 강원도 평강군 일대.

었다. 그들은 지치지도 않는지 온밤을 내리는 빗속으로 달렸다. 거친 산과 평원을 가리지 않았다. 삿갓을 눌러쓴 사람이 이끄는 대로, 마치 몇 번이나 이곳을 오간 듯 머뭇거림이 없었다. 도롱이 속을 파고드는 빗물이 땀을 식히며 몸의 체온을 다 뺏어갈 무렵, 그들 앞에는 흙으로 높다랗게 쌓아 올린 성이 가로막고 있었다. 사창성이다. 때마침 온 대지를 적시던 비가 멈췄다. 잠시 숨을 고른 그들은 순식간에 성을 에워쌌다. 사방은 아직도 어두웠다.

지난밤의 강한 비 때문인지 파수꾼의 모습은 보이지 않았다. 비스듬히 쌓아 올린 토성은 오를 만했다. 지휘관의 신호가 떨어지자 말을 탄 채로 토성을 넘었다. 성 안은 불빛 하나 보이지 않았다. 횃불을 밝혔다. 그리고는 어둠속을 달리기 시작했다. 한 마디 소리도 지르지 않았다. 세 방향에서 달려 든 그들은 막사로 쓰이는 초가집에 불을 질렀다. 뜨거움을 견디지 못해 집 밖으로 뛰쳐나오는 물상들은 다 죽였다. 미처 피하지 못한 사람들은 불에 타 숨졌다. 겨우 이들의 공격을 피해 전시성인 성황당산성으로 도망가던 사람들도 매복하고 있던 괴한들에 의해 죽임을 당했다.

괴한들의 정체는 온달이 이끄는 기기시족 전사들이었다. 평양성에서 사창을 가려면 철원평야를 지나야 했다. 삼백여 명의 기마병을 거느린 온달은 단숨에 철원까지 달려간 이후 밤이 되기를 기다렸다. 사창지역은 험한 산이 단지처럼 둘러싸고 있는 곳이라 북쪽의 길목만 지키면 방어하기는 쉬웠다. 한동안 고구려군이 신라에 밀려 감히 공격할 엄두를 내지 못했기에 신라군은 약간 느슨한 경계를 펼치고 있었다. 온달은 비 오는 날을 택했다. 빗소리는 기기시족의 진군소리를 깨끗이 씻어갔다.

신라군이 주둔하던 변경의 사창성을 기습 공격해 대승을 거둔 온달은 계속 진군했다. 사창성, 유진성, 후평성 일대에는 성황당산성, 유진산성, 고소산성, 신성산성 등 전시성이 많았다. 고구려군이 침입했다는 소식이 신라군들에게 들어간다면 그들은 산성으로 들어가 방어벽을 칠 것이다. 기마병으로 구성된 온달 부대는 산성전투에서는 불리할 수 밖에 없었다. 그래서 온달은 첫 기습작전을 벌인 사창의 신라인들을 한 명도 살려두지 않았다. 그들의 공격 소문이 다른 마을에 퍼지기 전에 최대한 많은 지역을 점령하기 위해서였다. 칼에 물든 피가 채 마르기도 전에 그들은 유진산성을 공격하기 위해 나섰다. 미리 준비한 육포로 요기를 하며 급히 말을 몰았다. 아직 고구려군이 침입했다는 소식은 인근의 신라인들에게 알려지지 않은 듯 6월의 들판은 평화로웠다. 어젯밤에 내린 비로 인해 흠뻑 습기를 먹은 식물들은 들판에 온갖 생기를 내뿜어 온 산하는 싱싱했다. 온달은 광덕선사가 안내하는 대로 말을 달렸다.

— 다그닥, 다그닥~

이 지역은 북쪽과 달리 쌀농사가 잘 되는 지역이라 열심히 피를 뽑아주면 많은 수확을 올릴 수 있기에 부지런한 농부는 이른 아침부터 논으로 향했다. 논 두둑을 걷던 유진마을의 농부는 급히 달리는 말발굽 소리에 나락 사이로 얼른 몸을 숨겼다. 평소에 보지 못하던 전투복을 입은 사람들이 들판을 달리고 있었다. 이렇게 많은 군사들이 말을 타고 달리는 모습은 처음 봤다. 늘 보던 신라군이 아닌 것은 분명했다. 어떻게 해야 할지 몰랐다. 점점 그들이 가까이 오자 그는 논 속으로 들어가 바짝 엎드렸다.

군인들의 모습이 뚜렷이 보였다. 보통의 사람들과 다르게 생겼다. 코가 컸고 약간 파인 눈을 가진 그들은 땀을 흘리며 어디론가 무섭게 달려가고 있었다. 외침이 분명했다. 하지만 그들의 정체를 쉽게 알 수 없었다. 고구려 북방에는 생긴 모습이 다른 사람들이 살고 있다는 것을 들은 적이 있었다. 그렇다면 고구려군? 전쟁이 벌어진 것인가? 일단 가족을 피신시켜야 했다. 그는 발길을 되돌려 집으로 달렸다.

'이 소식을 신라군에게 신고해야 하나? 지금은 신라가 점령하고 있지만 나는 고구려 사람인데….'

농부는 달리는 내내 고민했다. 어떻게 하는 것이 옳은지 판단할 수 없었다. 그저 농사만 잘 지을 수 있고 가족들만 무사하다면 그것이 옳은 것이라 생각했다. 신라든 고구려든 자신과는 상관없는 일이었다. 집에 도착한 그는 먹을 것을 챙긴 후 가족들을 데리고 습관적으로 유진산성으로 향했다.

유하를 건너 산성 입구가 보이자 비로소 농부는 안심했다. 어릴 때부터 아버지로부터 위급한 일이 발생하면 산성 안에 들어가야 한다는 이야기를 들으며 자란 농부는, 산성에만 들어가면 군대가 보호해줄 것이라는 믿음이 있었다. 그런데 이상했다. 산성 입구에 다 이르도록 다른 사람은 아무도 보이지 않았다. 지금쯤은 봇짐을 짊어진 많은 사람들이 산성 안으로 몰려들어야 정상이었다.

'내가 아무 것도 아닌 일에 너무 놀랐나?'

괜히 가족들 보기가 쑥스러워졌다. 그러나 그의 판단은 틀리지 않았다. 그가 산성 안으로 들어가기 위해 옹성을 들어서는 순간 무장한 군인들이 그의 앞에 떡하니 버티고 섰다. 논에서 보았던 사람들이었다. 수많은 검이 그의 가족들에게 겨누어졌다.

"무슨 일이지?"

무섭게 노려보며 물었다.

"난리가 난 것 같아서…."

두려워해야 하는데 두렵지가 않았다.

"산성으로 달려온 것을 보니 고구려 사람이구만?"

납의를 입은 사람이 물었다. 뭐라고 답을 해야 하나, 저들이 고구려 편인지, 신라 편인지 알 수 없었다. 만약 잘못 대답을 했다가는 온 식구가 다 목숨을 잃을 수 있었다. 식은땀이 절로 났다. 머뭇거리던 그는 결심했다. 모든 것은 하늘에 맡기기로 했다.

"그렇습니다."

본능이 이끄는 대로 대답했다.

"여기는 신라의 지배권에 있는 신라 땅이고 그렇다면 너는 신라 백성인데 어떻게 고구려 사람이라고 말할 수 있느냐?"

화난 목소리였다. 눈을 감았다.

"대답을 해!"

"여기가 아무리 신라 땅이라 해도 나는 조상 대대로 고구려 사람이오."

그는 모든 것을 운명에 맡겼다. 이왕 이렇게 된 것 눈치 보지 말고 속마음을 말하고 싶었다.

"신라 땅인데도 고구려 사람이라…, 너 같이 생각하는 사람이 많이 있느냐?"

갑자기 목소리가 부드러워졌다. 살았다는 생각이 들었다.

"많습니다."

"고맙다."

갑자기 납의의 사내가 손을 덥석 잡았다.

"다시는 너와 네 가족을 신라 사람으로 만들지 않겠다."

납의의 사내는 광덕선사였다. 그의 얼굴에는 미소가 떠나지 않았다.

"민심은 우리에게 있다. 이번 싸움은 우리가 이길 것이다."

그는 곁에 있는 온달에게 승리에 대한 확신을 심어주었다. 그리고는 농부의 식구들을 산성 안으로 안내하게 했다. 그곳에는 논에서 보았던 많은 군인들이 휴식을 취하고 있었다.

평지성인 사창성 공략에 성공한 온달은 유진산성을 점령해 몸을 숨기고 휴식을 취했다. 고구려의 침입 사실을 모르고 있는 신라군은 유진산성에 소수의 파수꾼만 세워놓았기에 별다른 저항 없이 성을 점령할 수 있었다.

휴식을 취한 온달은 곧바로 평지성인 유진성을 공격했다. 사람을 지치게 만드는 6월의 햇살은 성 안의 신라군을 나태하게 만들어 그들 코앞에 고구려 군이 들이닥쳤을 때에야 비로소 위급함을 깨달을 수 있었다. 그러나 그들은 미처 싸울 준비가 되어 있지 않은 상태에서 온달군의 화살과 반월도 앞에 목을 내놓아야 했다. 승기를 잡은 온달은 이번에도 신라군에게 자비를 베풀지 않았다. 보통의 고구려군과는 다르게 생긴 온달의 기병대는 닥치는 대로 신라군을 베었다. 하지만 그들 중 일부는 유진성을 빠져나가 유하를 건너 후평성 쪽으로 도망을 갔다. 온달은 그들을 추격하지 않았다. 대신 그는 일부의 군사를 유진성에 남겨놓은 후 고소산성 쪽으로 말을 몰았다. 온달이 급하게 말을 몰아 고소산성에 오르자 그곳의 경계병 또한 소수에 불과했다. 손쉽게 그들을 제압한 온달은 마지막 일전을 준비했다. 광덕선사는 사창성과 유진성이 함락되었다는 소식을 들은 신라군이 마지막 농성을 벌일 장소가 고소산성이라며 후평성 대신 이곳으로 군대를 이동시켰다.

불을 피울 수 없는 온달의 군대는 준비한 육포를 씹으며 싸울 준비를 했다. 두 번에 걸친 기습공격에서 부하들은 정말 잘 싸워주었다. 전투 경험이 없었음에도 전투가 벌어지자 유전자 속에 숨겨 놓았던 호전적 기질을 하나씩 꺼내 익숙한 사람처럼 싸웠다. 물론 파랑치처럼 전투에 능한 사람들이 이들을 이끈 공이 컸다. 으라차와 마라치 등도 믿음직스럽게 부하들을 잘 지휘했다. 무엇보다도 광덕선사는 관나부 출신답게 익숙한 지리를 이용한 좋은 전략을 짜주었다. 누구 하나 빠뜨릴 수 없을 만큼 큰 공을 세웠다. 이번 싸움에서 승리한다면 이 일대의 곡창지대가 온달의 손으로 들어오게 된다. 그렇게 되면 이제 이들을 배불리 먹일 수 있게 된다. 그 후엔 남쪽으로 이어지는 오성산성만 잘 지킨다면 신라의 공격을 막는 것은 큰 어려움이 없었다. 요새 같은 영지를 얻을 수 있는 것이다.

6월의 따사로운 햇살이 후평 들판에 내려쬐는 오후, 척후병들은 예상대로 신라군이 고소산성을 향해 몰려오고 있다는 첩보를 전했다. 대략적인 인원은 일천 명 정도. 광덕선사와 온달은 작전 회의를 열었다.

"앞으로는 이보다 큰 싸움을 하게 될 것이다. 그때를 생각한다면 그동안 익혔던 다양한 전술들을 미리 경험해보는 것도 도움이 될 것이다."

"좋습니다. 하지만 우리 측 피해를 최소화하는 방법을 택해야 할 것입니다."

그동안은 적이 미처 생각하지 못한 사이에 기습을 벌인 터라 온달 측의 희생자는 거의 없었다. 온달은 한 명 한 명의 병사가 소중한 때라 이 점을 강조했다.

그들은 부대를 4대로 나누었다. 광덕선사와 파랑치는 고소산성에 남아 도망쳐오는 적을 공격하기로 하고 온달, 마라치, 으라차가 각각 한 방향씩을 맡아 적을 고소산성 쪽으로 유인하는 작전을 짰다. 온달과 마라치, 으라차는 미리 산을 내려가 몸을 숨겼다.

오래지 않아 신라군이 산 아래쪽에 모습을 드러냈다. 고소산성이 온달의 수중에 떨어진 줄 알지 못하는 그들은 급하게 걸음을 옮기고 있었다.

마침내 온달이 효시를 쏘아 올렸다. 그 소리에 기기시족 기병들은 신라군의 후방을 공격하기 위해 말을 몰았다. 그들은 신라군 주위를 돌며 화살만 쏠 뿐 접근전을 벌이지 않았다. 숨을 곳이 없는 다급한 적들은 무작정 산속으로 도망가기 바빴다.

— 둥~ 둥~

갑자기 숲속에서 요란한 북소리가 울리기 시작했다. 온달의 공격에 혼이 나 산속으로 쫓겨 온 신라군은 사방에서 북소리가 울리자 극심한 공포감에 빠져들었다. 그때 적들이 모습을 드러냈다. 이상하게 생긴 사람들이 이상한 소리를 지르며 낯선 반월도를 쳐들고 말을 탄 채 몰려들었다. 얼떨결에 적의 칼을 막았지만 싸울 생각보다는 도망칠 생각이 들 뿐이었다. 그때 활로가 보였다. 북쪽의 고소산성이었다. 앞뒤 가리지 않고 무작정 달렸다.

드디어 고소산성의 입구가 보였다. 뒤에서는 고구려군이 맹렬하게 쫓아왔다. 이제 조금만 더 버티면 되었다. 신라군은 죽을힘을 내어 산성 안으로 뛰어들었다. 그때였다. 무수히 많은 고구려군이 성문 위에 몸을 드러내더니 화살을 쏘기 시작했다. 더 이상 활로는 없었다. 항복하는 것 외에는 방법이 없었다. 무기를 버리고 손을 번쩍 들었다. 온달은 수많은 신라군을 포로로 삼고 고소산성 안으로 들어갔다.

완벽한 승리였다. 어사내 지역을 장악한 온달은 이곳을 자신의 영지로 삼고 아내의 이름을 따 평강현이라 이름 지었다. 그리고 그 휘하에 사창성과 산성인 성황당산성, 후평성과 산성인 고소산성, 유진성과 산성인 유진산성을 각각 파랑치, 마라치, 아라치에게 맡겨 그들을 작은 성주인 루초로 임명해 다스리게 했다. 그리고는 신라군의 공격을 막기 위해 오성산에 산성을 쌓기 시작했다. 성 쌓기는 끝까지 고구려군이 되기를 거부하는 포로들을 이용했다. 아울러 평강현을 돌아다니며 고구려군이 다시 이 지역을 수복했음을 알리고 많은 젊은이들을 군사로 징집했다. 평소에는 농사를 짓다가 농한기가 되면 군사 훈련을 하게 하는 둔번제 형식을 취했다.

평강공주는 온달이 신라가 점령하고 있던 관나부 지역의 사창, 유진 등의 땅을 회복하고 영지로 삼았다는 소식을 접하고 너무 기뻤다. 이 소식을 어머니에게 먼저 알렸다. 황후 아이지의 소원은 잃었던 관나부, 특히 적성산성을 수복해 아버지 어머니의 유골이라도 찾아 제대로 장사지내주는 것이었다. 그런 소원을 위해 기특하게도 딸이 애써주니 너무 고마웠다.

"어마마마, 기다려보세요. 든든한 사위가 소원을 반드시 이뤄줄 거예요. 그때 꼭 같이 손잡고 적성으로 가요."

"그래야지…."

아이지는 잠시 적성에서 살던 시절을 추억했다. 평강은 그런 그녀의 손을 꼭 잡았다.

"어마마마, 부마께서 이번에 점령한 어사내 지역을 저에게 바친다며 이름을 평강현이라 지었답니다."

어머니가 다소 진정이 되자 평강공주는 남편 자랑을 했다.

"그래! 우리 평강이 기분 좋겠네."

"네, 너무 좋아요. 아바마마께도 이 소식을 빨리 전하고 싶어요."

황후 아이지는 온달의 승전 소식에 너무 기분이 좋았다. 그동안 귀족 부인들과의 대화에서 사위라는 말만 나와도 급히 화제를 돌리곤 했다. 그런데 평강이 전해준 승전보에 이제는 제대로 말을 할 수 있을 것 같왔다.

“넌 앞으로 어떻게 할 생각이니, 온달을 따라 남쪽으로 내려갈 거니?”

“낭군님은 계속 남쪽을 공략하여 잃었던 관나부 지역 수복하는 데 전념할 거예요. 평양성에는 저희를 견제하는 세력들이 너무 많아 저도 곧 그곳으로 내려가려고요.”

“그것도 좋은 생각이다. 하지만 언젠가는 네 아버지와 동생을 지켜줘야 할 것이다. 추군의 힘은 강하고 왕권은 너무 위축되어 있어.”

“알고 있어요. 평양에 다시 입성할 때는 강력한 대모달*이 되어 돌아올 거예요. 그 누구도 함부로 대할 수 없는….”

평강현은 오성산으로 대표되는 험한 산으로 둘러싸인 곳이라 접근하기에 매우 힘든 곳이다. 하지만 평양성을 지나 철원평야까지 이어지는 서북쪽을 향한 지역은 평탄해 논농사가 가능했다. 산간지역에서는 밭농사도 잘 되어 콩, 수수 등을 많이 수확했다. 누에치기도 잘 되었고, 소와 양을 방목할 수 있어 옷감도 많이 생산되었다. 더구나 금과 동 등 귀금속도 많이 나와 온달은 어려움 없이 세력을 키울 수 있었다.

평강현이 어느 정도 안정되자 온달은 다음 계획을 세우기 시작했다. 황후가 바보로 놀림 받던 자신에게 공주를 내어준 이유도, 광덕선사가 말라깽이 이민족에게 글과 함께 무술을 가르친 이유도 자신의 목적과 별반 다르지 않음을 인지했기 때문이었다. 그는 이들의 소원을 이루는 것이 곧 자신과 자신의 부족이 고구려에 뿌리를 내리고 살아갈 수 있는 지름길이라는 것도 인식하기 시작했다. 이를 위해 온달은 기기시족 전사들뿐만 아니라 새롭게 얻은 군사들을 훈련시키는 데 게을리 하지 않

* 대장군을 일컫는 고구려말.

았다. 풍족한 농산물을 바탕으로 남벌을 위한 군량도 차곡차곡 모았다.

그 즈음 광덕선사가 온달을 찾아왔다. 광덕은 온달이 자신이 소원하던 일을 차곡차곡 진행시켜나가자 신라정탐을 다녀오겠다고 했다.

"어디로 가실 생각입니까?"

"서라벌에 가서 거칠부와 혜량법사님, 그리고 야이차를 만난 후 돌아오겠네."

온달은 이전에 이들의 이야기를 들은 적이 있었다. 서로 간에 얽혀 있는 은원관계도.

"괜찮으시겠습니까? 신라가 많은 견제를 할 것인데."

"설마 오랜 친구를 죽이기야 하겠나? 더구나 난 승려인데."

"그래도 걱정됩니다."

"이번에 가면 적성 지역도 한 번 돌아보고 올 터이니 만반의 준비를 갖추고 있게나."

"알겠습니다. 조심히 다녀오십시오."

봄바람이 설산의 흰 눈을 앗아가자 광덕선사는 바랑에 납의만 걸친 채 훌쩍 남쪽으로 떠났다.

대모달 온달

평원대왕 19년(577년, 신라 진지왕 2년), 북주가 고구려를 침공했다.*

후한(23~220년) 말, 황건적이 난을 일으켜 전국이 혼란에 빠지자 각 지역에서 영웅들이 일어나 중국은 큰 분열을 겪게 된다. 결국에는 수많은 영웅들이 명멸한 후 조조, 손권, 유비만 남아 건곤일척의 승부를 펼쳤다. 이들에게는 제갈공명, 방통, 주유 등 뛰어난 전략가들이 있었음에도 어느 누구도 중원을 통일하지는 못했다. 결국 사마염이 삼국을 통일하고 서기 265년에 진나라를 세운다. 하지만 진나라는 곧바로 왕자들 간의 권력 다툼으로 또다시 혼란에 빠지고 만다. 이 혼란의 와중에 진나라는 선비, 강, 저, 훈, 갈족 등 이민족을 중원으로 끌어들여 용병으로 싸우게 했다. 하지만 이는 이민족의 세력을 키우는 결과를 초래하게 되

* 북주의 침입을 우리 역사에서는 대수롭지 않게 다루고 있지만 당시 북주는 중국 북부를 통일한 강력한 대국으로 이후에 일어난 수나라, 당나라 침입에 비길만한 큰 사건이다. 이 사건이 중요하게 다뤄지지 않은 것은 온달의 공으로 인해 전쟁이 쉽게 끝났기 때문이다.

어 진나라는 이들에 의해 황하 남쪽으로 쫓겨 가게 된다. 그곳에서 동진, 송, 제, 양, 진 등의 왕조가 이어지는데 이를 남조(南朝)라 칭했다. 한편 진나라를 황하 남쪽으로 몰아낸 북쪽의 다섯 이민족들은 각자 나라를 세워 싸우게 되는데 무려 16개의 나라가 일어나고 쓰러지는 것을 반복한다. 이를 5호 16국 시대라 하는데 결국은 선비족 출신의 탁발 씨가 세운 위나라가 386년에 이 복잡한 북조(北朝)를 통일한다.

남쪽의 진(陳), 북쪽의 위(魏) 왕조가 들어선 이때를 위진남북조 시대라 하는데, 북쪽의 위 왕조는 다시 동위, 서위로 분열된다. 그 후 동위는 북제, 서위는 북주로 왕조가 바뀌는데 서로 다투다가 557년 북주에 우문옹이라는 영웅이 탄생해 훨씬 국력이 강했던 북제를 병합하고 북조(北朝) 지역을 다시 통일한다. 이때 북주에는 황제인 우문옹뿐 아니라 후에 수나라를 세운 양견*이라는 뛰어난 장수가 있었다. 이렇게 강성해진 북주가 고구려를 침공한 것이다.

북주는 선비족들이 세운 나라인데 선비족과 고구려와는 인연이 깊었다. 둘 다 고조선의 후예로 요하를 사이에 둔 이웃나라였다. 서쪽은 선비족, 동쪽은 고구려. 후한 말의 삼국시대를 거치면서 중국이 혼란에 빠지자 요서지방의 선비족 출신 모용 씨는 연나라를(前燕) 세웠는데 만리장성을 넘어 중원지역을 공격하기로 마음먹었다. 그러기 위해서는 고구려를 공격해 배후를 안정시켜야 했다. 그래서 그들은 고구려를 공격했다. 고구려의 고국원왕은 이에 맞섰지만 결국 패배해 도성인 국내성이 함락된다. 그들은 고국원왕의 아버지인 미천왕의 시체를 파헤쳐 수레에 실은 후, 미천왕의 부인이자 고국원왕의 어머니인 주씨마저 포

* 양견은 고구려 침공 후 우문옹이 급사하자 북주를 강탈하고 수나라를 세운 후, 남조를 공략해 중국을 통일한 인물이다.

로로 잡아 돌아갔다. 이에 고국원왕은 동생을 연나라에 입조시켜 고구려는 연나라의 신하국가임을 칭했을 뿐 아니라 해마다 온갖 진귀한 보물을 갖다 바친 후에야 미천왕의 시체를 되찾고 볼모로 잡힌 생모 주씨를 생환시킬 수 있었다. 고구려가 모용 씨의 속국으로 전락하는 수모를 당한 것이다.

이런 상황을 타개한 사람이 광개토대왕이었다. 중원으로 진출했던 모용 씨의 선비족들은 전진(前秦)에게 패해 요서 지역으로 다시 쫓겨 왔다. 그들은 후연(後燕)을 세운 후 이전처럼 고구려의 변방을 침공하기 시작했다. 서기 402년 광개토대왕은 이들을 뿌리 뽑기로 마음먹고 요하를 건넌 후 대릉하는 물론 조양(요령성) 북쪽의 감숙성 지역까지 쳐들어가 많은 포로를 잡아왔다. 이 이후로 모용 씨 선비족들은 흩어졌다. 이들이 떠난 요서 지역에는 거란족이 남하해 새로운 주인이 되었는데 그들은 광개토대왕에게 복속했다. 이 이후 551년 돌궐족이 침공하기 전까지 요서 지역에는 150년 간 큰 전쟁이 없었다. 그럴 즈음 다시 북주가 고구려를 공격한 것이다.

북주는 이전의 전연, 후연과는 비교할 수 없는 나라였다. 그들은 350년간 명멸한 북쪽의 16국을 통일한 강력한 통일국가였다. 북조를 통일한 북주의 우문옹은 야망이 큰 사람이었다. 그는 삼백 년 이상 지속된 분열된 중국을 통일할 꿈을 가지고 있었다. 자신들보다 훨씬 국력이 강했던 북제를 굴복시켜 북중국을 통일한 다음 남진 왕조를 공격하기로 마음먹었다. 그런데 한 가지 걸리는 것이 있었다. 고구려였다. 자신들의 등 뒤에 있는 고구려는 남쪽의 진 왕조와 교류가 활발했다. 북주가 남쪽의 진 왕조를 공격할 때 남진의 요청에 의해 고구려가 자신들의 배후를 공격한다면 큰 낭패였다. 또한 고구려는 그동안 남진과 북제와만 교

역관계를 유지하며 때론 공물을 바치기도 했지만 자신들은 철저히 외면했다. 괘씸했다. 그래서 그들은 먼저 고구려를 굴복시킨 후 남진을 공격하기로 전략을 세웠다.

고구려가 건국된 이후 비록 반쪽이긴 하지만 통일된 중국왕조를 상대로 전쟁을 해본 적이 없었다. 건국 이후 가장 큰 위기가 찾아 온 것이다. 북제를 무너뜨린 북주의 군대가 몰려들자 평원대왕은 전국에 동원령을 내렸다. 고구려의 서쪽 지역을 담당하는 것은 왕비족인 연나부였다. 웬만한 전투는 그들 혼자서도 충분히 감당했기에 전국에 동원령을 내리는 일은 없었다. 하지만 이번 전쟁은 국운이 걸린 절체절명의 전쟁이었기에 전국에 동원령을 내리지 않을 수 없었다.

동원령은 온달에게도 전달되었다. 평강현을 점령한 온달은 여기에 그치지 않고 신라에 빼앗겼던 옛 옥저의 많은 지역을 수복해 자신의 영지로 삼았다. 그 사이 군대도 많이 늘어나 이 지역의 새로운 맹주가 되어 있었다. 이런 상황에서 전달된 동원령은 그를 갈등에 빠뜨렸다. 요동 지역은 연나부 땅이다. 그들은 요서 지역의 넓은 국경지역을 방어했기에 다른 지역보다 많은 상비군을 보유했다. 하지만 그들은 남쪽의 신라나, 백제의 침입에는 군대를 보내지 않았다. 오직 관나부와 황족인 계루부의 힘만으로 이들의 침입에 맞서게 했다. 더구나 추군과 싸움 이후 관나부는 몰락한 상태였다. 이제 겨우 관나부를 재건해 잃었던 영토를 되찾기 시작했는데, 군대를 빼서 연나부 지역의 외침에 동원되는 것이 꺼려졌다. 물론 온달도 북주가 어떤 나라인지, 북주의 침입이 고구려에게는 얼마나 큰 위기인지 알고 있었다.

"나는 이번 동원령에 응하고 싶지가 않소."

동원령을 접한 온달은 평강에게 솔직한 자신의 심정을 밝혔다.

"왜 그러십니까?"

"이 싸움은 연나부의 싸움이오. 우리도 신라와 물러설 수 없는 전투를 계속하고 있소. 이런 상황에서 우리 군사를 뺄 수가 없소. 더구나 북주는 서쪽의 돌궐족에게까지 지배력이 미쳤다고 하니 저들 군대 속에는 분명 우리 종족도 섞여 있을 것이오. 그들은 북주에 의해 강제로 동원되어 아무 이익도 없는 싸움을 하고 있을 것이오. 동족을 해치러 나가기 싫소."

"그럴 수도 있겠군요. 장군님의 마음을 충분히 이해하고 또 일리가 있는 말씀입니다. 저도 그 생각에 동의합니다. 하지만 중요한 것은 고구려의 운명입니다. 이번에 고구려를 침공한 북주는 사실상 통일된 중국입니다. 중원에서 가장 강한 나라지요. 고구려 이전에 수천 년 간 사직을 이어온 고조선이 통일된 중국의 한나라에게 망했습니다. 그로 인한 백성들의 고통을 생각해보세요. 이번에도 통일된 중국이 공격하고 있습니다. 잘못하다간 고구려도 고조선처럼 망할 수 있습니다. 고구려라는 큰 방어막을 잃게 되면 우리의 영지도 잃게 되고, 이제 막 걸음마를 시작한 우리 막내도 다 죽을 수 있습니다. 이제 장군님의 고국은 돌궐이 아닌 고구려입니다. 더구나 고구려는 당신 장인이 다스리고 있는 나라입니다."

"나에게 고구려는 너무나 많은 상처를 준 나라입니다. 나를 놀리고 상처주었던 자들이 지배하는 나라요. 그들은 내가 임금의 사위가 되었음에도 여전히 천시하고 있소. 그런 자들을 위해 싸운다는 것이 썩 내키지 않소."

온달은 여전히 불편한 속마음을 내비쳤다.

"저도 이해합니다. 만약 장군께서 신라의 침공을 대비하기 위한다는 명분으로 군대를 동원하지 않아도 크게 문제 삼을 사람은 없을 것입니다. 하지만 이걸 아셔야 합니다. 이제 낭군님에게 고구려는 곧 저와 우리 아이들입니다. 저와 우리 아이들을 지키기 위해 싸우는 것입니다. 그것도 싫다면 참전 안 하셔도 됩니다. 저도 크게 탓하지 않겠습니다."

"……."

"전쟁은 때로는 영웅을 탄생시키기도 합니다. 전쟁으로 인해 기득권층이 무너지고 새로운 세력이 등장할 수도 있습니다. 그 주인공이 낭군님이 될 수도 있습니다. 반면 이번에 참전하지 않는다면 우리 아이들은 여전히 기득권층의 견제를 받으며 눈치를 보며 살 것입니다. 혹은 고구려를 무너뜨린 선비족(북주)들의 노예가 되어 살 수도 있습니다."

북주의 임금 우문옹(고조, 시호는 무제)은 북주보다 두 배 이상 국력이 강했던 북제를 멸한 후, 북제 부흥운동을 펼치던 세력들을 다 포용하고, 북제 사람들의 노예로 지내던 서북쪽의 북량 사람들에게 자유를 줌으로써 변방의 많은 백성들로부터도 지지를 받는 정복군주였다. 그럼에도 삶 자체가 매우 검소해 필부와 별 다를 바가 없어 많은 백성들이 존경했다. 그는 장차 남조의 진을 공격해 중국을 통일하려는 원대한 꿈을 갖고 군사력을 증강했다. 아울러 돌궐지역으로 도망간 북제의 황족들을 공격하는 등 배후를 안정시키기 위해 많은 노력을 기울였는데 그 일환으로 고구려도 공격했다. 우문옹은 동생인 우문헌에게 왕도인 장안성을 맡긴 후 수많은 전쟁터를 함께 누볐던 양견과 함께 고구려 공략에 나섰다.

요서의 중심지인 영주에서 요동으로 오는 길은 크게 세 갈래가 있었다. 하나는 연군성과 여라수착을 거쳐 요하로 이르는 남쪽 길과, 연군성과 회원진을 거쳐 요동성에 이르는 중간길, 그리고 연군성에서 북쪽으로 방향을 바꾸어 통정진을 지나 신성으로 나가는 길이 있었다. 이 중, 남쪽 길은 요하의 하구를 지나야 하는 길인데 뻘이 많아 대규모의 군대가 지나기에는 적합하지 않았다. 고구려의 도성이 국내성일 때는 북쪽의 신성을 공격한 후에 소자하를 따라 남쪽으로 남하했지만, 도성을 평양성으로 옮긴 후에는 회원진을 건너 요동성을 공략하고 백암산성, 안시성을 거쳐 산악지대를 지나 오골성을 점령한 후 압록강을 건너 평양성으로 진격하는 길이 가장 일반적이었다. 북주는 이 길을 택했다.

요하를 건넌 북주군은 요동성을 공격했다. 아버지 고흘의 뒤를 이어 연나부의 고추가가 된 고정수는 급히 나부의 군사들을 이끌고 요동성 방어에 나섰다. 하지만 오랫동안 전쟁을 경험하지 못한 그들은 오랜 내전으로 단련된 북주군을 막지 못했다. 고구려의 관문인 요동성은 오래지 않아 함락 당했다. 고정수는 아들 고문, 고량과 함께 백암산성으로 도망가 농성을 시작했다. 백암산성은 태자하 건너편의 높은 언덕에 쌓은 산성으로 매우 험해 적들이 쉽게 공략할 수 없는 곳이었다. 단 하나 약점은 정문이 평지에 있어 다른 성문과 달리 방어가 쉽지 않았다는 점이다. 고정수는 정문에 많은 군사를 배치한 후에 후원군이 도와주기를 기다렸다.

포차와 충차를 앞세운 북주군이 첫새벽에 서문을 공략하기 시작했다. 고구려 군사들이 잠에 취해 있을 시간에 북주황제 우문옹은 10만 대군을 이끌고 태자하를 건넌 후 공격을 개시한 것이었다. 포차에서 무수한 돌을 뱉어낸 후 강력한 충차로 정문을 뚫었다. 북주군이 정문을 통해 성 안으로 밀려들기 시작했다. 후원군이 도착하기까지 오랜 시간을 버텨야만 했는데 상대는 노련하게 고구려의 약점을 파고들었다. 이런 대규모의 전쟁 경험이 없는 고정수는 감히 맞설 엄두가 나지 않았다. 결국 그는 남문을 열고 아들들과 함께 동생이 지키고 있는 안시성을 향해 무작정 달렸다.

안시성이 보일 무렵 고정수는 고구려 후원군을 발견했다. 5만 명의 대군을 이끌고 안시성 앞 벌판에 진을 치고 있던 평원대왕을 만난 것이다. 안도의 한 숨을 내쉰 고정수는 대왕에게 북주군의 위력에 대해 말했다.

"저들은 무적입니다. 우리가 도저히 막을 수 없었습니다. 기마전에 능하고 활도 잘 쏩니다. 공성능력도 뛰어나 어떻게 해볼 수가 없었습니다."

사실 북제가 멸망했다는 소식은 충격이었다. 고구려는 오랫동안 북중국에는 북제에, 남중국에는 진에 사신을 파견하며 외교적 노력을 다했다. 그 결과 북쪽으로부터의 침략은 없었다. 가끔씩 거란족이 말썽을 일으키긴 했지만 그것은 지엽적인 문제였다. 그런데 공을 들였던 북제가 생각지도 못한 북주에 망하고 만 것이다. 평원대왕도 북주의 공격을 예상하고 어느 정도 대비를 했지만 북주의 세력은 생각 이상이었다. 고구려의 정예부대라 할 수 있는 연나부 군대가 속수무책으로 당했다. 일단은 한 번 부딪쳐보기로 했다. 저들이 얼마나 센지 들판에서 정면으로 붙어보고 싶었다. 그래서 그는 안시성을 등 뒤에 두고 들판에 진을 친 것이었다.

울긋불긋 요란한 깃발들이 수평선 너머에서 솟아나더니 오래지 않아 들판을 가득 메웠다. 마침내 북주 군대가 고구려군 앞에 모습을 드러냈다. 그들은 넓은 중원을 호령하고 지배하는 군사답게 매우 강인해 보였다. 평원대왕은 그들을 보자 곧바로 공격명령을 내렸다. 상승세를 타고 추격해오던 중이었기에 지금은 많이 피곤할 것이라는 생각에서였다.

성벽이 있었던 자리 위에 잡초만 무성한 안시성터 (2012년 여름, 만주 답사 때 저자 촬영)

궁수들이 화살을 쏘기 시작했다. 화살이 새까맣게 하늘을 뒤덮을 무렵 경기병들이 적진으로 쏟아져 들어가고 뒤이어 개마무사들이 천천히 진군했다. 그리고 그 뒤를 갈고리와 도끼를 든 도부수들이 뒤따랐다.

북주의 기마병들도 물러서지 않았다. 오히려 고구려군이 맞상대를 해주니 고마웠다. 그들은 고구려의 경기병에 맞서 싸움터로 나섰다. 오래지 않아 이 둘 사이에 접전이 벌어졌다. 하지만 전투경험 면에서 고구려군은 북주군사를 당할 수 없었다. 자신들보다 두 배 이상 전력이 강했던 북제를 제압하고 북조의 통일을 이룩한 북주 군사들은 노련했다. 요동 지역을 책임지는 연나부 군사들은 이십오 년 이상 큰 전투 경험이 없었다. 그들은 두려움에 떨며 싸우다가 동료들이 비참하게 죽어나가는 모습을 보자 자신도 모르게 뒷걸음질 치기 시작했다. 중무장한 채 느릿느릿 진군하던 개마무사들도 북주 기마병들의 먹잇감이 되었다. 훈련이 잘 되어 한 몸처럼 움직일 때 개마무사들은 능력을 발휘했다. 하지만 당황한 개마무사들이 하나씩 이탈하자 결국 대오가 무너졌다. 기동력이 느린데다가 대오가 무너진 개마무사는 적의 기병대에게 손쉽게 당했던 것이다. 경기병과 중기병인 개마무사들이 무너지자 나머지 도부수들은 힘을 쓰지 못했다.

— 둥~ 둥~ 둥~

퇴각을 알리는 북소리가 안시성 앞 넓은 들판에 퍼져나가자 패전을 거듭하던 고구려군은 목책 안 본진으로 돌아왔다. 북주군은 목책을 아랑곳하지 않고 계속 추격해왔다. 본진도 위태로웠다.

"성 안으로 들어가라. 안시성 안으로 대피하라!"

평원대왕의 다급한 명령에 고구려군은 성으로 밀려들었다. 무질서 그 자체였다.

많은 희생자를 내고서야 겨우 안시성으로 대피한 평원대왕은 불안했다. 안시성은 삼면이 높은 산으로 둘러싸인 천혜의 요새라 적들이 쉽게 공략할 수 없었다. 반면 퇴로도 없었다. 성 안에서 농성을 하는 동안 적들이 성을 포위한다면 달리 빠져나갈 방도가 없었다. 이 점이 문제였다. 적의 기세가 예사롭지 않았기 때문이었다. 장수들과 대책을 논의했지만 별다른 안은 없었다. 성을 굳게 지키면서 적이 지쳐 돌아가기를 기다리자는 것이 대부분의 생각이었다. 퇴로도, 더 이상의 후원군도 없는 상황에서 별다른 대책이 나올 수 없었다.

안시성 앞에 진을 친 채 별다른 공격을 하지 않던 북주군에서 사자가 왔다. 양견이었다. 북주의 황제 우문옹을 따라 북제, 남진 등과 수많은 전투를 치른 노련한 장수였다. 고정수가 그를 맞이했다.

"고구려왕을 만나고 싶소."

양견은 고정수를 무시했다.

"나는 고구려의 고추가로 왕 다음가는 사람이오. 나에게 말하시오."

"고구려왕을 만나기 전에는 아무 말도 할 수 없소."

양견은 고정수를 무시한 채 입을 다물었다. 고정수는 그의 무례함에 화가 났지만 그를 잘 달래어 위기를 벗어나는 것이 가장 시급한 일이기에 꾹 참았다.

고정수는 달콤한 말로 그에게 말을 걸었지만 양견은 여전히 침묵을 지켰다. 그 침묵을 견디지 못한 사람은 고정수였다.

"기다리시오."

결국 평원대왕이 양견을 접견했다. 양견은 평원대왕에게 가벼운 군례만 올렸다.

"고구려는 오랫동안 우리를 무시한 채 남진과 북제에게만 사신을 파견하고 교류를 해왔소. 이제 대륙의 주인이 바뀌었소. 우리 황제께서 직접 이곳까지 친정(親征)을 오셨소. 그러니 고구려왕은 직접 우리 황제를 알현하고 우리에게 조공을 바치시오."

"이런 무례한…."

"우리 황제폐하께선 북제를 멸망시키고 천하를 통일하신 분이오. 머잖아 남진도 우리 수중에 들어올 것이오. 그러니 나중에 후회하지 말고 미리 우리에게 굴복하는 것이 좋을 것이오. 우리 폐하께서는 적에게는 무자비하지만 항복한 자에게는 자비로우신 분이오."

양견은 평원대왕의 말을 들으려 하지 않았다. 그는 자신의 말만 했다.

"돌아가라! 우린 끝까지 싸운다."

평원대왕은 결의를 보이며 그를 내치려 했다.

"당신들은 오래 버티지 못할 것이오. 사흘 동안 시간을 주겠소. 잘 생각해보시오. 지금이 항복할 수 있는 마지막 기회요. 이 이후로는 무자비한 도륙이 있을 뿐이오."

양견이 돌아갔다. 그 후유증은 생각보다 컸다. 고구려 진영은 분열이 되었다. 북주의 힘을 보았으니 수치스럽지만 일단 항복을 하고 몸을 보전한 후에 후일을 도모하자는 장수들이 많았다. 죽더라도 항복할 수 없다며 나서는 자가 없었다. 평원대왕은 장수들의 생각에 실망했다. 특히 평소에 임금보다 더 많은 권력을 누리며 고구려를 좌지우지하던 연나부 출신의 장수들이 꼬리를 내리는 것에 분노가 치밀었다. 하지만 이 위기를 벗어날 방도도 없었다. 그는 술을 마셨다. 그러지 않고는 잠을 잘 수가 없었다. 약속된 사흘이 다가오는데 성문을 열고 나가 싸우자는 장수가 한 명도 나타나지 않았다.

내일이면 정한 날짜가 다 지나간다. 평원대왕은 잠을 이룰 수 없었다. 항복이냐 끝까지 싸우느냐는 자신이 결정해야 한다. 장수들은 이미 전의를 잃었다. 이런 상태에서 싸우는 것은 더 이상 의미 없는 일이라 판단했다. 섭섭했다. 장수가, 고구려의 장수가 어떻게 항복을 하자는 소리를 하는지…. 그렇지만 대안이 없었다. 날이 밝으면 적장에게 항복을 알려야 한다는 것이 수치스러웠다.

"대왕폐하, 온달장군께서 사자를 보냈습니다."

"온달이?"

양견이 약속한 사흘의 마지막 날 새벽, 일찍 솟아나는 6월의 아침 해가 아직 떠오르기도 전인 인시(寅時) 무렵, 어둠은 모든 물상들을 숨기고 있었다. 그 까만 세상에 몸을 맡긴 채 움직이는 물상들이 있었다. 괸

돌을 받쳐가며 정교하게 쌓아 올린 안시성 옆으로 말을 탄 일단의 무리가 지나고 있었다. 그들은 오와 열을 무시한 채 산보 나온 사람들처럼 천천히 걸었다. 요란한 말발굽 소리도 없었다. 함성도 없었다. 무장을 하였지만 이번 전쟁과는 무관한 사람들처럼 무기를 곧추세우는 일도 없이 북주 진영으로 천천히 걸었다. 고구려가 곧 항복할 것이라는 소문에 북주의 파수꾼은 경계심 없이 쏟아지는 잠을 즐기며 이들을 통과시켰다. 어둠이 물상들을 쏟아낼 무렵, 이들은 이미 북주의 근위병들이 지키는 지휘소 가까이에 와 있었다.

근위병들은 북주군복이 아닌 고구려군복을 입은 무리가 아침 햇살과 함께 갑자기 눈앞에 나타난 것에 깜짝 놀랐다. 하지만 여유 있게 이쪽을 향해 다가오는 모습이 적진을 염탐하고 온 북주군사 같았다. 더구나 가까이에서 본 그들의 생김새가 일반적인 고구려군과는 달랐다. 북량 지역에서나 볼 수 있는 이상하게 생긴 사람들이었다. 판단하기 어려웠다. 일단은 상관에게 보고했다. 아직 잠에서 깨지 못한 상관은 생긴 모습에 대한 보고를 듣고는 고구려군일 리가 없다며 부족한 잠을 청했다. 파수꾼은 적진에 파견됐던 척후병이라고 판단했다. 여유 있게 손까지 흔들었다. 그들도 하얀 이를 드러내고 웃으며 인사를 건넸다. 그래도 혹시나 하는 마음에 더 높은 상관에게 보고했다. 한참 후에야 적진에 파견한 척후병이 없다는 것을 확인할 수 있었다.

지휘소 앞 삼백여 보 앞까지 다가서자 적진에서 그때서야 제지를 했다.

"누구냐?"

"온달이다!"

"온달이 누구냐?"

"고구려 장수 온달을 모르느냐?"

온달은 반월도를 뽑아 가로막는 적을 베었다. 이를 신호로 천천히 진군하던 기기시족 전사들은 말안장 쪽으로 바짝 몸을 숨긴 채 적 수뇌부를 향해 달리기 시작했다.

"와~"

요란한 함성과 함께 온달이 이끄는 삼백여 기기시족 전사들은 말을 달리며 화살을 쏘기 시작했다. 그리고는 반월도를 뽑아 당황한 북주군을 내려치기 시작했다. 온달은 처음 목표로 했던 적 수뇌부를 향해 계속 돌격했다. 기습에 당황했던 북주의 근위병들도 점차 대오를 갖추며 반격을 가하기 시작했다. 온달은 개의치 않았다. 사방에서 비명소리와 피가 튀어 올랐다. 목표는 적장이었다. 화려한 깃발로 장식된 장막을 향해 달렸다. 길게 늘어선 삼백여 명의 온달군은 화살을 쏘며 검을 휘둘렀다. 적진이 대 혼란에 빠졌다.

그때였다. 굳게 닫혔던 안시성 문이 열리면서 고구려군이 물밀듯이 성문을 빠져나왔다.

"공격!"

평원대왕이었다. 그는 성문을 나오자마자 공격명령을 내림과 동시에 적진을 향해 달렸다. 며칠 전의 승리로 인해 경계를 늦춘 북주군은 온달의 기습으로 전열이 흐트러졌다. 뒤를 이어 고구려군이 공격해 들어오자 큰 혼란에 빠졌다.

의양, 분수 공방전 등 북제와 수많은 전투에서 승리했던 양견은 갑작스러운 기습에 당황했다. 너무나 어이없는 기습이었다. 불과 삼백여 명의 적 선봉대가 진의 한 가운데까지 들어와 근위병들을 헤집고 다니는 것에 어이가 없었다. 그렇다고 마냥 지켜볼 수 없는 일, 일단 황제부터 피신시켜야 했다. 급하게 황제를 마차에 태워 후방으로 대피시킨 후에야 전황을 파악할 수 있었다. 잠이 덜 깬 상태에서 기습을 받은 북주군이 우왕좌왕하고 있었다. 이런 상황을 반전시켜야만 했다. 제일 좋은 방법은 적들이 가장 믿는 장수를 제압하는 것이었다. 전장을 살피던 그는 오래지 않아 상대를 찾았다. 반월도를 휘두르며 선봉에 서서 북주를 기습한 자였다. 힘이 세 보였다. 만만치 않음을 느꼈지만 그를 제압해야만 이 사태를 수습할 수 있었다. 말에 박차를 가했다. 달리던 힘으로 힘껏 검을 내리쳤다.

반월도를 휘두르며 적장을 찾아 진격하던 온달은 때마침 자신을 향해 달려오는 적장을 발견했다. 바라던 바였다. 적장이 휘두르는 칼을 받아냈다. 전해지는 힘이 엄청났다. 호적수를 만난 것 같았다. 온달과 양견, 두 장수는 전장에서 불꽃 튀는 격전을 벌였다. 어느 한쪽도 밀리지 않았다. 온달은 내심 당황했다. 지금까지 자신의 힘을 이겨낸 자가 없었다. 반월도를 두어 번 내려치면 웬만한 장수는 나가 떨어졌다. 하지만 이번에는 달랐다.

당황하기는 양견도 마찬가지였다. 시간이 흐를수록 상대는 더 힘이 나는 듯 지치지도 않았다. 무예도 뛰어났다. 선비족과 고구려의 주류인 맥족은 원래 한 뿌리였고 이웃이었기에 고구려의 무술은 자신도 웬만큼 알고 있었다. 선비족이 중국을 건너간 이후에는 중원의 검술까지 익혔기에 검술이라면 자신 있었다. 실재로 많은 전쟁에서 그의 검술은 빛을 발했다. 그런데 오늘은 달랐다. 자신이 질 수도 있다는 위기감을 느꼈다. 한 시진이 흐르도록 싸움의 승패는 결정 나지 않았다. 양견은 어느 순간 자신이 고구려군에게 포위되어 있음을 알았다. 북주의 군사들은 도망을 갔는지 보이지 않았고 사방에서 고구려군만 두 사람의 대결을 흥미진진하게 구경하고 있었다. 위기였다.

"잘 겨루었다!"

양견은 분전하는 상대에 대해 경의를 표한 후 재빨리 말의 방향을 돌렸다. 포위망은 어렵지 않게 뚫을 수 있었다. 그는 서쪽을 향해 힘껏 달렸다. 온달은 그 뒤를 쫓았다.

"멈춰라! 승부를 겨루고 가야지."

오랜만에 호적수를 만난 온달은 그를 계속 추격했다. 기기시족들도 그의 뒤를 따랐다. 싸움의 승패는 이미 결정이 난 때문인지 고구려군은 더 이상 추격하지 않았다. 뒤를 힐끔 돌아본 온달은 개의치 않고 계속 달렸다. 적장만 베면 더 이상 전투는 없을 것이라는 생각 때문이었다.

상황은 또 뒤집어 졌다. 이번엔 맹렬히 추격하던 온달이 위기에 접했다. 도망간 줄 알았던 북주군이 나타났다. 잠시 피신했던 북주황제 우문옹이 군사를 재정비해 양견을 구하러 온 것이다. 온달은 멈칫했다. 이미 준비를 마친 적을 상대로 싸우기에는 중과부적이었다. 이번에는 그가 말을 돌려야 했다.

"후퇴, 후퇴하라!"

온달은 말을 되돌리기 전 활을 뽑았다. 북주의 황제가 눈에 띄었기 때문이다. 그를 제압한다면 이번 전쟁은 끝이라는 생각으로 힘껏 시위를 당겼다. 시위를 떠난 화살은 북주황제 우문옹의 투구를 맞췄다. 투구가 흔들렸다. 투구에 박힌 화살은 투구를 뚫고 머리에 박혔음에 틀림없었다. 황제가 말에서 떨어지는 것을 확인한 온달은 말을 돌려 그 자리를 빠져 나왔다. 그의 주위를 기기시 기병들이 에워싸며 안시성을 향해 달렸다. 왕이 화살을 맞은 까닭으로 북주군의 추격은 더 이상 없었다.

온달이 무사히 안시성으로 돌아오자 성 안의 고구려군은 온달을 향해 환호성을 질렀다. 누가 봐도 오늘의 일등 공신은 온달이었다. 특히 평원대왕이 그를 반겼다.

"어서 와라. 내 사위!"

그는 만인이 지켜보는 앞에서 온달을 사위라 지칭하면서 힘껏 껴안았다. 처음 있는 일이었다. 온달의 기분은 묘했다. 임금의 사위! 마음으로 느껴본 적이 한 번도 없는 말이었다.

"약속을 잘 지켜주신 덕분에 승리할 수 있었습니다."

참전을 두고 고민하던 온달은 뒤늦게 전쟁터로 나섰다. 안시성이 내려다보이는 산속에서 머물던 그에게 들린 전황은 좋지 못했다. 이대로 고구려가 항복할 것 같았다. 그는 전황을 뒤집기 위해 큰 결심을 하고 사자를 안시성 안으로 보냈다. 새벽에 기습을 할 터이니 전투가 벌어지면 성문을 열고 적을 공격하라는 뜻을 전했다. 임금은 위험하다고 반대했지만 온달은 강행했다. 그 덕분에 큰 승리를 거둘 수 있었던 것이다.

군대를 멀리 물린 북주의 진영은 잠잠했다. 승리한 고구려군도 안시성에서 농성하며 적 진영을 예의 주시했다. 온달의 입가에 미소가 떠올랐다.

"제 추측이 맞다면 저들은 더 이상 전투를 벌이기 힘들 것입니다. 아마도 협상을 맺고 빨리 돌아가려 할 것입니다."

"무슨 일이 있는가?"

"제가 쏜 화살에 북주 황제가 맞았습니다."

"그래! 그렇다면 자네가 정말 큰 공을 세웠네."

평원대왕은 환한 웃음을 지으며 온달을 칭찬한 후 사태를 좀 더 지켜보았다.

6월의 뜨거운 햇살이 요동 들판을 달구고 수수 알을 더욱 여물게 했다. 적진에서는 아무 반응이 없었다. 그런데 해가 질 무렵 지평선 너머에서 흰 깃발을 단 일단의 무리가 나타났다. 평원대왕의 입가에는 회심의 미소가 흘렀다.

북주 사자 양견은 수행원과 함께 안시성 안으로 들어왔다. 평원대왕은 이번에는 고정수과 함께 온달을 불러 그를 맞이했다.

"원하는 것이 무엇인가?"

평원대왕은 전과 달리 당당한 태도로 방문목적부터 물었다.

"군사를 물리겠습니다."

"아마도 그래야 할 것이오."

평원대왕은 모든 것을 알고 있다는 듯 여유가 있었다.

"하지만 조건이 있습니다."

양견은 협상에 나설 수밖에 없는 자신들의 입장을 평원대왕이 알고 있다는 것을 느낄 수 있었다. 지난번과 달리 임금 뒤에 온달을 시립하게 한 것에서도 알 수 있었다. 하지만 자신들은 대국이었다. 쉽게 물러설 수는 없었다.

"말해보시오."

북주 황제가 온달의 화살에 맞았음*을 전해 들었던 평원대왕은 그가 큰 부상을 당했음을 직감했다. 하지만 위기에 처한 북주를 자극할 필요는 없었다.

---

* 이는 역사적 사실이 아닐 수도 있지만 자치통감 등의 책에 보면 전쟁터를 누비던 북주황제 우문옹은 고구려 원정 이듬해인 558년 36세의 나이로 갑자기 죽는다. 북쪽의 오랑캐들을 진압하던 중 피로도가 쌓여 죽었다고 기록되어 있는데 그 이전의 큰 전쟁은 고구려와의 전쟁이다. 이로 유추해 볼 때 우문옹은 고구려 원정에서 부상을 입었을 가능성이 매우 크다는 결론을 내리고 이렇게 이야기를 만들었다. 마치 당태종이 안시성에서 화살을 맞고 돌아가 이듬해에 죽었지만 그 사실을 중국의 역사서에는 밝히지 않은 것과 같다. 북주의 침입은 삼국사기 열전 온달조에 기록되어 있다.

"우리가 고구려를 공격한 것은 남진에 대한 고구려의 후원을 사전에 막아보려던 의도였습니다."

양견은 비로소 자신들의 속뜻을 밝혔다.

"우리 황제께서는 그동안 우리보다 훨씬 강했던 북제를 멸망시키고 북조를 통일했습니다. 우리는 이제 남진과 중국 통일을 두고 건곤일척의 큰 승부를 겨룰 생각을 가지고 있습니다. 그때 고구려가 중립을 지켜달라는 부탁을 드리고 싶습니다. 그렇지 않다면 우리도 일전불퇴의 각오로 고구려를 먼저 공격할 것입니다."

"우리가 그동안 북쪽의 북제, 남쪽의 진과 교류한 것은 사실이오. 해마다 사신을 파견한 것도 맞소. 하지만 중원에서 북주가 북제를 멸망시킨 사실을 똑똑히 알고 있소."

"……."

"사실 고구려는 중원의 일에 큰 관심이 없소."

"그렇다면 북주와 고구려가 국교를 맺고 동맹의 협약을 맺었다고 생각해도 되겠습니까?"

"약속하겠소. 내년에 사신을 보내겠소."

사신을 파견하는 것은 어느 시대나 있는 것이다. 이제까지 고구려는 북조와 남조에 사신을 보내 선린관계를 유지해왔었다. 북주에 사신을 파견하는 것은 굴욕적인 것이 아니다. 북주의 체면을 세워주고 고구려는 평화라는 대가를 얻을 수 있는 좋은 방법이었다.

"고맙습니다. 이제 군사를 물리겠습니다."

비로소 굳어 있던 양견의 얼굴에 미소가 떠올랐다. 평원대왕은 고정수를 시켜 두 나라가 합의한 내용을 문서로 작성하게 했다.

"아참, 저 장수의 이름이 무엇입니까?"

양견은 합의서 작성이 끝난 후에 임금의 뒤에서 시립하고 있는 온달을 쳐다보며 물었다.

"내 사위 온달이오."

"폐하의 사위시군요. 정말 좋은 장수를 거느리고 있는 것 같습니다. 왜 고구려가 강한지 알겠습니다."

양견은 온달에 대한 칭찬도 빠뜨리지 않았다. 이 정도 뛰어난 장수를 중원에서는 만날 수 없었던 것에 대한 경외의 표시였다.

양견이 돌아간 뒤 오래지 않아 북주는 약속대로 군대를 물렸다. 북주군이 물러나자 서전에서의 참패와 함께 북주의 침공에 두려움을 가졌던 고구려 진영에서는 환호성을 질렀다. 승리감에 도취되어 모든 군사들이 오랜만에 술도 마시고 고기도 먹으며 승리를 즐겼다. 평원대왕은 승리의 논공행상을 가리기 위해 대가회의를 열었다. 각 나부의 욕살급 이상의 귀족들이 다 참여했다. 전쟁 전까지만 해도 기세였던 연나부의 고추가 고정수는 침묵을 지켰다. 서전 참패의 책임을 그가 져야 했기 때문이다.

"온달장군께서 최고의 공을 세웠습니다!"

연나부의 침묵을 뚫고 다른 나부의 참석자들은 온달을 추어올리기에 바빴다. 그동안 연나부에 억눌렸던 감정을 해소하는 듯 앞 다퉈 온달을 칭찬했다.

"경들이 내 사위를 최고의 공훈자로 내세우니 고맙소. 경들의 뜻을 따라 온달대모달을 최고의 공훈자로 선정하고 그에게 대형의 벼슬을 내리겠소."

남행(南行)

따뜻한 봄기운이 좋았다. 죽었던 대지를 초록으로 변신시킨 기운을 느끼고 싶었다. 서라벌 흥륜 들판, 무상한 세월을 이기지 못한 노승 하나가 지팡이에 의지해 느릿느릿 들판을 걸으며 생명의 기운을 흠뻑 들이키고 있었다. 그의 뒤에는 동자승 하나가 혹시나 하는 불안감을 갖고 뒤따르고 있었다.

멀리서 점 하나가 다가오고 있었다. 점점 커진 점은 사람의 형상을 갖추기 시작했다. 한 발 뒤처져 있던 동자승이 노승의 앞으로 쓱 나섰다.

"허허, 네가 날 보호하겠다고?"

노승은 미소를 띠었다.

점의 정체는 납의에 바랑을 맨 스님이었다. 삿갓으로 봄 햇살을 가리고 있어 얼굴은 확인할 수 없었다. 지팡이를 들고 있는 모습에서 그가 먼 길을 떠나온 사람임을 짐작할 수 있었다.

"혹시, 혜량스님 아니신지요?"

납의의 스님은 뜻밖의 질문을 던졌다.

"그렇소만…."

스님은 삿갓을 벗었다.

"광덕!"

혜량선사는 광덕을 단번에 알아봤다. 그리고는 비틀거리는 걸음을 옮겨 광덕을 와락 껴안았다.

신라로 남행을 떠난 광덕은 혜량선사부터 찾았다. 그가 보고 싶었다. 젊은 날 생명을 의탁했고 불도를 배웠던 스승의 안부가 제일 궁금했던 것이다. 삼십여 년 전, 적성산성이 신라에 함락되었을 때 서라벌로 간다는 말을 기억했던 그는 곧바로 국경을 넘어 서라벌로 향했다. 법복에 최소한의 식량을 넣은 바랑만 메고 떠났기에 그를 고구려인으로 의심하는 사람은 없었다. 말투도 원래 충청도 말투였기에 이미 함경도의 함초령까지 점령한 신라에서 전혀 이상할 것도 없었다. 서라벌에 들어와서 혜량선사를 찾으니 흥륜사에 기거한다는 말을 들을 수 있었다. 야이차와 함께 신라에 귀화한 혜량선사는 신라 스님들을 통솔하는 승통(僧統)이 되어 있었다. 아직 불교에 대한 이해도가 부족한 신라 사람을 위해 백좌강회*를 개설하는 등 많은 공헌을 한 결과였다.

요즘 들어 이상하게 혜량은 광덕 생각이 자주 났다. 목숨이나 부지하고 있는지 염려스러웠다. 나이가 들어 언제 입적할지 모르는 상황에서 얼굴 한 번 봤으면 하는 염원을 갖고 살았는데 불쑥 광덕이 나타난 것이다. 부처님이 자신의 마음을 헤아려준 것 같았다.

---

* 백고좌(百高座), 백고좌법회(百高座法會) 또는 인왕백고좌도장(仁王百高座道場)이라 불렸던 신라 때의 국가적인 불교 행사 중 하나다. 진흥왕 12년에 혜량이 처음 시작했는데 신라 말까지 계속됐다고 전해진다.

"자네를 보려고 그랬는지 자네가 꿈속에 자주 나왔는데, 이렇게 불쑥 나타나다니 부처님의 덕인가 싶네."

혜량선사는 광덕을 자신이 거처하는 선방으로 안내했다.

"저도 스승님이 보고 싶어서 용기를 내어 신라 땅에 들어왔습니다."

"잘했네. 그래 어떻게 지냈는가?"

"여기 저기 떠돌다가 요즘은 평양성 가까운 곳에 암자를 하나 짓고 그곳에서 생활합니다."

"잘 왔네. 내 언제 입적할지 모르는 처지, 내 곁을 떠나지 말고 나와 함께 지내세."

혜량은 광덕을 안쓰럽게 생각했는지 그를 붙잡으려 했다.

"스승님께서도 잘 지내셨습니까?"

"이곳 사람들이 잘 대접해주어서 불편한 것 없이 불도를 전하면서 잘 지내고 있네."

"그랬군요. 스님 얼굴이 평안해 보이시는 게 보기 좋습니다."

"속세의 일은 다 잊고 지내니 마음이 편안해서 그런가 보이."

두 사람은 지난 세월을 이야기하며 그동안의 회포를 풀었다. 그를 통해 거칠부와 야이차의 소식도 전해 들었다. 거칠부는 진흥왕을 도와 고구려와 백제를 공격해 한강유역과 함초령까지 신라의 영토를 크게 넓히는 데 큰 공을 세웠고, 그로인해 지금은 신라 최고의 권력자인 상대등이 되어 있다고 했다. 야이차는 적성산성의 성주가 되어 그곳을 다스린다는 소식도 전했다.

"광덕이 왔다고?"

이틀을 머물면서 혜량과 회포를 풀고 있던 광덕에게 뜻밖의 손님이 찾아왔다. 거칠부였다. 세월을 속일 수 없어 그의 머리는 백발로 변했고, 입가와 눈가의 주름은 옛날의 기개 넘치던 모습을 쉽게 찾아 볼 수 없었다.

"이렇게 찾아와줘서 고맙네."

거칠부는 광덕의 방문을 환영했다.

"신라의 상대등이 되셨다고. 축하드리네."

"다 일장춘몽일세. 인생은 덧없어."

"다시 불자가 된 듯하네."

상상했던 것과는 다른 거칠부의 모습에 약간은 당황했다.

"혜량국사님의 가르침 덕분이지. 그래 지금은 어디 사시는가?"

"……."

광덕은 갑작스러운 물음에 어떻게 답해야 할지 망설였다.

"괜찮네. 스님이 고구려 사람이면 어떻고 신라 사람이면 어떤가? 그래봤자 스님 아닌가? 늙은 스님이 첩자질 할 리도 없고."

거칠부는 오랜 세월을 성공한 정치가로 지내서인지 너그럽고 또 대범해져 있었다.

"고향 땅 근처에서 수도하면서 생을 마치고 싶은데 신라 군세가 어떻게나 센지 고향으로 돌아갈 수가 없어 고구려 땅에 머무르고 있네."

"하하하, 그게 뭐가 어려워. 자네 고향이 국원성 근처던가? 그곳에 내 암자 하나 지어 줌세."

"하하. 신라 권력자 친구를 둔 덕분에 아주 쉽게 소망을 이루게 생겼네. 이렇게 쉬운 일이었다면 진작 찾아올 걸 그랬네."

두 사람은 오랜 벗으로 돌아가 허물없이 웃었다.

"근데 말일세. 내 자네에게 선물한 적성 성주의 딸은 어떻게 하고 이렇게 계속 스님으로 사는가? 그때 그 여자아이와 함께 살려고 도망간 것 아니었나?"

거칠부의 입가에서 웃음이 건혔다.

"사실은 말일세…, 그 애가 불쌍해서 평양에 있는 외가댁에 데려다주었네."

거칠부는 아이지가 고구려의 황후가 된 것을 알지 못했다.

"하하하, 그랬구먼. 역시 불자는 어쩔 수 없어."

다시 거칠부의 입가에서 미소가 떠올랐다.

"그런데 말일세, 자네 혹시 온달이라는 자를 알고 있나?"

거칠부가 뜻밖의 질문을 했다.

"온달, 바보온달?"

뜻밖의 질문에 광덕은 약간 당황하며 되물었다.

"바보온달 말고 장군 온달 말일세."

"글쎄, 내막을 잘 모르지만 바보온달이 임금의 사위가 되었다는 소문이 떠도는 것을 들은 적은 있네."

광덕은 아예 모르는 채 할 수 없어 백성들 사이에 떠도는 소문 정도만 말했다.

"그자가 북주군을 물리쳤다는 말이 사실인가?"

"온달이 북주군을!"

신라에 들어온 광덕은 이곳저곳을 정탐하면서 서라벌까지 내려왔다. 대부분은 산길이었다. 남한강을 따라 내려오는 좋은 길은 멀리했다. 때문에 고구려 소식을 통 듣지 못했다. 그런데 온달이 북주군을 물리쳤다니 놀라운 소식이었다. 온달이 대견스러웠다.

"북주가 북제를 무너뜨렸다는 소식을 듣고 우리도 당황했는데, 고구려가 북주를 이겼다는 소식에 더욱 놀랐네."

“고구려가 이겼다고, 그것도 바보로 알려진 온달이라는 자가 공을 세워서!”

광덕은 속마음을 숨긴다고 했지만 흥분한 목소리는 거칠부에게 그대로 노출되었다.

“자넨 정말 고구려 사람이 맞구만.”

“본성은 어쩔 수 없는 것이 아닌가?”

광덕은 비로소 이곳이 신라 땅이라는 것을 느끼고 금방 기세 꺾인 목소리로 대답했다.

“그렇지. 자네가 고구려 사람인 것은 속일 수 없는 일이지. 말이야 바른 말이지, 고구려가 정말 큰일을 했네.”

긴장한 상태로 거칠부의 다음 말을 기다리던 광덕에게 거칠부는 뜻밖의 말을 했다.

“고구려가 무너지면 우리 신라는 어떻게 해야 할지 걱정하고 있던 참이었는데 뜻밖에도 고구려가 북주를 물리쳤다는 소식을 듣고 얼마나 안도했는지 모르네. 순망치한이라고 우리와 토닥거리며 싸우지만 고구려가 우리의 울타리가 되어준다는 것을 새삼스럽게 느낄 수 있었네.”

“맞아. 그래도 고구려가 신라에는 많은 덕을 베풀었지. 광개토대왕께서도 신라에 침입한 왜도 내쫓아주셨고….”

광덕은 또다시 고구려를 두둔하는 자신을 발견하고는 얼른 입을 다물었다. 거칠부의 표정이 약간 일그러졌다.

“문제는 그 온달이라는 자는 우리 신라를 공격하던 자일세. 선왕이신 진흥대왕과 내가 평생 일구어온 영토를 야금야금 공격해 많은 땅을 빼앗아갔네.”

거칠부의 목소리가 점점 높아졌다.

"혹, 자네가 말일세. 신라 땅을 정탐하러 왔다면 온달에게 분명히 전해주게."

"……."

"우리는 수많은 동료들의 죽음으로 일궈 놓은 우리의 영토를 뺏기지 않을 것이라고. 특히 한강유역은 목숨 걸고 지킬 것이라고 전해주게."

"허, 이 친구가…, 불원천리 그리운 벗을 잊지 않고 찾아온 사람에게 고구려의 첩자라니."

"괜찮네. 자네가 첩자이든 아니든 상관없네. 오늘 나는 자네를 오랜 친구로 만나고 있으니."

좀 전의 결기 넘치던 거칠부의 태도는 어느새 부드럽게 바뀌어 있었다.

"허허, 참…, 난 고구려의 첩자가 아닐세."

광덕은 어색하게 변명했다.

"그렇다면 다행일세. 그러면 자네는 무슨 일로 신라에 왔는가?"

"스승님도 뵙고 친구들도 만나고 싶은 마음으로 왔네. 나는 불자로서 정치에는 관심이 없네."

"그 마음이 진심이라면 내 자네를 위해 소백산 근처 산에 암자를 지어주지. 자네 영지였던 국원성에서 가까운 도락산은 어떤가?"

"……."

"아니라면 며칠 푹 쉬었다가 돌아가서 온달에게 내 뜻을 분명히 전해주고."

광덕이 쉽게 대답하지 못하고 머뭇거리자 거칠부는 금방 태도를 바꾸었다.

"이 친구가 정말 왜 이러는가?"

광덕은 화를 냈다.

"온달이 바보가 아니라면 신라에 첩자를 보냈겠지. 신라 수뇌부와 잘 통하는 자를."

거칠부는 여전히 미소를 띤 채 말했다.

"허허, 참 더 이상 할 말이 없네."

"자네가 무슨 첩자질을 하겠냐마는 혹시 내 소리가 온달에게 전해질까 싶어서 그랬네. 자 이제는 편안하게 여기서 쉬었다가 가게나. 혜량 국사님도 만났으니 그동안 쌓인 회포도 풀고."

거칠부는 또다시 온화한 미소를 지었다.

소백산 자락에서 광덕은 죽령고개 너머를 바라보았다. 멀리 한강이 보였다. 그 한강과 직선거리로 보이는 바로 앞에 적성산성이 자리 잡고 있었다. 그곳에서 배를 띄우면 한성까지 사흘이면 충분했다. 신라가 한강하구로 가려면 그 출발점이 되는 곳이 적성이었다. 이런 중요한 길목에 자리 잡은 적성산성은 정말 요새 중의 요새였다.

거칠부는 적성산성이 내려다보이는 곳에 광덕을 위해 암자를 마련해 주었다. 거칠부의 괜한 오해를 사기 싫어 계속 서라벌에 머물던 광덕은 암자가 완성되자 이곳으로 거처를 정한 후 서라벌을 오가며 8개월 이상을 보냈다. 그러던 중 578년(고구려 평원대왕 20년, 신라 진지왕 3년) 신라의 상대등 거칠부가 갑자기 죽었다. 그리고 오래지 않아 혜량마저 입적하고 말았다. 그들의 죽음을 다 지켜본 광덕은 비로소 서라벌을 떠날 수 있었다.

서라벌에 있는 동안 광덕은 신라의 힘을 느꼈다. 불교 도입 전의 신라는 오랫동안 부족국가 형태를 띠며 호족 중심으로 권력이 형성되어

적성에서 바라본 죽령 (2015년 2월, 단양 답사 때 저자 촬영)

있었다. 하지만 왕을 중심으로 한 불교가 신라 전역에 퍼지고 백성들에게까지 전파된 후에는 왕의 통치력이 백성들에게 직접 미치기 시작했다. 왕이 힘을 가지게 되면서 신라는 강력한 왕권국가로 재탄생했다. 진흥왕이 감히 맞설 생각을 못하던 고구려를 공격해 영토를 넓힐 수 있었던 것도 바로 이런 연유였다. 광덕이 서라벌에 머물면서 느낀 신라는 결코 작고 약한 나라가 아니었다. 오히려 영토는 넓지만 왕권보다 귀족들의 힘이 더 강해 갈기갈기 힘이 분산된 고구려가 더 약한 나라 같았다. 센 힘을 한곳에 모으지 못하는 나라가 고구려라면 작은 힘이지만 한곳에 집중할 수 있는 나라가 신라였다. 어쩌면 거칠부가 그를 서라벌에 눌러 앉힌 이유가 이런 기운을 느껴보라고 한 것인지도 몰랐다.

한동안 산 아래 쪽으로 발길을 하지 않았지만 산철을 핑계로 달포씩 암자를 떠났다. 그가 주로 향한 곳은 남한강을 따라 이어지는 신라의 성들이었다. 물길을 따라 멀리 한주(서울)에서 시작해 술천(여주), 골내근

현(여주), 국원성(충주) 등을 방문했다. 이전에는 모두 고구려의 관나부에 속하던 곳이었지만 지금은 신라의 땅이었다. 이곳 지리는 이미 알고 있었지만 그가 알고 싶은 것은 사람들의 생각이었다. 그들이 여전히 고구려 사람인 것을 의식하고 있는지, 아니면 이제 신라 사람으로 새로운 환경에 맞춰 살고 있는지?

이 지역은 물자가 넘쳤다. 신라는 한강을 통해 남조의 진과 북조의 북제와 주로 교류를 했다. 소백산과 한강이라는 큰 장벽에 막혀 고립되어 살다가 가야를 병합함으로써 겨우 평야지대로 나온 신라는 백제나 고구려에 비해 발전이 더뎠다. 불교를 받아들인 후 더 넓은 세계에 대해 의식하기 시작했으며 고구려 땅이던 한강유역을 점령한 후 발달한 고구려의 문화를 받아들이면서 한 단계 더 성장했다. 한강을 통해 남진과 북제의 뛰어난 문명과 물품을 수입하면서 경제적, 문화적으로 번성하기 시작했다. 이로 인해 무역로에 접한 한강유역의 성들은 이전보다 더욱 풍요로웠다. 광덕은 이런 그들의 마음속에 아직도 고구려가 남아 있는가 알고 싶었다.

광덕은 국원성으로 가기 위해 남한강을 따라 내려가는 배를 탔다. 남행을 하면서 그는 세 가지 목적을 정했었다. 첫째는 신라 땅을 정탐하는 것이었고, 둘째는 혜량을 만나는 것이며, 마지막 하나가 국원성을 방문하는 것이었다. 국원성은 자신의 조상 대대로 내려오는 영지였다. 아버지는 국원성의 욕살이었고 그 다음 욕살은 자신이었다. 그런데 추군과의 싸움에 패배하면서 부모님은 비참한 죽음을 당했고, 자신은 겨우 목숨만 부지해 이렇게 삼한 땅을 배회하는 존재가 되고 말았다. 그는 한 번도 고향 땅을 잊은 적이 없었다. 언젠가는 국원성을 되찾아 조상들이 피땀으로 일군 땅을 다시 한 번 번성시키고 싶었다. 신라가 아닌 고구려 사람으로서. 이것이 지금까지 모든 고난을 참고 견딘 이유였다. 비록 오십이 넘은 나이지만 성을 되찾는다면 결혼도 하고 아이도 낳아 새로운 인생을 시작하고 싶은 마음도 있었다.

광덕을 실은 배는 적성현에 들러 많은 짐과 사람을 실은 후 강을 따라 내려갔다. 옥순봉, 구담봉, 가은봉 등 익숙한 봉우리들이 반겼다. 물길을 따라 이어지는 가을 산의 모습은 예전과 다름이 없었다. 저녁 무렵이 되자 배는 국원성 근처 목계나루에 도착했다. 그곳에는 물건을 싣고 내리는 배들로 가득했다. 강을 오가는 배들은 한 개의 돛대만 매달고 다닌다. 그런데 많은 배들 속에는 바다를 오가는 쌍돛대를 한 배들도 눈에 띄었다. 고구려 땅일 때는 볼 수 없는 풍경이었다. 그때는 이곳이 변경이라 주목을 받지 못했지만 신라 땅이 되면서 이곳은 중국의 문물이 들어오는 중요한 길목으로 인정받아 특별히 관리하고 있다는 것을 알 수 있었다. 이 지역 사람들 입장에서는 고구려보다 신라 사람이 되었을 때 훨씬 윤택한 삶을 살 수 있겠다는 생각도 들었다.

국원성의 출입구 역할을 하는 목계나루는 예전과 달리 매우 넓었다. 달구지가 오가고 있었으며 심지어는 마차까지 운행되었다. 기와집들이 즐비했고 사람들의 발걸음은 활기찼다. 광덕은 깜짝 놀랐다. 이곳이 이렇게 바뀌었다면 사람들의 마음은 이미 신라로 돌아섰다는 것을 직감할 수 있었기 때문이었다.

사람들 소리를 들어보기 위해 나루터에 자리 잡은 객주로 들어갔다. 국밥 한 그릇으로 저녁을 해결한 그는 방 안에 자리를 잡고 누웠다. 고단함을 핑계로 눕긴 했지만 귀는 밖으로 열려 있었다. 날이 어두워지자 나루터에서 물건을 부리던 사람들이 몰려들어 술과 밥을 시켜 먹기 시작했다. 왁자지껄한 목소리들이 어우러져 어떤 말을 하는지 잘 분간이

적성에서 본 남한강 (2015년 2월, 단양 답사 때 저자 촬영)

되지 않았다. 그중 한 무리 사람들의 이야기 소리가 그의 귀에 속속 들어왔다.

“우리가 죽도록 고생해봤자 신라 놈들만 배불리지 우리에게 돌아오는 것은 없어.”

“옛날 고구려 때도 그랬어요. 달라진 것은 없지요.”

“그래도 우리의 뿌리는 고구련데 신라 놈들 밑에서 지내려니까 자존심 상해서 못 살겠어.”

사십대 후반으로 추측되는 사람들의 푸념이었다.

“신라면 어떻고 고구려면 어떻습니까? 나만 배불리 잘 살면 됐지.”

옆에서 거드는 사람은 이십대쯤 되어 보였다. 사십대와 달리 그들은 고구려 시절을 주체적으로 겪어보지 못한 세대들이었다. 사십대 이상의 사람들에게는 고구려가 여전히 마음속에 자리 잡고 있다는 생각에 한동안 그는 이들의 대화를 엿들었다.

밤이 깊어지자 술자리를 파한 많은 사람들이 광덕이 누워 있는 방 안으로 들어와 목침을 베고 자리를 잡았다.

"실례하겠습니다. 스님."

광덕이 귀를 기울였던 사람들의 목소리였다. 그들은 피곤한지 곧바로 자리를 깔고 누웠다.

"들어올 때 보니까 상당한 상품들이 하역되던데 고구려 사람들은 별로 재미를 못 보는 모양이지요?"

광덕이 곁에 누운 사십대의 사람에게 슬쩍 물어 보았다.

"신라 놈들이 상단을 꾸린 후 중국과 거래하면서 대량으로 물건을 사고파니 대대로 이곳에서 장사를 하던 우리 같은 고구려 사람들이야 피해를 볼 수밖에. 지금은 장사 다 접고 하역이나 도우면서 겨우 밥벌이나 하고 있지요."

"중국과는 뭘 거래하시오?"

"비단이 주류지요. 종이, 책 등도 사오고 산삼, 표피, 옥 등을 파는데 그 규모가 장난이 아니랍니다."

"대대로 하던 가게를 접었으면 살림살이가 많이 빈곤하겠어요?"

"일이 많으니 그럭저럭 먹고는 살지만 신라 놈들 밑에서 시키는 대로 일하자니 배알이 꼴리지요."

"맘이 편하지 못한가 보지요?"

"짜식들이 걸핏하면 욕을 하고 심지어는 때리기까지 하니 속이 좋겠어요. 그래서 식구들은 아예 국원성에서 살게 하고 난 이렇게 여기서 지낸다오."

"가족들은 어떻게 사시오?"

"장사하던 사람들이라 농사를 지을 수는 없고 성 안에서 침모 같은 허드렛일 하고 살지요."

"그 잠 좀 잡시다!"

처음에는 두 사람이 속닥속닥 나눈 말이었으나 점점 목소리가 커지자 갑자기 짜증 섞인 소리가 들렸다. 젊은 목소리였다.

"죄송합니다."

갑자기 이상한 기운을 느낀 광덕은 더 이상 아무 말도 할 수 없었다. 그리고는 잠이 들었다. 그러나 오래가지 못했다. 부스럭거리는 소리와 함께 밖으로 나가는 젊은 사람의 기척에 광덕은 잠이 깼다. 아직 깊은 밤이었다. 광덕은 어젯밤에 옆에 누운 사람과의 대화를 곱씹어 보았다. 아직도 고구려 사람이라는 자존심을 지니고 사는 백성들이 있다는 것이 기뻤다. 하지만 젊은 사람들의 생각은 달랐다. 고구려에 대한 향수가 없었다. 문득 이상한 생각이 들었다. 밖으로 나간 젊은 사람이 뒷간에 갔다면 지금쯤이면 돌아와야 했다. 광덕은 벌떡 몸을 일으켰다. 그리고는 바랑과 석장을 챙긴 후 방을 빠져 나왔다. 그의 예감은 적중했다. 불과 몇 발자국을 떼지 않은 상태인데 어둠속에서 이쪽을 향해 달려오는 인기척을 발견했다. 그는 얼른 집 뒤로 돌아가 산 쪽을 향해 달렸다. 객주로 들어서던 사내들이 그를 발견하고는 뒤쫓기 시작했다. 고구려의 첩자가 자주 출몰한다며 신고하면 큰 상금을 내린다는 신라관원들의 말을 기억하고 있는 젊은 친구가 신고한 것이 분명했다.

어릴 적 평양성과 국원성을 오가며 지냈던 광덕은 이곳의 지리에 훤했다. 그는 재안봉으로 방향을 잡았다. 추격병들도 만만치 않았다. 그들도 일정한 간격을 유지한 채 계속 쫓아왔다. 산을 돌아다니며 수도한 광덕이지만 이제 오십 줄에 들어선 그는 어느 순간 숨이 가빠지고 허벅지에 힘이 빠지는 것을 느꼈다. 추격병들과의 거리는 점점 좁혀졌다.

멀리 천등산 쪽에서 아침 해가 고개를 내밀고 있었다. 그의 몸은 땀으로 범벅이 되어 있었다.

"헉, 헉~"

가슴이 탁 막혔다. 숨 쉬기도 힘들었다. 광덕은 여차하면 한바탕 싸움을 벌일 생각으로 일단 숨을 고르기로 했다. 바위에 앉아 아래를 내려다보니 창과 검을 든 병사 다섯 명이 쉬지 않고 쫓아오고 있었다. 석장을 움켜 쥔 광덕의 입가에 쓴 미소가 흘렀다.

'불자가 되어 살인을 할 수도 없고….'

추격병들의 이목구비가 뚜렷하게 보였다. 숨을 고른 광덕은 자리에서 일어섰다. 또다시 달릴 수도 있었지만 지친 상대를 막기에는 지금이 가장 좋은 기회였다. 그는 석장을 치켜들었다. 그때였다. 산마루에서 화살이 날아오기 시작했다. 정확하지 않았지만 화살은 추격병을 겨냥한 듯했다. 광덕은 얼른 쉬고 있던 바위 밑으로 몸을 숨겼다. 제대로 숨을 곳을 찾지 못한 두 명의 추격병이 화살을 맞고 쓰러지자 나머지는 산 밑으로 멀찌감치 달아나 이곳의 상황을 지켜보았다.

오래지 않아 화살의 주인공들이 나타났다. 십여 명을 헤아리는 이들은 한 눈에 말갈족임을 알 수 있었다. 설상가상, 광덕은 긴 한숨을 내쉬었다. 마냥 숨어 있을 수만 없었다. 그는 바위 밑에서 나와 그들을 향해 정중히 인사를 했다.

"도와주셔서 고맙습니다."

"도와줘? 개코같은 소리하고 있네."

수염이 아무렇게나 자란 거친 사내 하나가 응답을 하고는 광덕을 아래위로 훑어보았다.

"중놈이 무슨 일로 군인들에게 쫓길까, 뭘 훔쳤나?"

"훔치다니요. 전 그런 사람이 아닙니다. 제 바랑을 뒤져 보면 아실 겁니다."

광덕은 손사래를 치며 뒤로 한 발 물러섰다.

"이 자식 몸수색하고 저 신라 놈들은 살았는가 보고 뒤져서 뭐 건질 것 있으면 가지고 가자."

두 명의 도적이 달려들어 광덕의 몸과 바랑을 뒤졌다. 바랑 속에서 한 줌의 좁쌀과 보리쌀만 나왔을 뿐 아무 것도 나오지 않자 약간 실망한 눈빛이었다.

"이 자식 수상해. 끌고 가자."

우두머리는 아직 숨을 쉬고 있는 신라군의 창과 검을 수거한 후에 광덕을 끌고 자리를 떴다. 재안을 넘어 북쪽의 고려단산 쪽의 깊은 산속으로 들어갔다. 그곳은 광덕이 가본 적이 없는 곳이었다. 한참을 걸으니 마을이 나타났다. 이들의 본거지 같았다. 화전으로 일군 밭도 보였다. 광덕은 마을 속의 어느 한곳으로 끌려갔다. 집 안에는 긴 탁자와 의자가 놓여 있었고 그 한 가운데 오십은 넘어 보이는 사내 하나가 앉아 있었다.

"스님인데 신라군한테 쫓겨서 잡아왔습니다."

"스님을 가장한 도둑놈이겠지. 귀찮게 굴지 말고 데려다가 목을 베어."

"가진 것이라고는 좁쌀 한줌밖에 없었습니다."

"그래, 이상한 놈이 맞군."

비로소 수령은 광덕의 얼굴을 쳐다보았다. 그는 광덕의 얼굴을 유심히 보더니 고개를 갸웃거렸다.

"혹시, 추연공자님이 아니십니까?"

"그렇소만 뉘신지?"

"걸사우입니다."

"걸사우라고, 반가우이!"

두 사람은 뜨겁게 껴안았다.

"형님이 꼭 돌아오실 줄 알았습니다."

걸사우는 동예*출신이다. 광개토대왕 때 동예가 고구려에 복속된 후 그의 조상들은 국원성의 지배를 받았다. 하지만 실제로는 독립된 상태로 자기 영역을 확보하고 생활하면서 때마다 조공을 바치는 형태였다. 이런 관계로 국원성 욕살의 아들인 광덕과 동예 부족장의 아들인 걸사우는 어릴 때부터 교류를 하고 지냈다. 걸사우는 나이가 더 많은 추연을 형님이라 부르며 따랐다. 추군과의 전투를 위해 추연이 아버지 국원성주와 함께 평양성으로 떠날 때 걸사우도 이들을 돕기 위해 군사를 이끌고 함께 했다. 하지만 전투에서 패하자 목숨을 건진 걸사우는 부족의 땅으로 되돌아왔다. 국원성주는 목숨을 잃은 뒤였고, 추연공자는 행방을 알 수 없었다. 오래지 않아 국원성은 신라의 차지가 되었다. 그들은 신라에게도 조공을 바치며 복종하였지만 실재로는 독립된 영역을 확보하고 이전과 다름없는 삶을 살고 있었다.

"나는 형님이 쉽게 죽지 않을 거라고 믿었습니다. 언젠가는 국원성을 되찾기 위해 돌아올 것이라 생각했습니다."

"고맙네. 그래 자네는 어떻게 지내나?"

---

* 우리 민족의 주류를 예맥족(濊貊族)이라 하는데 이에 대해서 예맥은 한 종족이라는 설과, 예와 맥은 다른 민족인데 합쳐서 한민족이 되었다는 설이 있다. 저자는 천신족인 환웅이 곰족과 호랑이족을 통합해 고조선을 이루었고, 고조선이 망한 후 영역이 줄어든 한반도와 만주 일대에 곰족의 후예인 맥족, 호랑이족의 후예인 예족이 살았던 것으로 생각한다. 예족은 말갈족으로 우리나라 강원도와 충청북도의 산악지대에 살았던 동예, 백두산에서부터 두만강 북쪽에 살았던 속말말갈, 백산부말갈 등은 맥족과 함께 고구려, 발해, 고려 등을 세워 한민족이 되었으며 흑룡강 아래쪽의 예족인 흑수부, 차열홀부 등은 우리 민족에 동화되지 않고 독립되었다고 생각한다.

"이전처럼 화전을 일구고 사냥을 하며 살고 있습니다. 때론 수적질도 하고 산적질도 합니다. 신라 거상들을 털면 몇 달은 놀고먹을 수 있습니다."

"자네가 탈 없이 잘 살아 줘서 고맙네."

"더 늙기 전에 좋은 일 한 번 해야죠. 형님이 국원성을 되찾기 위해 나선다면 언제든지 돕겠습니다."

"고맙네. 고마워. 자네의 말에 정말 감동했네. 자네가 도와준다면 반드시 국원성을 되찾을 수 있을 것이라 믿네."

"당연한 말씀입니다. 저깟 신라 놈들 한 주먹이면 끝장낼 수 있습니다."

"하지만 아직은 아닐세. 이제 분위기가 익어가고 있으니 조금 더 기다려야 하네."

광덕은 그곳에서 걸사우와 못 다한 이야기를 나누며 사흘을 더 머물렀다.

"내 반드시 사람을 보낼 터이니 그때까지 꼭 살아 있기를 바라네."

광덕은 후일을 약속한 후에 산을 내려왔다.

걸사우를 만난 후 도락산 암자로 되돌아 온 광덕은 한동안 바깥출입을 하지 않았다. 그러나 마냥 산속에 박혀 지내며 세월을 보낼 수 없었다. 찬바람이 소백산을 휘몰아 올라올 무렵 그는 적성으로 발길을 옮겼다. 야이차를 만나기 위해서였다. 뱃길로는 스쳐 지나간 적이 있지만 어쩐지 적성으로 가는 것이 조심스러웠다. 자신에 대한 야이차의 마음이 어떤지 알 수 없었기 때문이었다.

납의를 입고 적성 안으로 들어서자 성문의 파수꾼들은 그에게 별다른 의심을 품지 않았다. 잿더미로 변했던 적성은 이미 훌륭하게 복원

되어 있었다. 남한강을 따라 들여온 중국의 물산들은 적성에서 하역한 후 육로를 통해 죽령을 넘어 서라벌로 들어가야 했기에 목계나루보다도 훨씬 활기찼다. 신라 각지에서 모인 물산들도 이곳 적성에 일단 집산한 후에 한강을 따라 배로 중국으로 보내졌다. 지리적으로도, 역할로도 마치 신라의 단전 같은 곳으로 변해 있었다. 성 안에는 점방들이 즐비했고 넓은 길에는 달구지에 짐을 싣거나 부리는 모습이 허다했다. 정말 풍요로운 성이었다. 성청을 찾았다.

"성주님을 뵈러 왔습니다."

"누구시라고 전하면 되겠습니까?"

"광덕선사라고 전해주시오."

파수꾼들은 승려복장을 한 광덕을 홀대하지 않았다. 이는 신라 어디를 가든 느낄 수 있는 정황이었다. 야이차가 자신을 어떻게 대할지 궁금했다. 성문에 걸려 있던 적성 성주의 목을 몰래 묻어주고 아이지와 함께 도망갔던 자신을 어떻게 대할지 두렵기도 했다. 물론 이런 사실을 다 인지하면서도 광덕이 야이차를 찾은 것은 그가 보고 싶었기 때문이었다. 야이차도 이런 마음이길 바라면서 그는 파수꾼을 기다렸다.

파수꾼보다 더 빨리 야이차가 나타났다. 흰머리와 주름진 얼굴에서 세월의 흔적을 느낄 수 있었지만 한 눈에 그를 알아 볼 수 있었다.

"광덕, 이게 얼마 만인가?"

야이차는 고구려로 떠난 광덕을 반겼다. 광덕도 그런 그를 오랜 친구로 맞이했다. 젊은 시절 함께 시련을 겪었고 또 함께 암담한 미래를 떠올렸던 벗. 야이차는 갑작스러운 친구의 방문에 모든 일정을 미루고 그를 맞이했다. 맛난 음식도 대접했다. 찰진 쌀밥에 언제 잡았는지 싱싱한 민물고기와 소고기 구이로 밥상을 차려냈다. 광덕을 스님으로 인정하지 않음이 분명했다.

"고마우이. 이렇게 환대해주어서."

"고맙긴. 자네라도 이렇게 해주었을 것이네. 그래 그동안 어디서 어떻게 지냈나?"

"서라벌을 다녀왔네. 도락산 한편에 암자도 마련했네."

광덕은 혜량 스승과 거칠부를 만난 이야기를 했다. 그리고 이제는 고향 땅인 이곳에 정착해서 남은 생을 보내겠노라는 말을 보탰다.

"잘 생각했네. 나하고 이곳에서 잘 살아보세. 신라는 생각보다 훨씬 괜찮은 나라일세. 아직도 이곳이 고구려 영토였다면 아마도 자네나 나는 스님이 되어서 숨어 지내야 했을 것이네. 아니면 죽임을 당했거나. 하지만 신라는 고구려 사람이었던 우리를 환대하고 이렇게 벼슬까지 내려줬으니 얼마나 고마운 일인가?"

"이제는 뼛속까지 신라 사람이 다 되었네 그려."

광덕은 웃으면서 말했다.

"고구려에서의 삶은 어땠나?"

야이차 역시 웃으면서 물었다.

"고구려?"

"그래. 고구려."

야이차의 눈빛에 약간 웃음기가 묻어 있었다.

"자네도 날 고구려 첩자로 여기는가?"

"누가 자네를 첩자로 생각하던가?"

"거칠부는 나를 보더니 단번에 고구려 첩자로 보더군."

"고구려에 숨어들었던 자신의 젊은 시절이 떠올랐던 모양이군. 난 상관없네. 첩자든 아니든."

광덕은 내심 움찔했다. 하지만 야이차는 개의치 않았다. 무엇이 그를 이렇게 여유롭고 또 자신감 있게 만들었는지 궁금할 정도였다.

"불자가 다 똑같지. 전국을 유랑하며 도 닦고 지냈네. 요동성 너머의 광활한 대지도 보았고, 첩첩산중을 지나 백두산도 가 보았네. 두만강 건너 말갈족이 사는 넓고 넓은 땅도 구경했네. 넓은 세상을 보고 돌아왔더니 우리 조상들이 살던 관나부 지역은 다 신라 땅이 되어 있더구만. 말년은 고향 땅에서 보내야겠다는 생각으로 다시 왔네."

광덕은 재차 이곳에서 살겠노라는 뜻을 내비쳤다.

"나도 말년에 쓸쓸했는데 자내가 곁에 있어 준다면 큰 도움이 될 걸세. 자 이 더덕주 한 잔 들어보세."

"허허, 이 친구가…. 난 불자일세."

"자네 중이 되고 난 뒤에도 나와 함께 몰래 마시지 않았는가? 난 자네를 아네. 여기서는 눈치 볼 필요 없어. 오늘은 부처님도 용서해줄 걸세. 더덕은 산삼만큼 좋은 약초일세."

광덕은 애써 자신의 정체를 밝혔지만 야이차는 무시했다. 권력을 갖게 되면 그 사람의 됨됨이가 드러난다고 했다. 상대를 고려하지 않는 태도, 자신의 의도대로 모든 것을 이끌려는 모습, 언제 표변할지 모른다는 생각에 광덕은 경계심을 가졌다. 이런 상황에서는 애써 내 주장을 펼칠 필요가 없었다.

"고맙네."

광덕은 한 잔 들이켰다. 일체유심, 모든 것은 마음먹기에 달린 것, 광덕은 그에게 맞춰주기로 했다.

"향기가 좋네."

차마 고기는 먹을 수 없어 나물을 안주 삼아 몇 잔을 받아 마셨다. 취하지 않고 정신을 차리려 애쓰며.

"그런데 자네 혹시 온달에 대해서 아는 게 있는가?"

술이 몇 잔 들어가자 야이차는 뜻밖의 말을 꺼냈다.

"어딜 가나 온달, 온달이구만!"

"또 누가 온달에 대해서 물었는가?"

"고구려에서 왔다는 이유로 거칠부도 나를 보자마자 온달에 대해서 물었는데 자네도 그러네."

"온달이라는 놈이 힘들게 빼앗은 한강 이북 지역을 야금야금 뺏어 가고 있네. 그런데 그놈이 이번에는 북주를 물리치는 데 큰 공을 세웠다고 하더구만."

"그가 북주군을 물리쳤다는 소문은 나도 들었네. 하지만 난 온달에 대해서 잘 모르네."

광덕은 무관심한 표정으로 말했다.

"온달이라는 장수가 북주의 황제에게 부상을 입혀 쫓아냈다고 하더군."

"그 소문도 들었네."

"온달이 대단한 장수이긴 하지…, 이제 북쪽이 안정되었으니 그놈이 다시 신라 쪽으로 창을 돌리겠지?"

"그럴 수도 있겠군."

광덕은 야이차의 생각에 맞장구를 칠 수밖에 없었다.

"다행히 우리 적성은 이제 최전선 지역이 아니라서 큰 어려움은 없겠지만 아직도 이곳 백성들 중에는 자신이 고구려 사람이라고 생각하는 사람들이 있어. 그들이 고구려 첩자와 내통을 한다면 상황은 달라질 수 있겠지?"

야이차는 광덕을 힐끔 쳐다본 후 목소리를 깐 채 말했다.

"그럴 수도 있겠군."

"국원성 쪽에서 스님으로 가장한 고구려 첩자가 나타났다는 연락을 받았는데 그놈이 종적을 감추었다 하더군."

다그치는 말투였다.

"난 아닐세."

광덕은 세차게 손을 내저었다.

"자네라는 말은 하지 않았네."

야이차는 잠깐이지만 무서운 눈으로 광덕을 노려봤다.

"그땐 왜 도망갔었나?"

"허허, 난 아니라 하지 않는가?"

광덕은 정색을 하며 말했다.

"신라가 이 땅에서 살 수 있게 여자도 붙여 줬는데…, 삼십 년 전에 말일세."

야이차는 광덕의 표정을 살피면서 말했다.

"아, 난 그때나 지금이나 불자네. 파계하여 결혼할 마음도 없는데다가 어린 여자 아이가 불쌍해서 외갓집에 데려다 주었네."

광덕은 차분한 목소리를 유지하려 애쓰며 말했다.

"자, 한 잔 더 하세. 설마 온달이라는 놈이 여기까지야 오겠는가?"

"그놈이 어떻게 여기까지 오겠어. 아예 신경을 끄게."

이번에도 광덕은 쉽게 사양하지 못하고 또 한 잔을 받아 마셨다. 한때는 생사를 함께 했던 오랜 친구를 만난 자리가 좌불안석이었다.

"오늘은 이만하고 다음에 또 보세."

광덕은 눈치를 보다 조심스럽게 자리에서 일어섰다.

"그래 자주 놀러오게. 나도 자네 암자로 찾아갈 테니."

야이차도 순순히 그를 보내주었다.

광덕은 성청을 벗어났다. 그때까지 야이차도 따라 나와 그를 배웅했다. 도저히 그의 마음을 읽을 수 없었다.

"오랜만에 성을 한 바퀴 둘러봐도 되겠나?"

성청을 나오면서 광덕은 슬쩍 물어 보았다.

"왜, 자네가 묻어준 고구려 성주의 무덤이 잘 있는지 보게?"

"허허, 이 친구가 대단히 의심하고 있구만. 자네가 내켜하지 않는다면 그냥 가겠네."

광덕은 이곳을 탈출하면서 성문에 매달려 있던, 아이지의 아버지이자 이 성의 마지막 고구려 성주의 목을 몰래 묻어주고 떠났다. 광덕이 적성을 찾아온 이유 중 하나가 그 자리를 확인하고 싶은 마음이었다. 하지만 야이차가 그것을 기억하고 있다고 생각하니 한시라도 성에 머물고 싶은 생각이 없었다.

"잘 가게. 돌아가서는 괜한 의심 살 행동은 하지 말고…. 시간나면 자네를 한 번 찾아가겠네."

적성에서 돌아온 후 광덕은 암자 밖을 떠나지 않았다. 도락산의 사계와 더불어 불자로서의 수도 생활에만 정진했다. 연분홍 철쭉의 마력에 빠지기도 하고 단풍이 자아내는 아름다움에 취하면서 자연의 신비로움에 감탄했다. 흰 눈이 쌓인 겨울 산에 한 없이 겸손해지는 자신을 느꼈다. 어쩌면 그가 살아온 삶 중에서 가장 편안한 날 같기도 했다. 그 사이 야이차는 계절이 바뀔 때마다 먹을 것을 들고 그를 찾아왔다. 그와는 불경 외에는 말을 나누지 않았다. 광덕의 불경에 대한 깨달음을 야이차는 다 이해할 수 없었다. 흥미를 느끼지 못한 그의 방문이 뜸해졌다. 그리고 그의 발걸음이 완전히 끊어지자 이제 떠날 때가 됐다고 생각했다.

신라에 있는 동안 그는 고구려 소식을 듣지 못했다. 처음 신라에 건너올 때 그는 고구려 땅이었다가 이제는 신라가 된 지역 사람들의 고구려에 대한 생각이 어떠한지 알고 싶었다. 그리고 조그만 신라의 힘이 어디에서 비롯되었는지, 지배층에 대한 백성들의 생각은 어떠한지를 알고 싶었다. 지리야 이미 알고 있었던 것 별다른 변화는 없었다. 그가 느낀 것은 신라가 결코 만만한 상대가 아니라는 것이었다.

고구려와 신라의 접경은 수많은 산과 강으로 이루어져 있었다. 산속에 쌓은 산성을 하나씩 점령하려면 많은 희생이 필요할 것 같았다. 이를 막기 위해서는 백성들의 민심이 지배층과는 동떨어져 있어야 한다. 신라 사람에게 차별을 받아 신라에 대한 증오심이 커야만 한다. 그렇지만 그게 아니었다. 민심은 고구려를 떠나 있었다. 한강을 끼고 물자 교류가 활발해지면서 백성들의 삶이 윤택해졌기 때문이었다. 광덕의 마음이 무거웠다. 이곳이 조상으로부터 물려받은 그의 영지인 까닭이었다. 온달의 활약으로 신라에 빼앗겼던 옥저와 동예의 일부 지역은 수복했으나 한강이남 지역을 되찾는 것은 쉽지 않다는 것을 느꼈다.

흰 눈이 내리던 어느 날 광덕은 문득 한 깨달음이 왔다.

'강이 아닌 산으로 가보자.'

평강현에서부터 이곳까지 이어지는 산길. 그는 짐을 쌌다. 그리고 눈길을 따라 떠났다. 뒤이어 내리는 눈은 그의 발자국을 깨끗이 지웠다.

구국의 영웅 온달

평원대왕 28년(586년, 신라 진평왕 8년)에 드디어 새로운 평양성(장안성)이 완공되었다. 고구려는 552년 백제와 신라의 공격이 거세지자 새로운 방어벽이 필요함을 깨닫고 보통강과 대동강이 만나는 지점에 성을 쌓기 시작했다. 평지성과 전시성인 산성의 형태를 유지하던 고구려는 획기적인 발상으로 새로운 성을 쌓았다. 외성과 내성 그리고 왕성으로 구성된 성이었다. 35년간의 긴 공정을 마친 평원대왕은 새로운 장안성 안으로 왕궁을 옮겼다. 그리고는 평강공주와 온달을 초대했다.

구국의 영웅 온달이 평강공주와 함께 장안성에 나타나자 장안성 안의 백성들은 그를 뜨겁게 환영했다. 온달은 뜻밖의 환대에 깜짝 놀랐다. 북주와의 전쟁이 끝난 후 온달은 자신의 공을 내세우지 않고 곧바로 군사들을 이끌고 자신의 영지인 평강현으로 내려갔다. 중앙정치에 관여하지 않겠다는 고정수와의 약속을 지키려는 의도도 있었지만 영지를 넓혀 자신의 부족원들이 살아갈 터전을 일구는 데 충실하기 위해서였다. 그래서 그는 신라에 빼앗겼던 관나부 지역의 수복에 힘을 쏟았다. 이런 온달의 태도에 대해 많은 평양성 사람들이 지지를 보내며 크게 환영했다.

반면 이에 민감한 반응을 보인 사람들도 있었다. 북주와의 전쟁 때 패배의 멍에를 쓰고 자칫 지금까지의 모든 지위를 잃을 뻔했던 고추가 고흘 집안사람들이었다. 다행이 온달이 평양에 머물지 않고 영지로 내려갔기 때문에 그나마 현재의 지위를 유지할 수 있었다. 이런 측면에서 백성들의 환영을 받고 귀경한 온달을 견제하지 않을 수 없었다.

"폐하, 새로운 왕궁에 입주하신 것을 축하드리옵니다."

"어서 오게. 내 사위."

온달이 궁궐 안으로 들어서자 평원대왕은 두 팔 벌려 환영했다.

"반갑습니다. 매형."

태자도 온달을 진심으로 반겼다. 그리고 또 한 사람, 어느새 장성한 태자의 이복동생인 고건무도 환한 웃음으로 그를 반겼다. 온달은 임금의 사위가 되었지만 궁궐을 방문한 것은 이번이 처음이었다. 그의 결혼은 축하받지 못한 결혼이었다. 북주를 물리치는 데 큰 공을 세우기 전까지 그는 부마로서의 대접을 제대로 받지 못했다. 때문에 그가 궁궐을 방문하지 못한 것은 당연한 것이었다. 그가 북주를 물리치고 나라를 구하는 데 일등의 공을 세운 후에도 평양에 머물지 않고 평강현으로 갔었기에 궁궐을 방문할 기회가 없었다.

서른을 넘긴 온달은 여전히 변방의 거친 모습이 많이 남아 있긴 했지만, 이제 귀족사회의 예법에 어느 정도는 익숙했다. 더 이상 궁궐의 화려함에 주눅 들지 않았다. 차분히 주변을 살필 정도로 연륜이 쌓였다. 그동안 종종 만나 뵈었던 황후는 물론 임금의 얼굴에서도 진심으로 자신을 환대한다는 것을 느낄 수 있었다. 그뿐이 아니었다. 가끔씩 보았던 태자는 물론 한 번도 얼굴을 본 적도 없는 그의 이복동생 고건무마저도 그에 대한 기대감이 넘침을 읽을 수 있었다. 이제야 자신이 황실의 일원으로 대접받는다는 것을 느낄 수 있었다. 차린 음식에서도 이들이 얼마나 온달을 반기는지 알 수 있었다. 한 번도 먹어보지 못한 산해진미가 차려졌다.

"오늘 이렇게 황궁을 천도하고 새로운 궁궐에서 온 가족들이 식사를 하게 되니 매우 기쁘구나. 더구나 오랫동안 변방에서 나라를 위해 몸 바쳐 충성한 사위와 함께 하니 더욱 뜻깊구나."

평원대왕은 온 가족이 모인 가운데 온달을 환영했다.

"이렇게 영광스러운 자리에 불러주시니 영광입니다. 또 저를 황실의 일원으로 생각해주시니 그 또한 감사드립니다."

온달은 자리에서 일어서서 인사를 했다. 흥분됨도 조급함도 보이지 않았다. 마치 오랫동안 이 자리에 있었던 것처럼 여유가 넘쳤다.

"자네 양견을 아는가?"

식사를 마칠 무렵 평원대왕은 뜻밖의 말을 꺼냈다.

"지난 북주와의 전쟁 때 저와 수십 합 겨루었던 자입니다."

"그 자가 우문옹의 아들을 죽이고 북주를 차지한 후 수나라를 세운 것(581년)도 알고 있는가?"

"소문은 들었습니다."

"그가 지금 남조의 진나라와 통일전쟁을 시작했어. 머잖아 중국은 진나라 아니면 수나라로 통일 될 것이야. 내 생각에는 전투경험이 풍부한 양견이라는 자가 결국은 승리할 것 같아. 만약 그가 중국을 차지한다면 우리 고구려도 안심할 수 없어. 그자는 이전에 자네에게 패한 것을 잊지 않고 있을 것이야."

"그자가 다시 쳐들어와도 이길 자신이 있습니다."

"양견 개인을 상대로 싸우는 것이 아닐세. 중국을 통일한 수나라를 상대로 싸우는 것일세. 우리 고구려는 통일된 중국을 상대로 싸운 적이 없어. 생각만 해도 실로 두려운 일이야. 고구려의 존망이 걸린."

온달은 미처 그것까지는 생각하지 못했다. 당장 신라를 상대로 영토를 수복하는 데만 주력하느라 주변을 둘러볼 여력이 없었던 것이다.

"이제 우리도 이런 국제정세에 맞게 새로운 질서를 구축할 필요가 있다고 생각되는구나. 특히 중요한 것은 통일 중국을 상대하려면 황실을 중심으로 힘을 한곳으로 모아야 한다는 점이지. 그 출발점이 신축한 장안성의 방어와 치안이다. 그 책임을 아무에게나 맡길 수 없는 일, 그래서 그 자리를 온달 자네에게 맡기려 하네."

평원대왕은 뜻밖의 제안을 했다.

"제가 말입니까? 저는 신라와의 변방을 지키고 있습니다."

"자네가 제일 적임자일세. 중군 사령관을 맡길 터이니 장안성으로 올라오게."

평원대왕은 명령조로 말했다. 온달은 실례인줄 알면서도 평원대왕의 눈을 바라보았다. 그 속에서 그는 여러 생각들을 읽어냈다.

"알겠습니다. 제가 책임지겠습니다."

"그리고 내가 죽은 후에라도 여기 있는 태자를 잘 보필해 황실과 고구려가 다시는 남의 조롱거리가 되지 않도록 도와주게."

고구려의 군제는 정규군과 비정규군으로 나눌 수 있는데, 정규군은 크게 지방군과 중앙군으로 양분된다. 지방군은 각 나부의 우두머리인 고추가 혹은 대가가 다스리는 큰 성을 중심으로 한 군대였다. 이들은 중앙군의 지휘를 받지 않는 독립된 부대로 자기 지역에서 외침을 받거나 내란이 일어날 경우 스스로의 힘으로 이를 해결했다. 다만 지난번 북주의 침입처럼 큰 외적이 공격해왔을 때는 중앙군의 도움을 받았다. 중앙군은 다시 오부로 나뉘는데 임금 직속의 중군이 주축이다. 평상시에는 이들이 중앙군을 형성하지만 전쟁이 발발하면 각 나부는 동, 서, 남, 북부군으로 편성되어 임금의 지휘를 받게 된다. 고구려군의 주축은 이들 외에도 비정규군인 '조의선인'이 있었다. 신라의 화랑 같은 존재인 이들은 평소에는 수도생활에 힘쓰다가 전쟁이 나면 참전을 했다. 수나라와 당나라와의 전쟁 때도 이들은 큰 공을 세웠다.

평원대왕이 온달을 중군의 사령관으로 임명했다는 것은 사실상 계루부의 군대 지휘권을 맡긴 것이다. 온달은 이 무게감을 느끼고 임금이 원하는 것이 무엇인가를 생각하기 시작했다.

"뭘 그렇게 골똘히 생각하나? 많이 들게."

황후가 경직된 온달의 모습을 보고 그의 마음을 편안하게 하려 애썼다. 온달은 다른 사람의 반대에도 끝까지 자신을 믿어주고 지지해준 장모에 대한 고마움을 다시 한 번 느끼며 식사를 마쳤다.

식사 후 온달은 궁궐에서 하룻밤을 머물게 되었다. 온달은 궁궐의 예법이 불편했다. 얼른 집으로 돌아가고 싶었다. 그래서 그는 저녁 식사를 마친 후 곧바로 방으로 돌아와 잠자리에 누웠다. 일찍 자고 일어나 집으로 가려는 의도였다. 하지만 쉽게 잠이 오지 않았다. 대왕의 말이 무슨 의미인지 생각하느라 정신은 오히려 더 또렷해졌다.

"벌써 주무시게요?"

아이들과 함께 새로운 궁궐을 구경하고 돌아온 평강은 온달이 잠자리에 누워있자 절로 웃음이 나왔다.
"자긴…. 생각하느라 누웠소."
"무슨 생각이요?"
"대왕폐하께서 내게 하신 말씀."
"고민하시지 말고 직접 가서 물어보세요."
"내가 어떻게…."
"당신 자격 있어요."
평강은 온달에게 자신감을 불어넣으려 애썼다.
"조금 있으면 태자께서 당신을 찾을 거예요. 주무시지 말고 만나보세요."
"태자께서 왜?"
"임금의 말을 어명이라 해요. 어명은 내려지는 순간 즉시 실행되어야 해요. 당신이 받은 어명, 그것에 대해 태자께서 의논하러 올 거예요."
'대왕께서 내린 어명. 대왕께서 나에게 사명을 주시다니….'
온달은 자리에서 벌떡 일어났다.

태자는 이복동생 건무*와 함께 온달을 기다리고 있었다. 건무는 잘 알지 못했다. 평원대왕의 둘째부인에게 아들이 있다는 이야기는 들었지만 그의 인물됨에 대해서는 듣지를 못했다. 이제 십대 후반에 들어섰을까 말까한 나이였다. 하지만 그의 행동거지는 매우 당당했고 기개가 넘쳐보였다.
"먼 길 오시느라 힘들었을 터인데 이렇게 늦게 모셔서 죄송합니다. 하지만 아바마마께서는 차마 말씀 못하셨지만 우리는 분명히 짚고 넘

* 영양왕에 이어 왕위에 오른 영류왕. 수나라의 2차 침입 때 수나라 해군을 대동강에서 격파함.

어가야 할 것 같아서 이렇게 뵙자 했습니다.”

태자는 정중히 예를 갖춰 온달을 대했다.

“저도 그것이 궁금했습니다.”

“고구려가 장안성으로 천도를 했는데 이에 즈음해 새로운 출발을 해야 합니다. 그 시작은 왕권 강화입니다. 사십여 년 전 추군과 세군의 내전 이후 승리한 추군들이 권력을 잡으면서 지금까지 왔습니다. 대왕은 추군의 눈치를 살펴야 했고, 군사력 또한 약해져 남부의 관나부는 거의 붕괴되었습니다. 다행히 매형께서 많이 회복했지만 관나부가 다스리던 많은 지역은 여전히 신라의 영토입니다. 이런 상황을 바꿔야 합니다.”

태자는 나지막한 목소리로 설득력 있게 조목조목 고구려의 현 상황을 짚었다.

“그동안은 왕권이 약해서 숨죽이고 있었지만 이제는 아닙니다. 다행히 우리 황실에 매형 같은 대장군이 계시니 이제 추군들과 충분히 맞설 수 있게 되었습니다. 그동안 명분이나 힘이 없어 참았지만 이제부터는 아닙니다. 제가 왕위에 오르기 전에 반드시 추군을 제압할 것입니다. 매형이 도와주세요.”

온달은 태자, 건무와 어울려 술을 마셨다. 궁궐의 남자들끼리 술을 마시는 것은 처음 있는 일이었다. 이렇게 기분 좋은 날이라면 술을 마시고 정신이 흐트러질 수도 있었다. 하지만 온달은 전혀 흐트러짐이 없었다. 몇 독의 술이 들어가도록 온달의 태도는 바뀌지 않았다. 이 모습을 바라보는 태자의 입가는 점점 위로 올라만 갔다.

온달이 술자리를 파하고 돌아오자 자지 않고 있던 평강이 그를 맞았다.

“장안성 책임자가 되는 것이 옳은 일인지 모르겠소?”

온달은 약간 달아오른 술기운에 의지해 그녀에게 자신의 근심거리를 말했다.

“낭군님께서 하신 일이 얼마나 위대한 일인지 아세요? 장군께서 격퇴시킨 북주는 고구려를 멸망시킬 수 있는 큰 나라예요. 그들을 물리치고 고구려에 평화를 가져왔으니 당신은 나라를 구한 구국영웅 아니겠어요. 더군다나 장군께선 대왕의 맏사위고요. 그 정도 직위는 충분히 누릴 자격이 있어요.”

“어릴 때 평양성에서 자라면서 뭇 사람들로부터 바보라는 놀림을 받으며 자랐소. 이런 내가 저들을 지휘하는 사람이 되었다면 나를 임명한 대왕폐하와 또 공주가 비난받고 조롱받지 않을까 염려되어 하는 소리요.”

“생김새가 다르다고, 출신성분이 천하다고 놀림 받았지만 당신은 능력으로 그 모든 것을 극복해내셨어요. 더구나 평양성의 귀족들은 고흘의 독재에 불만을 느끼고 있고요. 이제 낭군님이 나서서 이런 관계들을 정리한다면 오히려 환영 받을 것입니다.”

“부인께서 그렇게 말해주니 힘이 납니다.”

온달이 새로운 도읍지인 장안성 방어책임자가 되어 중군을 지휘하게 되었다는 소식은 평양성의 귀족들 사이에 큰 화제였다. 특히 그동안 권력을 쥐고 있던 연나부 고흘의 집안에는 큰 충격이었다. 지금까지 그 직책은 연나부 고추가인 고정수가 맡고 있었다. 이는 중대한 도전일 뿐 아니라 위기였다. 연나부의 영지는 요동지역에 있었다. 요동성을 비롯해 안시성, 백암산성 등이 이들의 관할 지역이었다. 이 지역은 북쪽의 신성과 함께 외침이 많은 지역이라 매우 강한 군사들이 집중되어 있는 곳이었다. 따라서 군사력으로만 따진다면 임금보다 우위에 있었다.

그런데 이들은 지난번 북주의 침입 때 무참히 패배하고 많은 군사를 잃은 후 임금이 이끄는 중앙군의 도움을 받아 겨우 위기를 넘길 수 있었다. 이로 인해 이들의 위상은 예전만 같지 못했을 뿐 아니라 군사력 또한 많이 약해졌다. 이런 상황에서 온달의 등장은 그들을 긴장시켰다.

장안성 책임자가 된 온달은 평강현을 파랑치에게 맡겨두고 많은 귀족들이 주로 사는 금수산 자락에 큰 집을 하나 장만했다. 그리고 그의 집 근처에는 마라치, 으라차 등이 살 집도 함께 구했다. 행랑채에는 전장을 함께 누볐던 기기시족 기병대 오십여 명이 함께 했다.

"안녕하시오?"

"당신은…."

신마리는 마라치를 알아보았다. 동시에 군복을 차려 입은 그의 모습에서 뭔가 달라진 상황을 금방 눈치 챘다.

"무슨 일이시오?"

"내가 새롭게 군마 책임을 맡게 되었소. 앞으로는 마시장을 열기 전에 내가 먼저 말을 고를 것이오. 그 이후에 개인적인 거래를 하시오."

"아직까지 그런 법은 없었소이다."

"지금 정한 법이오. 좋은 말은 나라에서 먼저 사겠다는 것이오. 그리고 이 법을 어기고 시장 질서를 어지럽히는 자는 지위고하를 막론하고 용서하지 않을 것이오."

"허허, 참."

신마리는 마뜩찮은 표정을 지었다.

"다음번 마시장이 열릴 때부터요. 홍보를 잘 하시오."

마라치는 일방적인 통보를 한 후에 자리를 떴다.

마라치는 사흘 후 다시 마시장을 찾았다. 이번에는 혼자가 아니었다.

무장한 군사들을 이끈 채였다. 가을이라 새벽 공기가 매우 찼지만 마시장은 새벽부터 북적였다. 개장 날짜에 맞추어서 인근의 수많은 말들이 하얀 입김을 뿜으며 마시장으로 쏟아져 들어왔다. 그들은 정해진 장소에 말들을 묶은 후 불을 피워 손도 녹이고 간단한 요깃거리도 만들었다. 그들 틈에는 신마리의 모습도 보였다.

"상인들에게 내 말을 전했소?"

"전하고 있는 중입니다."

"수고 했소."

"난 군마 관리를 책임지고 있는 사람이오. 앞으로는 다른 상인들이 말을 구입하기 전에 우리 군에서 먼저 필요한 말을 구입할 것이오. 이를 절대 어기지 마시오."

마라치는 시장을 돌며 상인들에게 정해진 규칙을 다시 설명했다. 그리고 기기시족 부하들과 함께 인근의 목장에서 끌고 온 말들을 점검했다. 그동안 어떻게 군마를 관리했는지 궁궐에서 사용하는 말들보다 상품의 말들이 많았다. 그런데 마라치가 이 좋은 말들을 사려하자 많은 상인들이 팔기를 거부했다. 결국은 마라치와 상인 사이에 시비가 붙었다.

"팔지 않을 말을 왜 가져왔소?"

"이 말들은 이미 팔린 말들이오."

"이제부터는 나라에서 필요한 말을 먼저 산다고 하지 않았소?"

"그건 당신네들의 일방적인 통보이지 시장의 오랜 전통이 아니오."

상인은 마라치를 무시하는 듯했다.

"시장의 전통보다 나라가 우선이오."

마라치는 화나는 마음을 애써 누르며 차분히 말했다.

"이 말들은 연나부 고추가 집안에서 사기로 이미 약속이 된 것들이오."

상인들이 버티는 이유를 알 수 있었다. 평양성의 상인들에게 가장 강한 권력자는 연나부의 고추가였다. 이들의 이름만 대면 지금까지 웬만한 관리들은 뒤로 한 발 물러섰다.

"대왕폐하가 먼저요."

마라치는 이전의 관리와 달리 물러서지 않았다.

"안 되오. 팔 수 없소."

상인들도 쉽게 물러서지 않았다.

"군인들이 당신들을 위해 목숨바쳐가며 외적과 싸우는데 누가 군인들보다 우선할 수 있단 말이오. 군인들이 좋은 무기와 좋은 말을 가져야만 외적과 싸울 것 아니오. 그래야만 당신들도 편하게 살 수 있는 것이고."

마라치의 목소리는 점점 높아졌다.

"이러지 마시오. 우리가 곤란해지오."

상인은 끝까지 버텼다.

"전부 체포해라!"

시장의 질서를 알고 있는 마라치는 이곳에 나오면서 상인들이 자신의 말을 쉽게 따르지 않을 것이라 예측은 했지만 대왕과 나랏일을 앞세우면 어느 정도는 뒤로 물러설 줄 알았다. 더구나 지금은 북주와의 큰 전쟁을 치룬 후라 전시상황이나 다름없었다. 이렇게까지 완강할 줄은 몰랐다.

마라치는 이들 상인들을 전부 다 내성에 마련된 중군 군영의 감옥에 가둔 후 모든 상황을 온달에게 보고했다. 온달은 마라치를 격려했다.

"온달이 어딨어? 이리 썩 나오지 못해!"

예상대로였다. 고문이 흥분한 모습으로 중군 군영을 찾아와 큰소리로 온달을 찾았다. 온달은 자리에서 일어서지 않고 꼿꼿하게 앉아 고문을 맞이했다.

"무슨 일이오?"

"네놈이 감히 내 사람들을 잡아 가?"

고문은 흥분을 감추지 못하고 금방 검을 뽑을 태세였다.

"그놈들은 나라 법을 아주 우습게 아는 놈들이라 잡아들였다."

온달의 태도가 달라졌다. 목소리 또한 위엄이 있었다.

"뭐라고! 그 사람들은 내가 부리는 상인들이야, 네놈이 뭔데 내 일에 관여를 해?"

고문은 끝내 화를 참지 못하고 검을 뽑아 들었다.

"그 검으로 나를 치려고?"

온달은 비아냥거렸다.

"뭐야, 이놈이 주제를 모르고 환장했구만."

고문은 내려칠 듯이 검을 높이 들며 말했다.

"당신이야 말로 주제를 모르고 날뛰고 있어. 대왕폐하께서 임명한 관리를, 더군다나 그냥 관리도 아니고 임금의 사위를 향해 검을 겨누고 또 내려치려 하다니."

"뭐!"

"당신을 반란죄로 체포한다."

온달은 검을 뽑아 순식간에 고문을 제압했다. 그리고는 부하들을 불러 그를 체포했다.

"너희 추군들이 만든 고구려가 어떤지 한 번 생각해봐라. 관나부의 옛 옥저와 동예 땅은 전부 신라에 뺏겼고, 북쪽에서 쳐들어오는 북주군을 막지 못해 하마터면 고구려가 망할 뻔했다. 그런데도 너희들은 반성하기는커녕 여전히 낡은 생각으로 고구려를 지배하려 들고 있다. 이제는 아니다. 이제는 대왕폐하께서 직접 고구려를 통치하실 것이다. 이 자를 제 친구들이 있는 감옥에 가둬라!"

온달은 망설이지 않았다.

고문이 감옥에 갇혔다는 소문은 온 평양성에 순식간에 퍼졌다. 고구려 내에서 고문을 건드릴 사람은 아무도 없었다. 고구려의 권력은 추군이라 불리는 연나부 고추가 세력이 잡고 있는 것은 모든 평양성 사람이 다 알고 있었다. 그런데 그 권력의 핵심에 있는 고추가의 아들이 감옥에 갇힌 것이다. 국법을 어겼다는 이유로.

평양성은 긴장 상태가 지속되었다. 사람들은 40년 전에 있었던 추군과 세군의 내란을 떠올렸다. 연나부 고추가의 자리를 장남 고정수에게 물려주고 정무에서 손을 뗀 후 노후를 즐기던 고흘은 손자 고문이 중군 군영에 갇혔다는 소리를 듣고는 보통 상황이 아님을 깨달았다. 그는 은밀히 사람을 보내 집안사람들을 다 불러 들였다. 안시성주로 있는 둘째 아들 고덕수, 요동성을 지키고 있는 둘째 손자 고량은 물론이고 북방의 신성을 책임지고 있는 아우 고수까지 평양성으로 들어왔다.

"양원대왕 원년(545년)에 있었던 세군과의 싸움 이후 가장 큰 위기가 우리 집안에 닥쳤다."

고흘은 노회하게 현 상황을 한 마디로 분석했다.

"감히 누가 우리에게 맞설 수 있단 말입니까?"

북방의 요충지인 신성 성주로 나간 지 오래 된 동생 고수가 흥분한 채 말했다.

"지난 북주와의 전쟁 때 임금의 사위인 온달이라는 놈이 등장해 큰 위기를 극복했다. 그러자 임금은 그 기회를 놓치지 않고 온달에게 힘을 실어주어 왕권을 강화하려 하고 있어. 천지를 분간하지 못하는 온달이라는 놈은 그런 임금을 믿고 감히 우리에게 도전장을 내민 상태다."

고흘은 변방에 나가 있어 평양성 소식을 제대로 알지 못하는 가족들에게 상황을 자세히 설명했다.

"도전장이라뇨?"

"그놈이 임금이 연주하는 장단에 춤을 춰서 내 장손을 중군 감옥에 가두었다."

"예!"

"이것은 우리에 대한 선전포고다."

"어쩌다가 임금의 사위가 되었는지 모르지만 온달이라는 놈은 바보가 아닙니까?"

평양성 정세를 잘 알지 못하는 고수는 어이가 없다는 듯 흥분했다.

"온달은 생김새가 달라 바보라 놀림을 당했지만 그의 아버지는 돌궐족 선봉장이었던 맥철이다."

"예! 온달이 맥철의 아들이었단 말입니까?"

삼십오 년 전 돌궐족과의 전투에 참전했던 고수와 고정수, 고덕수 등은 맥철을 기억했다. 편법을 써서 겨우 제압할 수밖에 없었던.

"그 온달이 남쪽의 신라를 공격해 지금은 잃어버렸던 옥저 땅을 대부분 수복했다. 그리고 알다시피 지난번 북주와의 싸움에서 큰 공을 세웠고. 그는 절대 만만한 상대가 아니다. 힘으로는 그를 당할 자가 없어. 머리는 어떤지 모르겠지만…. 이렇게 무모하게 도전하는 것으로 봐서는 머리가 썩 좋은 것 같지 않지만."

"이제 어떻게 해야 합니까?"

"먼저 정수가 온달을 찾아가서 고문을 빼내 와라. 그 사이 나머지 사람들은 신성, 요동성, 안시성의 뛰어난 군사들을 선발해 이곳으로 보내라. 그 다음에 곧바로 온달을 친다."

그 시각 온달은 평강과 함께 새롭게 장만한 집에 있었다. 이제 막 백일을 지난 셋째 아이의 재롱을 즐기며.

"마님, 손님이 찾아 오셨습니다."

"손님, 누구?"

"접니다."

익숙한 목소리였다. 온달은 얼른 문밖으로 뛰어나갔다.

"태자전하께서 어인일로."

"누님이 조카를 낳았는데 한 번도 찾지 못했으니 찾아보는 것이 당연한 것 아니겠습니까?"

"하긴 그렇지요. 어서 드시지요."

평강과 태자 그리고 온달은 한 자리에 앉았다. 조카 이야기로 잠깐 화제를 삼았던 태자는 곧바로 방문 목적을 말했다.

"어떡하시려고 고문을 체포했습니까?"

"황실의 권위를 세우기 위한 첫 번째 조치입니다."

온달은 대수롭지 않게 대답했다.

"고문의 체포가 어떤 결과를 초래할지 알고 있습니까?"

태자는 걱정이 된 듯 물었다.

"고흘이 이끄는 추군들과의 한판 싸움을 의미하겠지요."

이번에는 평강이 대답했다.

"그걸 알면서 그런 일을 저지른단 말입니까?"

태자는 너무나 태연한 누나 평강의 태도에 어이가 없다는 듯 다그쳤다.

"태자, 이번이 아니면 황실의 권위는 되찾기 힘들어요."

"이번이라뇨? 저들에 맞설 자신이 있습니까?"

"그동안 저들에 맞설 장수가 없었다는 사실을 태자께서도 잘 알고 있겠지요. 하지만 이젠 아닙니다. 우리 황실엔 온달장군이 있어요. 이젠 우리가 저들을 충분히 제압할 수 있지요."

평강은 이 일의 설계자인 듯 자신감을 드러냈다.

"그게 가능하다고 생각하십니까? 저들은 고구려의 정예병사인 요동성과 신성, 안시성 등지에서 군인들을 동원할 것입니다."

"저들은 북주군과의 싸움에서 패배한 군사들이지만, 매형께서 이끄는 부대는 남쪽 신라와의 싸움에서 계속 승리했고 북주군과의 싸움에서도 이긴 상승의 부댑니다. 저들이 온달님의 부대를 당할 수 없지요."

"허허 어떻게 그렇게 순진하십니까? 평양성 안의 대부분의 상인과 벼슬아치들은 고흘의 신세를 졌거나 녹을 먹고 사는 자들입니다."

"상대적으로 연나부와 고추가 가문인 추군 세력에 반감을 가지고 있는 사람들도 있겠지요."

"반감을 가진 사람들?"

"연나부의 강의식*이나 을지문덕**, 그리고 절나부, 순나부의 대가들 말입니다."

"그들을 만났습니까?"

뜻밖의 말에 태자의 말이 빨라졌다.

"아직…."

---

* 수나라의 1차 침입을 물리친 장수.
* 수나라의 2차 침입 때 살수대첩으로 대승을 거둔 장수.

"그분들이 어떻게 나올지 모르는데 너무 서두르는 것이 아닙니까?"

"그분들이 미리 알면 불리할 수도 있어요."

"불리하다뇨?"

"우리의 계획이 고흘에게 흘러갈 수도 있고, 또 그분들의 생각을 듣다보면 결단력이 떨어질 수도 있지요. 우리가 선수를 쳐서 기세를 잡고 그들에게 지지를 구하면 우리 쪽으로 돌아설 겁니다."

태자는 평강을 물끄러미 바라보았다. 어디서 저런 결단력이 나오는지 궁금했다. 그렇지만 중요한 건 결과였다. 그 결과가 좋지 못하면 엄청난 파탄을 불러 올 것이다. 그런데 누나의 결단력에 대한 믿음을 가질 수 있는 좋은 경험이 있었다. 누구도 상상할 수 없었던 온달과의 결혼. 추군의 정변 이후 고구려는 사실상 추군의 나라였다. 그것을 반전시킬 수 있는 방법이 없었다. 나라의 힘은 점점 약해졌다. 이것을 뒤엎은 사람은 누나였다. 상상하지 못한 곳에서 반격을 가했다. 온달이라는, 모든 사람이 손가락질하던 사람의 가치를 발견하고 자기 인생을 걸었다. 그리고 성공했다. 북주를 격파함으로써 고구려 건국 이후 최대의 위기상황을 극복할 수 있었다. 이로 인해 누나는 온달과 더불어 백성들 사이에서는 가장 인기 있는 사람이 되었다. 누나의 선택이 옳았다. 누님을 믿기로 했다.

"제가 필요할 때는 언제든지 불러주세요."

태자는 온달의 집을 들어설 때의 불안한 마음은 어느새 사라지고 새로운 투지가 솟아났다.

태자의 지지를 받은 온달은 자신감이 생겼다. 그는 자신의 영지에 있는 파랑치와 으라차를 불러 이번 싸움의 중요성을 일깨운 후 구체적인 계책을 지시했다.

"파랑치 아저씨는 영지에 남아 상황이 종료되었다는 연락이 있을 때까지 무장한 채로 대기해주세요. 혹시 증원 요청이 있으면 즉시 군대를 보내주세요."

"알겠네."

"으라차는 자네 휘하의 병사들을 압록강 변으로 이동시키게."

"압록강?"

"압록강을 건넌 후 오골성 쪽으로 향하는 길목에 매복해 있다가 연나부 군대가 들어오면 기습하게."

"그런데 저들이 함께 들어올까? 요동과 신성, 안시성은 거리가 매우 먼데."

"소수의 정예병들만 뽑아서 평양성으로 들어오니 세를 과시하기 위해서라도 함께 모여서 오겠지. 아니라도 상관없네. 그 길목을 계속 지키게. 어느 쪽에서 오든지 결국은 봉황성을 거쳐야 하니까."

"알겠네."

"이번 거사의 성패는 자네에게 달렸으니까, 무슨 일이 있어도 그들을 제압해야 돼. 역시 이곳에서 상황 끝이라는 연락이 가기 전에 자리를 떠서는 안 되네."

"알겠네."

"마라치는 장안성에서 나와 함께 움직인다."

고흘은 노구를 이끌고 궁궐을 찾았다. 노회한 그는 곧바로 임금을 찾았다. 아침 식사를 마친 후 국사를 생각하던 평원대왕은 고흘이 방문했다는 말에 얼른 그를 맞아 들였다.

"고추가 어른께서 이른 아침부터 어인 일로 궁궐을 찾으셨습니까?"

고흘은 아버지 양원대왕의 신하였다. 아버지와 함께 고구려의 어려움을 극복해왔던 그를 평원대왕은 함부로 대하지 못했다. 그는 예를 갖춰 고흘을 대했다.

"제가 정치에서 이제 한 발 물러섰는데 요즘 아주 괴상한 일이 벌어져서 이렇게 찾아왔습니다."

"괴상한 일이라뇨?"

"제 손자 고문이 중군의 뇌옥에 갇혀 있습니다."

"예! 누가 감히 그런 무모한 일을 저질렀다 합니까?"

"온달이라 합니다."

"온달이요! 허허…, 제가 평양성 방위를 맡겼더니 아직 세상 물정을 잘 몰라서 그런가봅니다. 얼른 조치를 취하겠습니다."

"고구려는 황족인 계루부와 왕비족인 연나부가 함께 모여 중요한 국사를 해결하면서 지금까지 유지되어온 나라입니다. 그런데 이런 중요한 전통을 깨뜨리고 우리 연나부를 배제하시면 정말 곤란한 일이 벌어질 수도 있습니다. 앞으로는 이런 일이 없었으면 좋겠습니다."

"그야 당연한 일이지요. 제가 어떤 연유인지 한 번 알아보겠습니다. 여봐라! 밖에 누가 있느냐? 태자를 들라 일러라."

고흘은 노한 표정을 풀지 않았다.

"식사는 하셨는지요?"

사정을 잘 모르는 평원대왕은 그의 화를 삭이려 애썼다.

"소식을 듣고는 억울하고 분해서 밥을 먹을 수가 없었습니다."

"그러면 얼른 말씀을 하시지 그랬습니까?"

평원대왕은 고흘을 달래며 다과를 준비하게 했다.

가벼운 다과상이 차려질 무렵 태자가 찾아왔다.

"고문이 중군에 갇혀 있다는 소식을 들었는가?"

"예. 보고를 받았습니다."

"무슨 사연이라더냐?"

태자는 그간에 있었던 일을 자세히 보고했다. 상인들이 중군사령관인 온달의 말을 무시하며 법을 어겼고 그들의 뒤에 고문이 있었다는 내용이었다.

"저런, 저런 무법한 일이 있나! 그런데 고문은 왜 체포했지?"

평원대왕은 고흘을 슬쩍 쳐다보며 물었다. 고흘의 얼굴표정은 아무런 변화가 없었다.

"고문이 그들을 풀어주라고 압력을 넣으면서 검을 휘둘렀습니다. 온달은 국법을 집행하는 관리를 향해 검을 휘두른 것은 반역행위라며 그를 체포했다고 합니다."

"음…, 일리가 있는 행동이었구나. 그래도 고문을 함부로 체포해서는 안 된다. 얼른 풀어주어라."

"알겠습니다."

태자는 순순히 대답했다.

"때로는 국법 위에 존재하는 것이 있다. 그것이 고추가다. 고추가 집안은 함부로 대해서는 아니 되는 것이다. 더군다나 연나부는 우리 황족과는 혼맥이 얽혀있어 한 집안 사람들이나 다름없다. 앞으로는 이 점을 명심하기 바란다."

평원대왕은 점잖게 타이르듯 말했다. 이런 모습을 고흘은 유심히 지켜보고 있었다.

"명심하겠습니다."

"물러가라."

태자가 물러간 후 평원대왕은 고흘의 눈치를 살폈다. 여전히 그의 표정에는 큰 변화가 없었다. 그가 만족하지 못했다는 것을 느낄 수 있었지만 평원대왕은 더 이상 고흘의 태도에 관심을 갖지 않기로 했다.

"오랜만에 오셨는데 편히 쉬시다가 점심 식사하시고 돌아가시지요."

"그렇게 할까요?"

고흘은 천천히 차를 마시며 옛날이야기를 꺼냈다. 삼십여 년 전에 있었던 돌궐족의 공격을 떠올리며 자신이 아니었으면 고구려는 큰 위기에 빠졌을 것이라는 점을 강조했다.

"그 당시 선왕께서는 저를 적극적으로 밀어주셨지요. 그래서 장안성도 쌓을 수 있었고. 그 덕분에 평양성 문턱까지 왔던 백제의 침입도 막을 수 있었습니다."

고흘은 한동안 자신의 집안이 고구려에 얼마나 많은 공을 쌓았는가를 말했다. 평원대왕은 그 말을 묵묵히 듣고만 있었다.

"하지만 북주의 공격은 막지 못했습니다. 옛 옥저 땅은 대부분 신라에 빼앗겼고요."

평원대왕은 고흘의 말끝에 한 마디를 불쑥 꺼냈다.

"뭐라고요!"

고흘은 한동안 말을 잇지 않았다. 그리고는 자리에서 일어섰다.

"돌아가겠습니다."

평원대왕은 돌아서는 그를 붙잡지 않았다.

고문이 돌아왔다. 궁궐에 다녀온 뒤 미동도 하지 않고 사랑방에서만 지내던 고흘은 고문이 돌아왔다는 소식에 식구들을 불렀다.

"임금의 생각을 읽었다. 전쟁이다. 온달을 쳐야 한다. 요동에서 군사들이 오면 곧바로 온달을 공격할 것이니 준비들 단단히 하고 있어야 한다. 평양성에 주둔하는 서부군에 비상을 걸고 우호적인 상인들을 무장시켜라!"

그 시간 온달은 연나부의 또 다른 강자 을지 씨 집을 찾았다. 이전에 한 번도 그를 개인적으로 만난 적이 없었다.

"어쩐 일이시오, 부마께서 내 집을 다 찾으시고?"

을지문덕이 온달을 맞이했다. 첫인상에서부터 강인함이 느껴졌다.

"부탁이 있어 왔습니다."

을지문덕은 온달의 방문을 놀라워했다. 그와는 아무런 은원관계가 없었다. 다만 한 가지 마음에 새기고 있는 것은 북주군과의 전투에서 승리를 거둠으로 인해 자신의 영지가 공격을 받지 않았고, 이로 인해 아무런 피해 없이 전력을 유지할 수 있었다는 점이다.

"혹시 평양성에서 무슨 일이 벌어지더라도 가만히 계셔달라는 부탁입니다."

"연유를 알아야지 움직이든지 말든지 할 것 아니오."

을지문덕은 전혀 동요하지 않았다.

"반란음모가 있습니다."

"반란?"

"지금 조사 중입니다. 전모가 밝혀지면 그때 말씀드리겠습니다."

을지문덕은 눈치가 빠른 사람이었다. 온달이 굳이 자기를 찾아온 이유를 금방 알아챘다. 추군들의 기세가 너무 높아 언젠가는 꺾일 것이라 생각은 하고 있었지만 대항마가 없었다. 그런데 온달이 나선 것이다. 그는 상대가 누구인지 묻지 않았다.

"반란이라면 당연히 협조해야지요."

자신이 중립을 지킬 수 있다면 그것처럼 좋은 일은 없었다. 괜히 한쪽으로 쏠렸다가 잘못하면 싸움의 한복판으로 말려들고 그 결과가 좋지 못하면 가문이 몰락할 수도 있기 때문이었다.

을지문덕의 협조를 받은 온달은 연나부의 비사성을 근거지로 삼고 있는 강의식 욕살을 찾아 또다시 협조를 청했다. 강직한 무인인 그도 온달의 방문이 무엇을 의미하는지 알고, 중립을 지키겠다고 약속했다.

압록강을 건넌 으라차는 산속으로 몸을 숨겼다. 압록강에서 오골성까지는 한나절이면 갈 수 있는 거리였다. 중간에 구련성이 있었지만 그는 구련성을 우회해 오골성과 구련성의 중간쯤에 있는 봉우리 하나를 택해 매복지를 정했다. 말에 재갈을 물렸다. 화식을 금하고 육포로만 끼니를 때웠다.

산속에 몸을 숨긴 지 삼 일이 되는 날이었다. 누가 봐도 군인으로 보이는 무리들이 고개를 올라왔다. 이백여 명은 족히 되어 보였다. 이쪽은 천여 명. 으라차는 요동에서 평양성으로 이어지는 길을 봉쇄할 작정으로 많은 군사를 이끌고 왔다. 일단의 무리들은 아무런 경계 없이 말을 타고 천천히 다가오고 있었다. 이십여 보 정도로 간격이 좁혀지자 으라차는 두건을 올려 얼굴을 가렸다. 그리고는 손짓으로 공격 명령을 내렸다. 먼저 화살을 쏘기 시작했다. 초기에 제압하는 것이 제일 좋았다. 기습을 받은 상대는 순식간에 절반 이상의 병력을 잃었다. 다행히 산속이라 조금만 움직이면 피할 곳이 있었다. 하지만 그들이 겨우 엄폐를 했을 때는 많은 군사를 잃은 뒤였다. 으라차는 이미 퇴로에 군사들을 매복시켜 놓았기에 위에서 포위망을 좁혀가며 사냥하듯 상대를 몰아가기 시작했다. 하지만 저들도 정예 병사들인지라 만만찮은 반격을 가하며 포위망을 빠져나가려 애썼다. 아군의 피해자도 늘어나기 시작했다. 으라차는 개의치 않고 저들을 매복병이 숨어 있는 곳으로 몰고 갔다.

"와!"

숨어 있던 매복병들이 나타나 화살을 쏘며 공격을 가하자 상대는 전의를 잃었다. 손을 들어 항복하는 자가 속출했다. 그중에는 고량과 고수도 있었다. 기습은 성공이었다. 으라차는 현장을 수습한 후 포로들을 이끌고 2차 매복지를 향해 떠났다.

추적추적 비가 내렸다. 하루 종일 내린 비는 그칠 줄 몰랐다. 다음날도 그 다음날도 비는 계속 내렸다. 대동강 물이 불어나 평양성을 집어삼킬 태세였다. 많은 사람들은 빗속에서도 도롱이를 쓴 채 강물에 떠내려 오는 가축들과 농산물이며 목재 등을 구경하느라 강가를 떠나지 못했다. 더러는 강물 속에 쓸 만한 세간살이라도 있는지 강가를 배회하는 사람도 있었다.

평양성을 경비하는 책임자가 된 온달은 매우 바빴다. 축대 무너진 것도 수리해야 하고 강 상류에서부터 떠내려 오는 시신도 수습해야 했다. 평소보다 치안에 더 신경을 썼다. 가가호호 방문하며 잃어버린 것은 없는지 조사해야 했다. 온달은 중군의 모든 군사들을 소집해 평양성 구석구석을 다 순찰하게 했다.

이틀을 내린 비는 사흘째도 그칠 줄 몰랐다. 빗소리는 모든 소리를 앗아갔다. 어둠이 내리자 평양성에는 빗소리 외에는 아무 소리도 들리지 않았다. 불안한 사람들은 집안에 몸을 숨긴 채 비가 그치기만을 기다리며 잠이 들었다. 하지만 잠을 이루지 못하는 사람도 있었다.

"요동성에서는 왜 소식이 없지?"

고흘은 초조한 기색이었다.

"아마도 비가 많이 와서 늦는 것 같습니다."

아버지를 대신해 연나부 고추가가 된 고정수는 고흘의 곁을 지키고 있었다.

"꼬리가 길면 잡히는 법. 이렇게 늦다간 온달이 눈치 챌지도 몰라."

"비가 그치면 사람을 보내겠습니다."

"잡혀간 상인들은 어떻게 되었느냐?"

"여전히 중군의 감옥 속에 갇혀 있습니다."

"상인들의 반응은?"

"금방 석방될 줄 알았는데 길어지자 당황한 기색입니다."

"허허, 큰일이군. 상인들은 권력자에 대한 의리가 없어. 그들은 항상 더 강한 자를 따르게 마련이지. 만약 이번에 온달을 제압하지 못하면 상인들은 금방 등을 돌릴 게야."

"알고 있습니다. 요동에서 후원군이 오면 곧바로 중군을 제압하고 온달을 체포하겠습니다."

"나를 체포하시겠다고?"

갑자기 방문이 열렸다. 문밖에는 귀신 형상의 사내가 서 있었다. 삿갓에 도롱이를 걸친 사내가 빗물인지, 핏물인지 모를 물을 뚝뚝 떨어뜨리며 방 안을 향해 검을 겨누고 있었다.

"자네는?"

사내는 방 안으로 성큼성큼 들어왔다. 그리고는 삿갓을 벗었다. 온달이었다.

"밖에 누구 없느냐! 이놈을 잡아라!"

고정수는 바깥을 향해 다급한 소리를 울렸다.

"누구를 부르십니까? 빗소리 외에 아무도 대답할 자들이 없을 것입니다."

"문아, 어디 있느냐?"

고정수는 집안 경비를 책임지고 있는 아들 고문을 찾았다.

"이놈을 찾으시는 것입니까?"

온달은 왼손에 쥐고 있던 것을 고정수 앞에 던졌다. 고문의 목이었다.

"문아! 이게 어떻게 된 거냐?"

감정을 억누르지 못한 고정수는 자리에서 벌떡 일어나 검을 뽑았다.

"다른 사람의 목숨은 쉽게 빼앗더니 자식 목숨은 매우 중한가 보군요?"

온달은 비아냥거렸다.

"뭐라고, 이 바보 새끼가."

고정수는 곧바로 온달을 향해 달려들었다. 온달은 기다렸다는 듯 검을 들고 맞상대를 했다. 수합을 겨루었지만 쉽게 승부가 나지 않았다. 그 틈을 이용해 고흘도 검을 빼들었다.

"그만 하시는 게 좋을 겁니다."

두 사람이 상대를 하고 나서자 온달은 오히려 여유를 부렸다. 그 이유는 금방 밝혀졌다. 수십 명의 무사들이 방 안으로 들어 온 것이다.

"검을 내려놓으시죠."

온달은 겁박하는 목소리로 말했다. 한동안 검을 쥐고 사태를 주시하던 고흘은 검을 내려놓았다. 고정수도 아버지를 따라 검을 내려놓았다.

"당신들을 반란죄로 체포합니다. 이들을 중군의 뇌옥으로 모셔라!"

이날 밤 온달은 치안을 핑계로 중군의 모든 군사들에게 비상을 건 후, 이들을 이끌고 밖으로 나왔다. 성 안을 한 바퀴 돈 이후에 밤이 깊어지자 군사들을 이끌고 고흘의 집을 급습했다. 고흘을 공격한다는 말에 많은 병사들이 멈칫거렸다.

"이들은 반란군이다. 대왕폐하의 명을 어기고 마음대로 군사를 움직인 자들이며 폐하의 명령을 무시한 자들이다."

임금을 호위하는 중군의 병사들은 잠시 망설였다. 고구려 최고의 권력자 고흘을 따르느냐, 북주를 물리친 고구려 최고의 영웅이며 임금의 사위인 온달을 따르느냐. 어느 한 순간의 판단이 나머지 인생을 결정지을 수 있었다.

"저항하는 자들은 죽여도 좋다!"

온달은 그들에게 고민할 틈을 주지 않았다. 명령을 내림과 동시에 말을 탄 채로 담을 넘었다. 병사들도 대장을 따라 담을 넘었다. 이들의 발자국 소리는 빗소리가 다 쓸어가 버렸다. 긴장 속에서 집안을 지키던 고흘의 사병들은 갑작스럽게 나타난 도깨비 같은 사람들에게 혼백이 나간 듯 멍하니 서 있다가 목숨을 잃었다. 자신을 해치러 나타난 사람이 온달인 것을 안 많은 사람들이 무기를 내려놓았다. 그들은 해치지 않았다. 하지만 어딜 가나 충복은 있게 마련, 그들은 목숨을 걸고 저항했다. 그러나 그들은 매서운 검날에 베여 빗물에 피를 보태며 쓰러졌다. 뒤늦게 고문이 부하들을 이끌고 달려 나왔다. 그는 온달을 단번에 알아보았다.

"네 이놈! 여기가 어디라고 함부로 들어와?"

그는 큰소리로 꾸짖었다.

"반란의 수괴 고흘의 집이 아니냐? 너는 그의 손자 고문!"

"뭐라고 반란의 수괴! 이런 죽일 놈이 있나. 온 장안에 바보로 소문났던 놈이 어쩌다가 부마가 되더니 눈에 뵈는 것이 없구나?"

몇 차례 온달에게 당한 것이 분하고 억울했는데 눈앞에 온달이, 그것도 자기 집을 찾아 왔으니 복수할 수 있는 좋은 기회였다. 고문은 바로 달려들었다.

"고문, 오늘이 네 제삿날이다. 제상이나 제대로 찾아 먹을 수 있을지 모르지만."

온달도 지지 않고 곧바로 검을 내리쳤다. 고문은 온달의 기습을 힘겹게 막았다. 그러나 그것이 지상에서의 마지막 행동이었다. 오른손으로 검을 내려친 온달은 곧바로 허리춤에서 왼손으로 검을 뽑아 고문의 목을 쳤기 때문이었다. 온달은 그의 목을 들고 고흘이 있는 사랑으로 발길을 옮겼다.

고흘과 고정수는 중군의 뇌옥 독방에 갇혔다. 고흘의 많은 수족들도 갇혔다. 며칠이 지나도록 이들은 찾는 사람 없이 불안 속에서 보내야 했다. 하지만 고흘은 태연했다.

"비는 그쳤는가?"

그는 간수에게 말을 걸었다.

"그쳤습니다."

간수에게 고흘은 여전히 두려운 존재였다. 조심스럽게 대답했다.

"우리 때문에 자네가 고생이 많네."

그리고는 한동안 아무 말도 하지 않았다. 사흘이 지나도록.

"아버님 몸은 괜찮으세요?"

건너 옥사에서 아들 고정수가 아버지의 건강이 염려되어 수시로 소리를 질렀다.

"괜찮다. 조금만 참아라. 이제 요동의 군사들이 올 것이다."

고흘은 아들을 위로했다.

"혹 이들을 기다리고 있었습니까?"

갑자기 뇌옥의 문이 열리더니 온달이 나타났다. 그의 뒤에는 손과 몸통이 꽁꽁 묶인 여러 명의 사내들이 서 있었다.

"할아버님!"

그 속에는 손자 고량도 섞여 있었다. 뿐만 아니었다. 자세히 보니 동생 고수도 그들의 무리 속에 섞여 있었다. 여기까지 오는 동안 많은 고초를 당했던지 몰골이 몰라볼 정도로 수척해보였다.

"모든 기대를 버리는 것이 좋을 겁니다."

"도대체 무슨 죄목으로 우리를 이렇게 대하는 것이냐?"

"반란죄요."

온달은 무뚝뚝하게 말했다.

"반란, 우리가 무슨 이유로? 자네 지금 큰 실수하고 있네. 아무 증거도 없이 연나부의 고추가를 가둔 죄가 얼마나 큰지 아는가?"

"글쎄요. 알고 싶지도 않습니다."

"대왕폐하를 만나게 해다오."

"머잖아 만나게 될 것입니다. 그때까지 목 간수 잘 하십시오."

고흘이 온달에게 당했다는 소식은 온 평양성에 퍼졌다. 그동안 추군의 횡포에 억눌려 지내던 많은 백성들은 쾌재를 불렀지만 사십여 년 전의 추군과 세군의 피비린내 나는 싸움을 경험한 나이 많은 사람들은 또 다른 혼란을 불러오지 않을까 걱정했다. 최근 중원을 통일한 수나라나,

한동안 숨죽이고 있는 신라가 이 틈을 노리고 공격하지나 않을까 심히 염려스러웠던 것이다.

온달은 추군 세력들을 다 잡아 들인 후 결과를 보고하기 위해 궁궐을 찾았다. 초조하게 결과를 기다리던 임금은 태자와 함께 그를 맞이했다. 온달의 보고를 받은 임금은 그를 칭찬한 후에 염려스러운 점도 밝혔다.

"수고했네. 하지만 고흘을 지지하는 추군 세력들은 여전히 남아 있네. 혹시 있을지도 모르는 반격에 대비해야 할 것이네."

"염려 마십시오. 모든 상황에 대해 준비하고 있습니다."

"사십여 년 전, 추군과 세군의 싸움에서 결국 이익을 본 것은 신라였네. 사실 나는 더 이상 고구려에 내란이 일어나는 것을 바라지 않네. 이런 점도 잘 헤아려 보게."

"소장을 믿으십시오."

"이왕 이렇게 된 것, 자네를 믿지 않을 수 없게 되었네. 사건을 잘 마무리 하게."

늙은 평원대왕은 이런 상황을 염려스러워했다. 그러자 이 일을 주도한 태자가 나섰다.

"아바마마, 고흘은 어떻게 처리할까요?"

"태자는 어떻게 했으면 좋겠느냐?"

"고흘 집안사람들을 색출해 다 목을 쳐야 한다고 생각합니다."

"왜지?"

"그래야만 다시는 왕권을 우습게 보는 세력들이 없어질 것이기 때문입니다."

"음…, 온달은 어떻게 생각하느냐?"

평원대왕은 결정을 온달에게 돌렸다.

"대왕폐하의 뜻에 따르겠습니다."

"물론 내 뜻에 따라야지. 그런데 자네의 생각은 어떠냐 말일세."

"고흘은 제 아버지를 죽인 자입니다. 당장 목을 치고 싶습니다."

"아버지의 원수라고? 죽이고 싶겠구만. 조금 더 기다려 보자. 좋은 방안이 없는지. 백성들의 여론도 들어보고."

태자와 달리 평원대왕은 신중했다. 평양성에서 더 이상 소요가 일어나서는 안 된다는 말을 거듭 강조하며 고흘에 대한 처리를 뒤로 미루었다.

온달은 고흘을 체포할 때 그의 목을 베어서 궁으로 가져갈까 하는 생각마저 들었다. 그러나 평강공주가 이번 거사에 나설 때 절대 개인적 감정으로 움직여서는 안 된다는 말을 거듭 강조했던 말이 떠올라 그를 생포했던 것이다. 힘겹게 그를 체포했는데 임금은 그를 살려주고 싶어하는 눈치였다. 그렇게 된다면 지금까지의 고생이 모두 헛고생이었다. 끝났다는 안도감과 함께 피로도 밀려들었다. 울적한 마음으로 광덕선사를 찾았다.

고흘을 공격하기 전 온달은 혹시 있을지도 모르는 고흘의 공격에 대비해 십여 명의 호위병과 함께 아내와 아이들의 거처를 광덕선사가 있는 구룡산으로 옮겼었다. 암자에 도착했을 때 뜻밖의 손님이 와 있었다. 황후 아이지였다. 그녀는 고흘이 체포되었다는 소식을 듣자마자 곧바로 구룡산을 찾아왔다. 아이지와 광덕선사에게 고흘은 애증의 관계가 서로 얽혀 있는 대상이었다. 가늠할 수 없는 마음에 광덕선사를 찾은 것이다. 온달은 이들에게 그동안의 과정을 설명했다.

"큰 반발 없이 잘 마무리 되었다니 천만다행입니다."

평강은 온달의 말에 안도하면서 그를 격려했다.

"고비마다 자네가 큰일을 도맡아주니 고맙기도 하고 또 든든하기도 하네."

황후도 온달을 칭찬하며 황실의 울타리가 되어준 것에 고마움을 표했다.

"폐하께서는 고흘을 어떻게 처리하실 생각이시던가?"

여러 가지 생각으로 침묵을 지키던 광덕이 불쑥 물었다.

"고민하고 있으십니다."

"자네 생각은?"

"죽여야지요."

"죽인다고?"

"사적으로는 아버지를 죽인 자이며, 바보라 놀림 받으며 고통스럽게 살았던 제 어린 시절 삶의 원인제공자이기도 합니다. 하지만 그것은 사적인 것이고 공적으로 살필 때 그는 그동안 권력을 장악한 채 황실을 능욕한 자입니다. 만약 그를 살려준다면 언젠가는 대왕을 폐위시키고 자신의 사람을 왕으로 세운 후 또다시 마음대로 권력을 휘두를 것입니다. 또 하나 중요한 것은 추군이 권력을 잡은 후 관나부가 철저히 붕괴되었다는 점입니다. 신라의 공격에 많은 지역을 빼앗겼어도 그들은 무관심했습니다. 자신들의 영지만 안전하면 된다는 생각들입니다. 잃어버린 관나부를 수복하기 위해서라도 고흘을 처형해야 합니다."

그의 말에 아이지는 깜짝 놀랐다. 변방을 지키며 중앙 권력에서 벗어나 있던 그가 이런 정치적 소신까지 지니고 있었는지 몰랐기 때문이었다. 더구나 평소 말이 없었기에 그가 평강의 지시대로만 움직이는 사람이라고 생각하고 있었는데 이렇게 자신의 주관이 뚜렷하고 심지가 굳은 사람인지는 깨닫지 못했다.

"자네가 고흘로 인한 아픔이 있다는 것을 몰랐네. 심히 유감이네. 하지만 고흘은 사적으로는 나의 외삼촌이시네. 그리고 나를 황후자리에 오르도록 적극 추천해주신 분이시기도 하고. 그로 인해 평강이 태어났고, 또한 자네도 내 사위가 될 수 있었네."

황후와 고흘의 깊은 관계를 잘 헤아리지 못했던 온달은 아이지의 뜻밖의 말에 약간 당황했다.

"하지만, 친정보다는 황실이 더 중요하지. 그리고 관나부도."

황후는 조심스럽게 자신의 생각을 밝혔다. 그리고는 광덕선사를 쳐다보았다.

"선사님은 어떻게 생각하십니까?"

"관세음보살!"

광덕은 쉽게 답을 하지 않았다.

"선사님의 생각을 말씀해주십시오."

이번에는 조용히 남편과 어머니의 대화를 듣고 있던 평강공주가 물었다.

"죽음은 죽음을 낳고, 원망과 한은 또 다른 죽음을 부릅니다."

"용서하라는 말씀입니까?"

"소승은 사십여 년 전에 있었던 추군과 세군과의 싸움에서 패한 세군의 장수입니다. 아버지는 관나부의 욕살이셨고 우리의 영지는 국원성입니다. 싸움에서 패한 아버지와 온 가족은 다 추군들에게 죽임을 당했습니다. 스님으로 변신을 꽤한 저만 겨우 살아남았습니다."

광덕의 사연을 알고 있는 좌중은 그의 말에 숙연해졌다.

"적성이 신라에 넘어간 뒤 저도 신라에 귀순할 생각을 많이 했지만 결국 다시 고구려로 돌아온 것은 고흘을 죽여 원수를 갚으려는 생각 때문이었습니다."

광덕의 말에 고흘을 죽여야 한다는 생각을 갖고 있던 평강과 온달은 힘을 얻은 듯 얼굴이 약간 상기되었다.

"하지만 그를 죽여서는 안 됩니다."

반전의 말에 온달과 평강은 실망한 듯 상기되었던 얼굴이 굳어졌다.

"제가 불자라서 고흘을 죽여서는 안 된다고 말하는 것이 아닙니다. 비록 나이가 들었지만 전 언제든지 이 승복을 벗을 수 있습니다. 다시 검을 잡을 수도 있습니다. 관나부를 수복하는 일이라면 말입니다. 그리고 지난번에 남행을 하면서 그 가능성도 많이 봤습니다."

광덕선사의 말에 온달과 평강은 다시 숙연해졌다.

"고흘을 죽여서는 안 되는 이유는 더 이상 고구려에 분열이 있어서는 안 되기 때문입니다. 사십여 년 전, 추군과 세군의 내전 결과가 무엇입니까? 관나부 영토를 신라에 뺏겼습니다. 온달이 막았기에 망정이지 만약 온달이 없었다면 연나부의 힘만으로는 북주를 막을 수 없어 고구려는 북주의 속국으로 전락하고 말았을 것입니다. 이 모든 것이 추군과 세군의 내분에서 시작된 일입니다. 들리는 말에 의하면 우문옹이 죽고 그의 부하였던 양견이 나라를 빼앗아 수나라라 이름 짓고 남쪽의 남진을 공격하고 있다합니다. 그는 고구려에게 당한 수치를 잊지 않고 있을 것입니다. 저들이 남진을 정복해 중국을 통일하고 나면 다시 창끝을 고구려로 겨눌 것은 자명한 일입니다. 그 틈을 이용해 신라는 다시 고구려를 공격할 것이고."

"그럴 수도 있겠군요."

온달은 광덕의 말에 고개를 끄덕였다. 그가 상대한 양견은 보통 장수가 아니었다. 자존심도 무척 강했다. 그런 그가 중국을 통일해 몸집을 키운 후 다시 고구려를 공격한다는 것은 정말 끔찍한 일이었다.

"하지만 고흘을 살려준다면 그는 반드시 다시 우리를 공격할 것입니다."

평강은 염려스러운 바를 다시 언급했다.

"연고가 없는 변방으로 멀리 내쫓으면 어떨까요?"

광덕은 오랫동안 생각한 듯 머뭇거리지 않고 물었다.

"그것도 좋은 생각입니다."

아이지가 좋은 해결책이라며 얼른 동의했다.

"하지만 그런 곳이 있을까요?"

평강은 자신의 생각을 쉽게 포기하지 않았다.

"속말말갈에 있는 책성(오늘날 길림성 훈춘시)으로 보내면 다시는 장안성(평양)으로 돌아오지 못할 것입니다."

평원대왕은 고흘 가문의 모든 성을 다 뺏고 그곳의 성주로 황족인 계루부 출신들을 임명했다. 그리고 고흘과 그의 가족들은 속말말갈이 사는 두만강 하류의 책성으로 보냈다. 사실상의 추방이었다. 책성에서 평양성으로 들어오려면 거쳐야 할 관문이 너무 많았기에 그의 가족은 다시는 평양성으로 올 수 없는 머나먼 길을 떠난 것이다. 이로 인해 장안성은 완전히 평원대왕과 태자의 통치권 속으로 들어왔다.

남벌(南伐)

서기 590년(신라 진평왕 12년), 32년 재위기간 동안 많은 어려움을 이겨낸 평원대왕이 고구려를 향해 불어오는 거센 바람을 장남 원에게 맡기고 승하했다. 태자 원은 중원으로부터 발원된 엄청난 회오리바람을 안은 채 왕위에 올랐다. 고구려의 건국 후 재임기간 중 가장 큰 위기를 맞이해 그것을 극복했던 영양대왕이다. 광개토대왕이 중국의 분열을 이용해 마음 놓고 예맥조선의 통일전쟁을 벌일 수 있었다면, 통일된 중국을 상대로 수많은 전쟁을 치러야 했던 임금이 바로 영양대왕이다. 태자 시절에는 사실상 중국을 통일시킨 북주의 침공을 막아야 했으며 왕이 된 이후에는 강력한 통일제국인 수나라, 그리고 수나라가 망한 후에는 그보다 몇 배 강한 당나라를 상대로 싸웠던 임금이었다.

물론 그에게는 이를 감당할 명장들이 있었다. 온달과 강의식, 을지문덕, 그리고 그의 이복동생 고건무 등이 그들이다. 이들과 함께 큰 위기를 극복하며 종묘와 사직을 이어갔다. 그 첫 위기가 서서히 다가오고 있었다.

중국의 북쪽을 통일했던 북주의 우문옹이 고구려 원정 이후 이듬해에 죽자 우문옹의 아들이자 양견의 사위인 선제가 왕위를 이어 받았다. 그는 일 년 후에 왕위를 여덟 살 먹은 아들 정제에게 물려주고는 주색잡기에 빠졌다. 어린 정제는 그 상황을 받아들이지 못하고 결국 외할아버지인 양견에게 왕위를 물려준다. 왕이 된 양견은 국호를 수(隋)로 바꾸고 남쪽의 진을 공격해 589년에 중국을 통일했다.

중국을 통일한 수 문제 양견은 고구려에 압박을 가하기 시작했다. 끊임없이 조공을 요구하며 고구려가 수나라의 번국이 되기를 강요했다. 이런 위기에서 영양대왕이 왕위를 계승했다. 강력한 외척 고흘을 몰아낸 영양대왕은 국사를 이복동생 고건무, 그리고 새롭게 실력자가 된 매형 온달과, 고흘을 대신해 왕비족인 연나부를 양분한 강의식, 을지문덕과 함께 의논했다.

"중국을 통일한 수 문제가 무리한 요구를 계속 하고 있는데 이를 어떻게 했으면 좋겠소?"

영양대왕은 현안을 논의하기 위해 이들을 불렀다.

"양견이 수나라를 세우고 중국을 통일해 황제가 되었지만, 고구려 침공에서 당한 수모는 잊지 못할 것입니다. 그래서 조공을 요구하며 고구려가 먼저 꼬리를 내려주기를 바라는 것입니다."

고건무가 자신의 의견을 밝혔다.

"그건 이해하겠는데 우리가 어떻게 했으면 좋겠느냐는 것이지."

"적당히 저들의 비위를 맞춰 주는 것이 좋을 것 같습니다. 다만…."

"다만?"

"저들이 우리의 자존심을 자꾸 자극한다면 저들과의 싸움도 각오해야 할 것입니다. 때마침 장안성이 완공되어 대성산성에서 도성을 옮겼으니 최후의 방어벽도 튼튼해졌습니다."

온달이 자신의 의견을 밝혔다. 고흘을 몰아낸 이후 온달은 세상을 보는 눈이 많이 달라졌다. 전체를 보는 눈이 생겼으며 참아야 할 때도 알았다.

"우리가 수나라와 싸울 수 있을까요?"

가만히 듣고 있던 왕제 고건무가 물었다.

"북주가 우리를 공격했을 때도 과연 저들을 당해낼 수 있을까 염려했지만 결국 우리가 이겼습니다. 우리의 힘은 강합니다."

온달은 자신감을 보였다.

"그렇다면 수나라와 싸우기 위해 어떤 준비를 해야 할까요?"

"첫째는 평양성을 튼튼히 해 혹시 있을지도 모르는 적의 수공에 대비해야 할 것입니다. 북주는 육로만을 택해 고구려를 침공했다가 실패했는데, 양견은 이를 알고 있을 것입니다. 다음으로는 서북쪽 연나부 지역의 성을 튼튼히 쌓고 군사들을 강하게 훈련시켜 적의 침공에 대비하는 일입니다. 그리고 무엇보다 중요한 것은 신라 공략입니다."

"다른 말은 이해할 수 있는데 신라 공략은 왜 필요합니까?"

침묵을 지키며 듣고 있던 을지문덕이 온달의 의견에 대해 의문을 제기했다.

"추군과 세군의 내란으로 고구려가 큰 위기에 빠지자 북쪽에서는 돌궐족이 쳐들어왔고, 고구려가 온 힘을 기울여 돌궐족과 싸울 때 얄밉게도 신라는 고구려 땅을 공격하기 시작했습니다. 그 결과 우리는 관나부 땅 대부분을 빼앗겼습니다. 만약 이번에도 우리가 수나라를 상대로 싸움을 벌인다면 그 틈을 이용해 신라는 우리의 후방을 공격할 것입니다. 그렇게 되면 우리는 양쪽의 적을 상대로 싸워야 하기 때문에 힘을 한 곳에 쏟지 못합니다."

"그럴 수도 있겠군요."

온달의 말에 을지문덕은 고개를 끄덕이며 수긍했다.

"그래서 먼저 신라를 쳐야 한다는 것입니다. 신라 놈들을 꼼짝 못하게 묶어 놓은 후 수나라를 상대해야 할 것입니다."

"일리 있는 말씀이오."

새 대왕은 온달의 의견에 고개를 끄덕이며 동조했다. 그리고는 결론을 내렸다.

"그렇다면 고흘의 추방으로 약해진 연나부의 재건은 을지문덕 장군과 강의식 장군이, 수공에 대비한 평양성 방어는 왕제 고건무가, 그리고 남부의 신라 공략은 온달장군이 맡아서 추진하시오."

남부 공략을 명령받은 온달은 광덕선사를 만났다. 중요한 일이 있을 때마다 그를 찾아 의견을 듣는 것이 이제는 일상화되었다. 신라 공략의 어명이 떨어졌다는 말에 그는 매우 기뻐했다.

"당장 가사를 벗고 목탁을 내려놓겠네. 이번 전쟁에는 가만히 앉아서 구경만 할 수 없네. 다시 투구를 쓰고 신라를 공격해서 잃어버린 조상의 땅을 찾아야지."

광덕선사는 신라를 정탐한 결과를 바탕으로 온달과 함께 신라 공략 계획을 세웠다.

"우리가 되찾으려는 곳의 사람들은 두 종류가 있네. 하나는 신라 사람, 또 하나는 고구려 사람. 신라 땅이 된 후에 태어난 사람들은 자신들은 당연히 신라 사람이라 생각하고 고구려 사람으로 태어난 사람들은 자신들은 고구려 사람이며, 언젠가는 고구려가 다시 잃어버린 땅을 되찾으러 올 것이라 믿고 있네. 그 말은 생각보다 쉽게 신라를 공략할 수도 있다는 말일세."

"다행입니다. 전 각오를 단단히 하고 있었는데."

"지난번에 신라 땅을 정탐을 했을 때 여전히 우리를 기다리는 세력들과 접촉을 했으니 그들의 도움을 받으면 어렵지 않을 걸세. 그런데 문제는 어떤 방향으로 공격하느냐 일세. 자네는 어떤 생각을 갖고 있는가?"

"아직 깊이 생각을 하지는 않았지만 남한강변을 따라 가면서 저들을 공격할 생각을 갖고 있습니다. 먼저 한주를 점령한 후에 북원성(원주), 국원성, 적성을 되찾고 적성에 관문을 설치해 신라의 공격을 막으려 생각하고 있습니다."

"그게 쉽지 않네. 그쪽으로는 신라의 방어벽이 워낙 튼튼하네. 더군다나 그 지역은 한강을 통해 중국과 무역을 하면서 엄청난 부를 획득한 곳이라 그곳 사람들의 신라에 대한 충성도가 매우 강하네. 더군다나 강을 따라가면서 공격해야 하니, 군사들의 뱃멀미도 심할 뿐 아니라 희생도 많을 것일세."

"그렇다면 어떤 생각을 갖고 있으십니까?"

"역으로 치는 것일세. 상대적으로 방비가 허술한 내륙을 따라 가다가 남한강 상류에 있는 을아단성을 바로 공격하는 것일세. 그렇게 된다면 적의 허리를 자르게 되어 적들이 당황할 것일세. 그리고는 방어벽을 튼튼히 한 후에 북쪽으로 한강을 따라가면서 적성, 국원성, 한주 등을 공략하는 것일세."

"미처 그 생각을 못했습니다."

온달이 신라와의 전쟁에 나섰을 당시 고구려와 신라의 접경지역

온달은 꽉 막힌 길에서 활로를 찾은 것 같았다.

"그렇다면 우리의 공격로는 평강, 익성(益城, 김화군 금성면일대), 낭천(狼川, 화천군), 대양관(大楊菅, 회양군), 양록(楊麓, 양구군), 저족(猪足, 인제군)을 거쳐 평창강을 따라 계속 남하해 곧바로 을아단(단양군 영춘면)에 이르는 것이네. 이곳은 산세가 험하긴 하지만 크고 작은 강이 끊이지 않고 이어져 생각보다는 훨씬 쉽게 을아단성까지 접근할 수 있을 것이네. 방어벽도 한강 쪽보다는 훨씬 느슨하네."

"알겠습니다. 그쪽으로 결정하겠습니다."

영양대왕 원년(590년) 가을, 출정준비를 끝낸 온달은 궁궐을 찾았다.

"신라에 빼앗긴 계립현(문경새재 동북쪽 고개)과 죽령 서쪽의 10군현을 되찾지 않고는 돌아오지 않겠습니다."

온달은 임금 앞에서 굳은 결심을 보였다.

"아닙니다. 한 번에 다 하지 않으셔도 됩니다. 저들에게 고구려가 다시 강한 나라가 되었다는 것을 알리기만 하면 됩니다. 그래서 혹시 모르는 수나라의 공격에 집중만 할 수 있다면 성공입니다."

"염려 마십시오. 북주도 이겼는데 그깟 신라 놈들한테 당하겠습니까?"

온달은 자신감을 보였다. 그가 자신감을 보일수록 영양대왕은 이상하게도 불안했다. 거듭 조심할 것을 당부하며 그를 떠나보냈다.

태황후 아이지도 만났다. 남편을 잃고 상실감과 외로움에 힘들어하던 그녀는 온달이 적성공략에 나선다는 말에 흥분되었다. 전쟁터로 떠나는 사위가 걱정이 되기도 했지만 광덕선사가 함께 한다는 말에 안도를 하며 오랫동안 간직했던 자신의 소원을 다시 꺼냈다.

"이번 출정에 성공하면 내 어머니와 아버지의 유골이라고 꼭 뫼시고 오기 바라네. 그분들이 어디에 묻혀 있는지는 광덕선사께서 알 것이네. 모셔오기 힘들면 적성의 양지 바른 곳에 제대로 장사지내주게."

"염려 마십시오."

집을 나서기 전 아내 평강공주에게 자신의 결심을 보였다.

"이번에는 적성을 반드시 수복하겠소. 그러기 전에는 돌아오지 않을 것이오."

"고맙습니다. 드디어 우리의 숙원이 이뤄질 때가 되었나 봅니다. 하지만 제일 중요한 것은 서방님의 무사 귀환입니다."

평강은 온달의 손을 꼭 잡고 무사귀환을 당부했다.

"다녀오리다. 아이들 잘 돌봐주시오."

온달은 평소처럼 무뚝뚝하게 말한 뒤 고개를 돌렸다. 평강은 그 모습을 오랫동안 지켜보았다. 전쟁터로 남편을 떠나보내는 아내의 마음이 편할 리는 없지만 이상하게도 오늘은 그를 보내고 싶지 않았다. 그렇지만 고구려의 운명이 걸린 큰 임무를 갖고 떠나는 남편을 붙잡을 수는 없었다.

'부처님, 온달님을 지켜주십시오. 그가 임무를 끝내고 무사히 집으로 돌아올 수 있게 지켜주십시오.'

그녀의 기도는 간절했다.

온달은 아직 눈발이 가시지 않은 산길을 따라 출정했다. 얼어붙은 강이 군사들과 보급품을 안전하게 을아단까지 안내할 것이라며 광덕선사는 출정시기를 겨울로 정했다. 익성(김화)을 지나 저족(인제)에 도착하자 연락을 받은 걸사우가 부하들을 이끌고 나타났다. 태백산과 소백산 인근의 산속을 돌아다니며 사냥과 화전을 일구고 생활하는 이들은 모든 지형에 익숙했다. 그들의 안내로 온달의 군사는 신라군과의 접전 없이 평창강을 따라 말을 탄 채 마차를 이끌고 빠른 속도로 남하했다. 순식간에 남한강변에 다다랐다. 강 너머로 산봉우리에 우뚝 솟아 있는 을아단성이 보였다. 지금까지는 편하게 왔지만 이제부터는 본격적인 전투가 시작되는 것이다.

"여기서 남한강을 따라 한나절이면 적성에 도착한다. 적성은 죽령을 넘어온 신라군이 한강으로 나가는 길목에 있다. 따라서 을아단성을 공략하고 적성만 점령한다면 신라군의 허리를 두 동강 내는 것이다. 그런 후에 남한강을 따라 내토성, 국원성을 치면서 북쪽으로 거슬러 올라가면 한강은 다시 우리 고구려 영역으로 돌아온다."

전투가 벌어지기 전 온달은 참모들을 모아 놓고 지도를 펼친 후 싸움의 의의를 설명했다.

"을아단성은 한강변에 위치한 성들 중 가장 험하고 높은 곳에 위치해 있다. 그만큼 공략하기가 힘들다. 하지만 이곳만 점령하고 나면 나머지 성들은 그렇게 험하지 않다. 따라서 이번 싸움이 가장 힘든 싸움이 될 것이다. 더구나 이곳에서 전투가 벌어졌다는 소식이 전해지면 적성에서 군사를 보낼 가능성이 매우 크다. 결론은 가능한 한 적들이 눈치 채지 못하게 순식간에 공격해 성을 빼어야 한다는 것이다."

온달은 차분히 싸움에 임하는 자세를 주지시킨 후 공격시점을 말했다.

"내일 새벽 날이 밝기 전에 남한강을 건넌 후 곧바로 을아단성을 공격한다. 아침밥은 성을 점령한 후에 먹는다."

숲속에서 추위에 떨며 매복해 있던 고구려군은 이른 새벽에 육포를 씹으며 강을 건넜다. 그때까지도 신라군의 움직임은 없었다. 강을 건넌 온달은 앞장서서 산으로 올랐다.

사실 온달은 산성 공격에 익숙하지 않았다. 평강현과 옥저 지방을 공략하는 과정에서 많은 전투를 치렀지만 그때는 대부분 평지였다. 산성을 공격할 때는 그 지역에 익숙한 군사들이 앞장을 섰다. 오늘도 마찬가지였다. 선봉에 걸사우를 내세우기로 했다. 그들은 산속에서 생활했기에 산악지형에 익숙했다. 그들이 이끄는 대로 하얀 입김을 뿜어내며 산비탈을 힘겹게 오르자 드디어 산성의 모습이 보였다.

"공격!"

온달은 멈추지 않고 곧바로 공격 명령을 내렸다. 동시에 그는 제일 앞으로 뛰쳐나갔다. 그러자 광덕은 그를 막아섰다.

"선봉은 안 돼! 위험 해"

"오늘은 정말 중요한 싸움입니다. 부하들의 사기를 북돋우기 위해서는 제가 앞장을 서야 합니다. 북주와의 전쟁에서도 제가 선봉에 섬으로써 이길 수 있었습니다."

"하지만 지금은 상황이 달라. 자네는 지휘관이야. 지휘관은 멀찍이서 싸움이 벌어지는 양상을 살피며 지휘를 해야지. 선봉에 서는 것이 아닐세."

광덕선사가 갖은 말로 말렸지만 소용이 없었다. 온달은 군사들의 사기를 돋우어야 한다며 기어코 선봉에 섰다.

"와~"

온달은 앞장서서 성으로 달려 나갔다. 뒤를 이어 걸사우의 부대가 함성을 지르며 성벽 쪽으로 다가가 사다리를 걸치고 성벽을 오르기 시작했다. 고구려 원정군이 그 뒤를 따랐다. 그런데 뜻밖에도 신라군의 반격이 만만치 않았다. 그들은 기다리고 있었던 듯 갑자기 성벽 위로 몸을 드러내더니 화살을 쏘기 시작했다. 고구려군은 멈칫했다.

온달산성 (2016년 8월, 단양 답사 때 저자 촬영)

"멈추지 마라! 멈추면 진다. 사수는 뒤에서 엄호하라."

온달은 계속 공격 명령을 내리며 싸움을 독려했다. 고구려군은 쓰러져도 다시 일어나 성벽으로 올랐다. 드디어 고구려 군이 성첩 위로 올라섰다. 오래지 않아 가장 낮은 곳에 위치한 북쪽 성문이 열렸다.

"돌격!"

기다리고 있던 온달은 제일 먼저 산성 안으로 달려들었다. 그러나 신라군의 저항이 거셌다. 성문을 둘러싼 옹성으로 사수들이 몰려 와 성문으로 들어오는 고구려군을 포위한 채 사방에서 화살을 날렸다.

"윽!"

앞장서서 달려가던 온달이 화살에 맞았다. 온달은 대수롭지 않은 듯 화살을 맞고도 계속 공격 명령을 내렸다.

"안 돼!"

광덕선사가 달려들어 방패로 엄호한 후 온달을 부축해 옹성 밖으로 그를 빼내왔다. 그 사이 화살은 온달에게 집중되었다. 온달의 몸에는 여러 대의 화살이 박혔다. 적장을 공격하는 것으로 적의 예봉을 꺾으려는 의도인 것 같았다. 광덕은 을아단산성을 올려보았다. 뜻밖에도 야이차가 싸움을 지휘하고 있었다.

'야이차가 어떻게….'

광덕은 깜짝 놀랐다. 자신들의 공격은 신라가 전혀 눈치 채지 못했다고 생각했다. 을아단성의 방어는 대단치 않을 것이라 예상했는데 아니었다. 어떻게 알았는지 적성에 있던 야이차가 군대를 이끌고 미리 진을 치고 있었던 것이다.

야이차는 이미 오래 전부터 걸사우 무리에 첩자를 심어 두었다. 통신라에 동화되지 못하는 걸사우 무리는 특급 사찰대상이었기 때문이었다. 그러던 중 광덕이 걸사우 무리와 접촉한 사실도 알게 되었다. 야이차로선 더욱 광덕과 걸사우 무리를 경계하게 되었고, 만일에 대비하고 있었다. 걸사우 무리에 첩자를 심어둔 보람이 있었다. 그들로부터 온달이 공격해온다는 소식을 들었다. 한강하류에서 남하하며 성을 하나씩 공략하는 것이 아니라 내륙을 거쳐 곧바로 남한강 상류를 공격한다는 첩보였다. 내륙과 남한강이 만나는 첫 지점은 을아단성이었으므로 온달의 첫 공략지가 을아단성일 것이라 판단했다. 야이차는 을아단성에 군사를 이동시켜 싸울 준비를 하고 있었다. 물론 생각지도 못한 새벽에 기습을 당해 잠시 주춤하긴 했지만 이미 준비하고 있었기에 오래지 않아 싸움의 균형을 맞출 수 있었다. 그러나 생각보다는 고구려군이 강했다. 전투경험이 부족한 부하들이 뒤로 물러서며 점점 수세에 몰렸다. 그는 전세를 역전할 방법을 찾았다. 그런데 뜻밖에도 적장 온달이 앞장서서 싸움을 독려하고 있었다. 좋은 기회였다. 그는 적장을 노리고 활을 쏘았다. 적장만 죽이면 승기를 잡을 수 있을 것이라 판단한 것이다. 명중이었다.

"적장이 쓰러졌다!"

환호성을 질렀다. 그런데 쓰러진 적장은 다시 일어나 싸움을 독려했다. 그리고는 또 다른 적장이 달려들어 그를 옹성 밖으로 빼내었다. 자세히 보니 두 번씩이나 자신을 속였던 광덕이었다. 씁쓸한 웃음이 나왔다. 이번에는 그를 용서하지 않으리라 생각했다.

광덕선사는 뒤늦게 야이차가 걸사우의 부하들 속에 첩자를 심어 놓았다는 것을 깨달았다. 야이차를 너무 가볍게 생각한 자신의 잘못이라 자책했다. 하지만 지금 중요한 것은 전세를 역전시키는 것이었다. 온달이 쓰러진 것을 안 고구려군의 사기가 급격히 저하되었다. 성첩 위에서 방패에 둘러싸인 채 싸움을 지휘하는 야이차의 모습이 보였다. 광덕은 활을 꺼내 화살을 재었다. 과녁은 야이차였다. 한 발에 그를 쓰러뜨려야 했다. 과녁은 방패 위로 살짝 드러난 야이차의 목이었다. 숨을 멈춘 광덕은 시위를 놓았다. 명중이었다. 화살은 야이차의 목을 꿰뚫었다. 야이차가 목을 부여잡고 쓰러지는 것이 보였다.

"공격!"

치료를 받고 있던 온달이 벌떡 자리에서 일어서서 다시 공격명령을 내렸다. 온달의 힘찬 명령소리를 들은 고구려군은 그의 건재함에 다시 힘을 내어 방패를 머리에 이고 성 안으로 달려들었다. 이번에는 마라치와 으라차가 선봉에 섰다. 화살을 맞고 쓰러지는 자가 속출했지만 그들은 멈추지 않았다. 마침내 고구려군은 성 안에 진입하는 데 성공했다.

성문이 열리자 용감한 기기시 전사들이 성 안으로 뛰어 들어갔다. 온달을 안전한 곳에 피신시킨 광덕도 성 안으로 달려갔다. 야이차를 찾았다. 성첩 위에서 화살을 맞은 채 피를 흘리며 죽어가고 있었다. 광덕은 그의 목에 검을 겨누었다. 야이차는 아무런 저항도 하지 못한 채 야속하다는 표정으로 광덕을 쳐다보았다.

"아무리 못나도 조국은 조국이다."

광덕선사는 거침없이 야이차의 목을 베었다.

"적장의 목이다!"

광덕의 목소리에 신라군은 완전히 전의를 잃었다.

"와~"

마침내 승리의 함성이 울려 퍼졌다. 온달은 그 모습을 지긋이 바라보았다. 그러나 그의 의식은 점점 흐려졌다. 그는 의식의 끝을 붙잡았다. 화살 몇 대에 이렇게 쓰러질 수 없다고 생각했다. 그렇게 고대했던 적성 공략을 눈앞에 두었는데 이렇게 쓰러져서는 안 된다고 생각했다.

출정할 때 아이들은 걱정하지 말라며 '적성에 아무렇게나 묻혀있는 외할아버지와 외할머니의 유골을 꼭 모셔오라.'고 미소로 떠나보내던 아내 평강의 얼굴이 자꾸 떠올랐다.

"걱정 마시오. 내 반드시 적성으로 가 성주를 목 베고 당신 외조부모님의 유골을 찾아 올 것이오."

그러나 그의 말은 입 밖으로 나오지 않았다. 그리고 그의 의식은 점점 검은색으로 채워지고 있었다.

"온달, 정신 차려! 우리가 이겼어!"

광덕선사와 으라차, 마라치 등이 그를 애타게 불렀지만 온달은 답이 없었다.

"진군은 여기서 멈춘다. 앞으로 이 산성을 온달산성이라 한다. 으라차, 마라치는 이곳에 남아 무너진 성벽을 보수하면서 신라군의 공격에 대비한다. 나는 온달의 시신을 운구해 장안성으로 돌아가겠다."

광덕이 온달을 대신해 지휘를 맡았다. 여기에서 진군을 멈춘다는 것이 그로서는 너무 안타까웠다.

'이것으로 적성과 국원성을 되찾겠다는 나의 숙원은 무너지고 마는 것인가!'

온달이 없으면 불가능한 일이었다. 광덕의 머릿속에는 온달을 만나던 시절부터 평강과 온달의 결혼으로 인해 자신의 가슴속에 꿈틀거리던 관나부 수복에 대한 희망을 갖던 순간 등이 주마등처럼 지나갔다.

광덕은 비통한 마음으로 온달의 전사소식을 평양에 전했다. 그리고 관을 만들어 전사한 온달을 입관시키려 했다. 그러나 얼어붙은 온달의 시신은 꼼짝을 하지 않았다.

"이렇게 가는 것이 원통한 모양이지만 그래도 자네 할 일은 다 했네. 이제 편히 가게나."

광덕은 부릅뜬 온달의 눈을 감겼다. 하지만 온달의 눈은 꿈쩍도 하지 않았다.

'이를 어떡한다!'

광덕은 난감했다. 그는 다시 사람을 온달의 집에 보냈다.

며칠 후, 먼 산길을 헤치고 평강공주가 달려왔다. 눈물범벅이 된 그녀는 차가운 바닥에 그대로 누워 있는 온달에게 안겼다.

"이것만으로도 훌륭합니다. 당신이 나의 남편이 되어 나의 자존심과 고구려의 자존심을 살려줬습니다. 정말 고맙습니다. 이제 생사가 갈렸으니 더 이상 한을 지니지 마시고 저승에서 편히 쉬세요. 됐습니다. 저는 만족합니다. 당신의 아들 딸 잘 키우겠습니다. 하늘나라에서 지켜봐주세요. 당신으로 인해 저는 정말 행복했습니다."

평강은 온달이 살아 있는 듯 얼굴을 만지며 한참동안 눈물을 쏟았다.

"이제 운구하세요!"

한동안 온달을 껴안고 울기만 하던 평강은 곁에 있는 으라차를 향해 말했다.

혹시나 하는 마음으로 으라차는 온달의 시신을 들었다. 거짓말처럼 시신이 움직였다. 그들은 준비한 관에 온달의 시신을 넣었다. 그리고는 온달산성을 내려갔다.

"이방인으로 고구려 땅에 살면서 누구보다 더 고구려인다운 삶을 살다 간 당신의 삶은 훌륭했습니다. 당신으로 인해 옥저인도, 동예 사람도, 말갈족도, 거란인들도 이제 당당한 고구려인이 되어 고구려의 상무정신을 이어갈 수 있게 되었습니다. 이런 고구려는 수나라도 두려워하지 않을 것입니다."

평강은 운구행렬의 뒤를 따르며 마치 살아 있는 온달에게 이야기하듯 계속 말하며 걸었다. 아침 내내 맑았던 하늘에는 소백산 너머에서 시작된 먹구름이 몰려오더니 어느새 한 방울 두 방울 때 이른 비를 뿌리기 시작했다. 찬비를 맞으며 평강은 힘없이 산을 내려갔다.

에필로그

온달이 전사한 후, 신라는 한강을 따라 수나라에 사신을 보내 수나라와 우호적 관계를 맺으며 고구려를 경계했다. 고구려는 온달의 전사로 인해 한강 유역을 수복하지 못한 상태에서 수나라와의 대치 상태에 접어들었다. 이는 나중에 고구려가 아닌 신라가 삼국을 통일하는 근본적인 원인이 되었다.

한편 대치 상태의 고구려와 수나라는 결국 전쟁을 시작했다. 먼저 영양대왕이 말갈기병대를 이끌고 요서 지역을 공격해 수나라와의 변방을 안정시키자 곧 이어 수 문제 양견이 삼십 만 대군을 이끌고 고구려를 공격했다. 이때 강의식 장군이 선봉에서 그들을 물리쳤다. 이후 양견이 죽고 그의 아들 양제가 즉위했다.

수 양제는 영양대왕 22년(611년)에 고구려 공격을 천명한 후 무려 백만 명이나 되는 대군을 이끌고 고구려를 공격했다. 이때도 영영대왕의 동생 고건무가 평양성까지 도착한 수나라 수군을 물리치고 육지에서는 을지문덕 장군이 살수에서 대승을 거두는 등 결국 수나라를 물리쳤다.

그 후유증으로 수나라는 큰 혼란에 빠져 결국 망하게 된다. 하지만 이 혼란은 오래가지 않는다. 이세민이라는 불세출의 영웅이 등장해 혼란한 중국을 통일하고 당나라를 세우게 되는데 그도 고구려를 공격했다. 이번에도 고구려에는 연개소문이라는 영웅이 나타나 당나라의 공격을 막아냈다. 이후 당 태종은 임종 때 앞으로 절대 고구려를 공격하지 말라는 유언을 남기기도 했다.

그러나 연개소문이 죽고 난 뒤 한강을 통해 꾸준히 중국세력과 교류를 이어가던 신라가 당나라와 연합해 결국은 고구려를 멸망시켰다. 우리민족사 중 가장 진취적이고 도전적이고 강대국이었던 고구려는 이렇게 망하고 말았다.

그 이유는 여러 가지가 있지만 그중 하나가 한강 유역을 수복하지 못한 상황에서 통일중국의 수와 당을 상대로 전쟁을 치른 때문이다. 고구려가 이들 나라와 싸우는 사이 신라는 한강을 통해 꾸준히 중국과 교류하면서 결국은 나당연합군을 형성해 백제와 고구려를 무너뜨리고 삼국을 통일할 수 있었던 것이다.

하지만 고구려의 진취적이고 도전적인 정신은 북국인 발해와 금나라, 청나라로 이어져 계속 살아남았다. 반면 통일신라, 고려, 조선으로 이어지는 남국은 고구려의 도전적이고 진취적인 정신을 잃어버리고 조공국으로 전락해 오늘날까지 이어지고 있다. (끝)

온달 시기의 삼국 연표

545년 고구려 안원대왕 몰, 양원대왕 즉위. 추군과 세군의 권력다툼.

547년 고구려 양원 3년, 신라 진흥 8년, 백제 성왕 25년. 고구려 백암산성 재건, 신성 보수.

548년 고구려 동예와 연합하여 백제 독산성(충주) 침략. 백제가 신라에 구원을 청해 진흥왕이 장군 주령과 강병 3천 명을 보내 고구려군을 물리침.

550년 고구려 양원 6년, 신라 진흥 11년, 백제 성왕 28년. 백제가 고구려 도살성(천안)을 공격하자 고구려는 백제의 금현성(전의) 함락, 두 나라가 서로 싸우는 틈을 이용해 신라 이창(거칠부의 아버지)과 거칠부가 고구려 동남부지역(적성 등)을 공격해 빼앗음.

551년 9월, 돌궐 고구려 침공. 신성을 에워쌌다가 이기지 못하고 백암산성 내습 - 장군 고흘이 군사 일 만으로 돌궐군을 격파, 살획(殺獲)한 자가 1천여 명에 달함. 고구려의 이런 혼란을 틈탄 10월, 신라의 거칠부가 고구려의 성을 공격해 10개 군을 탈취함. 거칠부전에 의하면 죽령이북과 고현(철령) 아래의 성 열 개를 점령, 그 사이 백제는 한강 하류를 점령함.

552년 문선제가 영주에 이르러 최유를 고구려에 사신으로 파견해 유민 오천 호를 이끌고 돌아감.

552년 고구려 장안성(평양성) 신축, 586년에 완공.

553년 7월, 신라 백제와의 동맹을 깨고 백제의 동북부지역인 한강유역(경기도 광주)을 차지하고 신주(新州)를 세움. - 아창(阿湌)과 무력(武力)을 군주로 삼음.

10월, 백제 성왕의 딸을 진흥왕이 소비로 삼음.

554년 7월, 백제 성왕이 신라의 관상성(管山城, 옥천)을 공격함. 신라 우덕과 이창, 탐지 등이 맞서 싸웠지만 이기지 못했는데 신주 군주 김무력과 삼년산군(보은) 비장 고우도도(高于都刀)가 백제왕(성왕)을 죽여 승리를 거둠.(진흥왕 14년)

555년 진흥왕 북한산에 올라 순수비 세움.

556년 고구려 양원 12년, 신라 진흥 17년, 백제 위덕 3년. 신라 비열홀 설치(안변, 강원도 원산 아래쪽, 마식령산맥 동쪽)하고 사랑을 군주로 삼음, 신주(광주)를 폐하고 북한산주를 세움. 4월, 고구려 왕자 양성(陽城)을 태자로 삼음. 10월, 환도성에서 우주리 모반했다가 주살당함.

557년 북조의 북주(우문씨) 북제를 멸함.

559년 고구려 양원대왕 몰, 평원대왕 즉위(태자 양성, 평강공주의 아버지).

562년 고구려 평원 4년, 신라 진흥 23년, 백제 위덕 9년. 가야가 반란을 일으키자 이사부가 토벌함.

563년 고구려에 큰 가뭄이 있었음.

565년 고구려 평원 7년, 왕자 원을 태자로 삼음.

568년 신라 진흥왕 고구려 옥저지방에 순수비 세움(황초령-함흥). 북한산주를 남천주, 비열홀(안변)주를 달홀주로 개명.

571년 고구려 평원 13년, 평원대왕이 패하원(대동강 변)에 전렵(田獵)하고 오순(五旬)만에 돌아옴.

577년 북주 고구려 침공. 온달이 선봉장이 되어 공을 세우고 대형이 됨.

581년 북주 양건 제위에 올라 수나라를 세움.

589년 수 문제 남조의 진(陳)을 멸하고 중국 통일.

590년 평원왕 몰, 영양왕 원년. 온달 을아단성 전투에서 전사.

저자 후기

또 한 명의 고구려 영웅 온달

설화(說話)에는 나라의 건국이나 국조(國祖) 이야기를 하는 신화, 역사적 근거가 있는 이야기인 전설, 근거 없이 전해지는 민담 등이 포함된다. '온달과 평강공주' 이야기는 이 중 어디에 속할까?

'온달과 평강공주' 이야기에는 두 개의 큰 줄거리가 있다. 당시 고구려 장안에서는 모르는 이가 없을 정도의 놀림 대상이었던 청년 온달과 일국의 귀한 공주가 혼인을 한다는 황당함이 첫째요, 또 하나는 북주와의 전쟁에서 큰 공을 세웠던 온달이 아단성 전투에서 전사한 후의 이야기다. 전혀 움직이지 않던 그의 시신은 놀랍게도 평강공주가 와서 만지자 그때서야 움직였다고 한다.

이 두 개의 이야기 얼개는 비현실적 또는 초월적 상상력에 기반을 두었다는 점에서 실존했던 역사적 인물이라기보다는 호사가들의 입에 오르내리기 쉬운 민담 정도로 인식하게 했을 가능성이 크다. 그러나 온달 이야기는 단순한 민담이 아니다. 《삼국사기》 열전 온달조에 북주와의 전쟁 때 공을 세운 이야기와 아단성에서의 전사 장면 등 온달에 대한 분명한 기록들이 남아 있다.

우리가 이미 알고 있듯이, 《삼국사기》의 저자 김부식은 중국과 신라 중심의 역사를 썼으며 고구려 역사는 잘 기록하지 않았다. 그런데도 고구려 장수 온달의 일대기를 기록하고 있다는 것은 우리가 생각했던 것보다 훨씬 더 역사적 인물이었을 것이며, 신라에서 볼 때 매우 중요한 인물이었음을 시사한다.

'고구려' 하면 광개토대왕, 연개소문, 을지문덕 등이 먼저 떠오를 것이다. 그런데 이런 영웅적 인물과 함께 연상되는 사람이 온달이다. 온달의 어떤 측면이 이런 영웅들과 함께 연상되게 했을까? 바보와 공주의 결혼이라는 것만으로는 부족한 면이 있다.

우리가 알고 있는 온달은 아주 피상적일 뿐이다. 그에게는 많은 비밀이 있다. 고구려는 물론 우리 민족사에 위대한 업적을 쌓은 인물이다. 평강공주가 결혼할 수밖에 없을 정도로 대단한 인물이었을 것이다.

이 책은 전기 형식을 취해 탄생에서부터 죽음에 이르기까지 잘 알려지지 않았던 온달의 이야기를 재구성했다. 역사의 빈 행간을 메우기 위해 소설적 상상력을 동원한 부분이 많지만, 나는 이 소설의 무대가 되는 단양 지역과 만주 지역은 수차례 답사를 했다. 또 역사적 자료도 충분히 수집 검토했으며, 단양 지역과 북한의 평강군에 전해지는 온달에 관한 설화도 참조했기에 당시 상황을 제대로 재현했다고 자신한다.

이 책은 온달의 정체를 밝히고, 신라(진흥왕)가 왜 갑자기 강해졌는지, 한강 유역이 왜 중요한지는 물론이고 온달의 가장 큰 업적인 북주의 침입을 막은 것이 을지문덕이나 연개소문에 비길 만큼 대단한 일인가 등에 대해 강조하고 있다. 그리고 온달이 전사한 아단성이 서울의 아차산보다는 단양의 온달산성일 가능성이 크다는 것도 이 책의 주요 배경 중 한곳이 단양이 된 이유다.

온달의 정체에 대해서는 《삼국사기》「열전」 온달조에 나오는 '容貌龍鐘可笑(용모용종가소, 생긴 모습이 파리하여 매우 우스웠다)에 근거를 두고 그를 551년 고구려를 침공한 돌궐족 중의 백인 계통의 기기시(키르키즈)족 출신으로 설정했다. 얼굴빛이 파리한 경우는 대부분 제대로 먹지 못하거나 근심걱정이 많아서다. 그런데 바로 뒤에는 '中心則晦然(중심칙행연, 마음씨는 명랑하였다.)'라고 했다. 명랑한 사람이 근심이 많아 얼굴이 파리할 이유가 없다. 따라서 '생긴 모습이 파리해 매우 우스웠다.'라는 의미는 '그 피부가 고구려인들과는 다르게 희었기 때문이라고 해석할 수 있다. 즉, 온달은 생김새가 달랐고 말이 어눌해서 아이들에게 놀림을 당했을 것이라고 추측할 수 있는 것이다.

둘째, 이 글은 고구려의 추군과 세군의 내전에서 출발한다. 《일본서기》에 의하면 안원왕은 부인이 세 명으로 첫째 부인은 아들이 없었고, 둘째와 셋째 부인에게만 아들이 있었다고 한다. 이들은 서로 자신들의 후사를 왕으로 세우기 위해 싸움을 벌였고, 이 내전으로 2천여 명이 죽임을 당했다. 둘째 부인 세력은 추군, 셋째 부인 쪽을 세군이라 불렀다. 나는 추군은 왕비족인 연나부(서부족) 출신으로 평양성 천도와 함께 남하한 귀족세력으로, 세군은 토착세력(관나부, 남부족)이었을 것으로 본다.

이 싸움에서 세군이 패배했는데 이는 그들의 영지인 옥저, 동예 등 남쪽 지역의 급속한 몰락을 초래했다. 그 틈을 이용하여 신라 진흥왕은 군사를 일으켜 한강 유역을 비롯한 충북 동북부 지역과 강원도 지역을 차지한 것으로 추정했다. 신라의 세력이 커지고 많은 영토를 뺏기게 되자 새로 임금이 된 고구려의 양원왕은 몰락한 관나부 지역 귀족의 딸을 태자비로 맞이했다. 그녀가 평원왕의 정실부인이자 평강공주의 어머니였다. 평강공주는 어머니의 유업을 잇기 위해 주목받지 못했지만 능력이 출중한 온달을 남편으로 맞아 이 지역을 회복하려 했던 것으로 생각했다.

셋째, 북주의 침입에 대한 재해석이다. 《삼국사기》에는 선봉장 온달의 능력으로 북주를 물리쳤다는 내용이 짧게 기록되어 있는데, 당시 북주는 3백년 이상 5호 16국으로 분열되어 있던 북조를 통일한 왕조다. 북주는 자신보다 월등했던 북제를 멸망시킨 후 중국을 통일하기 위해 남진을 공격할 준비를 하였다. 그런데 배후에 있는 고구려가 신경 쓰였다. 당시 고구려는 남진과 북조의 북제와 교류를 했지만 북주와는 교류를 하지 않았다. 그래서 그들은 배후를 안정시키기 위해 고구려를 먼저 공격했다. 통일 왕조인 수나라와 당나라만큼은 아니지만 그에 비길만한 가장 큰 세력이 고구려를 침공한 것이다.

고구려 건국 이후 최고의 위기 상황이었다. 이 전쟁을 승리로 이끈 사람이 온달이었다. 나는 이 공으로 인해 온달의 이야기가 여러 설화적 요소가 첨가되어 후대에 전해졌다고 생각한다. 하지만 우리는 너무 쉽게 이겼기 때문에 그 전과를 기억하지 않는다. 사실 이 전쟁에는 당태종 이세민에 견줄만한 영웅인 북주 황제 우문옹과, 후에 수나라를 세운 양견이 그의 장수로 참전한 정말 큰 싸움이었다. 이 책에서는 그 의의를 최대한 그려 보았다.

넷째, 온달이 전사한 아단성을 단양의 온달산성으로 설정했다. 이 부분은 여전히 논란거리가 될 수 있는데 온달산성이 있는 단양 지역에 온달의 전투와 관련된 설화가 많이 남아 있을 뿐 아니라 단양군 영춘 지역이 을아단성이라는 기록도 있다. 고구려와의 거리를 생각한다면 한강 유역의 아차산 지역을 공격했다는 것은 일리가 있고, 남한강의 시작점인 단양을 공격했다는 것은 이치에 맞지 않는다.

하지만 북한 땅인 평강군이 온달의 영지라는 것을 가정해본다면 강원도 지역의 내륙으로 남하해 단양을 공격하는 것은 한국전쟁 때의 인천상륙작전만큼이나 의미가 있고 또 좋은 작전이라 생각했다. 이것이 가능한가를 알아보기 위해 인제에서부터 단양까지 직접 답사한 결과 험한 산악지역일 것이라는 생각과는 달리 물길을 따라 남하하니 아주 순탄하게 단양의 온달산성에 도달할 수 있었다. 그래서 온달이 전사한 곳을 단양의 온달산성이라 생각했다.

지금까지 쓴 소설 중 가장 분량이 적고 또 팔기군(개정작 대왕광해군) 이후 처음으로 국내를 배경으로 한 책이지만 생각할 거리가 많은 책이다. 고구려는 진취적이고 도전적인 기상을 바탕으로 우리 민족인 예맥족뿐만 아니라 말갈, 거란 등의 다른 부족과 함께 어울린 나라였다. 인구절벽으로 미래가 염려스러운 요즈음이다.

오래되어 숙성된 한국의 문화와 민주화 정신에 공감하는 다른 나라의 많은 젊은이들을 받아들여 함께 살아간다면 인구 감소 문제뿐 아니라 경제, 외교, 국방 문제 등 현재 한국이 당면하고 있는 많은 문제점을 해결될 것이라고 생각한다. 그런 측면에서 이 글에서 내세운 색목인, 요즘 용어로는 다문화 가정 출신의 온달을 재해석하는 것은 많은 의미가 있다고 생각한다.

이십 년 이상 나의 가슴 속에서 함께 살았던 웅혼한 기상을 지닌 고구려와 발해의 영령들이여 위태위태한 우리나라의 앞길에 함께 하소서!

2017년 6월 북한산 자락에서

추천사

온달산성에 올라 고구려의 기상을 만나다

윤수경*

단양군 영춘면은 삼국시대 때 고구려 땅으로서 을아단현(乙阿旦縣)이었습니다. 신라가 삼국을 통일한 후에는 신라의 구주(九州) 중 명주(溟州)에 속했으며, 자춘현(子春縣)이라 불렀습니다. 고려시대까지는 강원도 원주목의 영월군에 속하는 현청(縣廳) 소재지였습니다.

조선시대에 와서는 강원도에서 충청도로 이속되면서 영춘현(永春縣)이라 불렀습니다. 또한 삼국시대부터 조선시대까지 현감과 향교가 있

---

* 4~5대 단양군의회(2002~2010년) 의원과 4대 후반기 의장을 지냈으며, 단양문화원 부원장, 국사편찬위원회 사료조사위원, 단양군 지명위원회 · 충북학연구소 사료조사위원을 맡고 있다. 1990년 전국문화원연합회가 주최한 논문 공모전에 「단양 · 영춘 지역의 지명 유래와 전설에 관한 연구」로 특별상을 수상했다. 그 후 동양대학교 대학원에서 온달과 산성 관련 논문으로 석사학위를 받았다. 지금은 온달산성에서 문화재청 문화재 지킴이, 단양군 문화관광해설사로 봉사하고 있다.

는 남한강 상류의 중요 행정구역 중 하나였습니다. 구한말 고종황제가 영춘군으로 승격시켜 20여 년 간 군청소재지였으나 일제강점기 때 영춘군과 단양군이 합병되면서 영춘면이 되었습니다.

영춘에 대한 이런저런 시대적 배경은 각설하고, 단양군과 영춘면, 그리고 온달산성이 주요 무대가 되는 소설《온달전》이 나온다는 사실이 매우 뿌듯합니다. 책을 펴내는 출판사가 '늘봄'인데 영춘의 한자 永春도 풀어쓰면 '늘봄'이 됩니다. 어찌 보면 이것도 우연을 넘어선 필연이 아닌가 생각됩니다.

저는 온달산성을 500회 이상 오르내리며 자천타천으로 온달산성의 성주로서, 또 문화재청 온달산성 지킴이로 일하면서 보람을 갖고 있던 차에 온달을 새롭게 조명한 소설이 나온다는 사실이 단양군민 모두와 함께 자랑스럽습니다. 또 그간 진행돼온 학술대회에서 온달산성과 온달, 온달산성의 사적보존과 출전경로, 온달과 평강공주에 얽힌 스토리텔링, 고구려의 생활문화 등의 연구결과들을 발표해주셨던 여러 석학들과 함께 이 책의 출간을 영광스럽게 생각합니다.

고구려 장수왕은 적극적인 남진정책을 펼쳐 자신의 통치 63년이 되는 475년엔 한강의 전 유역을 포함해 영토를 크게 확장했습니다. 충남의 아산만 동쪽 직산으로부터 충북의 진천 · 도안 · 괴산 · 연풍 이북 지역을 모두 장악하고, 충주를 비롯해 계립령과 죽령을 넘어가서 경북의 내륙 쪽으로는 봉화 · 순흥 · 영주 · 예안 · 임하 · 진보 · 청송 · 안덕 지역을, 동해안으로는 울진 · 평해 · 영해 · 영덕 · 청하에 이르는 지역을 확보하고 신라와 백제를 압박했습니다.

고구려의 강력한 남진정책에 압력을 받던 백제와 신라는 서로 힘을 합하여 551년에 모든 한강 유역에서 고구려 세력을 북으로 물리치는 데 성공했습니다. 라제(羅濟) 합동작전으로 인해 중원 지역은 신라의 영역으로 바뀌게 되었습니다.

이때 북주를 물리친 온달장군이 기세를 몰아서 빼앗긴 땅을 찾고자 출전합니다.

> "신라는 우리 한북(漢北)의 땅을 빼앗아 군현으로 삼았으니 백성들은 원통함에 쌓여 아직 부모의 나라를 잊어버리지 않고 있사오니 원컨대 대왕께선 어리석다 생각지 마시고 군사를 내어주신다면 한 번 나아가 싸워 우리의 땅을 회복하겠나이다." 하니 왕이 이를 허락하였다. 온달은 군사를 거느리고 떠날 때 맹세하기를 "계립현죽령이서(鷄立峴竹嶺已西)의 땅을 우리 땅으로 돌리지 못하면 돌아오지 않겠다." 하였다.

《삼국사기》「열전」 온달조에 기록된 이야기입니다. 결과적으로 온달은 승전지인 을아단성에서 전사하는 불운을 맞습니다.

6세기 중엽 신라는 조령과 죽령 이북의 한강 전 지역을 이미 점령하고 있었습니다. 잃어버린 땅(鷄立峴竹嶺已西, 문경새재 동북쪽과 죽령 서쪽)을 다시 찾고자 비장한 결심으로 출전한 온달장군은 아단성 아래에서(阿旦城之下) 신라군의 유시(流矢, 빗나간 화살)에 맞아 전사했습니다. '계립현죽령이서' 지역과 온달장군의 전사지는 적성과 을아단성입니다. 책의 주요 등장인물 중 한 명인 광덕선사가 온달장군이 전사한 직후 "앞으로 이

산성을 온달산성이라 한다."는 문장에선 일종의 전율도 느꼈습니다. 옛을아단성을 지금은 온달산성이라 부르고 있는데 그 이유를 적확하게 지적한 것 같아서였습니다.

이 책의 주요 등장인물들인 온달장군, 평강공주, 평원왕과 아이지, 거칠부, 야이차가 모두 단양과 깊은 연관을 가진 인물들입니다. 특히 야이차와 거칠부는 국보 제198호인 단양신라적성비에 등장하는 인물이기도 해 더 친근감을 가질 수 있었습니다. 또 지은이가 가상인물로 내세운 광덕선사도 작가의 의도와는 별개로 마침 도락산에 광덕사가 창건돼 있어 마치 실존의 역사인물처럼 느껴진다는 점도 이채롭습니다.

그동안 온달장군에 대한 역사적 조명이 충분치 못했습니다. 이 책의 출간을 계기로 온달에 대한 보다 활발한 연구가 진행됐으면 하는 바람입니다. 더불어 단양과 영춘 등 온달의 주요 활동 무대에 대한 역사적 관심도 일어나기를 기대해봅니다. 또한 평강공주가 보여준 내조의 힘과 온달장군이 보여준 고구려의 상무정신은 현재를 살아가는 우리에게도 꼭 필요한 덕목이라 생각됩니다. 무엇보다도 이 책을 통해 젊은이들과 초중고교 학생들에게 고구려인들이 품었던 진취적 기상이 전달되기를 바라며, 그들에게 꿈과 희망이 전해지기를 소망합니다.

부록

삼국사기 제45권 열전 제5 - 온달조

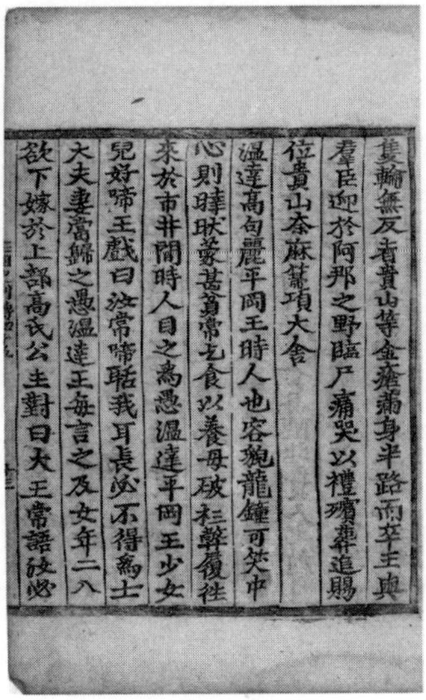

隻輪無反者貴山等金瘡滿身半路而卒王與
羣臣迎於阿那之野臨尸痛哭以禮殯葬追賜
位貴山奈麻箒項大舍
溫達高句麗平岡王時人也容貌龍鍾可笑中
心則睟然家甚貧常乞食以養母破衫弊履往
來於市井間時人目之爲愚溫達平岡王少女
兒好啼王戲曰汝常啼聒我耳長必不得爲士
大夫妻當歸之愚溫達王每言之及女年二八
欲下嫁於上部高氏公主對曰大王常語汝必

1512년 정덕본 보물 제723호

溫達 高句麗平岡王時人也 容貌龍鍾可笑 中心則睟然 家甚貧 常乞食以養母 破衫弊履 往來於市井間 時人目之爲愚溫達 平岡王少女兒好啼 王戲曰 汝常啼聒我耳 長必不得爲士大夫妻 當歸之愚溫達 王每言之 及女年二八 欲下嫁於上部高氏 公主對曰 大王常語 汝必爲溫達之婦 今何故改前言乎 匹夫猶不欲食言 況至尊乎 故曰 王者

無戱言 今大王之命 謬矣 妾不敢祗承 王怒曰 汝不從我敎 則固不得爲吾女也 安用同居宜從汝所適矣 於是 公主以寶釧數十枚繫肘後出宮獨行 路遇一人 問溫達之家 乃行至其家 見盲老母 近前拜問其子所在 老母對曰吾子貧且陋 非貴人之所可近 今聞子之臭 芬馥異常 接子之手 柔滑如綿 必天下之貴人也 因誰之侜 以至於此乎 惟我息不忍饑 取楡皮於山林 久而未還 公主出行 至山下 見溫達負楡皮而來 公主與之言懷 溫達悖然曰 此非幼女子所宜行 必非人也 狐鬼也 勿迫我也 遂行不顧 公主獨歸 宿柴門下 明朝 更入 與母子備言之 溫達依違未決 其母曰 吾息至陋 不足爲貴人匹 吾家至窶 固不宜貴人居 公主對曰 古人言一斗粟猶可舂 一尺布猶可縫 則苟爲同心 何必富貴然後可共乎 乃賣金釧 買得田宅奴婢牛馬器物 資用完具 初買馬 公主語溫達曰 愼勿買市人馬 須擇國馬病瘦而見放者 而後換之 溫達如其言 公主養飼其勤 馬日肥且壯 高句麗常以春三月三日 會獵樂浪之丘 以所獲猪鹿 祭天及山川神 至其日 王出獵 羣臣及五部兵士皆從 於是 溫達以所養之馬隨行 其馳騁常在前 所獲亦多 他無若者 王召來 問姓名 驚且異之 時後周武帝出師伐遼東 王領軍逆戰於拜山之野 溫達爲先鋒 疾鬪斬數十餘級 諸軍乘勝奮擊大克 及論功 無不以溫達爲第一 王嘉歎之曰 是吾女壻也 備禮迎之 賜爵爲大兄 由此 寵榮尤渥 威權日盛 及陽岡王卽位 溫達奏曰 惟新羅割我漢北之地爲郡縣 百姓痛恨 未嘗忘父母之國 願大王不以愚不肖 授之以兵 一往必還吾地 王許焉 臨行誓曰 鷄立峴竹嶺已西不歸於我則不返也 遂行 與羅軍戰於阿旦城之下 爲流失所中 路而死 欲葬 柩不肯動 公主來撫棺曰 死生決矣 於乎歸矣 遂擧而窆 大王聞之悲慟

온달 고구려평강왕시인야 용모용종가소 중심칙행연 가심빈 상걸식이양모 파삼폐리 왕래어시정간 시인목지위우온달 평강왕소여아호제 왕희왈 여상제괄아이 장필불득위사대부처 당귀지우온달 왕매언지 급여년이팔 욕하가어상부고씨 공주대왈 대왕상어 여필위온달지부 금하고개전언호 필부유불욕식언 황지존호 고왈 왕자무희언 금대왕지명 류의 첩불감지승 왕노왈 여불종아교 칙고불득위오여야 안용동거 의종여소적의 어시 공주이보천수십매계주 후출궁독행 로우일인 문온달지가 내행지기가 견맹노모 근전배 문기자소재 노모대왈 오자빈차루 비귀인지소가근 금문자지취 분복이상 접자지수 유활여면 필천하지귀인야 인수지주 이지어차호 유아식불인기 취유피어산림 구이미환 공주출행 지산하 견온달부유피이래 공주여지언회 온달패연왈 차비유여자소의행 필비인야 호귀야 물박아야 수행불고 공주독귀 숙시문하 명조 갱입 여모자비언지 온달의위미결 오식지루 불족위귀인필 오가지구 고불의귀인거 공주대왈 고인언일두속유가용 일척포유가봉 칙구위동심 하필부귀연후가공호 내매금천매득전택노비우마기물 자용완구 초매마 공주어온달왈 신물매시인마 수택국마병수이견방자 이후환지 온달여기언 공주양사기근 마일비차장 고구려상이춘삼월삼일 회렵락랑지구 이소획저녹 제천급산천신 지기일 왕출렵 군신급오부병사개종 어시 온달이소양지마수행 기치빙상재전 소획역다 타무약자 왕소래 문성명 경차이지 시후주무제출사벌요동 왕령군역전어배산지야 온달위선봉 질투참수십여급 제군승승분격대극 급논공 무불이온달위제일 왕가탄지왈 시오여서야 비례영지 사작위대형 유차 총영우악 위권일성 급양강왕즉위 온달주왈 유신라할아한북지지위군현 백성통한 미상망부모지국 원대왕불이우불초수지이병 일왕필환오지 왕허언 임행서왈 계립현죽령이서 불귀어아칙불반야 수행 여라군전어아단성지하 위류실소중 로이사 욕장 구불긍동 공주래무관왈 사생결의 어호귀의 수거이폄 대왕문지비통

온달은 고구려 평강왕 때 사람이다. 용모가 파리해서 남의 웃음거리가 되곤 했지만 마음씨는 명랑했다. 집이 매우 빈한하여 항상 밥을 빌어다 어머니를 봉양했고, 다 해어진 옷과 신을 신고 저자거리를 돌아다녔는데, 그때 사람들은 그를 바보온달이라 부르곤 했다.

평강왕은 어린 딸이 울기를 잘하므로 놀리며 말하기를 "네가 늘 울

어서 내 귀를 시끄럽게 하니 자라서도 사대부의 아내는 되지 못하겠구나." 그러니 "바보온달에게나 시집보내야겠다."고 왕이 늘 말했다.

딸의 나이 16세가 되었을 때 상부 고씨에게 시집보내려 하니 공주가 아뢰었다. "대왕께서 항상 말씀하시기를 '너는 반드시 온달의 아내가 될 것이다.'고 하셨는데 이제 무슨 연유로 이전의 말씀을 바꾸십니까? 필부도 오히려 식언을 하지 않으려 하거늘 하물며 지존하신 분께서야 더 말할 필요가 없습니다. 고사에 임금은 헛된 말이 없다고 하였으니 지금 대왕의 명령은 잘못된 것입니다. 소녀는 그 말씀을 감히 받들지 못하겠습니다."

왕이 노하여 말하였다. "네가 나의 명을 따르지 않는다면 더 이상 내 딸이 아니니 어찌 함께 있을 수가 있겠느냐? 너는 네가 가고 싶은 곳으로 가거라." 이에 공주는 값비싼 팔찌 수십 개를 팔꿈치에 매달고, 궁궐을 나와 혼자 길을 가다가, 한 사람을 만나 온달의 집을 물어 그 집에 이르렀다.

눈 먼 늙은 어머니를 보고 앞으로 다가가 절하고, 그 아들이 있는 곳을 물으니 늙은 어머니가 대답하였다. "우리 아들은 가난하고 비루하여 귀인이 가까이 할 인물이 못됩니다. 지금 그대의 채취를 맡으니 향기가 곱고, 손을 만지니 부드럽기가 솜과 같으니 틀림없이 천하의 귀인입니다. 누구의 꼬임으로 여기에 오게 되었소? 내 자식은 굶주림을 참지 못하여 산으로 느릅나무 껍질을 벗기러 간 지 오래되었는데 아직 돌아오지 않았다오."

공주가 길을 나서 산 아래에 이르러 온달이 느릅나무 껍질을 짊어지고 오는 것을 보고, 그에게 마음속에 품은 바를 다 말하려 하였더니, 온달이 버럭 화를 내며 이르기를 "이곳은 어린 여자가 다닐만한 곳이 아니니 필히 사람이 아니라 여우나 귀신일 것이니, 나에게 가까이 오지 말라!" 하며 뒤도 돌아보지 않고 떠나버렸다.

공주는 혼자 온달의 집으로 돌아와 사립문 아래서 자고, 이튿날 다시 들어가서 모자에게 사정 이야기를 모두 하였더니, 온달이 우물쭈물하며 결정을 내리지 못하자 그 어머니가 말하였다. "내 자식은 지극히 누추하여 귀인의 배필이 되기에 부족하고, 내 집은 지극히 가난하여 귀인의 거처할 곳이 못되오."

공주가 대답하였다. "옛 사람의 말에, 한 말 곡식이라도 찧어서 같이 먹을 수 있고, 한 자의 베라도 바느질하여 옷을 지을 수 있다하였습니다. 진실로 마음을 같이 한다면 어찌 반드시 부귀한 후에야만 함께 지낼 수 있겠습니까?" 이에 금팔찌를 팔아 농토와 집, 노비, 우마와 그릇 등을 사서 살림살이로 쓸 것을 모두 갖추었다.

처음 말을 살 때에 공주가 온달에게 일렀다. "절대로 장사꾼들의 말은 사지 마시고, 꼭 국마 중에서 병들고 야위어 내버려진 것을 골라 샀다가 나중에 바꾸도록 하십시오." 온달은 그 말대로 하였고, 공주가 부지런히 먹여 말이 날마다 살찌고 튼튼해졌다.

고구려는 항상 삼월삼짇날이면 낙랑의 언덕에 사람들이 모여 사냥을 하고, 그날 잡은 멧돼지와 사슴으로 하늘과 산천의 신에게 제사를 지냈다. 그날이 되어 왕이 사냥에 나서자, 뭇 신하들과 5부족의 군사들이 모두 따라 나섰다.

이에 온달도 기른 말을 타고 따라 갔는데, 그 달리는 품이 언제나 남보다 앞에 서고, 잡은 것도 많아서, 다른 사람은 그를 따를 만한 사람이 없었다. 왕이 불러 그 이름을 물어보고 놀라며 또 기특하게 여겼다.

이때 북주의 무제가 군사를 보내 요동을 치니, 왕이 군사를 거느리고 나가 산을 등지고 들에서 맞아 싸울 때, 온달이 선봉장이 되어 날쌔게 싸워 수십여 명을 베자, 모든 군사가 승승 분투하여 크게 이겼다. 공을 논할 때에 온달을 제일로 삼지 않는 이가 없으므로 왕이 가상히 여기고 칭찬하여 말하기를 "이 사람은 나의 사위로다." 하고, 격식을 차려 맞이하였다. 또 벼슬을 내려 대형으로 삼으니 이후 왕의 총애가 더욱 깊어지고, 위엄과 권세가 날로 성하였다.

영양왕이 즉위하자 온달이 아뢰었다. "신라가 우리 한강 이북의 땅을 빼앗아 군현을 삼았으니, 백성들이 심히 한탄하여 일찍이 부모의 나라를 잊은 적이 없습니다. 원컨대 대왕께서는 어리석은 이 신하를 불초하다 하지 마시고 군사를 주신다면 한 번 가서 반드시 우리 땅을 다시 찾아오겠습니다." 하니, 왕이 허락하였다.

온달이 떠날 때 맹세하기를 "계립현(鷄立峴, 문경새재 동북쪽 고개)과 죽령(竹嶺) 서쪽의 땅을 우리에게 귀속시키지 않으면 돌아오지 않겠다!" 하고, 마침내 출정하여 신라 군사들과 아단성(阿旦城) 아래에서 싸우다가 신라군의 날아오는 화살에 맞아 길에서 죽었다.

장사를 지내려 하였는데 상여가 움직이지 아니하므로 공주가 와서 관을 어루만지면서 말하기를 "죽고 사는 것이 이미 결정되었으니, 아아 돌아갑시다!" 하였다.

드디어 들어서 장사지냈는데, 대왕이 듣고 몹시 슬퍼하였다.